有爱的青春陪伴者

# 软

# 刃

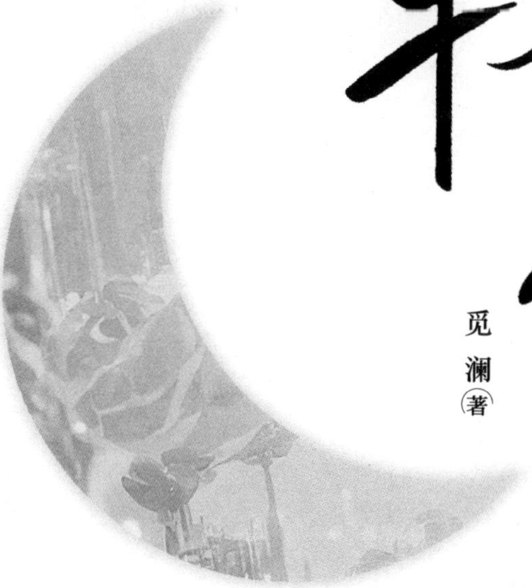

觅澜 著

江苏凤凰文艺出版社
JIANGSU PHOENIX LITERATURE AND ART PUBLISHING

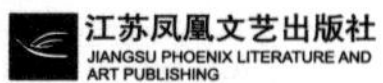

**图书在版编目（CIP）数据**

软刃/ 觅澜著. -- 南京 ：江苏凤凰文艺出版社，2022.11

ISBN 978-7-5594-7169-7

Ⅰ. ①软… Ⅱ. ①觅… Ⅲ. ①言情小说－中国－当代 Ⅳ. ①I247.5

中国版本图书馆CIP数据核字(2022)第164794号

**软刃**

觅澜 著

责任编辑 王昕宁
特约编辑 廖 妍 鲁 璐
责任校对 言 一
出版发行 江苏凤凰文艺出版社
南京市中央路165号，邮编：210009
网 址 http://www.jswenyi.com
印 刷 长沙鸿发印务实业有限公司
开 本 880mm×1230mm 1/32
印 张 10
字 数 325千字
版 次 2022年11月第1版
印 次 2022年11月第1次印刷
书 号 ISBN 978-7-5594-7169-7
定 价 42.80元

江苏凤凰文艺版图书凡印刷、装订错误，可向出版社调换，联系电话025-83280257

# 目　录

CONTENTS

# 目　录

CONTENTS

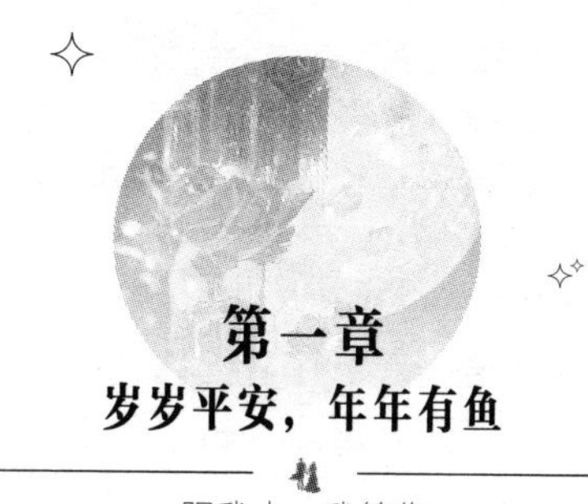

# 第一章

## 岁岁平安，年年有鱼

跟我走，我管你

原来，人心是最难把握的东西

包括秦怀鹤的，也包括她自己的

### 第一节

湾城地标写字楼亨川世纪顶层落地窗外，高楼大厦鳞次栉比，江畔两旁的灯光秀流光溢彩，昭示着这是一座繁华的城市。

All Coffee（应有咖啡），在网上是搜索不到的，这也就意味着不对外开放，私密性极强。言微端坐在柔软的皮质沙发上，对端咖啡的服务员颔首："谢谢。"随后她一双纤细的手把一个透明文件袋推向桌对面的女士，"闫秘书，这是孕检报告。"

闫秘书没有立即接，凝眸看她。

言微眼睫轻颤了两下。

闫秘书接过去，从文件袋里抽出了那张四维彩超，问道："都六个多月了，你为什么现在才说呢？"

作为亨川集团的总裁秘书，闫秘书说起话来和声细语的，但话里的力道分毫不减。

她怕的就是言微借着孩子做一些新闻上报道的豪门戏码。

言微神色不变："我三个多月才发现，秦怀鹤的电话没打通，就耽误了。"

闫秘书不打算纠葛，说到底她只是来交接孩子的事情，"是了，秦总这段时间都在国外。"

"嗯。"言微顺着她的话下了这个台阶。

"这个，你回去扫描一份给我。我们在M国的项目到了很关键的时候，秦总没办法回来，请你体谅一下。其实，我也是刚休完产假回来没多久。"

言微抿唇："我知道，辛苦你了。"

"没事儿，是你辛苦，六个月了肚子一点都看不出来，回去好好补补。"闫秘书停顿了下，唇边泛起一个笑，"放心，我会尽快联系你。"

这个笑很职业，但落在言微眼里，竟看出了一点温情来。

闫秘书是一位妈妈，言微觉得秦怀鹤让她来，或许是因为她更能与自己共情。

两人互加微信。道别后，言微四处寻卫生间，自从怀孕后，她上卫生间越来越频繁了。

到了一楼，她在一个大柱子后翻找手机，意外看见闫秘书正挽着一个男人的手臂往外走。

"听秦总那意思，这孩子让她生下来，看不出来言微还有些手段，怀了六个月才说，我以为她跟秦总之前的女人不一样呢。"

言微下意识地往后躲了一些。

闫秘书好像想起了什么："老公，儿子的奶粉是不是该换二段了？"

男人答："还用你说，都喝完一罐了。"

言微对着脚下的不规则大理石砖发了一会儿愣，才拿出手机叫了出租车。因为灯光秀，这个时候地铁会很挤，再省也不能省这个钱。

刚才那个温情她看错了，闫秘书是没有办法和她共情的。

老居民楼没有电梯，楼道老旧昏暗。

言微停在四楼，她双膝泛酸，腿也软了，撑着墙喘息数秒，又咬咬牙往上走。楼道的灯坏了，黑幽幽的，怪吓人。

到了五楼，言微摸上墙边，感应灯亮起，她倚着门，待气息稍匀，才对着钥匙孔插上钥匙。

这是一套三居室，收拾得还算干净，但一看那灰暗发霉的天花板，就知道这房子有些年头了。

挨着沙发的墙角堆放着几个大纸箱，上头写着“成人尿不湿”。

言微换了鞋，随手把挎包放在纸箱上，往卧房里走。

“爸，你肚子饿吗？”

言微往里走，到护理床床头摁了一下，言成明身子往右边侧翻。

她从床头柜的那个大包装袋里抽出一张新的尿不湿，放到言成明肚子上，说：“换一下。”

幸而言成明一只手还能动，给父女俩留了点残碎的尊严。

两年前，言微的爸妈驾车出行，和大货车剧烈碰撞，车子严重变形，她妈妈当场死亡，言成明伤到了颈椎，从 ICU 出来之后，就没有再站起来。

那一年言微读大四，国内有名的大学，还保研了。除了闺蜜林棠，她没有告诉任何人原因，放弃保研资格的时候，辅导员非常生气，放话她会后悔的，社会没有那么好混。

毕业后，她在离家较近的一家地产代理公司做策划，是乙方公司，加上资历低，的确不好混，混成了最差的那种。

但是她没有后悔的资格。这个城市的护工一个月要七千块钱，而且只干白天，照顾父亲耗掉了她所有的心气。

言成明换好尿不湿后，言微端来了一盆热水，给他擦拭身子。擦好身子，倒了尿，还要清洗接尿器，这一通忙活，她的风衣袖口湿了。

言微没有换掉风衣，而是进了厨房，拿一层厚布垫在砧板下，剁起了肉。

言成明只能吃流食，这会儿太晚，老房子隔音又不好，言微连破壁机都不敢用。之前她和父亲提过，卖掉这里换一个带电梯的房子，他每天还可以坐着轮椅下楼转转。就这个话，莫名引来了言成明一顿不连贯的骂，她就再也不提了。

湿掉的袖口来回磨搓她手腕的皮肤，她只好停下来，往上卷了一层。

亨川集团主营地产，旗下产业链丰富，能进集团公司的人都有两把刷子。闫秘书说很快，自然就不会慢，第二天快下班的时间，电话就来了。

“秦总五天后回到湾城，你先把证件给我，我们尽快把签证办下来。你也做好准备，这一次去 M 国，至少也要等到宝宝百日才能回国了。”

言微捏着手机：“好的，麻烦你给个地址。”

挂了电话，闫秘书很快就把地址发了过来。

她站起来往卧室的过道望了一眼，静悄悄的，一点声儿也没有。

护工罗姐人不错，走的时候把家里的垃圾都带下去了。言微辞职两个月了，罗姐还问过她两句，她只说在家办公一段时间。言成明倒是一句都没问，自从他瘫痪以后，说的话越来越少，现在十天半个月也不和她说一句话。

言微到嘴边的话又咽下去，换了词儿：“爸，要开电视吗？”

言成明摇头，清瘦脸颊上的褶子动了动。

就算才清理过，空气中还是残余着一股尿骚味儿，经久不散。

“我下去一趟，买点提子。”

爸爸喜欢吃红提，打碎成果汁，看起来挺好看，她尝过，味道很怪。

签证办下来也要二十来天，这段时间够她理清她和秦怀鹤之间的事情了。她不能再保护不了自己了。

五天后，言微换了一条遮肚子的复古茶色高腰连衣裙，外头套一件薄西服，化了清淡的妆，橘色口红一抹，镜子里的脸蛋圆润细腻，除了眼角那颗浅褐色的泪痣，半点瑕疵也没有。

都说女儿养妈，想起这句话，言微心一软，手抚上微凸起的肚子，唇边露出了一个浅浅的笑。

到了亨川世纪下面的凯旋酒店，她拿着邀请函直接进了会场。亨川与其他两家地产巨头关于海外市场战略合作的签约仪式在这里举行。这场签约仪式，将带来超过八百亿的资产变更。

言微入职地产行业已一年有余，拿到一张邀请函还不算难事。

台上，两位沉稳的地产大鳄不约而同穿了黑西装，淹没在蓝色背景板下，更把那位着烟灰色高定西服的男子衬得风逸矜贵。

镜头里的男人鬓角理得很短，高眉骨下，眸子深幽，鼻梁英挺。屏幕挑人，烟灰色西装包裹的宽肩窄腰却一点不比男模逊色，镜头拉近了些，他腕口的琥珀棕袖扣隐带幽光。

男人的视线若有若无往这个方向而来，言微心口还是突突跳动，再往台上一看，他却正侧身倾听另一位老总说话。

三个男人依次下台，往后面的会议厅走，一个样貌甜美的女记者拦在半道，向秦怀鹤提出采访请求。

他的助理丁澄适时拿过话筒：“不好意思，秦总还有别的行程安排，我们为各位准备了自助晚宴，辛苦各位媒体朋友，请大家移步……”

待他把话筒关掉，言微已经翻越人海走了过来。

“丁助理，好久不见。”

丁澄展露笑脸：“言小姐，好久不见。”

言微拿出一张素色贺卡：“麻烦你帮我交给秦怀鹤，你跟他说这是我给他报的平安，他一定会懂的。”

丁澄马上接过去：“当然可以。”

“辛苦了。”

“您客气了。”

休息室里，秦怀鹤闲散靠着沙发椅背，单手打开那张贺卡，修长手指在西裤包裹的人腿上轻轻点动。

丁澄没忍住，偷偷瞅了一眼。

一个手绘的石榴，石榴旁边还描了一个爱心，下面是四个字：岁岁平安。

怪不得言微说秦总会懂的，这石榴寓意“多子多福”，又写了“平安”，不用多想，“岁岁”是那孩子的名字。丁澄却听到一声低嗤，他的眉眼跟着一跳。

“你给言小姐回个礼，就写……”秦怀鹤指尖在贺卡上点了一下，“年年有鱼。”

“好的。”丁澄稍稍低头，“秦总，言小姐还在外面，要不要把她叫进来？”

过了好一会儿，秦怀鹤才“嗯”了一声。

丁澄把言微领进休息室，安顿在单人沙发上，给她倒了一杯水，关上门走了。

秦怀鹤唇边噙着一抹淡淡的笑，也不说话，就那么看着言微。

言微心跳得厉害，低着眼睫总也抬不起来。

第一次见他的时候，爸妈还没有出事，除了考试，言微没有别的烦恼。那是A大商学院一个关于数字产业的主题演讲，他是最年轻的颁奖嘉宾，她是学生会临时征用的礼仪小姐。她极少穿高跟鞋，下台的时候被地毯绊了一下，正与她错身而过的秦怀鹤适时出手搀扶。他一个浅淡的笑，言微脸就热透了。

秦怀鹤双腿收拢了些，拍拍他腿边柔软的绒布沙发：“坐这儿来。”

言微依言换到他旁边，双手握膝，正襟危坐。

秦怀鹤歪着脖颈，低笑了声："你是不是胖了？"

言微双膝上的手收拢在一起，转头对他抿了抿唇："嗯，胖了十斤。"

他张开手臂，虚虚搭在沙发椅背上，稍稍抬眉："我看看胖在哪儿了。"

很快，温热的手掌贴上了她的肩背。他的怀抱宽厚而温暖，熟悉的淡淡烟熏木质香夹杂着茶香拢住了她，这个味道亦如初见时那般令人心动。

是日思夜想的味道。

秦怀鹤掌心越过西服下摆，掐上言微的腰，他似是真切地感受到了异常，那手掌定了下，很快便滑走了。

言微的身子一僵，仿佛有什么东西要破胸而出。

秦怀鹤带着青色胡楂的下巴磨她的一边脸颊，手徐徐往上揉搓，力道不算轻，隐隐带着惩罚的意味。

他的唇贴上她的耳际，蹭了蹭："原来都长到脸上去了。"

## 第二节

言微从洗手间收拾出来，菜已经上了桌，一位鬓角发白的大厨过来打了个招呼便走了。

秦怀鹤没有动筷子，单手撑着圆滑的黑胡桃餐桌沿，以一种懒散的姿势打电话。

对方在汇报着什么，他极少出声，讲到关键词才"嗯"一声。末了，他冷哼道："让他这个营销总监换到对面去上班吧，凯创更适合他。"

言微走到桌前，拿起汤勺，给秦怀鹤盛了一碗五指毛桃鲍翅鸡汤。

凯创是全国排名前十的房企，集团总部和亨川世纪只隔了一条街。

"网友都比他们强，在坟堆上起的房子人还知道说'毗邻先贤，倾听天堂的声音'。他们呢，广告费都花哪里去了？"

言微给自己盛了一碗，挨着秦怀鹤坐下，她的肩背挨着座椅，默默看着汤碗里升腾的薄薄白雾。她在他跟前一贯姿态良好，只是现在大着肚子，挺腰坐着总是没办法坚持太久，索性放弃了。

亨川项目多，言微不知道秦怀鹤说的是哪一个项目，但她头皮莫名有些发紧。她以前的工作就是没完没了地写营销方案，没日没夜地和广告公司讨论推广词，就这么着，甲方轻松一句话就能把方案毙了。

秦怀鹤这一句话，不晓得今晚又有多少个人要加班。

挂了电话，他阖眼歇了一会儿，看向她：“愣着做什么，还不饿？”

言微笑了下，耷拉着眉眼，把汤勺送到嘴边，无声吹弯了一缕白雾。

这饭吃得有些沉闷，中途言微问秦怀鹤要不要上点酒，他说不喝，晚点还要去一个局。

饭后，言微拿了杯子，到包厢私设的洗手间漱口。

没一会儿，秦怀鹤跟过来了。

他从镜子里看她。

“言微，给我漱一口。”

言微依言给他换了一杯水，扭过身子送到他嘴边。

秦怀鹤就着她的手，抿了一口水，吐掉。

她嘴角翘起：“再来一次。”

秦怀鹤又漱了一口。言微抬手，指腹轻轻压过，把他唇边那点水渍抹掉了，然后把水杯放在水龙头下冲洗。

她就是这样柔软熨帖。

秦怀鹤显然舒坦了不少，往她背后贴过去，下巴抵在她肩颈窝，双臂往前想环上她的腰肢，到一半顿了下，仿佛有些无处安放。

言微适时与他十指紧扣，自然垂下。两人在镜子里相视，情潮暗涌，她如以前一样，很快垂下眼去。

秦怀鹤松掉了她一只手，捏上她的下巴往后掰，双唇覆了上去。

秋日的水已经有几分凉，他的唇齿和她的一样，亦带上了清凉，辗转碾磨之后，很快磨起火来。

秦怀鹤突然轻咬了一下她的唇，离开，附在她耳朵边稍稍喘息，而后蹭了一下她的发丝：“我让司机送你回去。”

言微眼睫轻颤：“好。”

司机送言微回家。

隔着车窗，斑马线上，有时髦女郎光着腿飒然走过，也有年轻妈妈拢紧了外套，拉着小孩的手小步快走。

她想起和秦怀鹤正式相识的那天，在昏暗中冷笑了一下。

她当时的公司恒亿地产接了亨川的一个项目，那个项目是亨川最小的项目，就剩三十几套边角房源了。亨川换掉前一个代理公司，要求恒亿一个月之内把那些渣房源全部清掉。

当时，言微是策划助理，在恒亿待了不过一年，轮不上她挑好项目，这种吃力不讨好的项目，是没人愿意接的。项目离她家很远，她每天六点钟就得起床，坐地铁再倒公交车，一个半小时才能到售楼部。

房子是真不好卖，地段一般，体量还小，之前的一大卖点是项目配套一个好学区，后来学区也有了变动，为此，时不时还有老业主上门来骂。

前任销售吹过的牛，最后都得后来的人擦屁股，置业顾问和客服怨声载道。

言微并不。她努力出各种营销方案，渠道铺开，下郊县行销，还换了一拨现房的广告语。效果有一点，却并不显著，半个月就只卖掉了四五套房子。

置业顾问在售楼部搽脂抹粉，对她是咬牙切齿。

“言微，你再让我们出去发传单试试！”

“就是，我斑都长出来了。”

言微录了一期 Vlog，把这段时间和那帮小姐妹的嬉笑怒骂以及各种吐槽剪在一起，发到了网上。

那个 Vlog 引来了悲苦“地产狗”的共鸣，小小火了一把。

那天，亨川高层考察湾江新拿的一块好地，某个高层无意提了一句那个 Vlog，秦怀鹤才想起湾江对面还有这么一个小尾巴。

正好下起了大雨，十几把黑伞浩浩荡荡来到毫不起眼的营销中心。

这阵势把售楼部的人都唬住了，销售经理不在，销冠接待了他们。那天策划经理吴青园正巧过来拿东西，带着言微在一旁作陪。

秦怀鹤看着墙上的销控表，冷若冰霜：“这二三十套房子你们打算卖一年？”

没人敢出声，只有言微站了出来。

“秦总，尾盘销售的确存在一定的难度，希望公司可以在价格上给一些优惠力度。”

亨川拿这块地的时候地价很便宜，这十几套房子降一点单价，并没有多大影响，再多耗几个月，人力成本都可以抵消那点差价了。

秦怀鹤目光定在言微脸上，一哂：“我降价了，你们的价值体现在哪里？”他这个话的意思，降价谁都能卖，还请你们代理公司做什么。

言微迎着他的目光，不紧不慢地说："我们的价值不仅仅是卖出房子，更重要的是对亨川品牌的宣传。秦总，听说亨川在对面又拿下了一块新地王，若是这个时候搞个一口价活动，去存量的同时，对新项目也是一个很好的宣传，您说呢？"

她眉目干净，一双杏眸莹润无比，说话音色清晰纯净，就算这么硬掰扯，也很难让人反感。

吴青园没再阻止她。

秦怀鹤抿了抿唇："你是置业顾问？"

言微回答："不是，我是策划助理。"

他点头："你来，我看看你是怎么宣传亨川的。"

言微抿了抿唇，把众人引领到品牌墙边，介绍了起来。

品牌介绍是她写的，她讲起来自然无比通畅，不过，和销冠的说辞并无二致。

秦怀鹤挺胸抱臂，视线本来投放在高处，后来落了下来，百无聊赖的。

言微两手在裤腿缝边紧紧攥成了小拳，又松开了："秦总，要不……我宣传宣传您吧？"

秦怀鹤微滞，轻哼："宣传我？"

"嗯。"

这下，吴青园看言微的眼神有些意味深长了。

言微对着秦怀鹤比画："各位，你们看，我们秦总两米八大长腿，零距离接触大自然，又居高望远，极目天穹，再搭配高智商，彰显尊贵气质。"

众人皆笑，气氛一下子就活了。

秦怀鹤看着她，嘴角压着一个细微的弧度。

"经典脸型设计，布局考究，挑高鼻梁连接明眸皓齿，融为一体又各自独立，尽享美妙人生。"

秦怀鹤唇线拉长了些。

言微纤细五指并拢，往他脚下那双锃亮皮鞋一点："尤其是这双皮鞋，更是将雨天的干湿分离做到了极致，简直就是拎包入住的高端精装型男！"

这下，秦怀鹤终是笑了："这型男怎么卖？"

"不卖……"言微视线飘忽闪烁，嘴角轻颤，"没人买得起。"

秦怀鹤从鼻腔发出一个气声："行。"

他们走的时候，吴青园领着言微和销冠，把一行人送到停车场。

言微很想掏出口袋里的名片，这一天她盼了很久，自从学校那次，她再也没有见过他，她以为最早也要到年底的年会才会碰见秦怀鹤。

可众目睽睽之下，她还留存着一点自尊心。

就在她的心往下沉的时候，快上车的秦怀鹤回过头来，对着她说："怪不得房子卖不出去，连名片都不会留。"

犹如乌云拨日，言微绽开了笑容："秦总，我是言微，以后请多多指教。"

**第三节**

翌日上午，言微打了一辆车，赶往居和园。

这是一个清幽的别墅区，紧挨着她的母校 A 大，她的闺蜜林棠住在这里。

林父是湾城某个央企的领导，林母是 A 大外语学院院长，林家算是书香门第，林棠在读研究生，刚从国外回来。

言微一进门，林棠就问："你找到新工作了吗？"

"没有。"

林棠知道言微的情况，那场车祸，双方都有责任，言微的爸爸在 ICU 住了三个月，家里一套房没有了。在那之前，言成明的连锁超市就已经是亏损状态，家里已经不剩什么钱，言微还得照顾卧床不起的爸爸。

"那你有什么打算？要不让我爸给你找一个清闲点的工作？"

"暂时不用。"言微顿了下，打开手机屏幕，"你看看我的朋友圈。"

林棠有些莫名其妙："看你朋友圈做什么？"

"看看，都是屏蔽你发的。"

林棠狐疑地接过手机："你要是偷偷谈恋爱，看我不揍你！"

她一条条往下拉。

A 大图书馆、画展、湖边写生……她家的别墅院子，她家的狗，她家的猫。

林棠皱起眉头："你发这些做什么？"

配的文字恰到好处，一点刻意的痕迹也没有。如果不是她认识言微，知道言微每天在言成明的屎尿里蹉跎，她当真相信这里面的言微是一个岁月静好的小仙女。

眼前的言微垂着眼帘，抿紧了唇。

林棠察觉出不对劲来，拿手推她肩膀："干吗呀？"

言微眼睫颤啊颤，就是抬不起来："都是来看你爸妈的时候拍的，没脸给你看。”

林棠顿了顿，轻声问：“为什么呀？”

言微打开长外套：“林棠，我怀孕六个多月了。”

她已经背负这个秘密满一百天了。

林棠对着那个微凸的肚子，一时语塞，好半天才找回理智，所以你要给我看你的朋友圈，就是因为你自卑不敢坦白自我，然后装着仙女的样子和男人恋爱，还搞怀孕了？她挪开眼，把眼里的湿意憋了回去，又看向言微：“你告诉我是谁，我去砍了他！”暂且不说她和言微亲得跟亲姐妹似的，就她在外面撒欢的这些年，都是言微替她看顾她爸妈。

言微抿了下唇，说：“秦怀鹤。”

林棠半张着嘴看她，数秒后才惊叹道：“秦怀鹤！”

秦家是豪门世家，太爷爷就是政界名人，秦老爷子从商，打下了一大江山，到了秦怀鹤他老头秦中延，不怎么中用了，倒是生了秦怀鹤这么一个天之骄子，读书经商都是一把好手。

林棠缓了缓，抽了一张纸巾递给眼眶泛红的言微：“怪不得非得等我爸妈不在家才来。言微，你行，你都能给我吓死，我刚才还以为是你姑姑介绍的那个男的呢。”

言微姑姑曾经给言微介绍了一个男医生，说不能因为言成明耽误她的人生大事。言微和那个男人见了一面，把她家里的情况一说，就没有下文了。对于有些男人来说，“扶贫”可以忍，背一个累赘不能。

“你专程来给我道歉，怎么一副感情神伤的表情？秦怀鹤不认？”

“认啊，怎么不认，还让我出国生孩子呢。”

两人断断续续地又说了一会儿话，吃了午饭，躺在一张床上午休。起来已经到了傍晚，秦怀鹤给言微发来了微信。

秦怀鹤：【在哪儿？】

言微：【我在居和园，和我闺蜜在一起。】

秦怀鹤：【好，我去接你吃饭。】

林棠知道留不住言微，把人送到小区门口。

一辆迈巴赫停在路边，打着双闪。车身旁站着一个身姿挺拔的男人，正背对着她们，指尖夹着一支烟，忽明忽暗的。

言微穿的套装，下半身是短裙，脚下一双到脚踝的短靴，两条纤细白嫩的腿光溜着。

秦怀鹤听见脚步声，回身看向她，然后目光往下，对上她那双腿，看了好一会儿才移开。

他掐了烟，说道：“上车。”

上了车，他又看过来：“这么穿不冷？”

言微屁股轻轻挪了挪，不看他：“不冷。”

秦怀鹤鼻腔发出若有若无的一声低哼，随即启动了车子，手握方向盘，悠然转动，车子稳稳开进主干道的车流里。

他没有问刚才送她出来的林棠，仿佛这一切于他，都没什么要紧。他不问，言微也就不提，只是问：“你还要去M国吗？”

他点头：“得去。”

言微轻吸一口气：“那，什么时候走？”

秦怀鹤瞥了一眼：“这么关心我？”

言微看着他那个“优越”的侧脸，轻声说：“当然关心呀。”

交织光影，透过车窗投射在秦怀鹤脸上，他一双黑眸对着前方，窥不清情绪。

是她逾越了吗？

言微胡思乱想之际，秦怀鹤的一条手臂过来了，骨节分明的手覆上她那双纤纤素手，往她左手掌心一插：“我冷，你给我暖暖。”

他的掌心如同以前一样，温热干燥，大拇指在她掌心里轻轻捏了两下。

他高眉骨上的一双剑眉轻挑：“这么凉还说不冷，你这臭美呢？”

秦怀鹤就那么拉着她的手，放在西裤腿上把玩，低声笑开了：“故意的，就想让我给你暖手。”

言微转头。她怎么会不知道，这是秦怀鹤逗她的把戏。他是喜欢她，但是他不喜欢这个孩子，他们之间注定无解。

车子驶进了紧邻湾江的清棠府，这是湾城最隐秘的豪宅之一，每一栋的价值都过两亿，门禁森严，言微这个混地产的，也是头一回进来。

秦怀鹤把车停在岸上，往湖边走。深秋的草还余留一点绿，踩在脚下软绵绵的。

湖面上停着一艘游艇，一个肤色黝黑的男子从游艇上下来，恭敬地说：“秦总，晚上好。”

秦怀鹤回过身，搀着言微细白的手腕上了游艇，坐下没多久，就到了湖心的独栋别墅。

古意的白墙青瓦，带着禅意，在碧水环抱中，像一幅深秋水墨画。

秦怀鹤步子悠闲："今晚和许俊腾他们聚聚，这水连着湾江上游，现钓的湾江野生鱼，做鱼生好吃，你等会儿可以多吃点。"

言微脚下一顿，秦怀鹤也未留意，继续踩着石板路往里走。

她轻声抱怨："你怎么不早说呢？"

秦怀鹤侧过脸看她，数秒后，提嘴一哂："怎么算早？提前一天，三天，还是半年？"

言微不傻，相反，她算得上是一个领悟力很强的人，知道秦怀鹤没有那么大气，可以任由她胡闹。

她怀孕是意外，那时候他才走，她很惊喜，她有了第一个宝宝。但是去医院检查之后，状况百出，出血、胎位低，后来唐篩又没过，惶恐不安熬到五个多月才稍稍稳定下来，那时他的电话已经打不通了。

昨晚那沉闷的一顿饭，她没说出口，秦怀鹤不也没问嘛。

言微浅浅笑了笑："提前半个小时就行了，我怕丢你的脸。"

秦怀鹤撇嘴，语调闲散："走吧，没什么脸可丢。"

有人在大厅候着，把他们迎进了偏厅。

饭桌前的一男一女站了起来，沙发里，另一个瘫成一团泥的男人也坐了起来。

言微大大方方地打招呼，她看得出来，三人皆有些吃惊，特别是那个女生，趁着她和那两位男士打招呼，一双眼上上下下打量她。

秦怀鹤坐下后，言微接过暖毛巾递给秦怀鹤。

鱼汤上来的时候，秦怀鹤拿了一碗放到言微面前："先喝汤。"

林景仁打趣："哟，你还挺疼人？"

见秦怀鹤不说话，林景仁不敢再造次。

瘫倒在沙发里的许骏腾假意不满："你们都是坏心眼，都带着姑娘来，就我一个孤单寂寞。"

"你多学学我们怀鹤哥吧，天冷了，加个暖心小棉袄。"肖静宣看着秦怀鹤，似笑非笑的，"是不是，怀鹤哥？"

秦怀鹤和言微对视一眼，提唇，放下汤勺就去拉她的手："我看看够不够暖。"

林景仁对肖静宣道："瞧瞧人家，你怎么都不知道暖暖我？"

肖静宣不以为意地说："不暖，不稀罕。"

肖静宣这两三句话，男人们听听就罢了，或许只有女人才能品出这里面的味道来：巴结男人这种事儿谁爱做谁做，她不做。

明褒实贬，言微并未放心上。

鱼汤醇美，入喉甘甜，言微的心也熨帖了。这一碗热汤下去，言微背后一阵阵发热，起身去往卫生间收拾。从卫生间出来，她慢慢往偏厅走，临到了，还是热得把外套给解了。许骏腾和林景仁一点都没察觉出来，倒是秦怀鹤多看了她两眼。

许骏腾家里的企业是医疗器械行业的巨头，这会儿他正说到今年新出的产品："电动移位机在东南亚的销量比国内多了一倍，国内这一类器械竞争就是狠。"

林景仁问："这电动移位机是用来做什么的？"

"就是给那些半身不遂的人用的，用个兜兜住，可以移位，上轮椅不费劲，解放人力，病人也舒服。出个门，看个电视，上厕所进浴缸，都能用上。"

言微把手从秦怀鹤掌心里抽出来，眼睫像蝴蝶的翅膀，轻轻颤动。

"哟，都半身不遂了，还要进浴缸？"林景仁略带嘲讽地说。

许骏腾一哼："你懂什么！有好的谁不想享受？等你瘫了我看你买不买。你没瞧见那些屎尿一天糊好几回的，照样惦记着活到一百岁。"

秦怀鹤手里空了，隐隐有些不耐烦："还让不让人吃饭？饭桌上说那些肮脏的东西。"

言微手指头紧紧绞做一团，指尖插进肉里，是尖锐的刺痛感。

离席的时候，言微背过身，穿起了外套，把肚子遮得严严实实。

秦怀鹤大掌捏在她后颈处，侧肩贴着她的后背，两人步调一致往湖边走。上了游艇，言微才坐下，他随手把西服外套往她那双裸露的腿上一盖。

许骏腾眼热了："看不出来，我们鹤哥管这么严？"

秦怀鹤手往兜里掏，摸出了烟盒，扯唇："臭美我不管，这里风大。"

言微垂首抓着他的西服，在暗夜里，看着像是一个乖巧的小媳妇。不管是不喜她太过臭美，还是心疼她受冷风吹，带着他臂膀温度的西服外套实实在在挡住了寒风，就像是用蜜色糖汁给她心脏抹掉了一层灰。

她当初就是这么对秦怀鹤上瘾的。

## 第四节

言微抬头看秦怀鹤："秦怀鹤，我要回家了。"

言成明吃流食，要少食多餐，护工罗姐六点就走，天气冷了，言微不回去，爸爸就吃不上热饭。以前言微对秦怀鹤还心怀爱意的时候，也曾任性地在外头过夜，但那时她还是要提前和罗姐说好，多付一点钱，让她上到晚上九点再走。饶是如此，言微心口还是压着一块这辈子都搬不走的石头，总是没办法畅快。

下了游艇，秦怀鹤牵着言微的手往岸边停的车走。上车后，言微没怎么说话，秦怀鹤偶尔问一句，她才答一句。

秦怀鹤电话响了，车载电话里，一个年轻女声响起："秦怀鹤。"称名道姓的，语气也不甚客气。

言微忍不住抬首看他的手机屏幕——苏允君。

秦怀鹤问："什么事？"

"我听说……"苏允君顿了两秒，"我听说，你快要有私生子了？"

如同一颗炮仗，炸在言微心湖，水花直接炸到了脑袋上。

好一会儿，秦怀鹤冷笑："关你什么事？"

苏允君被他噎得一时失语："就……就恭喜你呗。以后好了，你妈和我妈也不必撮合我跟你了……"

秦怀鹤打断她："还有别的事儿？"然后率先挂断电话。

快要拐进言微居住的小区时，言微顿了下，开口道："秦怀鹤，我走了，你不要工作太晚。"

她在楼下水果店给言成明买了提子，又给自己买了几个苹果，听说多吃苹果会让婴儿皮肤好。

到了家，她把冰箱里的碎肉拿出来，给言成明热了饭，又打了果汁。

"爸，吃饭吧。"

闻言，言成明睁开了个眼缝，又阖上了，把头歪到另一边——这是不吃的意思。

言微把桌板推了过去："吃一点，刚热的。"

桌板还未移到位，言成明突然变了脸色，用能动的那只手狠狠往桌上一打，那碗在言微的惊叫声中应声而下，摔了个稀碎。

稀烂的肉糊糊摊在暗色地板上，一点汤汁溅到她的脚踝，带着辣意。

言微沉默了下，转身回到自己的房间，一屁股坐到床上，倚着床头板无声落泪。哭了一会儿，言微逞强地双手抱肚，狠狠闭目，逼着自己不要哭，不能哭，会影响到宝宝的发育。

爸爸以前并不是这样的，他以前很开朗，喜欢逗言微，父女俩关系一直很好。车祸之后，他醒过来，知道吴娟彤不在了，痛心疾首，到底还惦记着女儿，他心存希冀，以为自己有一天能站起来，还能照顾女儿。一年过去，他日渐消沉，话也越来越少，如同小区下面那个干涸的小湖，没有水，杂草丛生。

第二天，护工罗姐到了以后，看见垃圾桶里破碎的碗，神色有些复杂，欲言又止，最后把言微拉到阳台，关起门来，小声问："言微，你是不是怀孕了？"

言微眸光一颤，看着罗姐，怔怔说不出话来。

"前几个月，你不是经常不回来嘛，我没和你说，你爸也摔过碗。我想啊，他就是有气咧，又不好跟你说，才发火。"

言微羞愧难当，垂下眼睫，小拳紧紧攥着衣尾，不敢再看罗姐一眼。

"你要是有男朋友，就带回家给你爸看看，他也开心。"

罗姐出去干活了，言微回到自己的房间，关上门。

她默默站了一会儿，拉着棉质睡衣衣尾往下压，凸起的肚子没有遮挡，真真切切呈现在眼前，肚皮在动，那是宝宝踢了她一脚。是她太傻太自以为是，她以为自己可以处理好这些，宝宝胎位不正的时候她谁也求不到，林棠在国外，爸爸又生着病，就连秦怀鹤她都打不通电话，她只能拼命地隐瞒，一点点地吞下苦楚，她甚至自以为地瞒过了所有人。

爸爸的朋友以前经常对爸爸开玩笑："言微又聪明又漂亮，你可要看好了，别便宜了哪个坏小子。"

那时候，爸爸总是不以为然，说："她老实得很，不敢。"

是她辜负了爸爸，以前他有多骄傲，现在就有多痛苦。

她掏出手机，找到了那个白鹤头像：【秦怀鹤，你在哪儿？】

没多久，秦怀鹤回复了四个字：【公司开会。】

言微补上一句：【我有话要和你说，可以去找你吗？我在亨川世纪楼下等你。】

【来吧。】秦怀鹤的信息一贯很简短。

言微换了一条深色碎花裙，外头披着同色系粗呢外套，悄无声息地出了门。

到了亨川世纪楼下，她找了一个咖啡厅，才要把位置发给秦怀鹤，就看见一位贵妇装扮的女士抬着下巴走过去。

"允君放我的鸽子，我不来找你？你赶紧下来，不下来我就上去了。"这位女士把爱马仕包扔进与言微相邻的座椅，跷起了腿，"还以为你眼光多高呢，找了那么一个女的。你不知道，她爸在家里瘫着，她自己画展图书馆逛着，还不是为了放长线钓大鱼？”

言微脑袋“嗡”的一声响，胸口像团着一团棉花，憋得她快要喘不上气。

“要不我说你呢，到现在都不知道她家里什么样，这个女的品德有问题……”

言微虚晃的视线里，服务员走了过来，稍稍倾身，把杯子放下，咖啡的焦香弥漫在小咖啡厅里，更显浓郁。

言微扫桌号付了款，留下一杯没有动过的猫屎咖啡，走了。

秋风瑟瑟，裙摆撩拨着她的小腿肚，她拿出手机，摁着开机键的手指头在发抖：【有点事情，我先不过去了。】

大早的，恒亿人事部来了电话，让言微过去领离职证明。

她离职的时候，吴青园没批，公司新接了两个项目，正是需要人的时候，言微聪明能干，找个助理不难，但找个她这样好用的却不容易。

言微这一走就是两个多月，并没有一点回头的意思，项目需要用人，公司新招了两个策划助理，吴青园也断了让她回来的念头。

第三天，言微接到了丁澄的电话，说秦总有礼物送给她。

一大礼盒白边粉心的蔷薇永生花，里面夹着一张素色贺卡，素雅蔷薇旁印着四个字：年年有鱼。

言微默默把盒子盖上，别的不好说，“年年有鱼”倒像是他的意思。

以前秦怀鹤让丁澄给言微挑礼物，丁澄往贵重的挑，言微没收，一说她没图他这些，二说她和爸爸住，不好拿这些东西回家。那之后，秦怀鹤也不再花这心思了。

她亲手做的贺卡，他叫助理回赠一张定制卡，连字都不愿意写就罢了，她写“岁岁平安”，他还非得还她一个“年年有鱼”。

想来这花也是丁澄做的主，毕竟单送一张贺卡太难看。打工人要花心思，秦怀鹤不用。

言微一手抱着礼盒，一手提一袋红提走进家门。

护工罗姐的眼神有些闪躲：“言微，你姑姑过来了。”

言微才把东西放下，言绵肃着一张脸从言成明的卧室出来，把她拉进房间，关起门来就打开她的粗呢外套。

这一看真真切切是没错了，言绵眼圈霎时就红了，哽咽着说：“你这……你对得起谁！”

饶是言微做过心理建设，也经不住姑姑这一问，胸腔仿若翻滚着汹涌潮水，就算咬着牙，双唇依旧抖动个不停。

言绵气得想要打她，又下不去手，到底没忍住，在她肩上拍打了一下："多大了？"

"六个多月。"

"那个男的不认账？"

言微咬着唇，眼了泪水决堤而下。

这一下，言绵又气又急："你是不是……你是不是破坏别人家庭去了？"

言微用手背快速抹泪："没有，我没有……"

"那他为什么不认账？"

言微颤着湿漉漉的眼睫毛："他认账的。"

虽然秦怀鹤从来没有当面问过这个孩子，但到底还是认账的，只不过是让秘书来处理。

言绵说："认账你就把他叫出来，商量一下这个事儿怎么解决。"

言微吸了吸鼻子："好，但是他工作很忙，姑，过几天……"

言绵的声量骤然大了："他是什么人，每天日理万机？你肚子都这么大了，等生下来了再商量是吗？"

屋子陷进死寂，连罗姐清洗接尿器的声音都消失了。

恰好秦怀鹤来了消息：【在哪里？】

言微咬着牙，把眼里的泪憋了回去：【在家。】

秦怀鹤：【我让司机去接你。】

言微又发了一会儿呆，才轻手轻脚进卫生间，洗了一把脸，往镜子里看自己的脸。除了上眼皮有些肿胀，脸好像也胖了一些，但无疑还是好看的，冲过水的眉眼干净透亮，发红的眼圈更映得眼尾那颗泪痣楚楚动人，她便素着一张脸出了门。

老旧小区侧门的小巷子里，纯白色宾利很扎眼，开车的是司机老谭。

言微来过渐青湖两三回，熟门熟路，老谭把她放下，便把车开走了。

一楼亮着灯，却没有人影，言微拾级而上，推开黑桃木双开门，心口猛地一跳，头皮都麻了。

秦怀鹤敞怀躺在地上，头正好抵着沙发腿儿，好似从沙发上摔下来的样子。

言微吓得脸色煞白，疾步走过去，蹲下身子半跪在地上，把他的头掰过来对着她："秦怀鹤！"

只见他慢悠悠睁开了眼，一双清眸泛着红血丝，却毫不损减眉宇间的俊俏，哑着声音说："言微，你来了？"

言微心里一松："你怎么睡到地上去了？"

秦怀鹤胸腔微微抖动："地上凉快。"

言微怀疑他又故意逗她玩，却仍拉扯着他的胳膊："快起来，这么冷的天气，不要睡地上。"

秦怀鹤拉着言微一只手，说："我热，你摸摸我。"

言微上另一只手，摸了摸他的额头。

秦怀鹤，多俊雅孤逸，多霁月清风，言微和他待了两个多月，才知道这分明是一只野鹤。

"野鹤"挣扎着坐起来，对她伸出手来："言微，拉我一把。"

言微不疑有他，弯下腰搀他。下一刻，她跌落进他的怀抱里，正好砸在最滚烫的地方。他一手箍着她的腰，往他怀里揽，一手捏起她的下巴，带着霸道狠狠亲了上去。言微被迫承受这个强势的亲吻，胸口犹如荡着一股热潮，往四肢百骸冲窜，眼角也湿了。气息仿佛要被他这一个深吻掠夺而光，她在窒息边缘，两手抵在他胸口处，要把他推开。

"秦怀鹤……"言微稍稍偏下头，炽热的鼻息带着酒香喷薄在她耳朵边，又痒又烫。

秦怀鹤站在她身后，下巴抵在她颈窝，蹭蹭她的脸蛋，唤了一声"宝贝"。

言微身子在轻轻战栗，她心尖一软，霎时就湿了眼眶。

他以前也这么叫过她，只是她不知道，这一声是唤她，还是肚子里的宝宝。

"明天我去 M 国，等签证办好了，你跟着我走。"

"好。"

言微听了这话，眼泪再也忍不住，合着这几天受的冷落和委屈随着水滴滑落到地漏里，她决定好了她不要秦怀鹤了。

她看他，眼神依旧清凉温和："好。"

**第五节**

秋日的早晨，花园里罩着一层灰雾，白玉兰沾染了朝露，花瓣尤为孱弱。

早餐快做好了，言微回到二楼卧房，拉开落地窗窗帘，浅淡的秋日阳光穿透玻璃门，洒了薄薄的一层银光在木地板上。她往下一看，近处是碧湖，远处是正处湾道的江水，水流为财，风水先生说这是湾城风水最好的地方。

秦怀鹤洗漱时，言微倚着门框看他，指尖无意识地抠了抠黑桃木门框，问道："事情忙完了，能去见见我家里人吗？"

秦怀鹤抹了抹嘴，从镜子里看着她："见。等我回来再说。"

言微手从门框上滑下来了，唇边浮起了笑："好。"

言微踮起脚尖亲了他一下，冰凉凉的，如花园里的晨露。她喜欢见到早晨的秦怀鹤，这能让她想到一些美妙的成语，比如朝夕相伴，比如相濡以沫。不过是不是真如此就不一定了。秦怀鹤坐在餐桌前，两指在太阳穴上压了压。

言微走过去，屈着指头，从眉心沿着眉骨往太阳穴，慢慢给他揉压，小声说："喝酒之前先垫些肚子，这样能少受点罪。"

秦怀鹤半阖着眼，享受这晨间推拿："在 M 国的时候应酬少，猛地来这么一回，有些受不住。"他捏上她细软的手腕，"你什么时候来 M 国？"

温热的触感从手腕的细毛孔浸入肌肤里层，带着细微小电流，让言微有瞬间的沉迷："快了，到时候我去 M 国照顾你。"

秦怀鹤鼻端发出一个清浅的气声："都说你聪明，怎么这觉悟有点儿晚呢？"

言微的手在他眉尾顿了下，又缓缓摁压起来。

她并不是觉悟晚，她是身不由己，有些事情并不是聪明就能做到的。

他和她的见面和相遇，从一开始就不是对等，只是她尽力去忽略这些，然后装作让人心动的样子靠上前去。她以为是爱情，但除了她所有人都不这么想，包括秦怀鹤。

第一次见面，她用自己的聪明伶俐，让秦怀鹤记住了自己。

虽是尾盘，但按惯例，公司每周一都要和甲方开一次会，一般都是策划经理吴青园和销售经理赵妙阳参会，给亨川蓝经理和另外一个营销总监汇报营销策略和销售成果。

但一个月总有那么一两次，言微要代替两个经理去和甲方汇报。

亨川的蓝经理和营销总监对她的印象不错，反馈到公司，恒亿的老总在会议上夸赞了她几句。

遗憾的是，秦怀鹤在另一个楼层办公，有独立的电梯直达，言微根本就没有机会碰上他。

但言微知道，她总有一天会碰上的，事无绝对，只要她耐心靠近，总能再挨着他一次。

那是很平常的一个周一，她提早半个小时到亨川，恰巧碰上亨川高层在这一层开会。他们出来了，她一眼就看见了着墨色衬衣的高个男人——秦怀鹤挺拔俊逸，站在中心位，受众人簇拥。

言微捏着纯黑笔记本走出接待室，站玻璃墙边——他离去的必经之路上。

言微听见缓下来的脚步声，适时转眸，嘴角往上牵动："秦总，上午好。"

秦怀鹤略微颔首："过来开会？"

言微说："对。听说曾总监也在开会，蓝经理让我等一下。"

"都说恒亿的销售水准就那样，但是报告做得很漂亮。"秦怀鹤脚下动了动，"言微，听说都是你写的？"

他准确无误地叫出了她的名字，言微心神微动，回道："嗯，谢谢秦总夸奖。"

秦怀鹤提嘴一哂："行，我也参加一下你们的会议，看看是什么样的漂亮汇报。"

言微还未来得及做出反应，他已经偏过头看他的助理："丁澄，十分钟能抽出来吗？"

丁澄有些为难："秦总，时间有点赶，华总已经到公司了。"

言微听到丁澄这么说，快速把握住了一瞬即逝的机会："秦总，您先忙，我把周报发给您，有时间您看一下，多给我一些修改意见。"

就是这一次，言微如愿加上了秦怀鹤的微信。汇报结束之后，她在亨川楼下的咖啡店，火速完善周报 PPT，转换成 PDF，发给了秦怀鹤。

那之后，言微照常兢兢业业，做她的乙方小助理。她的朋友圈屏蔽掉亲朋好友，立了一个趋于完美的人设——A 大毕业，没大野心，有小智慧，一边积极向上，一边岁月静好。

销售进度虽缓慢，但也在公司的预期之内，恒亿想拿下亨川新的项目代理，一直在积极维护双方关系。

到了月底，难得秦怀鹤有空当，接受了恒亿老板李达兴的宴请。李达兴带着销售总监和经理，还特意交代赵妙阳，把言微也带上。

言微年纪最小，又和亨川的曾总监和蓝经理熟悉，席间免不得被他们拿来打趣。席间秦怀鹤仿佛不认识她一样，距离不远不近的。

散席的时候，言微跟随众人，把最尊贵的那位送到会所门口，然后看着他坐上那辆宾利，最终消失在车流里。言微有些许失落，最多还有一个多月，公司就要撤场了，到时候要见到秦怀鹤，只会难上加难。

她心一横，做了一个决定，打车去了亨川世纪下的咖啡馆。

把咖啡端在手里，对着暮霭里的圆月拍了一张照片，然后发了一条带定位的朋友圈，仅秦怀鹤可见：【不是为了看月亮，只是觉得此刻，我应该挨着你。】

她就那么端坐着，半个小时过去了，手机安然无恙，一点儿动静也没有。

言微自嘲，或许，他根本没发现，抑或是他发现了但是不在意。

言微灌下最后一口咖啡，她上了四楼的电影院，买了一张午夜场的电影。看到中途，手机亮了，言微明目张胆翻起手机，只一眼，心脏骤然一缩。

秦怀鹤：【没喝多吧？】

过了一小会儿，又好似过了好久，他发来了一条，无端让言微的眼角沁出了潮气。

秦怀鹤：【挨着谁看电影？】

……但大概连林棠都不知道。

言微给秦怀鹤揉了好一会儿，谭叔来了。秦怀鹤赶往机场，飞去 M 国。

言微把脏衣物放进洗衣机，又把他的卧房简单收拾了一遍。

护工罗姐给言微打电话，向她请两天假回老家。言微应允下来，让大姐给言成明换上厚一些的褥子，等她回家了再洗被单。

傍晚回到家，言微站在言成明卧房门口，扫了眼他的垫褥：“爸，我回来了！”

言成明凹陷的眼眶微微一动，看向她“嗯”了一声。

言微展露笑颜：“那我去热饭，今天没有提子了，吃一点苹果吧？”

言成明张了张嘴，没发出一个音，但言微照顾他久了，一个细微动作也能很快明白他的意思。言微进厨房热饭菜，又打了一杯苹果汁，端过去给言成明。

不知道为何，言微胸口憋着一些话，忍不住想说出来给爸爸听。收拾的时候，她到底憋不住，捏着碗碟，目光垂落在言成明脸上：“爸，我男朋友在国外，等他过几天回来了就过来看你。”

言成明顿了下，轻点了一下头，含糊不清地说：“好。”

言微鼻端一酸，端着碗和杯子疾步往外走，才到过道，泪水就模糊了双眼，脚下白晃晃的一团，极不真实。她有些懊恼，最近这一段时间，眼眶总是有些压不住潮湿。

过去两年的时间，再苦再累她都很少哭，最惨的时候都已经熬过来了，还有什么好怕的。

她拿了一个大盆，把罗姐换下来的垫褥和被罩用洗衣液泡了半个小时，才放到洗衣机里。

晚上林棠来看言微，当着言绵的面把秦怀鹤夸了一番，还说也只有言微才能追得上。

言绵将信将疑，看了一眼言微：“言微追的他？”

言微笑笑：“没有谁追谁，就是正好合适。”

林棠自觉失言，笑嘻嘻搪塞过去：“我是说，只有言微这种好脾气才能配得上。”

言微嘴角微牵，她和秦怀鹤，称不上谁追谁，但大概连林棠都不知道，她为了能多够着秦怀鹤，花费了多少心思。

但他们的靠近，就像午夜电影演的一样，不甘心的女孩迷恋上了英俊的贵公子，拼命靠近获得一丝垂怜，最后惨遭远走他乡的结局。这样的结局对于现在的言微而言，反而更像解脱。

当时还在午夜场看电影的言微收到秦怀鹤的微信，十几分钟后，播放厅走进来一个高大身影。

言微心跳如擂鼓。

随即，高大的男人挨着她坐下，稍稍朝她倾身，问：“电影好看吗？”

淡淡的佛手柑前调香侵袭而来，言微听不见自己的心跳声，但是胸口的鼓噪让她难受，她嘴角僵硬地回道：“好看。”

一直到电影散场，秦怀鹤都没有再和她说话。

商场早已经关门，只有两部电梯下到一楼。秦怀鹤单手插兜，闲散俊逸，他没有进第一部电梯，而是等那几个人走了，才摁了下行键。

言微跟随他，前后进了电梯。

秦怀鹤偏过头，压着眼睫看她：“这么晚不回家，你家里人不管？”

言微嘴角动了下：“以前有。”

秦怀鹤眉头稍抬："那现在不管你了？"

言微轻声说："她过世了。"

秦怀鹤顿住了，而后，"嗞"了一声："那家里其他人呢？"

言微下意识翻转手机，嘴角一扯："他现在管不了我了。"

手机屏幕里，时间显示已经凌晨两点一刻，除了软件推送，干干净净的。

爸爸已经很少和她说话了，即便他的手还能动，也不会给她发信息。

电梯门打开，秦怀鹤突然伸手揽上言微，在她肩侧轻拍两下，低低沉沉地笑："跟我走，我管你。"

那是一种陌生的接触，带着致命的迷幻，言微根本就无法抗拒，对于当时的她来说，跟秦怀鹤走，是如愿以偿，也是破釜沉舟。

那是言微大学毕业之后，最幸福的一段时光，她照顾起秦怀鹤来，事无巨细，并沉浸其中。两人在一起的时候，称得上如胶似漆，秦怀鹤享受她的照料，对她也算疼爱。

秦怀鹤犹如一道光，驱散了覆在她心口的那层灰败薄膜，救回了她。后来，他提出让言微去 M 国照顾他，她拒绝了，那是她第一次拒绝他，她有牵绊在湾城，一辈子都丢不掉，秦怀鹤不知道她深陷沼泥也不知道她的爱，他只是简单地爱了她一下，包括这次也是，他以他的方式让她放弃所有去 M 国。

秦怀鹤走了，她才发现，她和秦怀鹤也有了牵绊，也是一辈子的。

**第六节**

秦怀鹤要回来的那一天，言微在医院做完产检，让司机送她去买菜，然后才回到渐青湖。

她放下手里的菜，发现西厨的水龙头漏水，便打电话让物业过来看一下。

没一会儿，门铃响了，言微心无防备，才一打开大门，脸色瞬间僵硬。

一位着茶花粉薄皮草的女士站立在她眼前，这位女士身段很好，皮草的颜色也很温柔，但这并不能削减言微当日在咖啡馆受的那些惊吓。

那位女士也愣了一下，很快恢复冷傲的姿态，视线自上而下，扫过言微的肚子。

像是确认了言微的身份，女士张口就问："秦怀鹤没回来？"

这一问，言微瞬间回神，连忙侧身给她让出位置："还没有，飞机晚点了，估计要晚上九点才到。"

吴曼云的视线从言微脸上挪开，抬着下巴往大厅里走，尖锐的高跟鞋踩在鱼肚白大理石上，带着压迫感。她把价值几十万的包包随手放到茶几上，拢着裙摆坐下，白嫩的一双手交叠放在膝盖上："你也过来坐吧。"

吴曼云没有拐弯抹角，看着言微的肚子，问道："你的孕检报告我看过了，你怎么回事儿，那么晚才说？"

言微轻声回她："我三个月检查出来时，因为胎位低，又流血……我就没有马上和他说。"她没有撒谎，孕检报告里都有，只要有心想查，这几天够吴曼云查个一清二楚了。

吴曼云停顿了一下："你们有什么打算？"

"秦怀鹤说，"言微捏了捏膝盖骨，"让我去M国生孩子。"关于这个孩子，其实秦怀鹤从来没有在她面前提过一言半语，不过，她又自己想通了，或许秦怀鹤压根就不爱小孩。

吴曼云声量大了："然后呢？生了孩子丢在M国，这边一个爸，那边一个妈？别人家的孩子可以这样，我们家的不行。"

吴曼云停顿了一会儿，"嗤"了一声："做我们家孩子，别的先不说，第一个，教养要好。"

言微喉咙滑动，咽下去的空气干燥清凉："我知道。"要论教养，她并不觉得秦怀鹤比她高出一丁半点，吴曼云高高在上，说话也不甚客气，至少言微的妈妈不会用这副面孔对待一个初次谋面的女孩。

言微适时起身，去给说累了的吴曼云倒了一杯温水。

吴曼云抿了一口水，脸色好了一些，又看着言微的肚子，问道："你这……男孩女孩知道了吗？"

言微抿了抿唇："女孩吧。"

吴曼云脸上有一闪而过的失望，瞟了一眼她的肚子："等他回来，再商量见个面，你家里怎么方便？"

言微的棉拖鞋总算分开了些："我爸爸身体不好，他可能会不愿意出席，但我姑姑姑父可以替他过去。"

吴曼云没有什么异议，拎着包走了。别墅院子很大，言微闷声把吴曼云送到了院门外头，直到吴曼云上了车，开出两百米开外，才返身回到别墅里。

晚上九点，秦怀鹤到了。

言微给他盛上一碗煲了半天的人参牛尾汤，双手捧着，放到他跟前：“这是秋补的汤，太晚了，少吃点儿米饭，多喝两碗汤。”

言微抓上秦怀鹤不老实的手：“快吃吧。”她又迟疑一会儿，开口说，“傍晚的时候，你妈妈来过，我说你飞机晚点了，你要不要打个电话跟她说一声你到了？”

秦怀鹤不甚在意：“不用打。”

言微顿了下：“你妈妈问我有什么打算，我说去 M 国生孩子，你妈妈让我和你……”

“言微，我妈说什么都没用，她做不了我的主。”秦怀鹤突然放下手里的碗，瓷碗碰撞大理石桌面，发出一声脆响。

言微胸口翻滚着酸水，直往顶上冲，明明刚才见吴曼云的时候，也并没有这样汹涌的情绪，仿佛下一刻就要压制不住。她过了半晌才冲着秦怀鹤点头：“我知道，都是你做主。”

秦怀鹤把碗送到言微手里，顺道捏了一把她的手腕：“好喝，言微，再给我盛一碗。”

言微噤声不语，给他又盛了一碗汤。

秦怀鹤上楼了，言微把岛台上的水渍清理干净，走到餐厅的落地窗边，想着把窗锁上，却扶着纯黑色门框，对着花园怔怔发愣。

恰在此时，闫秘书给她打来电话：“言小姐，秦总和秦总家人要邀请您家里人吃一顿饭，您看，定在悦凯饭店可以吗？”

“可以的。”

“稍后我会把时间地址发给您，请您留意查收。”

“嗯，辛苦了。”

言微挂了电话，自嘲扯唇。秦怀鹤多金贵，明明就在身边，这些事情却还是让闫秘书张罗了，再来转告她。他能这么办事，她却不能。

言微站在书房门口守着，看到秦怀鹤挂了电话才走进去：“谭叔还在吗？我想让他送我回家。”

秦怀鹤显而易见地一滞，转个半身对上她，黑眸深沉：“要是不在了呢？”

言微腰侧抵着冰凉的檀木书桌，目光并没有半分退让：“不在我就打的，我爸身体不好，我要回家照顾他。”这是她第一次提到她爸爸的状况，有一丝痛快。

秦怀鹤定了定神，语气放缓了些许：“我叫人去照顾，以后你到 M 国，也不能天天回去照顾他。”

言微垂下眼帘，沉默片刻，再开口话里并没有松软几分："就是因为要去 M 国，这个时候才要多回家看看他。"

当初妈妈一直教导她独立坚忍，想要的东西努力去争取。

她一直以为，她能做到。

原来，人心是最难把握的东西。

包括秦怀鹤的，也包括她自己的。

言微回家就告知言成明两家安排见面的事情。

言成明如言微意料中的，松垮的脸颊抖动了下，从咧开的嘴缝里挤出三个字："你们——去。"

言微鼻端酸得厉害，嗓子干涩胀痛，低眉敛目"嗯"了一声，返身回到客厅。

客厅里的搁板上，还放着一家三口的全家福，那时候她在上高中，脸上的笑容恬淡如初春的微风，她妈就是一副高中班主任面孔，威严里藏着慈爱。

言微挪开眼，她保胎的时候曾经偷偷求妈妈保佑她，让她的孩子平平安安，但这会儿她没有和妈妈说一声的念想。

好像并没有什么值得高兴的，那种松绑的感觉消散殆尽。

言微又打电话把两家人见面的事儿和姑姑说了，言绵很高兴，问道："你和你爸说了吗？"

言微顿了下："说了，我想先和你商量一下，我爸不愿意坐轮椅。"

言成明已经好久没有离开过护理床，他的那个轮椅放在杂货房里，早就已经积灰了。

言微原本心里还希冀着秦怀鹤能先上家里来看爸爸，然后两家人再一起见面的，现在看来是不必了，她已经做好决定了。

言绵缓了片刻，说："你爸这人真是，越躺越古怪，不愿意就算了，我和你姑父去就行。"

言微心口泛涩，又好似有人给她解绑，有瞬间的松弛。

第二天，言微带着姑姑和姑父如约而至，见到了秦中延和吴曼云，让人意外的是，男主角迟到了。

两家人寒暄客气了一番。

秦中延两口子待人客气有余、亲热不足的派头，都不像是一般人家。而且，这未来姑爷的谱儿也太大了些，双方长辈都到了，他还敢堵在半道上。

吃到中途，秦怀鹤风尘仆仆而来。他脱掉了西服，随手扔在沙发上，和言绵两夫妻一一握手。

言绵更是吃惊了，秦怀鹤的气质长相大大出乎她的意料之外，品貌就不用说了，他举手投足从容沉稳，交谈间言之有物，礼节到了，却也并不过于亲热。

言绵过了大半辈子，知道这需要很大的自信做底子，或许一直处于权势高地的人才能拥有，于是问道："怀鹤是在湾城长大的吗？"

秦怀鹤说："不是，我五岁就去M国了，初中回来过两年，后来一直在国外，大学毕业才回来。"

言绵点头："是回国创业？"

秦怀鹤笑了笑："算是，不过亨川在我大学的时候就注册了。"

这下，言绵震惊了："亨川集团？"

这时吴曼云笑道："他平时比较忙，我一年到头也就见他一两回，礼数不周，你们别见怪。"

言绵说："不怪他，就怪言微没有告诉过我们，她妈妈是老师，以前对她要求很严。不是我夸自己家孩子，言微哪哪都好，从小读书就厉害，不用人操心，就是不愿意多说，心眼实在。"

言微垂下了眼睫，唇边是僵硬的笑。

吴曼云客套两句，才说到了正题上，让两人先登记注册，等孩子生下来再办婚礼，并让言绵把礼俗说一说，好有个底。

言绵自然没有什么异议，只说礼俗按照秦家的来就行。

这一顿饭，从五点半吃到了八点半，秦怀鹤把西服挂在手臂上，和言微的姑父握手告别。

秦怀鹤抓起臂弯的西服，把言微揽进怀里："等会儿和我一起？"

言微低声道："第一次和家里人见面，各自回家才好。"

"怎么，约会也不行，你家是封建家庭？"秦怀鹤胸腔微微起伏，低声笑着，压着眼睫瞧她，"封建家庭还敢大半夜跑去勾搭我？言微，你绝对是解放妇女的先进。"

言微抬起眼皮瞪他。

秦怀鹤提嘴一哂："你气什么，你看脸上都气脏了。"

言微下意识捂住对着他的那半边脸，下一瞬又回过神来，又快快放下，他又来逗她玩儿了。

秦怀鹤修长食指戳过来，在她眼尾处点了点："这儿有一个脏东西，那么久了，也没见你洗掉。"

言微眼睫微颤，抓住那根手指头，轻轻给他甩了回去，声音轻了些："这是痣，洗不掉。"

"是痣啊？"

她看着他："对，不好的痣。"

秦怀鹤看她，追问："怎么不好了？"

言微轻抿了一下嘴唇："就是，感情不顺遂的那种不好。"

秦怀鹤停滞片刻，哂笑一声，话音微凉："你跟我说说，你的感情如何不顺遂了？"

言微回了个秦怀鹤答非所问的话："明天我就去点了它。"

远处的霓虹闪烁，男人绷紧的下颌线一明一暗，他双唇抿直，眼里如带寒光："你点一个试试？"

言微曾经告诉过秦怀鹤，大学的那一场初遇，她便记住他了，虽然他一点印象也没有，却也能想象出来，小姑娘看着他羞涩抿嘴的样子。

秦怀鹤把她压向结实的胸膛："顺不顺遂的，你不也要和我结婚了吗？"

言微微怔，转瞬从他怀里抬起头来，轻笑着问："我跟你结婚了吗？"

"没结吗？我怎么觉得我们结婚很久了。"秦怀鹤把言微的手贴在唇边，蹭了蹭，"言微，明天就跟我去登记吧。"

言微怔怔地看着他。

秦怀鹤舌尖抵在两唇之间，眯眼瞧她数秒，突然一笑："怎么，还要我跪下来求你？"

言微眼睫轻颤，目光往下轻轻垂落："不是，我户口本还在家里，登记的话要先回家拿，至少也要提前和我爸说一声，还有姑姑。"

其实，秦怀鹤心里门儿清，只要他开口，以言微的性子是不会拒绝他的。

只要他愿意，也正好有空，就能跟她结婚，不用争一朝一夕。

秦怀鹤在她腕口吸了一下，抬着深幽的眼看她，说："行，后天去民政局，明天你回家拿户口本。"

言微心口一缩："好。"

**第七节**

半个月后产检的日子，这一次，吴曼云意外在医院等着言微，身边站着这家私立医院的妇科主任，吴曼云说陪言微去做B超。

吴曼云的心思言微如何不懂，她没留一点余地地拒绝了：“阿姨，我自己进去吧，看性别是犯法的，对主任也不好。”

吴曼云没想到吃了这么个钉子，面色微愠：“陪你做个 B 超就犯法了？”

妇科主任是个人精，笑道：“不用看，健健康康，都会得偿所愿。”

不久后，吴曼云看见言微做完 B 超出来，问道：“检查好了？”

“嗯。”

吴曼云看她的装扮，好似忍了很久了：“怎么来去都是这两套衣服？”

言微轻轻抿唇，说：“够穿就行，孕妇装以后也用不上。”她实在不知道如何跟这个准婆婆相处。

估计吴曼云也是一样的别扭感受，脸色更不好了：“衣服又不是说用得上才买，穿好看些，谁的心情都好。”

言微捏着挎包背带的手紧了紧，只好拉出秦怀鹤来挡：“不用了，秦怀鹤让我过去找他吃午饭，我们一起过去吧。”

“我不去了。”吴曼云看出来，她不可能拥有一个乖巧嘴甜的儿媳妇，也不想多搭理言微，便让司机来接她走。

言微还未到家，就接到护工罗姐的电话。罗姐语气不甚友善，问言微是什么意思，换护工也不亲自跟她说，还让姑姑来说。

言微好声好气安抚罗姐，承诺绝对不会换掉她，让她不要走，安心待在家里，自己马上回家。

言微打电话给姑姑，言绵喜气洋洋地说今天秦怀鹤派人带她去看了新别墅，说是送给言微爸爸的。

言微闷声打断她：“姑，谁跟你说要换罗姐了？不换。”

言绵停滞两秒，压着嗓音说：“不换？不是说换个住家的吗？我都跟罗姐说了，她生着气呢，我看还是换了算了。”

言微胸中无名火起：“你都不知道一个合适的护工有多难找，秦怀鹤更不清楚！”当初她也是换了几个护工，才找到罗姐的，罗姐做久了知道她爸的脾气，什么事儿都干得顺手，换了别人她怎么能放心？

回到家，言微真心实意和罗姐说，让她继续在家里做，如果真搬了新家，距离远一些，也会给她加工资，这才算把罗姐安抚好了。

言绵开开心心拿出新别墅的一圈钥匙，将其中一把交给言微：“那人说这两天，前后院全部换电子锁，你先拿着这个钥匙去看一眼。”她又拿手机出来给言微看照片，“看看，怀鹤真是有心啊！”

秦怀鹤不是有心，他只是有钱，言微知道，这栋别墅他根本就没有去看过。

言微往爸爸屋子走，脚步下得很轻。

言成明眼皮子耷拉着，歪着脖子，大概心老了，身子也加速衰退，脖子上一圈圈褶皱，如一个七十岁的老人。

言微走进去，拉了凳子，却没有坐下：“爸，我们和我男朋友家里人见面了，我要和他去登记了，他这人挺好的，就是……忙得很，过两天再过来看你。”

言成明眼皮子稍抬，咧一下嘴：“好。”

言微眨巴眼睛，睫毛沾染了些许湿气，轻声细语地说：“可能我们要搬家了，你住一楼，出门方便一些，晒晒太阳对身体好，这房子还留着，想什么时候回来看都行。”

言成明嘴唇抖动，眼睛如压在半空的灰霾，一点神采也没有：“不留……卖了你拿……拿钱，不卖，你妈……怪我。”

“嗯。”言微喉管疼痛难忍，眼睫在下眼皮颤抖，潮意已经压制不住。妈妈会怪爸爸不卖房子给她做嫁妆，也会责怪她这么丢下爸爸，一个人远走高飞。

她想起爸妈出事之前，她跟着爸爸去学校接妈妈。妈妈的同事开玩笑问：“言微这么漂亮，还读A大，你们两口子要找怎么样的女婿？你看我侄子能行吗？”

妈妈回了一句：“有心就行。”

以前的言微听得懂，但不过是浮于表面的理解，但现在她已经完全懂了，有心，是挺难的。

下午，言微从抽屉里拿出户口本，带回了渐青湖，闫秘书正好让人送了东西过来。

她拆开一一看了，是三个铂金包包，每一个都超三十万美金，还有表和一些首饰。价值一千多万的东西摆在眼前，言微并没有什么喜悦，她没有混贵妇圈的打算，生完孩子她要出去工作，把这些东西丢在家里贬值吗?

言微给秦怀鹤打电话过去：“秦怀鹤，那些东西对我来说，不如真金白银的硬通货能给人安全感，下次不用再给我了，我就喜欢保值的东西。”她稍稍停顿，“还有房子，你给我爸买的房子就很好，谢谢。”

秦怀鹤耐着性子听，末了，他说：“言微，你嫁的人是我。”

只这一句，言微便噤声不语了，她嫁的人是秦怀鹤，她就得有这些东西。

言微咬咬牙，硬着头皮问："秦怀鹤，我还想跟你商量个事儿，我想……留在国内生孩子，行吗？"

秦怀鹤低嗤一声："言微，怪我没提醒你，我一向不给人第二次机会。"

像是有什么东西拉扯着言微的心脏往下坠。她得到了第二次机会，总该知道珍惜，可是第一次，她没有得到任何惩戒，所以她没有总结出经验教训。

她试图解释："我不是不想陪你，你知道我的情况，我爸身体不好，走个大半年，万一有什么……"

秦怀鹤打断她："我不做入赘女婿。"他低不可闻地笑了下，"言微，好好想一想，世界上聪明漂亮的女人多了，为什么是你给我刮胡子？"

言微嗓子发干，声音缥缈如浮尘："我知道了。"

过了一会儿，秦怀鹤突然问："户口本拿到了吗？"

言微说："拿到了。"

秦怀鹤语气稍稍缓和："今晚带你去和许骏腾他们一起吃饭，他要订婚了，告别单身之夜。"

"我不去了，单身夜不都是你们男的吗，他们也不会带女朋友吧？"

秦怀鹤用一贯自我的口气说："不用管他们，我让司机去接你。"

言微洗脸，对镜抹了乳霜，又上了一层隔离，然后偏过头看着眼尾下的那一颗浅色泪痣，视线慢慢模糊，那颗痣散开，最终化作乌有。

言微突然想化妆了，她拿出遮瑕笔，点上那颗泪痣，然后上蜜粉，画眼线，刷睫毛，最后涂上唇彩。镜子里的人眼神稍显空洞，但那张脸光洁无瑕。

她不认为自己可以听话一辈子，何不趁着现在试一下？这颗痣去还是留，只能是她自己决定，别人不能指摘。

那是一个高档会所，入口是大型的植物培育室，虽到了晚秋季节，各色修剪精致的植物肆意繁盛。

秦怀鹤站在入口处，一如既往受众人瞩目。天气已经很冷了，他依然把西服外套挂在臂弯处，宽肩窄腰大长腿，再加上天生的矜贵气质，太过扎眼了。

他目光追随着言微，嘴角轻勾起一个浅淡的弧度，待她走近了，才伸出左手。

言微轻轻搭上他手腕，微凉的指头滑到他掌心里。

许骏腾佯装吃惊："哎哟，这快生了吧？"

言微回道："没有，才七个多月。"

这一次上的是法式菜，前菜法式鹅肝酱、帝王蟹意式烩饭，主菜香煎比目鱼配指椒酱清汤，还有一个炙烤乳鸽。

分量不多，秦怀鹤很快吃完，擦了嘴扔下叉子，端坐着看言微吃。

言微每样都吃一些，到了甜点，她在他的视线下推开了，迎着他的目光，说："我吃不下了。"

秦怀鹤眸光淡淡的，一动不动地看着她。

言微并没有躲闪，而是把脸凑过去了些，勾起嘴角："秦怀鹤，今天我去把那颗痣给点了。"

秦怀鹤移开眼，漫不经心地"嗯"了一声。

长桌那边不知道发生了什么事，众人起哄，言微的目光不自觉就被吸引过去了。她看不懂是什么热闹，她与这里格格不入，没有一个人与她契合，包括秦怀鹤。

许骏腾和两个男人走过来了。

许是不记得言微的名儿，许骏腾只笑着说："多吃点儿，这么瘦的孕妇，鹤哥不心疼啊？"

秦怀鹤眉头稍挑，唇边拉了一个淡漠的弧度："她就这样，言微嘛，言微人轻。"

许骏腾吧唧嘴："这名字好，好听，还不用减肥！"

几个男人笑了起来。

言微眼底微烫，耳朵里回响着秦怀鹤口里的"人轻"，心口有难以压制、迫切纾解的意念。她笑了笑，笑意却不达眼底："我爸妈给我取名，并不是说我人轻，而是言微旨远，言辞轻妙，含意深远的意思。"

几人嬉笑调侃："我们鹤哥理解有误。"

秦怀鹤眼睫耷着，单手压在桌子边缘，指头闲闲揉捏，不置一词。

言微轻轻扯唇，声儿缓慢而清凉："他不知道不出奇，毕竟没有接受过九年义务教育。"

## 第八节

言微唇边的笑伸展不开，看起来带有一分冷意。

许骏腾略微一滞，别的情侣便罢了，只是这人是秦怀鹤，秦怀鹤多尊贵啊，即便是十几二十年的朋友，也没有一个人敢对秦怀鹤用这般语气说这种话。他笑笑，手搭上秦怀鹤的肩膀："九年义务教育那可拘着他了，我们鹤哥精通十门语言，是不是？"

秦怀鹤说："夸张了。"

"不夸张，鹤哥，玩两局拳王？"

闻言，秦怀鹤略微点了点下巴，悠悠起身，走了出去。

许骏腾招呼了一个女服务员，交代了两声。

那女服务员跟上言微，客气地把她领入二楼一间雅致小包间，门一关，世界清静了。

"需要给您开电视吗？"

"不用，谢谢。"

没多久，有人给言微送来了热牛奶和点心，询问她还需要什么服务。

言微心里清楚，他们这般小心翼翼，只是因为她是秦怀鹤带来的人。

不知道过了多久，门被打开了，言微不用看也知道是谁来了。

秦怀鹤迈着步子走了过来，言微站了起来，停滞两秒，又俯身拿起他的西服外套，勾了一下嘴角："冷了吗，要不要穿外套？"

"不用。"

秦怀鹤脚步挪动两下，转头看那些几乎没动过的牛奶和点心，鼻腔一个气声，目光又回到她脸上："怎么都没吃？"

言微拿外套的两手垂落到大肚子下："我不饿。"

他转了回来，目光疏淡："九年义务教育就是这么教你浪费的？"

言微轻手把西服外套放在沙发扶手上，说："孕妇偶尔浪费一次也没关系。"

秦怀鹤倏忽伸出手，一把将言微的下巴捏在指间，抬起她的头迫使她直面自己。她的脸蛋细腻光洁，干净的野生眉下，一汪凉泉疏疏淡淡，泉下那颗楚楚动人的泪痣不见了，少了一抹生动，让她平白多了点冷然的气质。他贴近了些，捏在下巴上的大拇指指腹往上，碾过她的嘴唇。她下巴那点细嫩的皮肤被他按得微微发红，像缺了墨的红指印。

"接受过九年义务教育，还考上A大的就是不一样，伶牙俐齿啊。”秦怀鹤狠狠在言微唇瓣厮磨，撬开她的齿关，舌尖卷进去，一通搅弄。

言微最后一口气息被掠夺殆尽，齿缝溢出一声呜咽，双臂抵着秦怀鹤的胸口，试图推开他，却反被他拦腰放倒在冰凉的真皮沙发上。

他眼底带着狠戾，欺身压了上去，被言微屈着双膝给拦住了。

言微双颊浮着一层红晕，眼里冒出了水光，卷翘的睫毛粘了些许潮气，微微肿胀的嘴角颤抖着："秦怀鹤，我怀着宝宝。"

两人视线无声纠缠，粗重的喘息在暗潮涌动中慢慢平息。秦怀鹤松开了她，沉进墨色沙发里，仰着脑袋朝天花板呵了一口气："他来得真不是时候。"

埋藏在心底的念头仿佛被证实了，言微心口一个钝痛，慢慢起身，板正身子端坐在沙发上，暗暗咬她嘴里的软肉，指甲深深扎进掌心里。停歇了好一会儿，她转头，红着眼圈一动不动盯紧了他："你想让她什么时候来？"

秦怀鹤偏过头，却是答非所问："这个时候，影响我们亲热。"

言微抬起头来，白炽灯晃眼，或许她问错了，不是什么时候该来，而是该不该来。秦怀鹤真的不爱这个孩子。

秦怀鹤伸出手试图拉言微，他喉间溢出一声笑来，声音放软："难道不是？做什么都怕伤着他，我们什么时候才能尽兴？"

言微木着一张脸，像丢了魂魄，讷讷地问："秦怀鹤，我该来吗？"不用回答，她已经不需要答案。

秦怀鹤朝她挪了过去，伸出臂膀揽上她肩侧："你当然要来。"

言微站了起来，咽下满腹酸涩："我想回家了。"又补了一句，"回我自己的家。"

秦怀鹤走近一步，她就退后一步。他低哼了一声，哄道："回家做什么，明天不是要跟我去登记吗？"

言微睁着被泪水冲刷过的眼睛，说："就是登记才要回家，嫁人得从家里走。"

秦怀鹤歇一口气，妥协了："行，送你回家。"

言绵看见言微回来，不免有些吃惊："怎么这么晚回来了？"

言微回道："刚刚去参加一个活动，结束就回来了。"

言绵很快会意，言微的性子沉稳，还是她想得周到，登记虽然没有什么讲究，但从家里去，的确名正言顺些。

夜晚，言微睡在熟悉的床上，没有预想中的失眠，下了决心，反而安定了。箭在弦上，不能不发，她在秦怀鹤身上已经一败涂地了，她的孩子，秦怀鹤不爱的孩子不能再跟她一起吃亏了。

第二天，秦怀鹤如约到了楼下，才要打电话给言微，发现她已经挺着孕肚在路边等着了。

这一次没有用司机，开车的是丁澄，他一脸喜气地说："嫂子好！恭喜恭喜，今天有喜糖吃了。"

他改口改得这样丝滑，言微略微一滞，而后勾起嘴角："谢谢，你还是叫我言微吧。"

一路上，言微不怎么出声，她是这个恬静的性子，丁澄并未觉出什么，"哼哧哼哧"地把车开到了民政局。

快九点，言微很自觉去拿号，看了看，前面排着四五对新人，应该很快就能到了。

秦怀鹤从她手里拿过那张排号单，找了个中排座椅坐下，一双腿长得无处安放。他凑近了些，压着嗓子问："当初你对着月亮喝咖啡的时候，有没有想过，这个时候会在民政局挨着我？"

言微眼睫稍抬，一个浅淡的余光过去，很快又收回来，无声往一旁挪动："没想过。"

秦怀鹤指节在鼻下压了压，看了眼她的手机，说："你给我看看，那条朋友圈是不是只对我可见。"

短暂的沉默后，言微说："不是。"

秦怀鹤略有所思地看着她："行，我打电话让丁澄看看。"

言微眼皮子干涩，心里如同破了洞，空空荡荡的，灌了风进来，凉飕飕的。她不知道再次回到那天晚上，她还会不会跑到那家咖啡店，还会不会发那一条朋友圈，还会不会跟秦怀鹤回家。还是会吧？当初她在摇摇欲坠的边缘，是秦怀鹤把她拉扯了回来，虽然不是他主观意愿上的，她因为他，重新活了过来，但是为什么又把她拽入另一个深渊？

她快速划拉手机，最后定住了，递过去："不用打了，你看吧。"

秦怀鹤接过去看了一眼，如意料中的，他并没有什么惊讶，只是懒懒一笑："果然是一见钟情。"

言微机械牵动嘴角："是。"

拿到红本本，言微在秦怀鹤身后站定了脚，把那一条朋友圈删掉，才跟上了他。

丁澄一脸喜气，好像当新郎的是他，哼着小曲儿把车往渐青湖的方向开。

晚上，秦怀鹤带着言微回到了爷爷秦信林家。

老爷子秦信林住在寸土寸金的旧城区，一处拥有百年历史的老洋房里，他本是官二代，年轻的时候做实业起家。言微听秦怀鹤说，爷爷是一个不苟言笑的人，但见到他的时候，言微发现并不是，大概是年纪大了，又是隔辈亲，爷爷看见她，拿出一个大红包，笑吟吟的。

言微脚下像是上了钉子，就是不动，嘴里喃喃说着“不用”。

秦怀鹤不免觉得好笑：“拿着吧。”

言微这才走过去，手才碰上爷爷的红包，双唇紧压着，嘴角却克制不住地颤抖：“谢谢爷爷……”

秦信林不解：“哎呀，你哭什么呢？”

秦怀鹤闻言，走过去，歪着脖子瞅言微。虽然言微闪避着他，试图掩饰，但他还是看见了她眼底那点红痕。他颇有些哭笑不得：“不是吧，言微，眼皮子这么浅，这也没多少钱，用不着哭。”

言微快速抹泪：“我没哭。”

这下，秦家爷孙两个都笑了。

饭后，两人辞别了爷爷，秦怀鹤出去应酬，司机把言微送回渐青湖。

秦怀鹤在酒桌上，接到了言微的电话，她说爸爸有些不舒服，她要回家里看看，还说这几天家里准备搬去新房子，她要跟着姑姑一起收拾，就先不回渐青湖住了。他不甚在意，说了两句便挂掉了，再过几天就要出发去 M 国了，让她在家待几天也好。

见言微回到家，言绵又是一惊：“这都登记了，怎么大晚上还往家里跑？”

言微一语带过，只说秦怀鹤这几天有事儿要忙，她干脆回家里住，和姑姑一起收拾东西。

言绵看着她的大肚子，嗔道：“都这个月份了，你好好待着，三天还不够我收拾吗？”

“没事儿，天天待着都傻了，而且医生也说要适量运动。”

就这三天，言微和姑姑一起把该收拾的东西收拾好，找车搬到了新房子里。

入住新房的前一天，她收拾了自己的几件衣物，装在背包里。

言绵高高兴兴把她送出门，只等着第二天到新房子迎接新姑爷上门。

言微出门，打了一辆出租车直奔机场。

晚上九点，她在一座滨海小城落了地，到达预订的海边民宿后，她闻着海风咸涩的味道，给闫秘书打电话，让她把去 M 国的飞机票给退了。

大晚上，闫秘书显然吃惊不小："秦太太，我建议还是现在过去，超过三十二周，要坐长途飞机就很麻烦了，对你身体也不好。"

"我知道，麻烦你转告秦总一声，我打算在国内生孩子，不去 M 国了。"

闫秘书停滞两秒："你确定吗，秦太太？"

言微温声道："闫秘书，你还是叫我言微吧，谢谢这段时间你对我的照顾。"

"好的，不客气。"

# 第二章
## 我们离婚吧

我不爱你了
言微，你来找我，是来报恩的吗？

### 第一节

一个月后的冬日凌晨，言微在那家私立医院静悄悄生下女儿。

闫秘书接到医院熟人电话的时候，内心是震惊的，她提心吊胆给秦怀鹤打电话，小心翼翼报喜，不敢提到言微只带了一个月嫂就去生孩子。当天，闫秘书提着花去医院探望，除了月嫂，还有言绵在照顾言微。

以闫秘书的经验，刚顺产生下孩子的产妇大都有一堆关于阵痛的抱怨，但言微一句也没有，她气色还好，面容恬淡，温声细语对闫秘书的到来表示感谢，并拒绝了再请一个育婴嫂的建议。

四天后，闫秘书把言微接进了月子中心，那一天，正是秦怀鹤回国的日子。

月子中心，吴曼云趴在小床边和言绵一起看孩子，孩子还小，看不出来像谁，吴曼云硬掰扯说孩子的嘴巴像爸爸。

就是这个时候，秦怀鹤进来了。半卧在床上的言微看着远归而来的孩子爸，只是轻轻抿唇，没有说话。

吴曼云说："怀鹤，你看看，嘴巴很像你。"

秦怀鹤走到小床边，看那熟睡的小婴儿。那小婴儿不甚好看，也没有什么辨识度，看不出来哪一处像他或者像言微，只怕扔在婴儿堆里他也找不出来，但一种从未有过的奇异感觉在他胸口弥漫开来，说不清楚是感慨还是感动——这是他的女儿，他的血脉，他在这个世界的延续。

秦怀鹤眸光一动，朝那个坚强的月子婆看过去。得到消息之后，他曾经打过电话给言微，她说一切都好，因为羊水破得突然，她没有来得及告诉他，但一切顺利，不用担心。

秦怀鹤尚存一些恼意，但这个时刻，他只是朝她踱步而去，在床前站定了脚，低睫看着她："怎么样，现在好些了吗？"

言微气色尚好，从头到脚包裹齐整，素净的面容如挂在天上的清淡皎月。她抬首，略勾起嘴角："挺好的。"

"吃得习惯吗？"

"习惯。"

秦怀鹤歇了一口气，又问："要不要再加一个育婴嫂？"

言微回道："用不上，她还小。"

"怎么用不上，她跟你说用不上了？"秦怀鹤内心升腾起一股燥意，压不下去，实在有些灼胸。他视力不错，看得真切，言微半阖的眼睫下，那颗浅色泪痣，安然无恙印在她细薄而略微弯起的眼尾下，和以前的形状一模一样，孱弱、生动、含情。

言微微愣，转瞬耷下眼睫，敛着嘴角说："她也没说要用。"

秦怀鹤微微眯眼，点头："行。"

言绵在一旁笑着搭话："等出月子回家再说吧，这里那么多专业护士，没必要再请一个。"

吴曼云说："你爷爷找人算八字，给取了几个名字，你们看一下哪个合适，我看着都不怎么样，还不如自己取。"

秦怀鹤兴致寥寥，淡淡地说："不着急，一辈子那么长，给她当几天无名氏。"

吴曼云皱眉："胡言乱语，有你这么当爸的？"

言绵倒是被逗笑了："是不用着急，他才回来，让他歇一会儿，等上户口再选也来得及。"

话音方落，只听见言微说："大名就让爷爷来定，小名我已经想好了，就叫岁岁。"

她这话在情理之中，长辈定了大名，谁都不会剥夺一个妈妈取小名的权力。

秦怀鹤低哼了声："用不上我。"

午餐时间，吴曼云被司机接走了。言绵想着秦怀鹤才回来，小两口又初为人父人母，必定有一些话要说，便提出回家里看看，让秦怀鹤陪着言微吃月子餐。

送餐的大姐在月子中心算年纪稍大的，她上午已经给言微送过一顿早加餐，这会儿看见秦怀鹤，笑眯了眼："你婆婆那么年轻漂亮，你老公还这么帅，小宝贝以后也是大美女，有福气了。"

言微坐到餐椅上，淡淡回道："谢谢，辛苦了。"

秦怀鹤也跟着坐下，那大姐已经把盖子掀开，汤饭菜合理摆放好，实在没有他的活儿，只能拿起那双半包在纸袋里的筷子，抽出来递给言微："吃吧。"

言微淡淡瞥秦怀鹤一眼，无动于衷："我先喝汤。"

秦怀鹤的手略微一滞，把筷子又放回原处。当着外人的面，他的殷勤显得无用且刻意。

房间温暖如春，内外温差大，玻璃窗蒙着一层白白的雾，掩盖了湾江的曼妙身姿。

秦怀鹤清了一下嗓子，说："好好吃，吃完了我有话和你说。"

言微静静看着他："我也有话和你说。"

她的眼神太过平静，看不到一丝波纹，秦怀鹤胸口那股燥意又起，笑了声："吃完再说。"

她突然抬眼，嘴唇颤动了两下。秦怀鹤看到，从一进来她就平淡的眸子终于在这一刻起了波澜，如湖面下的暗涌在往上翻滚。

"现在说……秦怀鹤，我们离婚吧。"

秦怀鹤看着言微那沁了一层水光的眸子，像是听到了什么玩笑话："你这个时候不能生气，对你对孩子都不好。"

言微垂下的眼睫颤如展翅的蝴蝶，眼前的汤饭幻化成一团糊状。明明看到秦怀鹤的时候，已经没有当初那般情潮涌动，但真到了这一刻，却如锤心刺骨般疼痛。

泪水滑过两腮，言微拿纸巾轻轻擦拭。

可她这副神态，红透的眼圈和被泪水浸湿的睫毛和泪痣，落在秦怀鹤眼里，不是在和他谈离婚，而是向他讨要关爱。

秦怀鹤心里一软，抓住言微的手，拉过去放在大腿上摩挲，安抚道："没关系，我回来了。"

言微吸吸鼻子，扯唇一笑："跟你回不回来没关系。"她把纸巾折叠起来，压在餐盘上，面色已经恢复了八分，"秦怀鹤，我们之间的差距太大了，根本不合适。"

秦怀鹤等了两三秒，等不到她的下文，便问："你现在才知道我们差距大？"

言微沉默了下："不是，只是有些事情，试过了才会死心。"

秦怀鹤嗤声："你死心了？"她这样让他有些恼火，好像疾风骤雨转瞬即逝，他宁愿她躺在他怀里哭哭啼啼，让他安抚半日才停歇。

言微将一点红压在眼底，视线却已经恢复清明："女儿可以跟你姓，上你家的户口，我只有一个要求，我希望上小学之前能让她跟着我。"

秦怀鹤目光凉了下去，一动不动定在她脸上，厉声打断她："你觉得？女儿凭什么跟你？你有什么？"

言微目光没有丝毫闪避，坦坦荡荡："你放心，我条件是不怎么好，但也不会苦着她，我把我家老房子卖掉了，另买了一套新房子，在清棠湾，四房，也没有贷款。你送给我爸的房子会尽快过户给你，如果你配合的话。"

秦怀鹤挪开视线，眼里的寒意凝结成霜："我配合你，让我女儿住套房，你不上班，喂她吃糠咽菜？"

连房子都悄悄买好了，言微不是开玩笑，而是早就做足了打算，要带着女儿离开他。

言微没有羞恼，平静地看着他："即便是走法律程序，哺乳期也会判给妈妈，而且，你的损失会很大。"

秦怀鹤闻言，冷冷一嗤，话里如带冰碴："言微，你可以试试，我不介意用一些损失换我自己的女儿。"他们俩结婚登记的时候，秦怀鹤没有和言微签署婚前协议，上了法庭，言微是可以拿走很多很多钱。

他淡嗤一声："就算没有贷款，你家里没有劳动力，你瘫痪的爸就够你受的，拿什么来养女儿？法官不是瞎子，女儿跟着我，我可以请一百个保姆来带她。"

言微极为克制地看向秦怀鹤："秦怀鹤，你的格局不至于此。"

秦怀鹤扯唇，话里如带利刃："我和你谈什么格局，不是你找我谈情说爱的吗？"

"对，是我。秦怀鹤，法庭上见。不怕告诉你，我家里还有一百万存款，我爸妈出事的确卖掉了一套房子，但好在……"言微眼里蓄满了泪水，“有好心人捐赠了八十万，法官不瞎也不傻，一百万足够我把女儿养到上小学。”

秦怀鹤怔了两秒，发出一声低不可闻的哂笑：“哪个好心人？”

言微的泪终于决堤，滑落脸颊：“秦信林老人八十大寿的时候，他孙子以他的名义捐赠的。”

秦怀鹤终于明白了一切，咬牙切齿地说：“言微，你来找我，就是为了来报恩的？”

言微说：“你就当是吧，报恩和以身相许自古以来不都是你们男人的桃色点缀吗？”

**第二节**

伴随着婴儿啼哭声，门被敲响，护士把小推车推进来：“小宝贝回来咯。”

刚洗过澡的小岁岁饿坏了，蹬着小细腿儿闭眼号哭。护士抱起她，看了一眼那桌上的饭食：“哎呀，妈妈还没吃饱饭呢，我们喝存奶好吗，宝贝？”

言微已经起身走到跟前：“没关系，给我吧。”

护士把孩子给了她，笑问端坐桌前的秦怀鹤：“先生，需要为您备餐吗？”

秦怀鹤淡声道：“不用。”他站起身，闷不吭声朝门外走。掩上门的时候，他从缝隙里看那个抱着小婴儿缩在床头喂奶的背影，女人的侧脸素净疏淡，脸上的圆润已经不见了，也不知道是什么时候瘦下去的，饭菜也不动一下，哪来的奶喂孩子。当初不顾一切跟他走，再笨拙也要亲他吻他，与他搅乱床单肌肤相亲的人，这会儿还没怎么着呢，喂个奶就掩得那么严实。他自嘲扯唇，把门给彻底关上了。

她就是这么来报恩的？

恩将仇报。

秦怀鹤走到楼下的露天停车场，点了一支烟，后腰倚着冰凉的车身，拿出手机拨了一个电话：“前年三月，我家老爷子过生日前一天，捐赠的那八十万，那家人叫什么名字，你没查过？”

丁澄接到电话，立马调出当年受捐赠人的信息，开始汇报：“当时交通道路堵塞，言微爸妈驾驶的小汽车被后面的大货车追尾，压到路边护栏，车子全都变形了。

“言微妈妈是高中老师，当场就死了，她爸爸被压了半天才拽出来，后面去医院救治也晚了，下半身瘫痪，当时言微还在读书。”

闻言，秦怀鹤吐了一口烟圈，白烟冲进冷空气里，很快在他眼前化作乌有。

丁澄的汇报电话很快就结束了，也许是察觉秦怀鹤的情绪不对，这次他汇报的气息都带着谨慎。事儿八九不离十，但言微是如何知晓的，他说不上来。

“秦总，这事儿怪我，没跟进清楚，不过言微和您还有这样的缘分，实属难得。”

秦怀鹤低哼：“你觉得她该报恩吗？”

丁澄马上接嘴：“言微我不敢说，如果换作别的女孩儿，遇上您这样的恩人，搁谁都想以身相许。如果是那些个矮丑穷的，那对不起，大恩无以为报，来世定当结草衔环，犬马相报。

“秦总，这是人之常情，您说是吧？”

烟已经燃到了尽头，秦怀鹤嗓子眼微涩：“行了，半个小时后，营销线中高层开会。”这小子是打好腹稿，有备而来，话里是滴水不漏，他的火也发不出去。

报恩？呵！他宁愿相信言微是看上他的钱。但他也不是个傻子，她并不怎么爱他的钱。他换了一只脚，又吐了一口烟，压着眼往白蒙蒙的江面看去。再怎么想，言微爱的，都是他这个人，她眼里的光骗不了人，在一起的时候，她满心满眼都是他。这么一想，秦怀鹤把法庭相见的那些狠话暂且丢到脑后去了。

寂寥了许久的家人群里，因为多了一个小婴儿，突然有了生气，半个小时之前，吴曼云把那张给孙女取名的字条发到群里。

秦怀鹤粗略看了一眼：【秦舒意，秦依媛，秦听澜，秦言墨，秦清尔。】

吴曼云说“舒意”好听，过了半个小时，秦怀鹤的爸爸秦中延才响应了一句：【可以，等我回来，大家在家商量。】

秦怀鹤发送了几个字：【过两天吧。】

他关掉手机屏幕，无声扯唇，他爸妈早在他刚出生的时候就分居了，各过各的那么多年了，怎么还说得出“家”这个字眼？

亨川公司，营销线的高层排排坐，等着大老板到来。

秦怀鹤坐在老板椅里，身子略微歪斜，食指指尖在朱红色的会议桌上轻轻点动。他不动声色地问：“这一次谁先来？”

等秦怀鹤环视了一圈人头，终于有人出声：“我先来吧，秦总，九湾里的去存量没有达到合同约定的百分之七十，但联源那边态度还算积极，公司对他们的服务质量也认可……”

秦怀鹤打断那人的话：“我请的是销售代理，不是物业代理，别说什么服务质量，房子卖不动，嘴巴咧到天上去也没用。

“是，现在有三家代理公司在和我们接洽，其中数恒亿最积极，恒亿呢，的确是销掉我们公司的尾盘，但他们没有精品豪宅的销售经验，就一点优势，他们开的代理点数比另外两家低了五个点。”

有人在笑:“李达兴一向有什么吃什么,能不能做,先拿下再说。”

秦怀鹤抬起手臂，两指在额角摁压两下：“这件事过后再说。”提起恒亿他又想起了和言微的初遇，在销售中心，她眉目干净，一双杏眸莹润无比，讲起盘来音色清晰纯净。

他眸光利落一转：“谭总没事儿？”

谭睿咽了咽口水：“有事儿，秦总，我正想和您汇报，关于南州城亨川印象的进度，因为融资受阻，二期比预期的滞后五个月，我们也一直在和腾远磨合，和当地银行沟通，联合开发总是免不了碰撞，一有点问题就有可能拖慢进度。据我所知，不单单是我们，南州城很多项目都因为融资进度……”

秦怀鹤打断谭睿的长篇大论：“谭总，你觉得项目进度拖了五个月，这事儿算大吗？”

谭睿面色微怏：“当然算大，我们已经在调整项目进度，争取按照时间表……”

秦怀鹤转脸看着丁澄：“丁澄，我们和腾远联合开发亨川印象，媒体是怎么说的？”

亨川一贯走精品高端路线,对产品和服务有很高的标准,在业内,亨川被形容成带着工匠气息的贵公子，而腾远是南州城本土房企，因为快速复制综合体项目而崛起，在当地融资能力强，两家合作开发亨川印象，被媒体戏称为贵公子和暴发户大小姐的联谊。

秦怀鹤略微舔嘴：“都跟大小姐联姻了，要是大小姐她爸搞不来钱，我能不委屈吗？”他又环视了一圈，“我不想再听到，个别城市做不好，哪家房企都避免不了这种话，水土不服就回家待着，案名用的是我们亨川，搞砸了，打的是我的脸！”

有几个高管悄悄缩起了肩背，秦总出国，他们舒坦了一两个月，他回来了，带着火气，实在让人胆寒。

硝烟方歇，丁澄跟在秦怀鹤身后，有些应酬他都给往后推了，只问：“秦总，您是先回家还是去月子中心？”秦总才回国，又当了爸爸，这个时候自然是以家事为重。

秦怀鹤沉默了下，说："回家。"

进了渐青湖的家门，秦怀鹤环视一圈，往厨房而去。家里有人按时过来做保洁，干净整洁，但是冰箱里却被清空了，什么也没有。这一个多月，言微没有回来住过，虽说他不在家，她大着肚子住娘家有个照应，但看着那个冰凉寂寞的冰箱，秦怀鹤胸口的恼意又起。关上冰箱门，他上了楼，走进衣帽间，指尖划过一排排布料，她的衣物一件也寻不着。最里的顶上格子，堆放着奢侈包包和一些首饰，排列得整整齐齐，连包装都没拆，她把自己的东西都带走了，留下这些，像是笑话，又像是挑衅——回来了，失婚老男人。

丁澄叫的餐已经送到了，秦怀鹤没有什么胃口，开了一瓶威士忌，喝了一杯，神思开始缥缈。

在售楼部初遇言微之后，他曾经在外面见过她一次。彼时他就坐在临窗的位置，耳边是乙方公司鼓噪的自夸之词，一瞥之间，他定睛在她身上，记得当时她穿了一条白裙子，披散着黑发，不算隆重，但胜在气质纯净，还掺杂一丝娇弱，站在明暗交替处，像极了清晨的白玉兰花。

突然，一个戴眼镜的男人朝她走过去，眉开眼笑和她说话。秦怀鹤突然来了兴致，端起茶盏，慢条斯理地和乙方老板说话，眼睛却留意马路对面的那家餐厅。

以他的眼光，这两人不怎么相配，那男的配不上她。意料之外的，一杯茶喝完，她就出来了，那男人颇有几分敷衍，随意挥手，便转身朝另一个方向走了。

秦怀鹤看不太明白，是男的瞧不上她，还是她瞧不上那男的？总之，他觉得这是一件好事儿，那种男人搭大街上的任何一个女人都行，搭她不行。

第一次，他带她上了亨川世纪顶层，站在湾城的璀璨灯火前亲吻，他的手在她背上摩挲，然后沿着脊椎骨往下。她笨拙，身子在他怀里不受控地战栗，但她悟性很高，只笨一次两次，很快就知道如何去取悦他——轻咬他的喉结，亲吻他后颈。

秦怀鹤回过神来，端起酒杯想灌下一口，才发现酒杯已经空了，他呼了一口酒气。

第二天，丁澄主动说要上月子中心看小宝贝。

秦怀鹤没给他好脸色："有什么好看，你是家属吗？"

“那秦总多拍两张照片发给我。”丁澄嬉笑道，“肯定是一个绝世大美女吧？”

秦怀鹤脑子里浮现那张皱巴巴的脸，不搭他的腔。

丁澄把他送到月子中心楼下，看着他的背影离开。丁澄跟随秦怀鹤太久了，总觉得他的步子有些沉重，丁澄寻思，总不能才回来就跟月子里的老婆吵架，难不成是小宝宝有什么不好的事儿？

丁澄伸着脖子在后面喊：“秦总，替我问声好！”

秦怀鹤步子顿了下，问什么好，今天她指不定有什么话气他呢。

他上了楼，闫秘书正坐在休闲区百无聊赖地玩手机，看见他，马上把手机收了起来，站直身子：“秦总。”

秦怀鹤没心思搭理她，往言微的房间走，他没有敲门，而是直接开门进去。

言微正在和护士一起给孩子擦屁股，听见开门声，她回头看了一眼，又转回去了。

秦怀鹤走近了些，看她们忙活。小婴儿细胳膊细腿儿，仿佛轻轻一掰就折了，但是她劲儿挺大，号起来中气十足。他心想，挺好，是个女中豪杰，不痛快了就哭，不像她妈妈这么一个闷葫芦，有话憋着，再突然给他来个阴的。

擦干净屁股，言微没有拿护士手里的尿不湿，而是拿过一张床头放着的，轻声细语说：“先用这张，刚才洗澡的时候换下来的，还没脏。”

秦怀鹤在她身后皱眉：“用过了还用，买不起了吗？”

言微的手不过稍稍停滞，又给孩子戴上了：“买得起也不能浪费。”

护士连忙笑着说：“没关系，宝贝换尿不湿很勤，不会脏的。”

收拾好，护士出去了，言微抱着孩子坐在床尾，轻轻摸她的小手。秦怀鹤杵了半晌，掏出手机，对着拍了两张。

言微抬眼，黑眸淡淡的，没有什么情绪。

秦怀鹤顿了下：“丁澄让我拍两张给他看看。”话才说完他就后悔了，孩子又不是她一个人的，爸爸给孩子拍照天经地义，他为什么要跟她解释？这么想着，他板正身子，又拍了两张。

秦怀鹤捏着裤腿儿，才要坐下去，言微一个带着凉意的眼神移过来。秦怀鹤咬着后槽牙，不管不顾地坐下去。

两人枯坐一会儿，直到孩子闭眼沉睡，言微才轻轻起身把她放入小床里。言微素着一张脸，眉眼干净清澈，看孩子的眼神带着一抹柔光。才低头，柔顺的低马尾滑到她胸前，她轻手轻脚往后退，顺手把马尾往后一甩。小心翼翼的样子，惹得人想笑。

秦怀鹤心神微动，在双膝上拍打两下，从齿缝里挤出三个字：“没良心。”

言微总算开口了，面色仍旧淡如水：“秦怀鹤，我并不希望我们有上法庭的一天，你是孩子的爸爸，我们还可以做朋友。”

他眉心一拧：“你想跟我做朋友？”

言微顿了下，冷声道：“普通朋友，如果你觉得我不配，那就算了。”

秦怀鹤胸腔一个震颤，哼笑一声：“那我二婚的时候，是不是还要请你来？”

她挪开视线，沉默了一会儿，说：“如果你请我，我会去，但劝你还是别请了，我包不起很大的红包。”

秦怀鹤咬了咬后槽牙，太阳穴也跟着动，他撑着双膝站了起来：“我不当你是普通朋友，但是我会请你来参加我的二婚婚礼，不用红包。”不为别的，就为了让他舒坦，他也要办这个二婚婚礼，她若要来，他甚至可以倒贴，封一个给她。

他插着兜垂首低哼：“农夫与蛇。”

“接受过九年义务教育的人，不知道这个故事？”

言微轻轻咬唇，点头：“知道，但我不是，我不会咬人。”秦怀鹤从进门就一直找她刺儿，言微也想说她从来没见过这么高傲这么锋利的农夫。

### 第三节

男女视线交缠，无声较量，言微目光潋滟，并没有退让分毫。

秦怀鹤落败，从她眸子里游离而去。她的眼神和当初不一样了，变得冷漠冰凉，他竟然想不起来，她何时变成这样的？仿佛就是一瞬之间的事儿。

结婚登记前两天，她被他抱在怀里，用细碎绵软的声音说：“秦怀鹤，要是知道你这么无赖，第一次见你的时候，我就……”明明那时候她看他的眼神，还带着温热的光芒。

门被敲响了，很快，一个带笑脸的女生探了个脑袋进来，看见秦怀鹤，她脸上的笑一滞，很快又舒展开来：“言微，你老公也在啊？”

言微眼睫一颤，面色有些僵硬：“林棠，进来啊。”

林棠进来了，冲秦怀鹤笑了笑：“我比她大，是不是该叫你妹夫啊？”

秦怀鹤挺直腰板，手从兜里拿出来：“随意，都可以。你们是同学？”

林棠回道：“我们是高中同学，还是最好的闺蜜。”

秦怀鹤内心有一瞬间的舒爽，言微并没有和她闺蜜说要与他离婚的事儿。因为这一声“你老公也在啊”，秦怀鹤看眼前这个女孩还算顺眼。

林棠走过去，和言微头挨着头看小婴儿：“好可爱啊，秦总，你家宝贝是不是更像你啊？”

秦怀鹤指节在鼻下压了压：“我的女儿当然像我。”

言微转身，声音依旧淡淡的：“秦怀鹤，你不是还要忙吗？先回去吧，我有话要跟林棠说。”

秦怀鹤胸口闷堵，她不介绍自己闺蜜便罢了，还开口撵他走，有什么话是他不能听的？他偏不如她的愿，说：“我今天不忙。”

言微不搭理他，拉着林棠往沙发上坐：“年后就准备找工作了吗？”

“嗯，我爸说让我进他们公司，我想先自己在外面试一试。”

“自己试一试也好，你学历高，会找到好工作的。”

秦怀鹤干巴巴杵了一会儿，垂首一个低哼，迈着步子往外走。

等在月子中心外面的丁澄问：“秦总，拍照片了吗？”

秦怀鹤敛着神色，把手机相册打开，递给他。

丁澄接过手机：“哎哟，这么可爱。”

他的样子略显浮夸，秦怀鹤淡眼看着他，像是等着瞧他如何下嘴夸这么一个小婴儿。

丁澄知道夸人的精髓，要往细节上夸：“下巴尖尖的，瓜子脸，眼缝那么长，肯定是大眼睛，啧啧，大美女大美女。”

秦怀鹤堵着的心口得到了片刻的懈怠，他接过手机，细细瞧着：“你看着像谁？”

丁澄马上说：“像您，嘴巴鼻子都像。”

秦怀鹤从鼻腔发出一个清浅的气声，又细瞧了瞧，也不知道是不是被丁澄洗脑了，好像还真是这么回事。

丁澄又补了一句：“眼睛像妈妈，都是拣着好看的长。”

秦怀鹤觑着丁澄，嘴角绷不住往上一提。这一句多余了，眼睛都没睁开，说像妈妈纯属睁眼说瞎话。但是话好听，他也就不挑错儿了。

半道上，丁澄和秦怀鹤汇报，恒亿老板李达兴又给他打电话了，问他秦总这段时间的行程是否紧，想约秦总吃个饭。

秦怀鹤说："先推了。"

丁澄又说："曾总监说西南区缺个策划经理，想把恒亿那边的策划经理吴青园挖过来，他说这人还可以。不知道您还有印象吗？吴青园以前带过言微，能力还是有的，外派就需要这样的实干派。"

秦怀鹤隐约记得有这么一个人，但是这人太过老实，并没有给他留下什么深刻的印象，招一个策划经理，也不需要经过他，曾总监这人还算靠谱，他不干涉曾总监用人。

秦怀鹤对着车窗自嘲扯唇，这两天不知道怎么了，自打言微和他提离婚以后，总是想起初遇她时的样子，心里一会儿好受一会儿难受，真是见了鬼了。

晚上，秦怀鹤回渐青湖，一个人待在那么大的房子里，像个孤魂野鬼，实在没劲儿，索性找许骏腾他们出去喝一顿算了。

到了那家会所，秦怀鹤把车钥匙给接待的人，熟门熟路往里走。这是许骏腾和别人合伙开的会所，里面有一家隐蔽酒吧，还有一些娱乐设施。进了酒吧，他看到了几个熟面孔——林景仁的女朋友肖静宣，还有她的闺蜜苏允君。

秦怀鹤回国读初中的那两年，曾经和苏允君做过同学，后来回国偶尔也会一起玩儿，苏允君除了有点大小姐脾气，他对她的印象不好不坏。不过自从知道吴曼云有意撮合两人之后，他就开始烦苏允君了。

苏允君看见秦怀鹤，轻飘飘一个白眼儿，然后凑过去和肖静宣说话，装作看不见他。

许骏腾等人马上给秦怀鹤让出位置，然后拿牌出来玩游戏。

肖静宣笑问："怀鹤哥，怎么不带你那个女朋友过来？"

秦怀鹤嘴角咬着烟，话里有些含混："带她做什么？"

苏允君问："不会是坐月子呢吧？"

这么多人，就苏允君敢这么对他说话，因为秦苏两家家世相当，两人又是初中同学，以前大家开玩笑说两人是青梅竹马。

许骏腾接嘴："不能，鹤哥当爹，不会这么低调。"

苏允君一个冷笑："有什么好高调的，也不知道有没有人敢给私生子当妈。"

秦怀鹤两指夹烟，吐出一口烟圈，看她的眼神冷了下来："你想做？"他对言微是算不得多周到，但该做的他也没少做。

苏允君一滞："我做什么！"

秦怀鹤冷哼："给我女儿当妈，每天要跪下来给她洗屁股擦屁股，你做得了吗？"

苏允君气结："秦怀鹤，你是不是有病！"

"那你操什么心？"

许骏腾拍他的肩："算了算了，鹤哥，玩牌。"

秦怀鹤本就觉得胸口憋火，正无处发泄，他手往兜里掏手机，打了一个电话，让丁澄通知亨川全线影院，把苏家出品的电影给撤档了。

苏允君没想到他来这一招，气得脸色发白，站起来指着他，大声吼："秦怀鹤，你算个男人吗！我跟你的事儿，和我爸有什么关系！"

许骏腾使了个眼色，肖静宣把苏允君给拉走了。

这一折腾，酒吧里玩乐的人都看过来了，还有人录像了。

许骏腾劝道："算了，鹤哥，你又不是不知道，她就这脾气。"

秦怀鹤冷冷地说："下次不要叫她来了。"

过了几天，秦怀鹤接到秦中延电话，让他晚上回爷爷家里吃晚饭。秦怀鹤没办法找借口，家中有了第四代，他总该亲自回去和爷爷说一声。

饭桌上，吴曼云坚持要孙女取名"秦舒意"，她说别的名儿要么不好听，要么就是太男孩子气，她不喜欢。吴曼云向来以自我为中心，总是强压自己的想法到别人身上，就好像不用秦舒意，她孙女就不能成为她理想的名门淑女一般。奈何秦怀鹤长期在国外读书生活，早就不受她言语挟持，这些年她碰了他太多钉子，知道管不动他，才稍稍改掉了些。

秦怀鹤说："男孩子气也没事儿，顺口就行。"

秦老爷子接话："你们的小孩，你们商量着决定，她妈妈要是不喜欢，你们自己取也不要紧。曼云，你当了奶奶，多过去看看孙女儿和她妈妈，你都不去看，让她娘家人看见，要说我们秦家不关心自家孙女。"

吴曼云不以为然道："去看也没什么意思，她妈妈啊，一天不跟你说几句话，干巴巴大眼瞪小眼，还不如眼不见为静。"

秦怀鹤拿筷子的手停滞下来："她能有什么话跟你说，以后你别去了。"

吴曼云说："我倒是好奇了，在你家里，她有很多话跟你说？

你倒说说，你们都聊什么，给我提供点话题，好让我下次去看孙女的时候，跟她也能说上几句，不至于嘴巴都闷坏了。”

秦怀鹤略微卷唇，噤声不语，下筷子吃自己的饭。吴曼云戳到他的痛处了，这会儿言微何止不跟他说话，见了面还要撵他，还要跟他离婚。

吴曼云又说：“岁岁以后可别像她。”

老爷子问：“岁岁？是岁岁平安的岁岁？”

秦怀鹤心脏如被人捶了一下，赫然抬首，回道：“是。”

秦怀鹤和言微断联了三个月，他回国之后，她让丁澄给他送去了一张贺卡，丁澄当时还说了什么？重要的事情？他就只记得上面写了四个字，就是“岁岁平安”。原来言微是想告诉他，他们的孩子安然无恙，他怎么现在才明白过来？

这一顿饭吃完，岁岁的大名还是没有确定下来，秦怀鹤驱车赶往公司，他记得那张贺卡上有一个手绘的石榴，石榴旁边还描了一个爱心，下面写着“岁岁平安”。秦怀鹤嘴角轻扯，当时他让丁澄给她回了什么，年年有鱼？

他开着车，眼前是闪烁繁华，他的神思开始缥缈。

他和她曾经有过一段如胶似漆的时光，她喜欢听他讲工作上的事情，调研、拿地、融资、开发，她两眼带着光芒，听得津津有味。和她在一起，他的确很惬意，但也远远不到定下来的时候。

应酬太晚了，丁澄就会就近给他找个酒店套房，然后把言微送过来照顾他。

言微很会照顾人，给他摸额头，给秦怀鹤擦脸，喂他喝水。她的手很软，就像现在对待女儿这样，生怕伤着他一般，轻轻拂过他的皮肤。

“秦怀鹤，都说了少喝一点酒，你为什么总是不听呢？”她温声细语的，不是谴责，更多的是心痛。

他会做措施，但总有那么一两次，情到浓时，克制不住自己。

有一次他刚出差回来，在半路接上她，把车开进车库，他熄了火。几天不见，闻到女孩身上的馨香，淡淡的，如白玉兰香，他有些控制不住，在昏暗里亲她。

她早已经不再笨拙，搂着他的腰回吻他。她大概以为都到家门口了，亲一下总归可以上楼的，但是他没有松开她。箭在弦上，她面红耳赤地拦住了他：“不可以……”

他咬着她的耳垂：“为什么不可以？”在他这里，没有什么不可以。

三两下，她软下来了，最终依了他。

秦怀鹤仍记得那一个晚上，才下过一场滂沱大雨，空气有草地潮湿的味道，风有些凉，言微额发却湿透了。那时候，应该是危险期，她言语间有些担忧，想出去买药，他却没有放在心上，一整天都没有给她出门。

秦怀鹤带着冬夜的寒气进了电梯，电梯徐徐往下。

言微是爱他的，不管是报恩还是一见钟情、见色起意，她都是爱他的，怎么可能舍得离开他?

时间刚过九点，除了婴儿的啼哭声，月子中心静悄悄的，闫秘书也已经下班回家。他驻足在她房门前，侧耳听了听，一点声儿也没有，抬手敲了敲门。

“进来。”

言微正倚靠在床头，手里摊着一本书，看起来应该是育儿书。言微没想到是他，后背挺直，挪动双腿下了地：“你怎么这个时候过来了？”

秦怀鹤单手插兜：“这个时候怎么了？”

言微眼睫往一旁闪。

一路上，秦怀鹤想着好好跟她说话，可她这个神色，落在他眼里，像是一个不耐烦的白眼儿。

“过来和你商量一下，孩子取什么名儿，明天要去上户口了。”

言微顿了下：“明天吗？”按规定，初生儿要在一个月之内上户口，岁岁不过才半个月大，就算明天上户口，也没必要连夜过来商量。

他打开手机，递过去给她：“明天，你看看，哪一个合适？”

言微接过手机，一眼就看到了“秦听澜”，这名儿挺特别，大气，重名率应该也不高，于是说：“我觉得秦听澜挺好的，听起来很大气，你觉得呢？”

秦怀鹤不以为意地说：“我不觉得，女孩儿用不着大气，这名儿听起来像个男孩子”

言微妥协了，目光又垂落到手机屏幕上：“秦依媛……”

秦怀鹤马上打断：“这个最先淘汰，什么一元两元，我女儿就值那么点钱？”

言微淡淡看他一眼，淘汰的他不早点儿说，还留着给她看做什么？

“那就秦清尔吧，很文雅。”

她想，这总该适合小姑娘了，看他还能挑出什么毛病。

秦怀鹤眯着眼看她两秒：“我妈喜欢秦舒意，她说秦舒意更适合名门淑女。”

言微熄灭手机屏幕，递过去，也不看他，淡淡道：“可以，我没意见。”他大可不必来这一趟，反正她的意见又不重要。

秦怀鹤接过来，连手带手机一起揣兜里，唇边勾起一抹笑：“我有意见，做什么名门淑女，累不累啊。”

言微不出声，朝小吧台走去，拿起水杯，给自己倒了一杯水。

在秦怀鹤的世界里，她说了不算，吴曼云说了不算，谁说都没用，只有他秦怀鹤说了才算，她知道他为什么来了，就是单纯为了来消遣她的。

男人的脚步声跟过来了，他微哑的声儿离得很近：“我选秦言墨，言墨研磨，有墨水味儿，以后让她多读书，跟不上你，至少也要比她那没有接受九年义务教育的爹强。”

言微端起水杯，送到唇边，抿了两口，淡淡说：“你都定了，还过来问我做什么？”

秦怀鹤朝言微单薄的肩背贴了过去，胸口柔滑的线衫轻蹭着她的棉质睡衣，喉间滚出一声低哑的笑来：“你给她取小名儿的时候，问过我的意思了吗？”

言微往前挪了些，腰间贴着冰凉的大理石吧台，略微转头：“你不必这么礼尚往来，都让给你就是了。”是了，秦怀鹤怎么甘心落了下风。

秦怀鹤在她身后慢慢吸气，声音有些嘶哑：“言微，岁岁平安，你一个人知道就行了吗？”

**第四节**

玻璃上挂着冬夜寒霜，在室内不甚强烈的灯光下，隐约可见一点点结晶的珠光。

言微腰身从冰凉的大理石吧台离开，捏着杯沿的手微紧：“她平不平安难道你不知道？”

秦怀鹤手往兜里掏，压着眼睫看她：“我从哪里知道，你那么能忍，一忍就是三个月，怎么不忍到生了再来找我？”

言微垂首把杯子放下，一只手撑着吧台的边缘，发出一个低不可闻的笑："那时孩子还不稳定，我不敢找你。"

秦怀鹤贴近了些，嘴角往上拉扯："以后等她长大了，我得跟她告你的状。"

言微声音极轻："告什么状？"

"她有一个忍者神龟的妈，到底是怎么个不稳定，都不让她爸爸知道。"

言微胸腔微微起伏，转过头，唇边浮起了一抹嘲讽："后来你不是知道了？孕检报告已经给了闫秘书，里面写得明明白白清清楚楚，你看不懂，你的秘书不会给你翻译？"

秦怀鹤有一瞬间的震动，言微那颗泪痣带着点点悲苦，眸子似乎比窗外的气温还冰凉。

他脚下轻动，往后挪了挪："你可以直接和我说，有些事儿，闫秘书也不好跟我说得那么清楚。"停歇了数秒，他又说，"就像那天，你的闺蜜过来，你也没给我介绍，这总不能也找闫秘书问。"

"我为什么给你介绍？你秦怀鹤用得着认识我闺蜜？"言微咽着嗓强压了压，酸涩还是堵上了嗓子眼，喉管胀痛得仿佛下一刻就能崩裂开来，她咬着牙定在原地。

她保胎的时候，晚上失眠，流着眼泪求妈妈保佑，那时候岁岁平安是她的期盼，甚至是她的信仰。她以为秦怀鹤知道了，会像她一样，对岁岁的平安感到欣慰。

言微带着哭腔问："秦怀鹤，你问过吗？关于这个孩子你问过一句吗？你知道她是怎么顽强生存下来的吗？你很厉害？那是你自以为。在我眼里，你都不配做她爸爸。"

她气自己，为自己浓重的哭腔感到悲愤，然后一动不动盯着他，眼里是寒如刀刃的光，一字一顿地说："你——不——配！"

秦怀鹤愣在原地，却一句话也说不出来，他竟不知道自己这么招她嫌恶，一时之间，他不知道从何辩驳。

言微视线移开片刻，又回到他脸上："我真诚给你一个建议，以后若是不想要孩子，管好你的裤腰带。"

秦怀鹤从未听过她这般和他说话，胸口一闷："我的裤腰带不是你解开的吗？"

言微睁大了眼，眼底的嘲讽意味更浓了："那我向你道歉，对不起，你放心，孩子的事情，我会尽量不给你添麻烦。当然，有一些小麻烦在所难免，毕竟我去解开的时候，你没有保护好自己。"

秦怀鹤略微眯眼，也掩藏不住眼中闪过的那一丝荒诞："言微，你知道我不是这个意思。”

言微挪开了视线，面朝着阴森冰寒的窗外。

秦怀鹤轻嗤：“这月子中心风水不好。”每一次来，等他的都是这些挖心挖肺的话儿。

“言微，我做得不好的你可以直接说出来，不必攒着一块儿给我。”他深深吸气，伸出双臂想要靠近她，“我要改也不知道从哪一处改起。”

言微往后退了一步：“你回去吧，等你二婚的时候再改也来得及。”

秦怀鹤怏怏收手，压了压鼻子，放缓声音：“今晚我不回去了。”

言微眼里没有温度：“秦怀鹤，我在坐月子，先放过我吧。”

空气停滞下来。

秦怀鹤定了定神：“行。”

夜光稀薄，月子中心楼下的露天停车场，光秃秃的树丫影子倒映在车玻璃上，如怪物的爪子。

秦怀鹤打开车门，在扶手箱翻找着什么，没两下，他放弃了，一屁股沉在座椅里，双腿横在车外，一双鞋踩着枯败稀疏的草。

不知道坐了多久，他才启动车子，双腿在寒冷里有轻微的麻痹。他打了一个电话给丁澄：“你约一个专业点的心理医生，最好是专攻产后抑郁的。”

丁澄微滞：“行，是给言微看吗？”

秦怀鹤语气凉飕飕的：“给我自己看。明天你找言微的高中同学，叫林棠，她说想买房。”

丁澄问道：“秦总，她想买哪个项目？”

“自己去问。”

第二天，丁澄给林棠打去电话。

林棠有些受宠若惊：“就是一句玩笑话，秦总太客气了，我哪好意思啊。”

丁澄假客套几句，本以为这事儿就这么糊弄过去了，哪知道林棠话音一转，说想去看亨川一品尊府，方便的话让丁澄在销售中心等她。

丁澄应下，本想着随便使唤一个人接待林棠便行了，谁想到秦怀鹤还记得这茬子事儿，嘱咐他亲自去办。

到了周末，丁澄亲自开车，接上了林棠。

林棠卫衣外套着一件羊绒大衣，拎着一个名牌包包，和一切家境良好的女孩一样，落落大方跟他打招呼。

大概没进入社会，没有经受过摔打，她问的话有些不经过大脑："你是亨川的总助，年薪是不是很高啊？"

丁澄回道："还行。"

林棠追问："还行是多少，比同行同类职务高？"

丁澄委婉回答："不是，我们不做横向比较，还行的意思是我本人基本满意。"

林棠张口就来："有两百万吗？"

丁澄眉心一跳："我们薪资计算方式很复杂，我自己都算不出来。"

"别谦虚了，我又不找你借钱，就是想做个薪资调研。"

丁澄忍了忍："是你的课题需要吗？"

她理直气壮的："不是，我正在找工作，都说亨川待遇好，我也想进亨川啊。"

丁澄笑了笑："不错，知己知彼百战不殆。"他心里腹诽，口气真大，在亨川，就她这种脑子跟不上嘴的，第一轮就得刷下来。

林棠真不把丁澄当外人，看了一品尊府，还要看其他项目，丁澄耗了整整一天，总算把这尊佛送走了。他寻思，林棠是怎么和言微做成闺蜜的，这两人完全是不同的性子，言微要比这个林棠机灵多了。

周末晚上，秦怀鹤没有回渐青湖，而是留在亨川世纪顶层。

他愣怔地站在落地窗前，这是言微和他第一次亲吻的地方，心里微微麻痹，感受一种变态的刺痛。

秦怀鹤掏出手机，给国外的友人打去电话。

"大财主怎么有空找我？"

秦怀鹤往浓墨的天幕望去："我结婚了。"

对方有些惊讶，笑着说："结婚了不叫我，太好了，省了份子钱。"

秦怀鹤长吸一口气，又吁了出去："没有摆酒席，刚生了孩子，她说要跟我离婚。"

对方微滞，转瞬就笑了："你不想离？"

秦怀鹤咬了咬后槽牙，太阳穴隐隐作痛："不想。"

那一头的男人朗声笑了："秦怀鹤，你也有今天，钱不管用了吧？"

过了一会儿，秦怀鹤挂了电话，阖上眼，大掌覆上脸，狠狠揉搓了两把。

"你连她家都没去过，连老丈人都没去拜见，你老婆真敢嫁给你，钱多就是好使啊。不用问我老婆，我们家没有女儿，她也得骂你，我们可不敢这么教儿子。”

好友这话秦怀鹤没有解释，登记之前他是打算去一次的，阴错阳差之下没去成。

他想，的确是他的疏忽，该去看看了，看看是什么样的父亲，才教养出言微这样的女儿。

赚钱对于他来说不是难事，但没有言微在一起，养女儿，他似乎是没底的。

第二天，秦怀鹤把后备厢塞满，独自一人开车前往目的地。这个别墅区是五年前交付的，多数业主早已经入住。保安不认识他，看他开的车价值不菲，好声好气说要先知会业主才可以进去。

秦怀鹤没为难他，把名片递上去。

秦怀鹤把车开在院子外头，原地站了一会儿，看看冬日湖景，又看看院子。

办事的人选得不错，别墅不算大，总价不过两千万，胜在环境好，清幽雅致，适合静养。一个壮实的中年妇女提着一个塑料桶走到院子里，打开墙角的水龙头，洗着抹布一样的东西。

秦怀鹤猜想，这个中年妇女应该就是言成明的护工，言微姑姑说，当时因为他要换掉这个护工，言微还生气了。

秦怀鹤把东西放在脚边，摁了门铃。

护工罗姐打开院子大门，愣了一下：“你找谁啊？”

秦怀鹤说：“我过来看看——言微她爸。”他和自己的父亲关系疏淡，实在无法顺滑叫出“爸”这个字眼，“他是我岳父。”

罗姐醒悟过来，咧开嘴笑：“姑爷来了，都说你一直在M国，难得回来一次，想见都见不上一次。”她连忙开大了院门，伸手去提地上的东西。

秦怀鹤说：“刚回来没多久。”

罗姐把秦怀鹤迎了进去，她手脚麻利，脚下生风，秦怀鹤没有一时半会儿的休整，就已经被带到了言成明的床前。

“老言，你女婿上门看你来了！”

言成明不知道是不是刚睡醒，眼神污浊无光，嘴角往左边歪了下，又很快恢复原样。

“噢……”这一声破碎喑哑，如八旬老人。

眼前这人和秦怀鹤想象中的形象相差甚远。他一直以为，躺久了缺少运动的人是浮肿的，但言成明很瘦，脸颊凹陷，眼皮子耷拉，下颌连接脖颈的地方布满了褶皱。大概是极少晒太阳，言成明的皮肤很白，更显得身上的皮肤松垮皱巴，那双混浊的眼睛，像是一个黑洞，能把人给吸进去。

罗姐拉过一张椅子，说："姑爷，你坐这儿。"

秦怀鹤依言坐下，顿了下，说："爸，我来看你了。"

## 第五节

秦怀鹤驻足在照片墙下，看那一家三口的全家福。

少女穿着高中校服，站在父母前面，眼睛透亮带光，抿嘴笑的样子像初开的玉兰花苞。她妈妈看起来略微严肃，符合高中老师的形象。让秦怀鹤意外的是，言成明是照片里唯一一个咧开嘴笑的人，他身材精瘦，看起来很精神，跟现在躺床上的那个男人简直判若两人。

秦怀鹤扭头："罗姐，我岳父平时都吃什么，怎么这么瘦？"

罗姐连忙放下手里的活儿，站直身子，笑答："一般都是肉粥和米糊果汁，因为他以前伤得厉害，肠胃不好，只能吃流食。哎呀，就算吃流食也吸收不好，我都给他换过多少食谱了，就是长不了肉。"

秦怀鹤沉默了下："那你辛苦了。"

罗姐笑眯了眼："做习惯了不辛苦，我也有一个女儿，所以看着言微，我心疼咧！她也说了，我做得不错，换一个人她还不能放心。"

"嗯，你多费心了。"

这大姐除了喜欢邀功请赏，人还算热心敦厚，秦怀鹤没多说什么，临走时，从车里拿出一个红包给了她。罗姐推辞两下，满脸笑容收下了。

秦怀鹤开着车子，回想着方才和言成明说话的场景。

不知道是不是瘫久了，语言能力退化，言成明的话极少，无论他说什么，言成明来去就这几个字应付他——"嗯""噢""好"。

罗姐在一旁解释："他就这样，不爱说话。"

秦怀鹤以前也想象过言微在家里的日子是怎样的，今天亲眼所见，一切都具象化了。

挡风玻璃外，重重乌云压着天边，仿佛比昨日更加阴沉。

一想到言微怀着他的孩子，还要伺候那么一个瘦的病人，秦怀鹤胸口就憋闷得慌。

这两年她是如何过来的？是不是也有过逃离的念头？在他看来，她该走的，把一切都告诉他，安顿好言成明，跟他去 M 国，谁能苛责她？可跟他远走高飞，她还是言微吗？

当时在外面过夜她偶尔会露出一抹他看不懂的郁色，那个时候，她该是在惦记家里瘫痪的父亲。

心念一转，他咬着后槽牙，下颌线绷得紧紧的。登记的时候她不让他去见她爸爸，那会儿她就下定决心了吗？言微，她并不柔弱，相反，她的温柔能变成利刃，见血封喉。

这会儿不就是吗，能要他的命。

这天晚上，秦怀鹤到月子中心，在洗浴房看护士给岁岁洗澡。

小婴儿的胳膊和腿长了些肉，红色褪去了，皮肤变白了些，眼睛睁开的时候已经能看到双眼皮。

那天晚上，言微斥秦怀鹤说他不配做岁岁的爸爸，他的确有短暂的自我怀疑，但是这个时候，他已经缓过来了。他怎么不配？他能给岁岁这个世界最好的东西，包括钱，也包括爱，这个世界没有人比他更配了。

秦怀鹤跟随护士把岁岁推回言微的房间，恰巧看见言微在挤奶。言微看见他，一言不发盖上衣服，收拾好吸奶器和奶瓶，然后去岛台洗手。

秦怀鹤自嘲扯唇，幸而护士知道他是孩子爸爸，不然她这个样子，别人还以为是贞洁烈女见到地痞流氓了。

护士放下孩子就走了。

言微慢吞吞叠床上的几件连体衣和小裤子，说："前两天你妈妈过来了，说要给岁岁办满月酒，我觉得没必要，岁岁太小，我也没有精力，还是等大一些再办吧。"

秦怀鹤就站在她边上，回道："不用管她，她要是想办，不给她带孩子去就行。"

言微手里的活停滞下来，抬眼看他："你还是好好跟她说吧，她是岁岁的奶奶。"

秦怀鹤点头，看着她，说："前两天去看你爸了。"

言微低下眼睫，干净的眉眼淡淡的，没有什么很大反应："嗯，我姑和我说了，说你买了很多东西，还给罗姐封了红包，破费了。"

秦怀鹤舌尖抵在两唇之间，压着眼看她，倏忽一笑："不用客气，都是小钱。"

言微没说话，视线垂落在胸口处，刚才挤奶的时候太急了些，没来得及换上防溢乳垫，这会儿才发现衣服前襟已经被浸湿了硬币大的一块。她站起身，背对着他捂住胸口："你先回去吧，我要换衣服了。”

脚步声靠近了，男人的气息就是她空虚的肩背后面：“言微，我暂时不去 M 国了。”

言微肩背微微向下弓，问：“为什么不去了？”

他已经完全拢了过来，前胸贴着她的后背，下巴甚至蹭到了她后脑勺：“还能为什么，因为你，和我们的女儿……”

言微才要转身，就被秦怀鹤一把箍住了腰。

一股大力往后拉扯，言微撑着双臂试图挣扎，奈何他双臂结实有力，纹丝不动。她毫无办法，只能压着嗓音说：“秦怀鹤，大白天的，你不要这样。”

这个时间，护士快来给她做护理了。

秦怀鹤冒着青色胡楂的下巴在她耳朵根磨，气息滚烫：“大白天的，抱自己老婆怎么了？”说着话，他一只手束缚她，松开了一边臂膀，手徐徐往上动作。

言微缩起半边身子，两手去掰他的手指头，气急败坏地说：“秦怀鹤，松开我！”

“言微……”秦怀鹤唤着她的名字，带着一丝讨饶的意味，“言微，你不想去 M 国，我不逼你，你想在哪里我们就在哪里，和岁岁在一起。”

言微松开手，没有再挣扎，胸口微微起伏：“你先松开我。”

片刻后，秦怀鹤松开手，稍稍从她背后离开。

言微松了一口气，谁料到，才一转身，就被他捏着下颌抬起头来，直面着他。

她提起气来，脚下不自觉往后退，秦怀鹤步步紧逼，最后把她抵在床头与墙的夹角处。

他垂首压了下去，含着她双唇狠狠吮吻，碾磨了两个来回，撬开她的齿关，火热追逐勾缠她的舌尖。这个吻裹挟着欲望和霸道，甚至有些失智的意味。他松开了她，轻咬她的嘴角，嘴里的话含混不清：“言微，我们好好的。”

## 第六节

这几日天气阴沉，房间一直开着灯，因为孩子小，言微没有开大灯，只开了床头的一盏壁灯，这会儿球形壁灯发散的白光正好罩在她发顶上，她的半边脸没在阴影里。

快出月子了，言微把自己收拾得很干净，乌黑顺滑的发丝上有细碎的头发在动。秦怀鹤虎口压在她耳垂下，五指插进她的发丝里，大拇指的指腹揉搓她的鬓角。她的眼睫却带着些许潮意，在灯下闪着光，眸子却是冰凉的，没有一丝动容的痕迹。

秦怀鹤厌烦这个眼神，强忍着又唤了一声："言微。"他垂首，在她额发落下一吻，"你说我们之间差距大，那算什么障碍，你是我老婆，我的不就是你的？"

言微垂首，无声发笑，才抬眼看着他："你还不明白，我不要你的东西。"

秦怀鹤双唇微动："我不明白，那你就跟我说个明白。"

言微纤细指头抵在他前胸，把他推开了些："秦怀鹤，你知道的吧，我是故意接近你，我很多朋友圈都是发给你看的，其实我的生活并不是那样，我每天一下班就要回家照顾我爸，给他做饭，换洗衣服，收拾他的屎尿。"

秦怀鹤眸光往下沉，下颌连接着喉结的地方微动："我跟你计较过这些吗？"

言微眼神往一旁闪了下，又回到他脸上："对，你不计较，你甚至问都不问，你没有过问过我的生活，没有问过我跟谁住在一起，我的朋友是谁，我爸爸是什么样的一个人，你从来没关心过。"

秦怀鹤闻言一怔，失语片刻："我从小在国外长大，从来都觉得两个人的感情跟别人没关系，我也不会跟我的父母报备。"他扯唇一笑，像是弥补刚才说的漏洞一样，"这大概是没有接受过九年义务教育的缺陷吧？"

"是吗？那我们的孩子呢？"言微没等着要他的回答，而是一声哂笑，"她也不重要？"

"我本来也以为我们的差距不算什么，毕竟，我当时……"她咬着下唇憋了一会儿，咽下胸口冲撞上来的潮水，"我当时那么喜欢你。你不知道，在医院听到你们公司的人说，秦总替他爷爷秦信林捐赠了八十万，可能你不相信……"她没克制住，双眼蓄满了泪水，嘴角颤抖得厉害，"秦怀鹤是我熬过那一段灾难的精神支柱。"

秦怀鹤向言微抬起臂膀，她闪避开，他落了个空。

"有时候我想，不能怪你，谁都不能强求一个人对另一个人的遭遇感同身受。可我试着换位，我却不能做到你这样，如果是你遭受了这些，我会心痛死，我会……"

秦怀鹤伸手，在她发顶压了压。

言微的眼泪滚下脸颊："秦怀鹤，你并不爱我。"

秦怀鹤别过脸，眸子沉若冰谭。按她说的这些话，一条条逻辑链得出的这个结论，听起来仿佛是没错的，但于他，这是个谬论。

“你和我之间的差距，当然不算什么，我可以努力追赶，可是没有意义，对你这样的一个人，什么都没有意义了。”

秦怀鹤沉默了下，试图为自己辩驳：“不是不爱你，我可能还不知道怎么去爱，你可以给我一点时间。”

言微阖着眼笑，湿透的眼睫粘连在一起，覆盖着细薄眼皮：“你可以换个方向思考，或许你不是不知道怎么去爱，而是没弄明白，什么是不爱。爱是本能，问清楚你的内心。”

秦怀鹤哑笑：“你不用给我洗脑，我没有那么傻。”他愣怔片刻，“你要真这么想就算了，但我得说，我不是那个意思。”言微的话如一把利刃，捅他的心口，一下未了又来一下，没完没了。

言微点头，眼底像藏着两把冷刀：“我就是这么想的，秦怀鹤，我也不爱你了，从我跪下的那一刻，我已经不爱你了。”

秦怀鹤突然厉声道：“我让你跪了吗？”

言微被吓到，眼睛里闪过一丝惊愕，一动不动对着他。

门被人推开了，吴曼云阴着一张脸最先冲了进来，身后紧跟着一脸肃容的言绵。门外的护士面带一丝尴尬，把门给他们带上了。

吴曼云冷声道：“大喊大叫什么，这是月子中心，要打要闹去别的地方，不丢人吗！”

言绵从秦怀鹤眼前走过，去拉上言微的胳膊，看向秦怀鹤，话里带着斥责：“都是当爸当妈的人了，还这么不懂事，有什么话好好说，就算要吵，等她出月子再吵也行。”

言微咬咬牙，事已至此，不必再等，此刻或许是最好的时机，说：“姑，我要和秦怀鹤离婚了。”

言绵和吴曼云皆是震惊。

言绵没忍住，下手拍打她一下，话也重了：“什么话都敢乱说！都生孩子了，大家都想着给孩子办满月酒，高高兴兴的，你怎么这个时候不懂事了。”

言微扯唇低笑：“不是乱说，我早就想好了。”

秦怀鹤面朝蒙着一层白雾的玻璃窗，下颌线绷得紧紧的。

吴曼云火了：“你说结就结，说离就离，你图什么啊！”

言微知道吴曼云的意思，吴曼云一直以为她变着法子钓上秦怀鹤，多半是为了钱，生下孩子提离婚，还不是要分走秦怀鹤的财产。她面色平静地说：“我什么都不图，我只要岁岁，你们随时可以过来看她，我把她带到小学后，你们想把她带回去，我都可以接受。”

言绵听了这话，心里一沉，面色也变了："言微，孩子没满月，不能这么乱说话！"

吴曼云却没有这么轻易放过言微："你什么都不图，我们家的孩子凭什么给你一个人带？才多大的孩子，你让她没有爸爸？你想离婚，知道对我们秦家，对秦怀鹤有多大影响吗？"

秦怀鹤突然转头："妈，你先出去。"

吴曼云却不听他的话："她姑姑，你也听到了，是她提的离婚，秦怀鹤犯多大的错啊，他除了忙点，勾三搭四那些绝对不会有，他不这么拼，亨川能做到现在？我这一段时间也看清了，做一个妻子，但凡言微对他有一丁点感情，都不会对他这么爱搭不理的。"

秦怀鹤："妈，你不要说话。"

吴曼云更火了："我怎么不能说话了，她说要离婚啊，你离还是不离？"

秦怀鹤眼底闪过一丝阴晦，嗓音撕裂："离！"

这下，吴曼云熄火了，她脑子冒出一些疑虑，会不会是秦怀鹤在外面沾惹了什么女人，做了什么对不起言微的事儿，言微才这么想跟他离婚。若是这样，就不能怪言微想跟他离婚了，她私心里是不愿意儿子离婚的，孩子那么小，离不开妈妈，秦家若想抢回来，总是不太近人情，再说，刚结婚就离婚，也不好听。

吴曼云拧着眉头："你要想清楚了就先去跟你爷爷说，再去跟你爸说，我不管你们，也懒得管。"她气呼呼走了。

言绵松开言微，对着秦怀鹤说："怀鹤，你比言微大了好几岁，还做了那么大事业，怎么还这么不懂事呢？她在月子里，脑子是乱的，说的话做不得数的。"

秦怀鹤幽光一转，目光落到言微脸上："姑姑，你不用劝我，你劝她吧。"

言绵看着言微："你说说，是怎么回事，有什么解决不了的？"

言微垂着眼睫："解决不了，我跟他性格不合。"

秦怀鹤留下一对姑侄，头也不回地走了。

性格不合，听说是离婚男女的常用词，原来他的婚姻也不能免俗，她怎么不老实说，她不爱他了呢？

仿佛尘埃落定，秦怀鹤驱车前往公司，他的行程排得很满，今天来月子中心还是推掉了一个很重要的见面会。他并没有多少时间去伤春悲秋。

晚上，爷爷给他打电话，训斥了几句，让他和言微好好解决问题。

秦怀鹤并未多言，一一应下。

岁岁满月那天，秦怀鹤没有出现在月子中心。

那天，言绵在门外，听到言微说曾经跪下的那些话，这跪的对象自然是秦怀鹤，她心里对秦怀鹤也有一些不满，再看到言微没有一丝动摇的意思，便小心叮嘱，就算是离婚，也不能什么都不拿，家里压力本来就大，养孩子不是简单的事儿。

言微不打算把秦怀鹤捐赠的事儿跟姑姑说，只点头答应下来。她给秦怀鹤打了电话，询问他什么时候方便去办理离婚证。

秦怀鹤说随时都可以，于是，言微跟他约了明天。

第二天，言微准时到了民政局，约定时间的秦怀鹤却迟到了半个小时。

两人碰了面，就像一对怨偶一样，他没怎么搭理言微，言微也不跟他说话。

离婚的人比结婚的人要少，拿了号就可以马上办理，前后不超过十分钟。

站在民政局的阶梯上，两人面对面。

秦怀鹤面色无波："回去吧。"

言微点头："嗯，你什么时候去 M 国？"

他嗤声："都离了，还这么关心我？"

言微顿了下："那我走了，再见。"

秦怀鹤绷着腮帮子，略微抬一下下巴，从喉管里发出了一个"嗯"。

她比他狠。

他说不出再见。

**第七节**

秦怀鹤没有坐老板椅，而是靠在宽大的接待室的黄花梨沙发里，身后是一个硕大的玉石飞马雕塑，还有一整柜的古董瓷器。

丁澄汇报完工作，顺嘴提了一句："秦总，刚才接到消息，浅棠湾那一块地被凯创给拿下了，本来是边缘地带，因为市政改了规划，势头见好，一路拍到封顶，利润空间薄得不能再薄，我看回去算账要费脑子了。"

秦怀鹤略一扯唇："也不是费咱们的脑子。"

"不过，市场上对凯创拿地的评论大多是正面的，网民们都认为，以这样的地价成交，证明那块地在新区的价值，按惯例开局不会太高，如果是一般的小房企熬不住这样的薄利，凯创来做，至少产品是有保障的。”

秦怀鹤不以为意：“挺好，造福湾城新市民。”

丁澄笑了：“就是不知道这一次王北雄又要卖什么情怀。”

凯创老板王北雄一向以文人墨客自居，自诩凯创是最有情怀的开发商，凯创总部甚至建了一栋图书馆供员工使用。王北雄说过：凯创的人盘缠要有，诗和远方也要有。

作为龙头房企，亨川和凯创难免有正面交锋的时候，同一个板块的项目不在少数，隔街相望的也有好几个。

曾经有两个项目打得火热，凯创打出：同样价格不同产品；亨川回敬：不同品质不同价值；凯创又打：可以洋房何必高层；亨川回敬：可以亨川何必其他。总之，两家明争暗斗的例子，业内人士能说出一箩筐来。

丁澄见秦怀鹤兴致缺缺，赶紧收了尾，才要退出去，听见有人敲办公室门。

闫秘书走了进来：“秦总，不好意思，有个事儿比较急，上个周三面的那个厨师是否可以确定下来？再不购买机票，又要耽误一个星期的时间。”

丁澄一听：“对，这是大事儿，得赶紧定。”他已经吃怕 M 国汉堡了，得赶紧把大厨运到 M 国做饭。

秦怀鹤点头：“你定吧，把我和丁澄的也一起定了。”

“好的。”闫秘书又说，“秦总，昨天岁岁满月，我制作了一份相册，待会儿发给您看看。”她想，秦总没参加女儿的满月庆祝会，总该给他留点照片做留念，这是秘书的职责。

秦怀鹤顿了下：“发吧，以后你不用去月子中心了。”

闫秘书微滞，一时之间有点参不透他的话，这不去是真的不用去，还是说着反话，嫌她做得不好的意思。

秦怀鹤淡声道：“我跟她妈妈离婚了，以后不用管了。”

闫秘书没忍住，发出一个清晰的抽气声。

丁澄也是吓了一大跳，但他不像闫秘书，他憋住了。

秦怀鹤冷冷瞅着闫秘书：“闫秘书吓一跳？”

闫秘书呵呵笑，笑得有几分假：“没有没有。”

“你结婚几年了？”

闫秘书提心吊胆回答：“五年了。”

秦怀鹤收回眼，沉默了片刻：“你真厉害。”他的婚姻只维持了不到一百天，连自己老婆都没碰过一回，就变前夫了。惨到他这份上的，这世上估计也没几个了。

等闫秘书出去后，丁澄小心翼翼请示："秦总，办离婚手续需要联系律师吗？"

秦怀鹤离婚，这是大事儿，之前他结婚并没有公开，公司股东也不知道，这一离婚，涉及财产分割，势必引起亨川股权变动。

秦怀鹤摆手："不用，离婚证都领了，你去忙吧。"

"好的。"丁澄没想到言微那么好说话，这么轻易就跟大财主离婚了，还什么都不拿。

秦总这么轻易脱身，丁澄不知道该可怜他，还是该恭喜他。

但丁澄有一件事还藏着没说，林棠又给他来电话了，约他周末吃饭，想让他帮忙把她内推进亨川。这下好了，秦总和言微离了婚，他借着出国的名义，理所当然把这事儿给推了。

言微离开月子中心之前，吴曼云曾经去过一次，憋着气儿和她说了几句话，没想到换来的是两人已经领了离婚证的话。吴曼云气得够呛，气呼呼又走了。

言绵心里一直在忐忑，就担心吴曼云来找言微，让她把那套别墅也给还回去。提心吊胆过了几天，一直到言微从月子中心离开，吴曼云都没有出现，言绵才放下心来。

言绵虽觉得言微有些傻，但得了这一套别墅，言微这一段婚姻在她看来不算吃亏，嫁给谁都有可能离婚，但嫁给秦怀鹤，得了一套别墅，孩子的一生也安稳了。

"这事儿她心里也难受，等她回来了，你也别说她。"言绵在言微回家之前，就把这事儿跟言成明说了。

言成明耷拉着眼皮一言不发，两眼暗淡，应了一声"嗯"。

言绵和言成明交代别给言微增加压力，说完又急匆匆地走了。人瘫了，性子都变了，言绵也只能尽力去帮衬着言微。

言微到家，抱着岁岁去见了言成明，她把女儿的脸凑近了，给爸爸看。

言成明看着外孙女，眼睛里有一丝光亮，咧着嘴笑说："好，好。"

言微有瞬间的恍神，短短一年罢了，她当了妈妈，怀里抱着一个小婴儿，爸爸却更老了，他现在的样子完全是个老人的面容。她到底没敢直视言成明，垂下眼睫，说："爸，我离婚了，岁岁跟我。"

只听闻言成明"嗯"了下，拖长了腔调说："没事儿——"

这声“没事儿”十分清晰，言微瞬间鼻酸，喉管胀痛难忍：“你放心，我会管好你们的。”

“好——”

言微抱着孩子回了二楼自己的房间，生出一种恍如隔世的错觉。

曾经她想逃离家，逃离枯朽的爸爸，寻找一处避难的桃花源。命运里触碰到的每一样东西都是有标价的，特别是太美妙的东西，更要付出巨大的代价。这是老天爷给她上的重要一课，若是说真的有一个精神支柱，那只能是自己。

过了两天，林棠来看言微，听到她用平静的语气说已经和秦怀鹤离婚了，吓出了一身冷汗。

林棠惊叹：“言微，你可真牛！”林棠看言微的状态比大着肚子去找她的时候要好许多，人也平静，一点也不像出了月子就离婚的怨妇，才稍稍放下心。

丁澄去了M国，没再搭理林棠，她只好在网上投简历。亨川融资岗倒是一直挂着招人状态，却没有电话通知她去面试，本来她还想问一下言微是怎么回事，这下也只能作罢了。

言微给言成明买了一台电动移位机，刚开始他不愿意用，被言绵训了几句才勉强试用了一下。后来用习惯了，就算罗姐不在，他每天也可以借助移位机坐到电动轮椅上，跟着言微出去遛孩子。

父女俩一个在前，一个在后，虽然没有多少话说，但言微感觉良好。

出去几次之后，言微带着爸爸到老年活动室看老头们下棋。言成明一看就能看半天，也不惦记着回家里躺了。她有些后悔，应该早些换一楼的房子，爸爸可以经常出门，或许就不会老这么快了。

转眼过了三个多月，岁岁快满五个月了，脸上肉乎乎的，一逗就会咧嘴笑。

言绵早已经回了深城，言微一边找工作，一边找合适的保姆。她不喜欢麻烦别人，也不想回老东家恒亿，故而没有找赵妙阳。自己找工作，选择性更高，也不受制于人。

保姆找到了，可她面试了几家，都没有下文。言微无奈，试着打电话询问其中一个较为面善的HR，对方客气地表示，因为她是离异单亲妈妈，而且还在哺乳期，担心她适应不了高强度的工作。

言微了然，公司自然不愿意冒风险，放着那么多单身，或者已婚已育的应试者不用，用这么一个才二十四岁就离异的单亲妈妈。

她咬咬牙，掩去离异单亲妈妈身份。恰好凯创在招策划助理，是一个新项目，叫澜湾里，位置在浅湾区东面，虽是新区，配套不成熟，胜在未来市政规划不错，最重要的是，项目与她现在住的地方就相隔一条湾江。这对于还未断母乳的她来说，太友好了。

言微投了简历，做足万全准备。

可凯创的竞争太激烈了，她母校虽好，也不过是本科学历，而且只有乙方的工作经验，竞争力并不算强。半个月过去了，就在言微以为没戏的时候，接到了通知，原来上岗的人没做两天就不干了，项目急需用人，问她是否可以马上到岗。言微马上答应下来。

偏偏这一天，闫秘书给她打来电话，说秦总回国，想见一下岁岁。

“你看明天上午九点，我让司机去接可以吗？”

言微回道：“可以，辛苦你了，闫秘书。”

闫秘书笑了，温声细语的：“不客气，辛苦的是你。”

言微亲力亲为，备齐奶粉、水杯、尿不湿和干净衣服，又叮嘱保姆看好孩子。

第二天，言微上凯创总部报到，正好她的直属上司在外地出差，公司让她自己一个人去项目地找销售经理，熟悉一下项目的基本情况。

言微在半道上接到了保姆的电话：“言微，他们把岁岁接走了，让我晚上再去接。”

言微心口一跳：“谁接走了？”

“一个叫什么总助的。”

言微挂了电话，顾不了许多，给丁澄打了一个语音电话：“丁澄，岁岁还很小，你知道怎么照顾她吗？”

电话里，丁澄笑说：“您放心，她在这里玩得可开心了。”

## 第八节

丁澄抱着岁岁，走的是总裁专用电梯，猛地瞥见一条清凌凌的口水从岁岁嘴里滴到他肩头。他头皮一麻，又伸手摸了摸自己的肩头，果然，肩头已经湿了一块，怪不得在电梯里就凉飕飕的。丁澄一个哆嗦，脚下加快了速度。

这小人长开了，肉乎乎的脸蛋，一张吧唧乱动的小嘴，再加上那双黑葡萄似的眼珠子，滴溜儿乱转，十足可爱，除了那流不尽的口水，称得上是一个漂亮宝宝。

秦怀鹤正在看材料，听见敲门声，心神微动，站起身来。

“秦总，小美女来了。”

秦怀鹤从丁澄手里接过那小不点，抓着她胳肢窝，扶坐在办公桌上，细细瞧着她，试图寻找她小时候皱巴小脸的痕迹。转瞬他就笑了，几乎寻不着了，小人穿着一条嫩黄色连体衣，脸蛋和胳膊腿儿，哪哪都是肉，小嘴翕动着，发出奇奇怪怪的“噗噗”声。

秦怀鹤冲她点着下巴：“叫爸爸。”

岁岁黑溜溜的眼睛对着他，充满了好奇。

他学着她，对小肉脸“噗噗”吹了两口气：“岁岁，叫爸爸。”

岁岁突然咧开嘴笑了，嫩嫩的牙龈，一颗牙也没长。

丁澄笑道：“她以为您在逗她玩儿呢，看她笑得多开心。”

秦怀鹤把她抱进怀里，怀里的小人肉实嫩滑，还带着一股奶香味儿。他埋在她肩窝处，吸了吸鼻子，笑着说：“爸爸，爸爸，都五个月了还不会叫爸爸，你是笨蛋吗？”

“五个月还不会吧，不得两岁才会说话？”

丁澄话音方落，小不点扑腾着口水，发了一声含糊的“ba——ba——”

秦怀鹤心口一麻，待回过神来，把女儿抱开了些，眉眼舒展开：“这不是会叫了，再叫一个。”

丁澄赶紧给父女俩抬高轿子：“哎哟！秦总，我们岁岁是神童啊！天才啊！”

秦怀鹤照单全收：“你没见过吧，问问闫秘书，她儿子多大会叫爸爸。”

秦怀鹤隐隐得意：“闫秘书在公司吗？”

“她出去送材料，还没回来。”丁澄又说，“秦总，言微说，岁岁还不能坐太久，让她趴着好一些。”

秦怀鹤闻言顿了下，把女儿抱起来，走向接待区的黄花梨沙发。

沙发上是绒布垫子，正好给岁岁趴着。

一条口水滴答下来，快滴到沙发，秦怀鹤赤手空拳去捞，下意识把那条拉丝口水甩到地上。

他指头揉捏，还带着黏腻，突然想起什么，问道：“她妈妈送到楼下的？”

丁澄头皮又是一麻，赶紧抽了一张纸巾送到秦怀鹤手里，回道：“没有，保姆送过来的，言微上班去了。”

秦怀鹤看着女儿的小肉脸，略微耷拉下嘴角：“到哪里上班？”

丁澄回道：“她没说，找机会我问问。”

秦怀鹤哼了一声，淡淡地说：“不用问了。”又过了一会儿，秦怀鹤突然问："什么味儿，你闻到了吗？"

丁澄吸吸鼻子，心里咯噔一下："是不是拉屎了？"

秦怀鹤略一迟疑，伸出手，有些笨拙地解开连体裤，又扯开尿不湿，黄黄的一摊，空气中的酸臭味儿更浓郁了。

丁澄即便谈过上百亿的项目，看见婴儿的屎也是头一遭，有些束手无策："秦总，我打个电话问问看闫秘书到了吗。"

秦怀鹤面色没有什么波澜："我抱着她，你来脱尿不湿，包着屎能舒服？"

丁澄只好硬着头皮去脱尿不湿，他低着头，拿出认真对待大小姐的样子，视线却瞥向一旁。

他从来没有闻过这么令人窒息的味道，只能使劲憋着气儿。

尿不湿褪到岁岁的小肉腿，猝不及防一声响屁，带出了稀黄的屎，喷到丁澄的手上。

丁澄瞳孔地震！

这时，闫秘书像救命菩萨一样出现了，抱着孩子收拾，哭笑不得："尿不湿不是这么脱的，解开就行了，这样弄得多脏啊。"

秦怀鹤觑着丁澄："我说哪里不对劲呢。"他来这么个马后炮，丁澄只觉冤得慌，手上隐隐带着大小姐的余味，他真想把手在香水里泡一天一夜。

一通折腾，岁岁开始号啕大哭，闫秘书给她喂了奶粉，才算安生了。

闫秘书为人母，自然知道言微的心情，给她发了一张岁岁酣睡的照片。言微这才稍稍放下心来，要不然第一天上班，心里再惦记女儿，也不敢丢下工作跑出去找她。

澜湾里占地三百亩，体量不算小，分三期开发，其中一期和二期为住宅项目，三期规划做商业和公寓。因为位置较为偏远，湾城老市民对这种荒地项目一向不怎么感冒，倒是在湾城工作的年轻人们比较中意这样的新区。

澜湾里的销售经理李林柳看见新来了一个策划，也不怎么搭理言微，只让她自己拿项目资料看。

在地产行业，销售为王，其他部门都要为销售服务，特别是如今高效复制的标准化流程下，策划已经被视为打杂岗，更别谈创造性了。

言微深知，在销售们眼里，不过是换来了一个打杂的罢了。没什么人搭理言微，她拿项目资料看完，又看了前任策划写的销售文案和销售百问，便自己出去看项目实地。

五月的日头已经火热，看一圈回来，言微衣服就湿了，再加上涨奶，身子像一个泡在热水里的石头，又黏又痛。

她进销售中心，正巧碰上销售们站成一排开会。

李林柳冲着她说："那个谁，过来帮我们录个视频，等会儿结束喊口号的时候再录。"

言微走过去，接过她的手机："好。"

"进场两个月了，积累的客户远远达不到公司的要求，你们说的都对，地铁不通，就一辆破烂公交车到这里，就算有看房车，客户都嫌麻烦，那就坐吃等死吗？你们是置业顾问啊，是销售啊！主动出击会不会！打电话，发传单，不要等策划把广告投放出去，等他们就死了！"

几道目光朝言微看了过来。

言微不过眨巴一下眼，身子一动不动，这些话她无所谓，她难受的是自己的身体，动一下就痛。

等她把手机送到李林柳手里，李林柳问了一句："你原来是哪家公司的？"

言微回道："恒亿。"

"恒亿哪个项目？"

言微才回答，李林柳立马扯唇笑了："那个尾盘啊，我以前卖过第一期，当时还挺好卖的，我带的那几个人都挣到钱了。"

言微说："看出来了。"当然好卖，当时吹牛说有一个好学区，最后没有了，她们不知道为这群前任销售抹了多少屁股。李林柳典型的销售老油条，自信甚至自负。

从销售中心出来，言微打了一辆出租车，在车上给丁澄打电话："丁澄，我现在去接岁岁，等会儿你帮我把她抱下来。"

"没问题。"那一头的丁澄口气有些为难，"就是……秦总想让我问一下你，岁岁平时都吃什么，为什么她那么……馋？"

言微不解："呃？"

"秦总在吃下午茶，她老是抢他的东西啃。"

一个微哑的男低音从话筒钻进她的耳膜，清晰可闻："你就问她，是不是平时都饿着孩子，养不起就给我养。"

言微一口气堵在胸口，那两块大石头更是胀痛难忍。

她深吸一口气，咬牙切齿的："丁澄，她才五个月，就算馋死，也不能乱喂！"

# 第三章

## 不必指教了

没错，秦怀鹤就是这么小格局
言微不是个凡人
凡人怎么能那么狠心

### 第一节

言微身心俱疲，每一分每一秒都是煎熬，湾城的路况良好，可正好是晚高峰，路上堵得厉害，轻微一点颠簸抖动，她胸口的两块大石头就胀痛得像要爆炸。偏偏还有人在这个时候气她，偏偏她还不能呛回去。

时间过了七点半，言微才下车，步入亨川世纪气派亮堂的一楼大堂，往右侧走，那里有一部电梯是专供亨川总裁用的。

细高跟踩在不规则大理石砖上，一步一个刺痛，而且，她闻到了自己身上的一股汗臭，掺杂着乳酸发酵的酸味儿。第一天上班，准备不充分，吸奶器没拿，防溢乳垫带少了，太阳底下又去工地走了一圈，这会儿都臭了，实在是狼狈得很。

岁岁开始闹脾气了，丁澄哄不好，抱着她，围绕大堂右侧的接待沙发转圈。

岁岁一看见妈妈，立马伸出小胖胳膊，满脸的求抱抱。

言微抱上她，给她抹眼泪："好了好了，岁岁想妈妈了是不是？"天知道言微上班的时候有多想女儿，灼心的那种想。

"丁澄，你知道这边哪里有母婴室吗？"

丁澄有些蒙，他并未留意过这些，想了想，说："要不，你跟我上去吧。"

言微抿唇："算了，我去商场里面找。"

丁澄也就罢了，他还要陪着秦怀鹤应酬，实在耽搁不起。

言微在三楼一个母婴超市找到了母婴室，抽出一张面巾纸，沾了水，手忙脚乱擦洗了下。

岁岁早已经不耐烦，号着要喝奶，号出了一身汗。言微也是一身汗，鬓角和额发湿漉漉的，汗流入眼角，又辣又涩，但是她顾不上自己，只不停给女儿擦拭后背和颈部，就担心把小胖妞给弄感冒了。喂了奶，母女两个都舒坦了，岁岁咧着嘴笑，小胖手又去抓妈妈的头发玩儿。

言微逗了她两下，收拾东西装进妈咪包，准备回家。

丁澄上了总裁办公室，敲门进去，看见秦怀鹤正站在落地窗前，落日余晖洒在他身上，镀上了一层浅淡金光。

"秦总，岁岁给言微接回去了，那边等了半个多小时，咱们下去吧。"

秦怀鹤回过身，面色淡淡的，略一点头："走吧。"

因为带岁岁，丁澄特意把今天的饭局安排在亨川世纪楼下，本来预想着七点半能到，这会儿都快八点了，对方公司已经等了他们很久了。

两人站在商场一楼等电梯，天气越来越热，人心也烦躁了，一个带小孩的大姐念念叨叨说，电梯怎么那么久还不来。

秦怀鹤往后退了一步，慢条斯理解衬衣扣子，视线悠悠转动，他目光一顿。手扶梯上，一身通勤装扮的言微，怀里抱着才离开他的小肉球，背上背着妈咪包，还斜挎着自己的小包。

一时之间，秦怀鹤有些愣怔。他从来没见过这样狼狈的言微，她的额发凌乱，马尾也松散了，耳边垂着一绺头发，粘在细白的脖颈上。但她的姿态分明是放松的，满目含情对着女儿笑，岁岁那么重，她就那么单手抱着，另一只手去抹女儿的口水。

岁岁并不搭理妈妈，她被商场里各种新奇的玩意儿吸走了目光，睁着圆溜溜的眼睛看这儿看那儿。

秦怀鹤收回视线，眼底微烫，按照她出去的方向，大概率是不会看见他的。

偏偏丁澄在他身后喊了一声："言微！"

见秦怀鹤往身后瞥了一眼，丁澄扯唇笑："秦总，言微和岁岁还没回去呢。"

言微循声看了过来，唇边的笑微僵，但也没有很惊讶，这是他们的地盘，碰上并不奇怪。

她站在三米开外，脚步没有挪动半分，问道："你们去吃饭吗？"

秦怀鹤一身白衬衣黑西裤，是工作日最平常的装扮，但是他个子高，身段好，仿佛往橱窗里一站，就是高定礼服的男模。就是那目光过于疏淡，大概是长期站在高位，身上散发着傲慢冷然的气质。言微在初见他的时候被这种气质深深吸引，但是现在滤镜消失，已经不会了。

丁澄笑着问："对，言微，让人送你们回家吧。"

言微连忙拒绝："不用，我已经叫车了。"她抓起岁岁的小手，"叔叔拜拜。"岁岁以为又在逗她，咧开嘴，口水又滴下来了。

言微没留意，因为她看见那个男人转头看过来，幽幽深眸，带着莫名其妙的压迫感。她又摆动岁岁的小手，浮现一个清浅的笑："爸爸再见。"

秦怀鹤喉结一滑，语调微凉："口水都滴湿衣服了，怎么也不知道换一件？"

言微微顿，也不假意和他客气了："回家再换。"说完，她头也不回地走了。

吃一堑长一智，第二天上班，言微已经知道备齐东西了。

和销售现场不一样，凯创总部的氛围不错，而且到处可见公司的人文关怀，哺乳期员工早晚各有一小时的哺乳假，还有专用的休息室。可惜言微享受不到这些福利，为了不让人看见，涨奶了她就跑到有母婴室的楼层去挤。

言微进了公司才知道，她上面没有策划经理，策划总监翟览华直接管着她，因为一些事情耽误，翟览华在外地项目没回来。言微没人管，前几天几乎都是放养的状态。翟览华是个壮汉，看着像是酒桌浸泡出来的样子，他一回来就把言微叫过去，问了一些项目相关的问题。言微每天在总部打了卡后都会去销售现场，只有在现场，才能更好地弄清楚每个时段的来访量，听置业顾问们接待，才能更好地了解客户的需求信息，故而，翟览华问的问题，她答上来七八成。

翟览华对她基本满意，交代她和广告公司那边接洽，趁着房博会，澜湾里的广告要出街了。

“这段时间你的首要任务是协调好广告公司和活动方，把房博会的展厅布置好，还有销售物料，清点一下，缺什么赶紧补齐。”翟览华又道，“到时候大老板会去展厅转一圈，让置业顾问做好准备，选出一个接待能力强的出来接待领导，并要提前一个晚上去适应场地。”

言微一一记下：“好的。”

接下来的几天，言微每天奔波几个地方，忙到很晚才到家，累得恨不能一头扎进枕头呼呼大睡。可是家里还有一个嗷嗷待哺的娃娃，她只能强撑着眼皮给岁岁喂奶。

房博会临近，一切都还算顺利，可是言微问起李林柳提前走场的事儿，李林柳压根没当一回事：“用不着，房博会哪一年不开啊，还提前走场，你们真当我们没事干了？”

言微说：“那你让她们那天提早一个小时到吧，我们凯创的展厅有二十几个项目，和销售现场的布置完全不一样，到时候人挤人，乱了阵脚就不好了。”

李林柳漫不经心地说：“知道。”

言微心里清楚，她一个小策划助理，指挥不动销售线，只能把这事儿如实汇报给了翟览华。翟览华倒没说什么，只让她当天灵活一些，查漏补缺。

当天，言微早早到了展厅，销售们一个都没见，临近八点半，才来了两个较为老实的置业顾问，李林柳连影子都没有。

这时，翟览华急匆匆而来：“言微，李林柳呢？”

言微说：“我刚才发微信给她，她说到停车场了。”

翟览华粗大嗓门吼起来了：“大老板和领导都走到外场了，她怎么还没到，不想干了吧！”

言微马上说：“我马上催她，翟总监，这里有两个置业顾问。”

那两个置业顾问是新人，听了脸色都变了：“不行不行，我接待不了领导，我才来一个星期。”

“我也接待不了，我现在哪儿跟哪儿都没弄清楚呢。”

听了这些话，翟览华火了：“不是说了提前适应场地吗，这是领导最重视的新项目，言微，你怎么办事的！”

眼下，言微憋着气，说：“翟总监，我来接待吧，我都熟。”

翟览华觉得不可思议：“你能讲盘？你来给我讲一遍。”

言微从置业顾问手里拿过激光笔，从品牌讲到区位，沙盘还未讲到，众高管围护着凯创大老板王北雄，已然到了百米开外。

翟览华顾不上太多，赶忙迎了上去。

王北雄穿着一件白色唐装，看起来神采奕奕，从翟览华手里接过项目宣传折页，眯着眼看了看，笑着说："找个销冠给我们介绍一下。"

言微适时迎到跟前："王总，我不是销冠，可以给您介绍吗？"

王北雄没当一回事："可以，我就喜欢主动请缨的。"

言微按照自己的思路，从凯创品牌到澜湾里的区位优势，再到项目经济指标，张弛有度，娓娓道来。

王北雄打断她："你是置业顾问？"

言微笑答："王董，我是策划助理言微，想和领导申请转销售岗又不敢，感觉自己还不够格。"

王北雄看着她："我一听就知道你不是置业顾问，你太温和了，转销售岗要有杀客的魄力。"

言微点头，一副虚心听教的姿态。

王北雄又说道："不用转，在我们公司，每一个岗位都很重要，你比销售好的一点是，你想到了后续的招商和售后维护。我们常说，销售线做不了规划，因为什么？"他转向众高管，"因为他们挣了钱就跑路，不会管你后面怎么样……"

王北雄突然停顿下来："哟，秦总来了。"

言微下意识看去，眉心微跳，旋即垂下眼睫看着手中的激光笔。

众人自动给秦怀鹤让出道来。

秦怀鹤踱步而来，对众人略微颔首，话音稳中带着一丝玩笑："想偷听王董一场免费课，没藏好被发现了。"

王北雄向他伸出手："秦总人中龙凤，当然藏不住。"

两人握手客套两句，秦怀鹤看向展位大招牌："澜湾里？这案名不错啊。"

他悠悠转眸，轻扫过人群："给我也介绍一下。"

言微早就偷偷退到后面，隐匿在人群里，不再做出头鸟，幸而李林柳赶到，二话不说亲自上阵给两个大老板讲盘。

见王北雄带着秦怀鹤转了一圈，从另一头走了，言微暗暗松了一口气。

晚上快九点，言微拖着快散了骨架的身躯往展厅外走，听到两个穿制服的同行在讨论亨川。

“听我原来的同事说，亨川大老板让公司把亨川用过九湾里、幸福里、清棠里，这一系列的案名给申请专利了，不让凯创用。”

另一个女孩忍不住乐：“又不是他家的汉字，凭什么不给别家用？造谣的吧，秦怀鹤就这个格局？”

言微加快了脚步，她心说，没错的，秦怀鹤就是这么个格局。

**第二节**

言微进小区的时候，已经过了九点，路过老年活动中心，她看见言成明正看着老头下棋，走过去问：“爸，岁岁睡觉了吗？”

说到外孙女，言成明脸上露出了慈爱的笑：“岁岁睡——了。”他现在比以前好多了，愿意出门，也没有那么犟了，但除了岁岁，他还是不喜欢和人说话。

“外面蚊子多，你别待太久，那我先回去了。”

进了家门，言微上楼洗干净，才又返下楼热饭菜吃。这种天气，食欲总是不太好，她喝了两口粥，夹两口青菜，一块肉都咽不下去。

言绵正好给她发来视频，想看岁岁。

见岁岁睡着了，言绵便问：“这段日子，岁岁她奶奶来看她了吗？

“前段时间刚来一次。”

吴曼云十天半个月来看岁岁一回，因为岁岁小，又没有断奶，总是没办法离开妈妈，吴曼云没有别的办法，只能上家里看。她来了，和言微也没有什么话说，干巴巴逗岁岁，岁岁跟她不亲，一会儿又哭着找妈妈。吴曼云实在无趣得很，每一次都逗留不久便走了。

吴曼云上一回来，大概是岁岁长大了许多，一逗便笑，她逗留的时间便久了些。言微听见她和岁岁说：“等岁岁不喝妈妈奶了，就跟奶奶回家住，好不好？”吴曼云一贯如此，这里不是她孙女的家，孙女迟早要回秦家的，即便当着言成明的面，她也不避讳把这些话说出来。

言微只能左耳进右耳出，秦怀鹤为何那么自我，从他妈妈身上可窥探一二。

只听姑姑语重心长说：“她要看你就让她看，就怕她不亲，毕竟是他们秦家的孙女，以后就算秦怀鹤成了家，岁岁还有爷爷奶奶疼。他们家大业大，跟我们平常人家不一样，岁岁啊，跟我们也不一样。”

言微说：“我知道。”

周末，房博会的人流量非常大，置业顾问们几乎没有一刻歇息。

言微协调各种资源，连水都喝不上，更是没有喘口气休息的时间。

中午，公司送过来的餐食堆放在一起，不知道被谁拿走了一袋，最后四个人没有饭吃，气得直骂。这其中就有李林柳，她没吃上饭，逮着言微就大声说：“言微，置业顾问都要倒下了看不见吗？你怎么回事，连个饭都守不住！”

言微自认不是个守饭的，可这个时候，也只能先忍下了：“李经理，我现在就去买。”

李林柳把手里的本子往桌上一扔：“快点儿！”

言微顶着烈日出去买饭，今天太忙了，她担心涨奶抽不出时间挤，没敢多喝水。即便如此，大半天过去，胸口的胀痛也到了极限。

打好饭，她拎着四份饭往回走，走上那望不到尽头的阶梯，步履艰难。身后传来脚步声，紧跟上，一个男声在她耳边说：“言微，需要我帮忙吗？”

言微回过身，还没反应过来，男子已经拿过她手里的饭盒：“公司不是给你们送了饭吗？”

言微只好笑着道谢：“不知道怎么少了几份，辛苦您了。”她对眼前这个戴眼镜的男人有点印象，回总部的时候见过，好像是招商运营总监，但具体叫什么她并不知道。

那人笑着又问：“辛苦的是你们，这么大太阳，怎么不让一个男同事出来买呢？”

“他们都忙着接待客户。”出于礼貌，言微问，“我刚到公司，很多人都还没机会认识，请问您怎么称呼？”

男子停下步子，掏出手机：“我姓赖，叫赖伟，来来，加个微信。”

他这么说，言微只好也拿出手机，和他互加了微信。赖伟把名字发给她，言微礼尚往来，也把名字发给他。

赖伟并没有把言微送到凯创的展厅，半道拐弯去看其他公司的商业项目去了。

言微把饭送到李林柳手里时，李林柳大概是觉得刚才那样吼她不太好看，提出把饭钱转给她。

言微没有客套，点了接收。

李林柳一边吃饭，一边说：“言微，那天多亏你救场了，要不你转到我们销售岗来吧，我觉得你比她们这帮人都行。”

有人附和：“对啊，你那么厉害，不做销售可惜了。”

言微笑了笑：“算了，我不行，王总都说我没有杀客的魄力。”那天她在大老板面前露脸，大老板有摄影机随行，当天，公司关于房博会的推文上，有她“出风头”的视频。枪打出头鸟，她明白这个道理。

翟览华倒是有些对言微刮目相看的意思，公司营销策划线的中高层聚餐，因为没招到策划经理，他提出让李林柳带着言微一起参加。这种场合，免不得要喝酒，言微实在不想去，便找了一个蹩脚的理由，说自己酒精过敏，一滴酒都喝不了。

翟览华说：“没事儿，你喝不了没人逼你喝，我们是人性化企业。”

言微无法，只能答应下来了。她特意让保姆把岁岁送过来，喂了一顿奶，才赶去参加公司聚餐。

中高层大都是男士，酒桌上，总是喜欢逗逗新人，特别是漂亮的新人。无论他们怎么说，言微就是咬死了不能喝，一喝就要送医。一来二去，那些人精们也瞧出来了，言微是个逗不动的女人，至少是他们逗不动的女人，便歇了这份心思。

散席后，众人各自离去，翟览华带着李林柳和言微站在一楼大门口，商议这个月底的暖场活动。

正说着话，李林柳突然定睛在左前方，展露一个笑脸，声线压低：“翟总监，亨川的人在这儿呢。”

言微迟钝了一秒，真是够巧的。

一个眨眼，两人已经到了跟前。

秦怀鹤看见言微，目光显而易见一滞。

李林柳笑着打招呼：“秦总，今天是什么好日子，又碰上您了。”

秦怀鹤目光淡然，并未挪动分毫：“来亨川，天天都是好日子。”

李林柳笑弯了眼：“算了吧，我听说，你们公司的女同胞一年也就见您两三回。”她的笑柔媚了几分，是对异性的柔媚，和她平时，还有方才在酒桌上的形象偏差不小。

秦怀鹤淡淡地说：“她们就是喜欢夸张。”

李林柳又笑了：“秦总，以前您答应过给我们那几个小姑娘搞联谊，最后都没有下文。”

秦怀鹤看向丁澄：“这儿有一个现成的，二十六了，你先给他联谊一个。”

丁澄咧嘴：“谢谢秦总关怀。”

翟览华看向言微：“巧了，这不，我们也有一个现成的，曾总监也认识，言微，之前还做过贵公司的项目。”

秦怀鹤稍稍挑眉，目光幽幽一沉，落在言微身上：“是吗？”

丁澄听得头皮一紧，后背冒凉气。

李林柳突然伸手戳言微的肩膀，很亲近的样子：“言微好好把握机会，秦总亲自做的媒，快点加微信啊！”

言微往边上挪了些，丁澄大约也是如此，喃了句：“言微啊，认识。”便没有下文了。

翟览华说：“你们两个年纪正合适。”

秦怀鹤眯起眼来，眼底盘着的那几道红血丝，被尽数掩盖了去：“合适吗？我怎么记得言微结婚了？”

言微心口一闷，目光急速转凉，冷冷刮到他脸上：“您记错了，秦总。”

秦怀鹤发出一个浅淡的气声，目光没有丝毫避让：“我记错了吗？”

言微眸光利落一转：“丁总，我没结婚。”

丁澄深深吸气，面色有些崩裂，硬着头皮说：“秦总，结婚的不是这个言微，是阎王的‘阎’。”

秦怀鹤下颌线绷得紧紧的，看看他又看看言微，下颌一动：“她又是哪个 yan？”

言微垂首，从挎包里抽出一张名片，双手递到秦怀鹤跟前：“秦总，我是言微，请多多指教。”

秦怀鹤两指一捏，名片落入他的手，他收紧了些，尖尖的角刺入他掌心里，只是微微的麻，一点儿也不痛快。

时空翻转，她的语调一样的绵软，但音色却变了，平静得像搅不动一丝波澜的四月湖水。

她在说：秦怀鹤，不必指教了。

## 第三节

丁澄无辜受累，只想尽快结束这一场没有硝烟的战争：“秦总，车到了。”

众人把秦怀鹤送上了车，目送着车子进入车流，随后李林柳和翟览华也相继准备离开。

言微含笑说：“翟总监，李经理，路上注意安全。”

工作最累人的往往不是工作本身，而是人与人之间的往来博弈。

没过多久，言微又忙碌起来了，自从上次的广告出街以后，澜湾里的来电来访量增加了许多，项目新增了一个销售团队，是一家叫莱地的代理公司。莱地是地产代理的龙头老大，盘踞湾城多年，霸去了地产代理行业的半壁江山，但乙方就是乙方，总是自动矮半截。

李林柳混迹地产多年，早已经是一个完完全全的利己主义着，明里暗里，总是有那么点仗势欺人的意思。

比如把外展的客户全部都分给自己人，比如，把下班后的销售热线转接到自己人手机上。

总之，莱地的人恨她恨得牙痒痒。莱地的销售经理不怎么给力，但他们有一个很厉害的销冠，叫汪达，汪达不仅生了一张好脸，还长了一张巧嘴，男女老少通杀，不到一个月时间，他预约的客户数量已经是一骑绝尘、遥遥领先。

很多公司开始尝试在房产网站做直播，凯创上头也下了通知，要澜湾里的置业顾问轮流直播，这活儿自然又是言微去做。

李林柳特意提醒言微："汪达这人太过狂妄，一定要他按质按量完成直播，少一分钟都不行，听见没！"

言微点点头："我会跟他说的。"

到了汪达直播当日，言微拿着录像机下到销售前台，汪达已经提前下班了，言微只好打电话给他。汪达就一句话："有事儿，先轮别人。"

言微好声好气说："别人都没有准备，谁愿意临时上，又不是每个人都像你那么厉害。这样吧，你晚点儿回来，我在这里等你。"

汪达拒绝："不回，你就说我不做无用功，要开掉我，随意。"

言微一噎："行，不打扰了。"

销冠果然能横着走，此处不留爷，自有留爷处，反正在哪儿都是挣钱。

缺一晚算怎么回事？想了想，言微干脆自己上了。

第二天被李林柳知道了，揪着汪达的小辫子不放："没完成直播的，要罚款两百，言微去找汪达收钱。"

言微问："谁定的？"

"澜湾里销售团队新规定，从昨天开始算起。"

言微觉得好笑："你觉得他会给吗？"

"不给也得给，你都替他直播了，难道钱也替他垫上？"

言微停顿了下："要不你垫吧。"

李林柳微滞。

言微淡淡看她："我直播是因为不想落下一天影响流量，至于你们销售团队的奖惩制度，我管不着。"

巧了，汪达正从莱地销售经理办公室出来，听了这话，贱兮兮给她鼓掌："言微，昨天你帮我做直播，两百实在拿不出手，我奖励你二百五十元。"

言微胸口的两块大石头隐隐作痛，她想，总有一天，她得被这群人气得回奶。

她点出微信收款码，拦在汪达面前："二百五。"

汪达舔着嘴笑："骂谁呢这是？"他扫了，给她发了二百五十一块钱，"老子有钱，多给你一块。"

恰在此时，丁澄给她打来电话，她往楼下走："丁澄。"

丁澄说："言微，明天晚上秦总想带岁岁回去看看太爷爷，没问题吧？"

"可以的，闫秘书和我说过了。"言微纳闷，这事儿闫秘书已经和她说过了，何以他还要再问一次？

"是这样，上回带岁岁过来，可能是没有妈妈，她哭闹了很久，秦总的意思，如果方便，你可以跟岁岁一起过去吗？"

言微顿时噤声，这不是方不方便的问题，都离婚了，她跟着秦怀鹤带岁岁回去见秦老爷子，这算什么回事？

丁澄又说："不方便也没事儿，不为难你，主要是晚上过去，担心她哭得更厉害。"

言微思量片刻："这样吧，到时候我在外面等着，如果她哭得厉害，再抱出来给我。"

"可以，需要过去接你吗？"

"不用。"言微想起了一件事，"丁澄，我朋友林棠，你见过的，她一直想进亨川融资部，想问你们公司融资岗还在招人吗？"

丁澄顿了下："这个我得确认一下，晚点儿答复你。"

言微回到二楼，李林柳脸上堆着笑："言微，和丁总进展神速啊，苟富贵，勿相忘哦。"

言微淡淡地说："不会。"

## 第四节

第二天，言微回到总部，向翟览华汇报工作。她汇报完毕，翟览华问："这一次网络直播是怎么回事，你怎么自己上了？"

言微回道："莱地的一个置业顾问临时有事儿，我就自己播了一期。"

翟览华看着她："是汪达吧？这小子以前在亨川待过，听说做了两年销冠，没人管得住他，后来换了一个强势的女经理，把他给整跑了。他要不是有两把刷子，莱地的人也不会供着他，虽然我们是甲方，毕竟是合作公司，尽量避免矛盾激化吧。”

言微点头：“我知道。”翟览华的立场，成交为王，销冠当然要留。

翟览华又赞许道：“不过你这一期的效果是最好的，拉高了这一周澜湾里网播的平均播放量，不管最后转化率如何，至少数据在那儿，我们第一次尝试，领导都看得到。”

言微笑了：“可能是运气好，我是晚饭后那一段时间直播的，感觉流量比平时要好一些，下周可以让置业顾问分时段直播，做个流量比对。”

除了时间段，跟内容也有关系，置业顾问们已经把项目的优势亮点反复讲解，言微选择了不一样的切入点：如何看项目规划图、楼层平面图、户型图，以及市面上的户型图尺寸存在哪些猫腻，严格上来说不能算推广视频。没想到剑走偏锋，竟然有不错的效果。

显然，翟览华并没有认真看过网播的内容，他关注的是数据，漂亮的数据。

汪达说得没错，这种网播其实并没有多少效果，只是别家播了，自家也不能落下。很多置业顾问直播的时候都是敷衍了事，像念稿子一样，不带一点感情色彩，看的人都很少，更别提有网友交流互动了。

言微等电梯的时候，收到了赖伟的微信。

赖伟说刚才看见她回公司了，问她是否有时间，想请她喝杯咖啡，交流交流。她找了个理由拒绝了：【改天吧，今天有电视台过来录视频，我要回案场接待。】

电视台安排在下午，她不想跟赖伟喝咖啡，又不是一个团队的人，澜湾里要到招商那一步也还很远，有什么好交流的。

没想到，言微才走出总部大楼，就听见有人喊她，那人降下半个车窗，看不太真切，但她知道是赖伟。

言微走过去，车窗里，赖伟只露了半截脸：“我正好出去办事儿，送你回澜湾里。”

言微刚刚都拒绝了，现在更不可能答应，但赖伟后面有车在按喇叭催促，她只好先上了车。

赖伟问了她一些以前的工作经历，又换了一个话题：“你住哪里？”

言微只说了一个街道名称。

赖伟笑了：“那不算远，还是跟你爸妈住吧？”

言微顿了一下，胡乱地“嗯”了一声。

“跟家人住好啊，比我们这种孤寡老人好，单身狗，回到家什么声音也没有，周末偶尔来几个朋友，还都是男的。”

言微说：“各有各的好。”

赖伟看她一眼，问道：“下次叫你一起，行吗？”

言微神色淡淡的，也不笑了：“算了，我平时都比较忙。”

赖伟又看她一眼，镜片折射的光线，让他的眼神有些看不清：“平时都忙什么啊？”

言微扯了一个谎：“最近想考证，需要备考。”

他扯唇笑了笑：“真是上进啊，又要上班又要考证。怪不得这么瘦，女孩子不需要那么辛苦啦，特别是像你这么漂亮的女孩子。”

言微没再搭理他，到了公司楼下，言微下了车，道了一声谢，头也不回往里走。她想，她这么冷淡，是个人都知道是什么意思，下次他总该不会再过来贴冷屁股了。

下午快下班时间，电视台经济频道过来拍摄视频，主要是给湾城新区的宣传片取材，澜湾里的镜头不多，但这种政策性质的片子，对项目是一大利好。

翟览华说了，销售团队必须认真对待，拍一条有精神面貌的好镜头。

置业顾问们摆好队列，汪达又不见了，电话不接微信不回。言微一路找过去，在休息室发现了他，他正躺在外展的垫子上呼呼大睡。

“汪达，汪达！都在等你录视频呢。”

汪达睁开一点眼缝，又闭上了：“不拍，少我一个看不出来。”

言微心里憋着火，还得哄着他：“澜湾里你形象最好，少了你这个楼草，肯定看得出来。”

汪达脖子歪到另一边，不搭理她。

言微原地站了一会儿，打开手机录像功能，怼近拍了一条十秒左右的视频，然后用软件配上呼噜音效，说：“汪达，我拍了你打呼噜的视频，如果你不起来，我就发到工作群里。”

汪达这才摇摇晃晃站起来：“把视频给我删了。”

言微当着他的面删掉视频：“删了。”

下楼的时候，见他往另一个方向走，言微眉头一皱：“汪——达。”

汪达摆摆手：“你先下去，我去洗把脸。”

等了一会儿，他出来了，不但洗了脸，还抹了油头，是楼草的派头。

等摄影师拍完了置业顾问的镜头，言微带他们完成其他镜头，拍摄结束，她又带着工作人员去吃工作餐。最后走的时候，她把宣传资料备齐，人手一份，送到电视台工作人员手里。

这个时候已经八点半了，言微惦记着要去秦老爷子那里接岁岁，匆匆忙忙收拾东西往外走。

本来说好了，她会跟过去的，这会儿估计他们都吃完饭了，也不知道岁岁闹不闹。

手机里有微信消息，刚才一直忙，她都顾不上看。

是赖伟：【今晚出来喝咖啡？】

大概是太久没有得到回应，隔了十来分钟，他又发了一条，语气变了：【A 大经管学院院花，这么清高？】

【别这样，大家都是打工人，扒了这一层皮，没有谁比谁高贵。】

言微心里有一丝异样的感觉，这不是对待一个普通同事的语气，从微信里的意思看，赖伟或许早就认识她。找工作不容易，她不想惹无谓的争端，思量片刻，给他回复：【不好意思，刚才在接待电视台的人，没有时间看微信。大家都是同事，我没有什么高贵的。】

很快，赖伟发了一条过来：【出来吗？我把定位发给你。】

言微忍了忍：【我有事儿，谢谢。】

对方发来一个爱心表情，言微忍着心底的一阵阵恶寒，锁掉屏幕。

车子到了，她给秦怀鹤发了一条微信，告诉他半个小时后到，让他把岁岁抱出来给她。

离婚以后，她再没有和秦怀鹤直接联系，平时有事儿，他会让闫秘书或者丁澄联系她，这会儿没有中间人，只能直接找他了。

秦怀鹤回了一个字：【好。】

言微沉吟片刻，又发了一条：【你开的什么车，待会儿可以借用一下吗？】

秦怀鹤发了言简意赅的三个字：【保姆车。】

洋房外寸土寸金，市政刚洒了水，空气闷热，还掺带着微潮的粉尘气，让人喘息困难。光线不够，言微还是看到了五十米开外，站在梧桐树下，背身而立的男人。

秦怀鹤听到脚步声，转过身来，眼光清幽。

言微在不流动的空气中滞了下，率先开口："岁岁呢？"

秦怀鹤移开眼，音色沉沉："睡着了。"然后朝车内轻点下巴，"上去吧。"

言微进了后座，关好门，前后左右，一张张帘子全部拉上。

秦怀鹤看她那一丝不苟的劲儿，忍不住提唇一嗤。贞洁烈女的范儿足足的，只怕拿着放大镜找，也找不出一条缝儿，别人用不用提防不知道，反正他这个前夫，她是防得死死的。

他在外头站了一会儿，胸口慢慢集聚起了逆反心思，在到达燃点的那一瞬间，他突然伸手摸上车门把手。手上下了力道，门打开了，说不清是意料之外还是情理之中，言微并没有锁车门。

秦怀鹤顿了两秒，弓下腰背坐了进去。

言微一惊："你进来做什么？"

"找支烟。"秦怀鹤在手扶箱里翻找着，墨镜盒子碰撞手扶箱，发出一通闷响。

言微手里的动作停了，她没出声，不论他是不是要在这里抽烟，都不归她管。米色的绒布帘子上印着菱形暗纹，在言微眼前无限延伸，她最终忍不住，提醒："秦怀鹤，我要挤奶了。"不是自己的地盘，言微还是直接下了逐客令，"你下车吧。"

驾驶室有了窸窣的响动，是衣物摩擦皮质座椅的声响。

秦怀鹤问："有什么是我不好听的？"

言微闷不吭声，意思很明显了。

音频突然被打开，男女主持人在说段子，没什么好笑，但是两人一来一往，十足热闹，甚至聒噪。秦怀鹤调了几个台，总算换到了舒缓的音乐，是古筝的声音，如潺潺清泉，从车子的四个角落漫向言微。

言微觉得怪异，这个音乐和眼下的气氛实在有些相悖，但毕竟是她有求于人，没办法挑剔。

秦怀鹤说："言微，等岁岁大一些再上班吧，有什么困难和我说。"这个语气，是要好好与她说话的意思。

言微微顿："没有困难，你放心，是我在家待太久了，想出来工作。"

秦怀鹤无声一吁，把烟咬进嘴里，没有点燃。当然没有困难，从第一次分开，到第二次分开，从来没等到过言微回头向他示弱，一次都没有。他深吸一口尼古丁的味道："以后你有的是时间上班，她能喝多久的奶？"

过了一会儿，言微回道："适当喂一些奶粉没关系，很多妈妈上班，孩子都是这么养的。"

秦怀鹤的话凉了两分："那是别人家的孩子，我女儿不行。"

言微登时换了语气，带着软刀子："你女儿要是不行，你不上班，在家养她吧，我女儿行。”

秦怀鹤咽了咽嗓子，口腔里残余的尼古丁进入咽喉，往肺里侵。

言微的话绵中带针：“反正你的钱够花几辈子了，不上班也没关系。”

言微做了妈妈，越来越喜欢和秦怀鹤叫嚣了，奇怪的是，他并不生气，甚至觉得有一些好笑。她不过才二十四岁，面容和初见时一样，但神态却掺了点什么，让人觉得她更利落坚硬，轻易欺负不得。

他抿了抿嘴：“有奶就是娘，我没有奶，有什么办法？”

言微手里的动作一滞，有些惊奇，秦怀鹤这是在卖惨吗？按照他一贯的做派，他该说：养就养，我请一百个奶娘喂她！

## 第五节

亨川月末分析会上，谈到接下来最热门的土地拍卖，秦怀鹤提到南郊那块靠近 4A 级景区的地块，可以考虑和凯创一起联合开发。这算是好事儿，这块地，几个一线房企都想归入囊中，亨川和凯创合作，可以在土地拍卖环节把地价给压下来。只是，亨川和凯创一直是死对头，前段时间，老板不知道怎么不爽了，说要把“里”系列的案名给注册了。当然，那不过是老板的玩笑话，没有人当真。

可这才几天，老板怎么又要去跟凯创合作了？

秦怀鹤小臂抵着朱红色的会议桌，指头轻点：“营销呢，亨川的确比不上凯创，这一点输在我身上，我米吃的比王北雄少，打小在国外长大，墨水喝的也比王北雄少，不会诗和盘缠那一套。”

有人抿嘴憋着笑，营销线几个高层不自觉垂首。这话是揶揄了王北雄，又顺带着骂了他们。

老板没喝够中国的墨水，他们总是喝够了的，为什么就不能像王北雄那样玩转中华文化？

“但是，行业进步，人人有责，我们亨川的产品，凯创是比不上的，这一点他们心里也很清楚，这一次也让他们感受一下我们的科技住宅，感受一下什么是生态别墅，什么是恒温恒湿恒氧。”

众人纷纷称是，老板发话了，自然是要办的。

凯创那边的回馈很积极，初步达成共识，亨川出产品系列，凯创做营销。

一个月过去，这天传来消息，地块拍下来，价格在可接受范围内，皆大欢喜。

秦怀鹤把丁澄叫到办公室：“今天刚拍的 W6845 地块，马上要进入前期策划定位。”

“是的，设计部已经组建团队，马上进入状态。”

秦怀鹤后仰在老板椅里：“让凯创那边过来一个策划，跟着一起做前期。”

秦怀鹤指节压了压鼻端，又说：“让言微来，下班前一个小时过来就行，每天加班那么晚，岁岁在家饿死了都没人管。”

“好的。”丁澄完全懂秦怀鹤的意思了。秦总放下身段，亨川大费周章和凯创联合做这一个项目，原来都是为了让岁岁大小姐有妈妈抱，有奶喝。

慈父爱女情深，真感人肺腑！此刻，丁澄觉得，他被大小姐喷一手的屎都不冤了，多金贵的屎啊！

澜湾里销售中心。

言微正从外面抱着一大箱物料走进来，步履艰难。

汪达一只脚撑着身子重心，另一只脚屈起，皮鞋尖点地，阴阳怪气地说：“言微没吃饭呢，加油！”

见言微不搭理他，汪达又挡到她跟前，恬不知耻地笑：“言微，你不会真没吃饭吧？刚才我跟煮饭阿姨说，你不回来了，让她把菜全部都舀给我了。”

言微把纸箱往地上一放，差点儿砸到他锃亮的皮鞋尖。

汪达跳脚：“这鞋很贵的！”

言微歇了一会儿，等气息稍匀了些，才说：“今晚到你直播，多吃点没关系。”

汪达抬手看腕表：“我看什么时候开溜合适。”

言微淡淡地说：“我有你打呼的视频，我的手机恢复数据特别快。”

“你威胁我？”

言微蹲下身子，咬牙抱起那个大纸箱：“其实打呼也不影响你楼草的形象，还是帅的，我相信大家都这么认为。”

当晚开完会，汪达难得驻守在前台。

言微扛着录像机下来了，四处寻不着人，逛了一圈，才看见汪达跟个大爷似的，坐在VIP接待室里。她问道：“你怎么在这儿啊？”

汪达说：“就在这儿，推广词都说烂了，谁愿意去听，今天我们说点儿买房干货。”

言微赞同：“行，要准备什么东西吗？”

“不用。”汪达指着斜对面的沙发，“你坐那儿，你问我答。”

于是，言微把问题列出来，在镜头后面，以问答的形势进行直播：“今天呢，是我们澜湾里楼草汪达……”

汪达打断她：“请叫我达达。”

“达达……来给我们做直播，达达有丰富的从业经验，他对湾城地产……”

汪达第二次打断她：“微微，不用吹牛。”

“好的。达达，以你的经验，靠近地铁口的房子升值空间是不是比较大呢？”

“只要这个板块有地铁，靠不靠近影响并不会很大，特别是高端点的楼盘，影响更小。而且你买入地铁房的时候，已经连带着购买了它的溢价部分，如果你出行不依赖地铁，除了拥挤，这对你来说屁点用处也没有。”

“那学区呢？”

“学区的作用是大，你家孩子如果马上需要这个学区，可以买，如果是崽还没生下来，那不要着急，因为学区是变动的，等你家孩子上学的时候，或许早就不是那个学校了。我更建议，购房的时候优先考虑一线房企的产品，维权拉横幅的时候更有底气，毕竟，开发商赔得起嘛。”

“如果是靠近商业综合体呢？”

“商业综合体也有很多种，有些经营惨淡，公寓产品都卖不出去，那没有什么用处，但有一些做得好的，有产业园或者高端写字楼加持，人多了，周边的物业自然也升值。而且，对我们这种年轻人也很友好。我就住在商业综合体旁边，吃喝玩乐，不要太爽。”

说着，汪达突然朝镜头外抛了个媚眼：“是不是，微微？”

直播做了快一个小时，后半段，流量突然起来了，网友们问了很多问题。汪达言语简单，甚至粗俗，弹幕里一片“哈哈哈”。

这场直播是言微坚持一个多月以来最成功的一次，结束的时候她还有些意犹未尽：“你看，好多人说来找你买房。”

汪达不以为然：“都是冲着我的美色来的，你以为他们口袋里真的有钱？”

“现在没有，以后也会有的。汪达，我想把回放修剪一下，放到我巢巢格上，可以吗？”

巢巢格是当下最热门的短视频平台，以前言微曾经剪过一些地产工作者的 Vlog，积累了几万粉丝。

汪达没有什么异议。

言微关掉网站，打开微信，刚才直播的时候弹出了几条微信，是赖伟发的，又约她出去喝咖啡。她没理会，刚刚他又发了一张图片，也不知道是什么东西。才一打开，言微胸口猛地一跳，指头一抖，手机瞬间滑落在厚实的米色地毯上。

汪达看见她脸色都变了，弯腰捡起手机，眉头一拧："呀，你还有这种爱好啊？"

言微心底冒出难以抑制的恶寒，鸡皮疙瘩翻涌而出，从脚一路麻到头皮，眼睫颤抖："帮我删掉。"

汪达再一看，那张器官图片消失了："他撤回了。"他指头划拉，看了眼聊天记录，忍不住问，"这什么品种的变态，发了还怂？"

言微拿过手机，看到赖伟的确撤回了图片，又发了一句话：【出来吗？】

她点了那恶心人的头像，点了删除，指头却在确定删除联系人上迟疑。

汪达问："还不删？"

言微退出来了，咬了咬牙："不删，我看他是人是鬼。"他凭什么以为她随便就可以被他约出去，随便就可以被他侮辱？

汪达撇嘴："你怎么去惹这种变态？"

言微看着汪达，眼光坚韧："不管你信不信，我从来没有招惹他。"

汪达顿了下，挪开眼："按说，他这种变态还知道给自己留后路，不会随便招惹人才是，除非觉得你是软柿子。"

言微紧紧咬着唇，她的确没有什么背景，但她不是什么软柿子，再说，软柿子就活该给赖伟这种恶心的男人拿捏？

汪达看她的样子，说："奇怪，我看你也不像个软柿子啊。"

言微垂首，大拇指指腹在手机屏幕上来回抹了抹："我不是，我等着他发过来，录屏报警。"不让这个姓赖的蹲几天拘留所，她出不了这口恶心气。

汪达竖起大拇指："牛！"

赖伟却没有再给她发图片，相反的，他发了一条道歉的微信：【不好意思，一时冲动，但是我想跟你说，我真的很喜欢你，给个机会可以吗？】

言微没有回复，再往回看微信聊天记录，也并没有什么过火的话，无非是想追她，想约她出去，得不到回应，说几句气话罢了，根本达不到报警抓人的程度。

第二天一大早，言微被翟览华叫回总部，说要安排一个新工作给她。

这一个新工作让言微有些摸不着头脑，公司让她加入亨川的前期策划团队，每天下班前一个小时过去亨川上班。

言微没有问“他们”是谁，但她隐隐约约觉得，这是秦怀鹤的安排。但为什么呢？难道是想让她去学习一下怎么做前期？他有这份闲心？

快下班的时候，言微接到了闫秘书的电话，让她下班先不要走，保姆带岁岁过来了，正在顶层等她。

言微在这一刻顿悟了——“那是别人家的孩子，我女儿不行”，秦怀鹤不用请一百个奶娘，就能让女儿喝上妈妈的奶。顿悟之后，言微又有一丝疑惑，总不能为了女儿喝上奶，他才跟凯创联合开发这一个项目吧？至少以前，她是没有办法想象秦怀鹤会跟凯创合作的，在他眼里，亨川跟凯创联合，是屈尊，是下嫁。

思及此，言微嘴角绷不住往上牵动，虽然知道不至于，但她竟然有一丝幸灾乐祸。以前的秦怀鹤从来没想过吧，有一天，他为了让他的女儿能喝上妈妈的奶，竟然想出这种破招。

秦怀鹤也有今天？

岁岁是他的软肋吗？

## 第六节

下班时间到，言微从步梯走到上一层，才摁下了上行键，上了亨川世纪顶层，摁了门铃，岁岁的保姆阿姨过来开了门，她听见岁岁“咯咯咯”笑的声音。

言微看着阿姨，话里有些责备的意思：“阿姨，你要带岁岁出门，怎么没有告诉我一声啊？”

阿姨愣了下：“罗姐认得司机，让我赶紧收拾东西上车，我以为你知道了咧。”

言微只好笑了笑：“我不知道，下一次跟我说一声。”

言微看阿姨脚上穿着自己的鞋，便也没有换鞋，直接沿着宽阔的玄关走进去。

岁岁背对着言微，坐靠在沙发上，抓着一个彩色的铃铛球玩，嘴里“噗噗”说着她的婴语。她脚边是一个透明大袋子，里面五彩斑斓的，看着像是玩具。

圆盘木茶几上堆放着一沓文件，旁边是一个磨砂黑的水杯，单人沙发扶手上还有一件浅蓝色衬衣，看起来是有生活痕迹的样子。

不知怎么的，言微心里隐隐发涩，秦怀鹤的生活其实很简单，除了工作、应酬，他几乎没有别的消遣。如果能和家人亲一些，也不至于把日子过得这么孤单。赚那么多钱到底为了什么？

她想，等岁岁大一些，她不介意女儿用一半的时间陪爸爸。

秦怀鹤抬头看言微，停顿片刻，又转眸看着女儿，嗓音低沉沙哑："妈妈来了。"

岁岁已经听懂了"妈妈"这个词，马上抬起小脑袋，看见言微，脸色一变，伸着小胖胳膊"咿咿呀呀"求抱抱。

眼瞧着小胖身子重心不稳，就要往左前方倒，言微出于妈妈的本能，疾步扑过去。秦怀鹤先她把岁岁抓稳了，捞进自己怀里。

岁岁见了妈妈，哪里还肯跟秦怀鹤，拧巴着小脸"哇哇"哭，要从他怀抱里挣扎出去。

秦怀鹤微抿嘴唇，到底松了手。

言微把女儿抱过来，柔声安抚，然后看着秦怀鹤，问道："我可以借用一下你的书房吗？"

秦怀鹤微顿，转瞬提嘴一哂："不可以，书房里有很多机密文件。"

房子很大，客厅阔绰得能跑步，餐厅连接休闲室和健身房，外面还有一个露天泳池，但只做了一个大得能开车的主卧、一个大得能睡觉的衣帽间，剩下的就算书房了，多余的一间客房也没有。

言微听了这话，话音转凉："那你让一下，我在这里喂她。"

秦怀鹤拿眼睇她："这里有摄像头。"

言微没有跟他确认摄像头的方位，而是走过去拉扯窗帘："把摄像头关了。"窗帘无动于衷，她下了力道，又扯了两三下。

身后的男人凉凉道："这是电动窗帘，别扯坏了，回房间喂。"

言微滞了下，甩掉窗帘，脚下踢踏两下，把单鞋给踢掉了，光着脚丫子踩在墨色暗纹地砖上，疾步往里走。

秦怀鹤默默坐了一会儿，手肘抵着双膝，拿手抹了一把脸。倒是新鲜，听听那声响，这脾气可真不小，也不知道以前跟着他忍了多久，现在解放了，时不时就给他甩脸子，连他的房间都不想进了。

他从齿缝间挤出三个字："没良心。"大的小的，一个个都没良心。

喂完岁岁，言微又赶着回去，着手项目快要开盘的事情。销售中心开始忙碌起来，今天销售总监给置业顾问下了命令，晚上十点前，没有特殊情况，都要在销售中心拓客。

秦怀鹤给她偷来了这一个多小时，她已经很知足，岁岁吃饱喝足睡大觉，她可以安心回去忙了。还未过江，言微让司机靠边停车，她下车买了一大袋冰激凌，拎回去分给置业顾问们吃。

汪达又找不到人了，言微问其他人，都说他刚刚还在。

言微上楼一看，果然，他又躺在外展垫子上呼呼大睡。

言微叫醒汪达。

汪达睁眼一看又是言微，咬着牙才要发作，只见言微变戏法一般变出一个冰激凌："有冰激凌吃，我怕化了，才叫你的。"

汪达接过去，三两下撕开包装纸："安的什么心，说吧。"

言微笑了笑："就是你的直播反响很好，其他人播的没有效果，还会拉低平均值。翟总监说，以后就由你来播了，不用每一期都推广项目，谈干货就很好，流量做上去了，宣传才有效果。"

汪达看着那个冰激凌，皱眉："言微，做人可以不要目的性这么强吗？你这样，没有人愿意和你做朋友的。"

"不是天天，一周两次就可以了，公司会有奖励的。"

"我缺你们那点钱？"

"当然不缺，但是我们缺像你这么有才华的人，能者多劳嘛。"

汪达无动于衷："不劳，有那时间我干吗不睡觉。"

言微已经摸准了他的脾性，这人只能抬着，把他抬起来哄高兴了，他还是会答应的。她笑道："不影响你睡觉啊，这样，我送你一张折叠床，不要睡垫子上，太热了。"

汪达绷了一会儿，笑着说："你怎么不说，在边上给我扇扇风呢？"

言微手机响了，她面色倏忽一沉，似乎有了什么预感，果然，又是赖伟的微信：【出来吗，我去接你。】言微咬嘴里的软肉。

汪达察言观色的能力那是一流，看她这个样子，提嘴问："变态又约你了？"

言微把手机盖起来："嗯，可是他不敢发图片了。"

汪达揶揄："你还等着看呢？"

言微淡淡瞥他一眼："我就是等着，他说来售楼部等我，我不回复他肯定会急。"

"要是他真来了呢？"

言微顿了下："来就来，我不怕。"

汪达笑道："来了就更恶心了，你以为他真让人看见他变态啊。他到前台，只要绅士一点，给点好处，你是什么底细，那帮女的全都能给你卖了。"

言微思量汪达的话，的确有道理，不能让这么恶心的男人出现在这里，在公司闹这样桃色绯闻，对她一点好处都没有。

偏偏赖伟又发来了一条：【我出发了。】

言微咬牙切齿盯着那条微信。

汪达撑着双臂站起来，拍拍屁股，说："走，反正闲着也是闲着，你约他到悟凡茶馆。"

言微木着脸看他："为什么去那里？"

汪达咧嘴笑："那家就在我家楼下，熟门熟路。实在不行，还可以让服务员关门打狗，最主要，死变态爱喝咖啡，就不给他喝。"

言微想了想，赖伟能做到这份上，她也想弄清楚为什么，既然他来了，估计也避不了几天，去就去了。

她在微信上和赖伟说去悟凡茶馆，他痛快地说：【好，马上过去。】

言微没想到的是，悟凡茶馆很大，底下还围了一个中式的雅致小院，看起来消费不低的样子。

但里面坐了一个让人恶寒的男人，她是不打算买单的。

汪达见了赖伟啧啧称奇："真不愧是凯创，还藏了这么一个变态，我一看这人就不寻常，贼眉鼠目，尖嘴猴腮，必有奸诈。去吧，我就坐你们边上，没关系，你就大胆说出来，你个死变态！"

言微不想听他废话，深吸一口气，走过去，拉开那个木头包边的玻璃门。铃铛脆响，她看见赖伟循声看过来，抬手朝她挥了下。

一室茶香，因着坐在里面的男人，让人胃里不适。

赖伟给言微倒茶，递过来给她："你怎么过来的？"

言微没有接，神色淡淡的："打车。"

赖伟笑了："我说去接你，你为什么不让我去？"

言微捏着手机放在双膝上，指头绞在一块，胸口压制不住，微微起伏："我不想让我的同事看到你，因为我觉得你这种人挺变态的。"人就是喜欢高估自己，真到了跟前，她做不到自以为的淡定。

赖伟略微舔嘴："如果让你产生这种感觉，我向你道歉。"

"你发给我的那张生殖……"言微果然做不到，牙齿控制不住，已经在上下打战，嗓子发干，她咬着牙咽下一口气，才把那三个字说出来，"你撤回之前，我看到了。"

赖伟往后靠了些，眼镜的光一闪，他的脸没入阴影："什么图片？"

言微鼻端的呼吸有些短促。这个男人警惕性很强，他不会轻易承认。

赖伟端起茶，慢悠悠抿了一口："言微，你挺像你妈妈的。"

言微眉角一跳。

"以前你妈妈教我的时候，你才上初中，她在班里提到过你，她很骄傲。"他放下茶盏，"你还记得吗，你上大学的时候我碰见过你和你妈妈一次。"

言微垂下眼睫："我没有印象。"

"你应该没印象，当时你是A大经管学院院花，高高在上，谁敢采摘。"赖伟突然凑近了，"你觉得，你妈妈要是知道你跟有钱人生了私生女，拿到了一栋别墅，是该高兴还是该难过呢？"

透过镜片，言微看到他眼底藏着这个距离才能看到的阴戾，她绷了好一会儿，努力把眼底的潮湿压下去，一字一顿地说："赖伟，你不配提我妈妈。

"还有，别拿你肮脏的心眼揣测别人。"

赖伟发出一个低不可闻的气声，挺起腰板："言微，我喜欢你，是真的，这一点你不用怀疑。"

言微再忍不了这些恶心透顶的话，抓着包站起来，木椅子被她的腿一顶，摩擦防滑地砖，发出闷响。她想压制自己的音量，但是气息做不到："我以后不想见到你，再有一次，我绝对报警！"

赖伟站了起来，拉开椅子，作势就要去拉她。

言微往边上躲："走开！"

汪达适时出现，挡在她面前，伸出食指直直指着赖伟："别动手啊，那么多法子可以解决你的变态需求，你非得选个进局子的，就算不能报警抓你，闹到公司对你也没好处。"汪达扯言微的胳膊，"咱们走。"

言微跟随着汪达的力道转身往外走，才一抬首，不期然撞上楼上一个男人的视线。男人穿着浅色衬衣黑色西裤，目光幽幽发沉，如两个漩涡，要拽着她往里陷。言微眸光开始闪烁，偏头躲开他的目光。

出了门，铃铛脆响。

汪达松开她，突然发笑："言微，你不会真有女儿吧？"

言微敛容："有，但我女儿不是私生女，我有离婚证的。"

汪达眉头拧了起来，半晌，"嗤"了一声："牛，你真牛！"

顿了下，他双手抱臂，扯唇道："我看见我以前公司的大老板了，就在茶馆里，要是让他知道凯创有这么个变态，我估计他得笑死。”

言微闷着一张脸，瓮声瓮气地说：“大老板不会那么无聊的。”

**第七节**

纯手工紫皮茶壶里的热气早已经蒸腾殆尽，茶香浸染，淡淡余香浮在衣袖上。

丁澄行事谨慎，说话也小心，把方才看过的监控画面一五一十还原。

“身份查清楚了，和言微坐一桌的是她的同事，叫赖伟，在凯创做招商。坐另外一桌的是澜湾里的销售，叫汪达，以前在我们公司待过，现在在莱地，应该是言微叫过来帮忙的。”

秦怀鹤眼皮子轻轻一耷，眉宇间的寒意未散：“撤回的图片能恢复吗？”

丁澄暗暗松了一口气：“可以的，秦总。”

秦怀鹤指头在凉透的茶盏上摩挲，等了一会儿，方开了口：“不用恢复了，马上让这个赖伟离开湾城。”

丁澄顿了下：“好的。”

他才要走，秦怀鹤又叫住他：“说说汪达。”

丁澄跟汪达很久了，边边角角的都做足功课了：“汪达，曾经在乾湾一号保持过两年的销冠纪录，去年才离开亨川。”

秦怀鹤抬眼：“为什么走的？”

丁澄笑了：“这是个人精，他用他家里人的名字买下一楼带大露台的房子，压着合同不去备案，买点儿材料，弄点草皮，搭个玻璃，放上茶桌、健身器材什么的，用他的关系直接更名给别的客户，这一倒手少说赚个二三十万，多的七八十万。后来有同事发现了，举报他，只是他这人手脚利落，有违规却不算犯法，拿他没法。后来换了个女经理，他自己走了。”

秦怀鹤推开茶盏，低哼了声，站起身来：“倒是让他薅了我不少羊毛。”

这话儿丁澄不敢接，只“呵呵”笑，把秦怀鹤送下楼去。

上了车，秦怀鹤一言未发，司机谭叔只好请示道：“秦总，今儿是回渐青湖吗？”

过了好一会儿，后座的男人才“嗯”了一声。

吴曼云又给秦怀鹤来电话了，问他最近在忙什么，她上家里去看，物业每天送的鲜花都堆在门前，枯败了一地。住哪儿都一样，渐青湖太过冷清了，以前他并未留意，最近才发现，大晚上走个楼梯还有回响，空荡荡的，自己跟个孤魂野鬼一般，不回也罢。

亨川世纪至少能看到流光溢彩的湾城，可这会儿他也不想回那里。他出门的时候交代闫秘书去食堂，叫人给言微熬点粥，后来闫秘书给他打电话，粥送上去的时候，言微早已经走了，就剩保姆在家里等岁岁醒。

可笑的是，他才接完这个电话，言微就出现在茶馆。他看不到她的表情，但是他看得到那个男人的殷勤，这便罢了，最后还来了一个抹着飞机油头的男人。那人的架势，跟读书的时候争抢女孩的二流子没什么两样。

秦怀鹤回到渐青湖时，他妈妈竟还端坐在沙发上，看见他回来，掸掸自个儿腿上的黑色纱质裙摆，不声不响看他。

吴曼云精致的指头往沙发上一点："你坐下说话，那么大个子，我看着头疼。"

秦怀鹤只得坐下。

"你看看岁岁现在，像什么样子，她们家里连个正经男人也没有，就一个瘫痪的爸。还说等上小学再说，等什么等，言微要是再谈一个，我马上把她带回我们家里来。"

听了这话，秦怀鹤卷袖子的手滞了下，索性一把撸了上去，面色微凉："妈，你要这么说话，以后别去她们家了。是门不当户不对，她妈妈是高中老师，人家里听见你这么说话，面上不会说，心里也会嫌弃。"

吴曼云皱眉看他："她这么知书达理的，你俩为什么还离婚啊？"

片刻之后，秦怀鹤冷冷一笑："是啊，为什么离婚？以前不知道，我这会儿倒是想明白了，是我这边的缺陷。"

"你这边什么缺陷？"

秦怀鹤略微卷唇，下颌线绷着，似在隐忍着什么。

"你不就想说是我们家的缺陷吗，你爸什么都不说，你倒说个一二三出来给我听听。"

秦怀鹤眼里闪过一道幽光："妈，我哥呢，他有缺陷吗？"

吴曼云如同被人点了死穴，面容一凝："你……你说什么？"

"他为什么要死，难道你没有想过吗？"秦怀鹤顿了下，"我们都有缺陷，我爸，你，还有我，我们都有。"

吴曼云眼里蓄着泪，嘴角颤抖："我就知道，你怪我。"

“我不怪你，”秦怀鹤站了起来，“我只是不想岁岁跟我们一样，所以让她跟着她妈。你以后得空多去看看她，只是别说那些话了。”

他迈着步子往楼上走，楼道依然有空寂的回响。赖伟那些话，犹响在他耳边，他突然想知道言微的妈妈是怎么骄傲地说起自己女儿的。

严厉，却是温柔的，这才是母亲的形象。

岁岁就该跟着言微，在她怀里长大，接受九年义务教育。

接连几天，言微都没有看到秦怀鹤，听闫秘书说他去参加一个外地酒店项目的剪彩仪式，不知道是不是在当地滞留了。

言微和小吴去地块哪里转了一圈，回来写市场分析报告。她对着模板把报告给写出来，发给了策划经理严睿阳，两三天过去了，也没收到什么反馈。

澜湾里要开盘了，要忙的事情很多，但她在亨川的那一个小时，就算没事儿干，也不会拿来做这些事儿，倒是得了空，去看前期策划的教学视频。

让言微意外的是，几天后，公司的一个同事说，运营部那边的赖伟被调走了，至于原因，那人讳莫如深，只说这种调任，没人能受得了。换句话，就是变相辞退了。

言微没有多想，那晚之后她便拉黑了赖伟，赖伟心机深沉，她实在没有心力去应付他的那些恶心行径。

这一天，言微才到亨川，就接到保姆阿姨的电话，说岁岁发烧了，哭闹得厉害，让她赶紧上楼看看。言微和小吴说了一声，让他有事儿打她电话，便直奔顶层。

岁岁烧得滚烫，小脸赤红一片，气息都是烫的，阿姨喂了退烧药，但是水和奶都喂不进去。

这是每一个孩子的必经之路，但言微抱着滚烫的女儿，心还是要碎了。

好在岁岁号了一场，再使劲喝妈妈的奶，出了一身汗，温度降下去了。言微担心晚上还要烧起来，和阿姨商量是不是马上把岁岁抱回家，免得太晚了手忙脚乱。

就在这时，秦怀鹤回来了，言微看见他，面色微敛，话也停了。

秦怀鹤把行李箱往角落里一放，抬起腕表看了眼，再看向她，面色淡淡的：“怎么回事，旷工还是早退？”

言微喉咙微涩：“岁岁发烧了。”

秦怀鹤停滞数秒：“现在呢？”

“现在退了，估计晚上还得烧，我想让阿姨先把她带回家。”

虽然是夏天，天黑得晚，但老话说，不要让孩子在落日后出行，当了妈，总是疑虑大一些。

秦怀鹤说：“发烧就别折腾她，晚上你们住这儿，我回渐青湖。”

言微没再说什么，让阿姨去休息了。

秦怀鹤洗了一把脸出来，看见言微正扶着门框换鞋，他走近了几步，微微歪头瞅她。

言微回头，有几分不自在，以为他要问那天晚上在茶馆的事儿。

秦怀鹤开口：“我妈说，岁岁半岁了，要办宴席。”

言微回道：“你们要办就办吧，等她病好了，都可以。”

秦怀鹤停滞片刻：“什么叫都可以？她从生下来就没有办过，别人还不知道我们家有这么一个大孙女。”

言微有些摸不准他的意思，“都可以”还不行，难不成还要她欢欣鼓舞地说庆祝女儿满半岁？

照顾女儿费尽心力，她并不觉得有什么好庆祝的。她低下眼睫，总算把脚穿进鞋里：“你和你爸妈、爷爷商量好就行，现在是上班时间，我偷跑上来本就不好，讨论这个不太合适。”

秦怀鹤略微舔嘴，忽地一笑：“的确不合适，你现在是凯创派驻亨川的人员，这时间是服务亨川的。”

言微听出了他话外音，服务亨川，自然也是服务他的。

他返身往里走：“你先跟我说说，这几天都做什么了？”

言微困在原地，不知道是不是该换掉鞋，去跟他汇报工作。

现在的确是上班时间，但她这几天的工作内容太过匮乏，实在没有什么好说的：“就去看了现场，写了一个市场分析报告。”

秦怀鹤屁股沉进沙发里：“你过来，把报告发给我看一下。”

言微神思一飘，恍惚看到当初她来亨川汇报工作，为了见他，特意站在过道上等着。当时，他说听闻她报告做得好，要跟着进去听一听。

现在想想，听听又何妨？她又换掉鞋，走到他跟前，把那份报告转发给他：“就是这个，我没有做过前期，写得不怎么样。”

秦怀鹤不言语，指头在手机屏幕上划拉，看得很快，可以说是一目十行。突然，他的手顿住了，抬起眼来看她，微微撇嘴：“你这，不是不怎么样，而是一塌糊涂。”

言微默默无语，低着眼睫盯着脚下，并不与他做眼神交流。她有一瞬间怀疑他在故意找碴。

“竞品分析，这也是错的，这只是辅助功能，别人什么卖得好你就做什么，现在市场很成熟，这么做只会增加我们的竞争，这叫投入红海，死路一条。一孕傻三年，不是没有道理。”

这下，言微确信了，秦怀鹤就是故意给她找碴。她抬起眼睫，说：“秦总，如果是报告没写好，我可以依照您的修改意见修改，但是我觉得，女性在生育中付出了许多，您刚才这么说不太合适。”

秦怀鹤关掉屏幕，略微抬眉：“亨川可没有凯创那么有人情味儿。”

言微轻轻咬牙：“人情味儿跟老板有很大关系，秦总没有亲自带过自己的女儿，不知道其中的辛苦，少点人情味儿是情理之中。”

秦怀鹤绷着脸，歇了片刻，溢出一声笑来：“我没有带过，她五个月来见我，就会叫我爸爸。”

“你觉得可能吗，你女儿是神童？”言微觉得荒谬，这爸爸当得也太轻巧、太自作多情了，才五个月的女儿，四个月没见，一见面就喊他“爸爸”。

秦怀鹤撇嘴：“是也没有什么奇怪。”

“我觉得她不是叫你爸爸，她是说粑——粑。”言微嘴角一颤，低哼了声，“就是屎的意思。”

秦怀鹤定了定神：“屎？”

## 第八节

秦怀鹤轻轻打开房门，往床边走。

岁岁横躺在他床上，她睡得很香，胸口微微起伏，小手微握拳，像投降一般搭在小脑袋两侧，长长的黑睫覆在眼皮下，婴儿的皮肤白嫩得像豆腐块，凑近一些，甚至能看到细微的绒毛。她的嘴唇明明小小的，还经常糊着口水，水亮水亮的，但莫名就是有他的影子，特别是笑起来的时候，就有秦家人的神态。他记得，他哥笑起来也是这个样子，别人都说兄弟俩很像。秦怀鹤手摸上去，是平常的温度，转眼间，岁岁都半岁了，过了第一个六一儿童节。

秦怀鹤退出房间走到客厅落地窗前，给丁澄打去电话：“你和人力资源部门说，给每一位生育过的女员工发六一福利，每人一万。”

丁澄倒吸一口凉气：“秦总，六一不是已经过了吗？”

“因为没有假期，给她们补发的福利。”

丁澄不知道秦怀鹤哪来的好心情，要当财神爷撒钱，但是作为总助，他不能听之任之："秦总，要发总不能只发集团总部，我们的产业公司，还有其他地市，不一视同仁的话总是不太好。可要是一起发，您想想，有多少个女员工啊，而且，已经婚育的男员工们心里怎么想？我建议，发两千就可以了，大家都可以接受。"

秦怀鹤沉吟片刻："行，全公司一起发，别的公司派驻在亨川的员工，一样可以享受。"

于是，就在下班前五分钟，公司大群发布了一条消息，婚育过的女性职工，都可以领取两千现金红包。办公区欢腾一片，男同事们只有艳羡的份。

亨川人力资源部的一个姑娘拿着本子过来，问言微是否已经婚育，言微否认了。

小吴怏怏看着，那姑娘一走，他说："言微，看到没有，结婚生小孩也是有好处的，我怎么就不是个女的呢？"

言微心思百转千回，囫囵回了一句："是女的你就不会这么想了。"她前脚才走，后脚秦怀鹤就撒钱，用铜臭味儿告诉她，人情味儿没有，他可以用钱来补，钱一撒，人情味儿不就来了？

这会儿他多受人追捧啊，甚至有人在高喊："我爱秦总！"

秦怀鹤故意的。

言微回到澜湾里销售中心，销售团队刚开完会议，李林柳看见她回来，把她叫住了："你去把仓库里的物料整理一下，明天有领导过来，保洁阿姨不敢整理，她说怕弄乱我们的东西。"

言微手头还有一堆活儿，便回她："我先忙，翟总监等我修改折页页面，明天要加印了。"

李林柳说："那你整理好再下班。"

这段时间，汪达的预约量又是遥遥领先，特别是言微跟他一起做了直播之后，汪达俨然成了地产红人，很多人过来都直接说要找他。只要能完成销售业绩，上面的领导乐见其成，谁卖不是卖。但李林柳不一样，汪达拉开了两个团队的数据，她站在甲方销售经理的这个位置很尴尬。

此时言微过来找汪达商量直播的事情："下周没有时间了，直播改成录播，明天我们录三场，我把脚本给你，你记得提前做好准备。"

汪达整张脸都扭曲了："你不要命我还要呢，录三场，明星行程也没有那么紧啊，再说，你们凯创出得起我的通告费吗？"

言微不搭理他，说完就“噔噔噔”跑上楼。

没有销售经理，她要干两个人的活，平时还能勉强应付，临近开盘，简直是要她起飞。就这么昏天暗地过了一周，澜湾里第一期开盘了，因为是首期，性价比高，再加上区域未来涨势见好，当天中午四栋房源就全部售罄了。

言微做数据统计，忙到下午，一抬首才惊觉已经快到下班时间，她把去亨川那边报到的事儿忘得一干二净。那边没有消息，估计也没有什么要紧事，她才想着和小吴说一声，就接到了翟总监的电话：“晚上王董和亨川的秦总要一起吃饭，我才想起来，你和丁助理和曾总监挺熟，晚上你就跟他们过去吧，我把定位发给你。”

言微眉心一跳，下意识拒绝：“翟总监，我不能喝酒……”

“没关系，实话实说，没人逼你喝酒，没问题吧？”

“没问题。”言微不敢耽误，挂了电话收拾东西，马上打车出发了。

险的是，她才到餐厅门口，两队人马就一起过来了。

王北雄带了一个助理一个秘书，还有一男一女两个营销线的总经理和总监。秦怀鹤这边只带了丁澄和曾总监。加上她，凯创的人头是亨川的两倍，这样一对比，言微看出来了点门道，这一次凯创是宴请方，秦怀鹤是被宴请。她是宴请方的小策划，资历最小，能出席这样的宴会，多半是因为她和丁澄曾总监他们打过交道。

言微主动迎了上去，展露笑颜：“秦总，晚上好。”又转头问候了王北雄。

秦怀鹤视线定在她脸上，略微颔首。

王北雄笑问：“言微，从亨川过来的吗？”

这一问话一出，言微面上微赧：“不是的，今天澜湾里开盘，耽误了一点时间，没有去亨川汇报呢。”

旁边的那位总经理替她说话：“对啊，今天澜湾里开盘，他们忙活了一天了。”

王北雄这才想起这茬：“今天开盘，卖完了吗？”

言微点头：“王董，首期推售已经全部售罄了。”

王北雄微微点头：“好。”

在场的各位都是行业老手，知道这样的项目首开，并没有多少销售难度，只要不是太菜，不出意外都会被抢空。

言微汇报完毕，就跟在众人后面入座。不知道是不是有意为之，曾总监被凯创的营销总经理和总监左右包围，言微却被安排在丁澄的旁边。

两瓶腾塔堡红酒早已经倒入醒酒器里，服务员又开了两瓶茅台，桌柜上还摆着两瓶伏特加。

两位大老板说话，众人在一旁捧。

言微眼睁睁看着服务员拿起她的酒杯，红酒沿着杯壁，缓缓流入红酒杯里。

丁澄跟随者服务员出去，回来的时候带了两瓶外文包装的气泡水，悄无声息放到言微跟前。

言微轻手摸上瓶身，她心里很感激，但是如何能把红酒替换成气泡水，实在令人头秃。她的目光才从气泡水瓶身游走，不期然和主位上的男人撞上，言微略微抿唇，无事发生一般才要飘走，猛一下又被抓回去了。

"言微，领到六一红包了吗？"

言微一滞，嘴角有些僵硬："没有，谢谢秦总的好意。"

偏偏秦怀鹤不放过她，眉头一抬："怎么没领呢？"

几双眼睛齐刷刷对着言微，言微双唇微动，却发不出声音。

王北雄问："是什么红包？"

言微只好笑着回答："王董，是亨川的六一福利，每个婚育的女同事都可以领到两千元红包。"她转眸对上秦怀鹤，"虽然没领到，但是看见身边的女同事都很开心，秦总大气。"

秦怀鹤抿了抿唇："噢——你不符合条件。"

言微被他刺了一下："希望下一次有机会可以领到秦总的红包。"

王北雄笑道："这一次没领到，下一次总会领到，是福利就跑不掉，我看你该过来敬秦总一杯。"话到这里，也是情理之中，言微知道，该来的来了，她跑不掉。

被秦怀鹤这么一刺，言微倒放开了，她站了起来，拿起那瓶气泡水，把问题抛给了他："秦总，不好意思，我酒精过敏，可以以水代酒吗？"

王北雄"啧"了一声："什么酒精过敏，喝一点没关系。"

言微垂着眼睫，手在气泡水细长的瓶身上转动，为难的神情。

"喝不了就算了。"秦怀鹤手在黑桃木餐桌上轻点，"丁澄，下一个节日是什么节？"

丁澄回道："秦总，下一个到中秋和国庆了。"

秦怀鹤说："这是大节，到时候再加个福利，只要是能喝酒的，不管能喝多少，多领一个红包。"

丁澄嘴角一抖："好的，秦总。"

秦怀鹤目光一转："怎么回事，言微总是这么完美错过我们的福利？"

众人皆笑。

言微资历最浅，成为酒桌调侃对象并不出奇，正因为年轻，才有拒绝的勇气，也只有初生牛犊才不怕虎，在座的除了她，谁敢说不能喝酒？

言微拧开那瓶气泡水，倒了半杯，缓步端到秦怀鹤面前，提着气儿说："秦总，谢谢您和亨川同事这段时间的照顾，我以水代酒，敬您一杯，您随意就行。"

秦怀鹤手摸上了红酒杯，却没有端起来，优越的高眉骨上，一双剑眉往上一挑："不用客气，你来亨川也有一段时间了，说说看，亨川是什么样的一家公司。"

言微想了想："亨川是一家很有实力，又很包容的公司，我跟亨川同事相处得很愉快。"

秦怀鹤端起酒杯，手腕悠然动作着，红酒杯里晃出一道银波。他抬眼，眼睫稍稍往下一压："是吗？亨川的管理人员呢，你来评价一下。"

言微神色微敛："秦总，我不敢。"

众人又笑了。

王北雄开口："秦总让你说你就说，别的人不敢说，你就说说秦总，他在你眼里是什么样的。"

言微轻咬了咬唇里肉，吐字清晰："秦总是一个，有人情味儿的人。"

秦怀鹤不就等着她说这句话吗？这下可以得意了。果然，站在高位什么话都能等到，甭管是不是真心的。

秦怀鹤这才转过半身，酒杯伸过去，红白相撞，发出一声脆响。

他说："没事儿，别的红包领不到，过年红包总该领得到了。"

## 第九节

酒过三巡后，凯创那位女总监和言微顺路，让言微跟她的车。这倒给丁澄省事儿了，正好谭叔请假，另一个司机家离得远，他索性叫了代驾："秦总，我先送您，咱回亨川世纪？"

"去渐青湖。"

到了渐青湖，丁澄没有马上离开，而是跟随秦怀鹤一起下了车。

秦怀鹤狐疑地看他一眼："回去吧。"

丁澄说：“不着急，我送您进去。”

秦怀鹤微微眯眼，觑着他：“年底之前你加不了薪，把我送到床上也没用。”

丁澄呵呵笑：“我是那种人吗？今晚的酒有点儿上头，就想跟您说说心里话。”

秦怀鹤定定看他数秒，嘴角往上一拉：“说吧。”

“秦总，前几天我和闫秘书说起我谈的三段恋爱，问她，为什么我都没有成功，而她跟她老公一相亲，就成功了。”

秦怀鹤淡眼看他。

“闫秘书说，因为她老公从不挑三拣四，也不计较得失。”

秦怀鹤略一扯嘴角：“你怎么挑三拣四了？”

丁澄笑，一语带过：“年轻的时候不懂事。”他看向秦怀鹤，“然后我又问了，那我们秦总为什么也……”

秦怀鹤抿了抿唇，问道：“为什么？”

丁澄舔嘴笑：“我本来想把您灌醉了，再跟您说，您就算生我的气，第二天我还能耍赖，我觉得今天差不多了。”

秦怀鹤点头：“说吧，不涨薪，也扣不了你的钱。”

“我和闫秘书商量了，您要是再谈下一段，我们就不给您做爱情的桥梁了，估计是我们不吉利，太容易断了。”丁澄歇了一口气，绷着笑，“就是，您要约就自己约，要追就自己追，要分手就自己分手，不会可以学，总不能一点进步也没有。”

秦怀鹤扯了扯衣领，口气不善：“那么多钱养你，有什么用？”

“那也不包括给您找老婆这一项。”丁澄难得顶一回嘴。

秦怀鹤一个眼刀过去：“我看没有闫秘书的份，就你的事儿。”

丁澄忍着笑。

“还不赶紧走？”

丁澄还不走，说：“秦总，言微的闺蜜林棠已经到公司融资部来面试了。”

秦怀鹤皱眉：“行了，你不用跟，进得了进不了看她自己，你的工作不包括这一项。”

丁澄胸腔鼓动：“秦总，您慢点儿。”

秦怀鹤洗漱完，望着窗外，想起来白天焦急的言微，又想起晚上聚餐落落大方的言微。一方水土养一方人，言微家里把她养得很好，不只是身段的好，还有她的心，赤诚而勇敢。他的确是有缺陷的人，他连追人都不会，如果没有言微朝他走来，别说岁岁，他连个屁都没有。

开完盘，置业顾问迎来了繁忙的签约期，言微也没有松一口气，还有很多事情要忙。

汪达成交量最大，实在忙不过来，威胁言微给他做网签，不做就断了网播。言微只好答应下来，白天网络繁忙，她晚上回家喂了女儿，再跑回售楼部，累得筋骨都要断了。

还未忙完这一段时间，罗姐老家出了点事儿，要请几天假。言成明虽然可以依靠电动移位机移动到轮椅上，没有护工，屎尿还是没有办法解决。临时找不到人，这种时候，言微又请不了假，焦头烂额了两天，只好打电话把姑姑叫过来帮忙。

这一天，言微在售楼部忙到十点多，意外收到了秦怀鹤的电话。

离婚之后，两人几乎没有打过电话，即便是离婚之前，他主动打电话的时候也不多。所以，接到这个电话的时候，言微脑子第一个念头，以为出了什么大事。

她很快就接起来了："怎么了？"

那一头的男人清清嗓子，不答反问："在哪儿呢？"

听他的语调，不像是有急事的样子，言微一时摸不着头脑，但她没有时间和他说废话："我在忙，有事儿吗？"

秦怀鹤顿了下，话音微微转凉："有事儿，许骏腾家做医疗器械的，后天有个新品发布会，说不准有你爸用得上的东西，有时间你去看看。"

言微想都不想就拒绝了："我没有时间，再说，新品发布会又不是马上上市，用得上也买不到。"

他淡淡地说："我买得到。"

她思量片刻，觉得还是抽不出时间，也没有必要，过后再去看也是一样："算了，才开完盘，我现在好忙。"

秦怀鹤低哼了哼："我混地产的时候，你还在读中学，别跟我说忙，一个策划助理，开完盘，你能忙什么？"

言微一噎，声量也大了："我们这里没有策划经理，我一个人干两个人的活，还要去你们……"

汪达朝她看过来，她把后半截的话给咽下去了："不说了，我真的很忙。"挂了电话，她的视线重新回到电脑屏幕，试图把中断的思路续上。

汪达凑过来，不怀好意地笑："言微，谁给你打电话？"

“朋友。”

“朋友？有这么和朋友说话的吗？”

言微视线再一次从屏幕上离开，回想刚才和电话那一头的对话，好像真有那么一点不耐烦。

汪达双手抱臂：“以我多年练就的眼力，能这么讲电话的，只能是老公和儿子，所以，这人要么是你前老公，要么是你儿子。”

言微嘴角忍不住往上翘起：“我只有一个女儿。”

“那就是你前夫。”

她没有否认，看了看电脑左下角的时间，计算着自己还需要多久才能回家见女儿。

汪达瞅着她，问道：“言微，亨川丁总知道你有前夫有女儿？”

言微实在没有办法续上自己的思路，颇有几分无奈：“我跟丁澄一丁点儿关系也没有。”

汪达“啧”一声，似有不耐烦：“他到底是知道还是不知道？”

言微吸一口气：“他们认识。”

汪达瞠目结舌。

言微抚着额头：“而且关系很好，你满意了？”

半晌，汪达晃起了身子，半个阴影遮到她头上：“微微，我还是低估了你。”

## 第十节

言微坐汪达的车回家，半道上，言微把前几天一家房地产开发公司在巢巢格私信求推销卖房的留言和他说了。

汪达问：“你拒绝了？”

“没有明确拒绝，只是说我们现在是在职员工，没有办法做公司项目以外的推广。”

“知道那个楼盘在哪儿吗？”

“知道，地段不怎么样，又是一家小房地产开发公司，就两栋楼，不过如果好卖，也不会找我们了。”

汪达哼了声：“那项目是两栋楼，不过绿化还可以，有空中花园，除了这个，的确乏善可陈，最主要的你没说到，那里北面就有一个陵园。”

言微顿了下：“不愧是楼市百事通啊，我真不知道，怪不得两三年了还没卖完呢。”

汪达挑眉：“没有卖不出去的房子，那是没有请我去卖。”

言微忍不住笑了：“现在请你了，你打算怎么卖？”

汪达摇头晃脑：“天机不可泄露。”但没一会儿，他自己就说出来了，“附近还有一个监狱，一个法院，在这些单位搞团购，只要价格合适，很容易就能销掉了。”

言微想想，的确有一定的道理，又问：“难道他们就没想过去找单位团购吗？”

“那不就回来了，还是缺我这么一个会卖的。一个个笨嘴拙舌，话术都说不好，谁会买单？只要他给的佣金高，我可以辞职去卖。

“你自己算一笔账，很多项目开发布会，无非是邀请一下客户和一些老业主，加上一些媒体，领导讲几句话，放了片子，销售介绍一下项目，临走发点小礼品，就这样，还要花两三百万。我打个对折，给我一百万一场，绝对给开发商做出两倍以上的效果。

“到时候，我们一个月办一场，一年十场，剩下的两个月躺着睡觉，你五百万我五百万。”

言微笑了：“你真敢想。”

汪达咧着嘴笑：“够花吗，微微？”

言微畅想了一下，还真挺美的：“够了。”

“第二年我们再往上加价，一场两百万，到时候你一千万我一千万，你女儿再金枝玉叶，总够花了吧？”

言微住的小区到了，赶紧打碎汪达的美梦：“我家到了。”

汪达靠边停车，伸个脖颈瞧了瞧：“这就是你前夫的别墅？”他问得这样直白，言微神色一敛。

汪达拍打方向盘：“没事儿，以后咱们把一千万摔他脸上，让他知道什么叫火辣辣的疼。”

言微木着脸：“明天还要早起，赶紧回家睡觉，梦里什么都有。”

言微走进家门，岁岁已经跟着阿姨睡觉了，言绵在客厅看电视，看见她回来，叫她一起看。

那是一个残疾运动会的纪录片，讲述了几个因为各种事故后天残疾，经过锻炼重塑生活信念的事例。

“就该让你爸也看看，人家还能参加运动会，他就只会躺着。”

言微说：“他现在也经常出去，看别人下棋。”

言绵哼哼：“我来这两天，他一天就出去转一回，不到二十分钟就回来了，他说有老头搬家了，他们也散了，待久了也没意思。”

谁也不愿意面对一个荒芜的世界，爸爸坐着轮椅，就小区这点活动区域，不躺着又能如何？言微心里有愧，她这段时间太忙，已经好久没有关注爸爸了。

“是吗……要不，我给他报个班，学学国画什么的，有点事干，就不会每天都那么无聊了。”

言绵一口就否决了：“报什么班，都这把年纪了，你挣钱留着给岁岁花。再说，去了人家还不一定会收他，就一只手能用，还不利索。”

言微没言语。生命很脆弱，妈妈一下子就没了；生命又很顽强，爸爸千辛万险熬过来，一辈子那么长，干瞪眼熬到老，孤寂到灰败的那一刻，总是辜负了当初的顽强。

岁岁虽然和阿姨睡，但是言微没有整觉睡，当了妈以后，她睡眠很浅，只要岁岁一哭，她肯定能听到，听到哭声，她会起床过去把女儿抱过来喂。

凯创这边开完盘刚歇下，亨川这边却开始忙起来了，地块初定了案名，叫亨川九湛府。湾城人都知道，九字系列是亨川的高端产品系，这一次的地块在湾城东南部，没有出主城区，紧挨着5A级的森林公园，还有湾江围绕，过了江便是新城区最繁华的CBD，可谓是闹中取静。

那天，言微的市场分析报告被秦怀鹤说成“一塌糊涂”，她回来便修改了报告，把新修改的版本发给了严睿阳，意料之中的，又没有得到一点反馈。

她知道，严睿阳并没有把她这个“编外人员”放在眼里，他甚至没有安排她打杂，毕竟，一个小时的时间太短了，短到让人想不起来要用她。

这一天，言微如往常一样，按时到亨川，坐在她的小格子间里，开始看案例分析。小吴突然跑过来，叫她的名字：“快点儿到会议室，大老板来了！”

言微有些发蒙：“是什么会议？”

小吴脸上带着郁色，还有些着急：“九湛府的市场分析会，设计部和前期策划都要参加。”

言微只好跟着他往西北角的会议室走，并问道：“怎么没有跟我说啊？”

“严经理拉的群，忘记把你拉进去了。”

言微心道，严经理不忘记才怪，可他忘记，你也忘记？她倒不怕秦怀鹤发火，她担心的是丢公司的脸面。

一进到会议室，言微就感觉到一股压顶的乌云笼罩过来，会议桌旁坐满了人，参会人员全都一脸肃容，像是才被一场训斥洗礼。这氛围不太好。

她的目光和秦怀鹤短暂相接，轻轻点一下头：“秦总。”

没有听到秦怀鹤的回应，她偷偷扫了一圈，除了严经理和小吴，其余都算生面孔，没有打过交道，有些甚至都没有见过，丁澄也不在。

她跟随着小吴坐到了会议桌最尾巴，视线角落里，小吴的脸在往后缩，像是要把自己给隐身起来。

熟悉的男声就在这个时候响起了：“凯创的同事，会不会自我介绍？”

言微未来得及反应，严睿阳便开口叫她：“言微，你自我介绍一下。”

言微站了起来，展露笑颜：“大家好，我是凯创的同事言微，这一次能来参与亨川九湛府的前期策划工作，我非常荣幸。我工作经验尚浅，有很多需要大家指点的地方，以后哪儿做得不好，希望大家不吝赐教。”

她才要坐下，秦怀鹤开口：“今天大家都坐在会议室里开会，就少了你一个，耽误了团队的时间，你觉得是对还是不对？”

严睿阳看了她一眼。

这个时候，言微只能认下了这个错：“不对，我向秦总和各位同事道歉，对不起，耽误大家了。”

秦怀鹤淡眼看她：“好，刚才大家讨论了九湛府的产品方案，关于户型设计和配比，你有什么想法？”

言微胸口已经开始鼓噪，大脑像灌了一团糨糊。根本就没有人给她看过产品方案，她从何谈起设计和配比？此刻，除了硬着头皮胡诌，没有别的办法。

“秦总，我们九湛府面对的是中产为主的改善型客户，改善居住有几个特点，第一个是面积要大，告别居住拥挤，第二个是环境要好，容积率要低，三是追求圈层效益，希望学区和配套要跟上。就从居住面积来看，我觉得两百平方米以上的大平层最贴合我们九湛府的定位。”

死一般的寂静，落针可闻，连呼吸声都没有，好似个个都在屏息，免得一着不慎，惹火烧了身。

秦怀鹤一动不动，唇线抿得平直。

言微等不到他的话，只好继续往下说：“两百至四百六十区间，可以做三个户型，参照周边的竞品，两百多平的户型是最好卖的，可以适当提高配比。”

这个话一出，言微就觉得不太妙，上一回秦怀鹤就说了，竞品分析只是辅助，要做就做差异化产品，跟随策略只会让自己跳入红海，死路一条。但胡诌到这一步，已经难以收回，她自以为能错不能怂，一怂，凯创的面子就丢尽了。她就那么站着，就好像后排被罚站的差等生。

半晌，秦怀鹤终于动了一下椅子，耷下眼皮子，下颌线动了动，再抬眼，眸里似乎有回暖迹象。他扯了一下唇，说：“九湛府组的这个团队很年轻，平均年龄没有过三十岁，年轻是好事，也有不好的地方，因为年轻，所以——穷，因为穷，根本就理解不了中产阶层的需求。”

言微低垂下眼睫，紧紧抿唇。她并不觉得受到伤害，而是觉得好笑，原来秦怀鹤在公司是这个样子的。不愧是你啊，秦怀鹤。

“我从来没有住过两百平方米的房子，我去看房，两百平方米的户型图，我是看都不会看一眼的。

“多少老板希望住在森林别墅里，回到家吸着氧吧，想上班，隔着一条江就能到公司，但是现在他们住不了，为什么？因为城区不能建别墅，要是我给他们建四五百平，七八百平的洋房呢？

“5A 森林公园的高端洋房，从自住的角度来看，把它做成和别墅一样的舒适度，从投资角度来看，让它比别墅更容易转手变现。”

寥寥数语，言微突然豁然开朗。

“你们继续讨论，方案重新出。”秦怀鹤撂下一句话就走了。

言微这才算解放，拉过椅子坐下。

小吴拍着胸口，直呼：“吓死我了！言微，你说得很好，真的，我把原来的方案发给你看。”

“谢谢。”言微知道，她不是说得好，她纯属就是脸皮厚。

微信响了，言微打开一看，除了小吴发给她的方案，还有秦怀鹤的一条微信：【怎么回事，开个会都能迟到？】

言微心下一笑，她要给严睿阳面子，但她不需要给秦怀鹤面子，便回道：【都是你们公司，没有拉我进群，也不给我看方案，也没有通知我开会。】

秦怀鹤又发来一条：【刚才怎么不提？】

言微斟酌片刻，回了一条：【凯创和亨川是合作公司，是平等的关系，我代表凯创，我不想因为抱怨，被人误以为亨川真的是屈

尊在和凯创合作。】

秦怀鹤看着那条微信，嘴角勾起一个清浅的弧度。这就是言微，有理有据，又不吃一点亏。

秦怀鹤：【没有屈尊。】

言微：【就当这事儿没发生过，我还想跟他们学东西呢。】

没一会儿，微信弹出一大沓文件，全都是亨川过往项目的前期方案。

秦怀鹤：【好好学。】

言微悄悄把手机翻了个面，藏到本子下面，然后一脸认真，听严睿阳分析项目定位，心里总有一种偷偷吃小灶的感觉。

# 第四章

## 铁齿铜牙对付他

你都快三十岁了，还不该老吗？
这是何道理，怎么会越见越想念？

### 第一节

会议进行了一个多小时，设计部的先散会了，剩下前策团队和一个市场专员。

严睿阳说：“时间比较紧，根据今天讨论的新中式大洋房概念，李渊修改市场状况部分，小吴做客群分析和竞品分析，明天下午出稿，大家再开会讨论。”他看向言微，一句话打发她，“言微以前没有做过前策，可以跟着一起帮忙。”

言微抿了抿唇：“严经理，上一回我发过方案给您，今天大家讨论了很多，我感觉我写得太粗糙了，也想重新修改一下，再发给您看可以吗？”再不主动争取，只怕要被彻底边缘化了。

严睿阳不甚在意：“可以。”

言微又说：“因为我不经常在亨川这边，没有办法参与团队全部的工作，以后有什么进度，大家可以在群里 @ 一下我，免得我拖了大家的后腿。”

严睿阳点头：“行，小吴记住了，以后的开会小结，你负责写，发在群里。”

小吴应下了。

刚才开会的时候，林棠打言微的电话，言微说在开会，林棠就发了微信，约言微一起吃饭。她已经通过亨川的面试，在亨川融资部上了两天班，一直想让言微一起出去吃顿饭，好好庆祝一下。

言微给林棠回了一个电话：“其实我也在亨川……”

林棠惊呼：“什么！”

言微笑道：“你别着急，我们公司和亨川有项目合作，派我过来对接点东西，我平时就过来一个小时，刚才开会太晚了，要不然我就让你等我了。”

“那我怎么没见到你？”

“你们融资部和策划部都不在一个楼层，怎么会看见？”

林棠还是那副咋呼样儿：“言微，今晚约你吃饭就想跟你说一个八卦，第一天我忍了，第二天我咬咬牙，还是忍了，我怀疑第三天我忍不了，真的！”

她说话的语气太过高昂，莫名有逗趣的效果，言微忍不住笑了。

林棠又说：“算了，这事一会儿说，你还不回家？”

“快了，阿姨带岁岁过来找我，我先喂一下她再回去。”

林棠顿住了：“你家阿姨那么闲，还抱岁岁去找你？”

言微回道：“对啊。”

挂了电话，电梯也到了顶层，言微进了门，见岁岁正在爬行垫上玩玩具，她已经满八个月，刚刚学会爬行，看见妈妈回来，手腿并用，使劲朝妈妈爬。言微小跑过去，一把把她抱了起来。

岁岁又开始拱着言微要奶喝。

阿姨走过来：“这会儿应该没饿，她就是闹妈妈呢。”

言微满目含笑看着岁岁撒娇，再看着地上，东西越来越多，茶几腿儿边还滚着两个球状铃铛，是闫秘书选购的。闫秘书做妈妈有经验，选的东西都挺好用。言微听见休闲室那一头有声响，凝神听了听，像是水声，问道：“谁在那边？”

阿姨说：“岁岁爸爸给她买了一个小泳池，正放水呢，说要给她游泳。”

言微顿了下，又问：“闫秘书送过来的吗？”

“不是，是她爸爸自己带回来装的。”

言微有些惊讶，秦怀鹤今天这么清闲，竟然有时间装泳池，真是难得。

水声没停，秦怀鹤出来了，两臂湿漉漉的，卷到手肘处的白衬衣袖子也已经湿透，深了一个度，腰腹的衣尾有大小不一的水渍。他踱步而来，朝她们伸出了双臂："来，爸爸带你去游泳。"

淡淡的佛子柑前调在清凉的空气里朝言微侵过来，她稍稍侧过身子，挪开视线。

显然，妈妈回来了，女儿也不愿意跟他，小脸抵着妈妈的前胸，紧紧黏着不放。明晃晃的嫌弃，还是双重的。

秦怀鹤快快收回手，给自己寻个台阶下："她是不是饿了？"

言微轻抿唇，工作上才得了他的好处，到底有些嘴软，没给他呛回去。小婴儿要喝妈妈的奶，并不一定是馋的，一天没见了，她可能只是想要妈妈的安全感。

"那你抱她过去。"秦怀鹤又说。

休闲室外的落地玻璃门大敞着，日头落下去了，天边染着一层橘色，泳池的水面有浅浅的褶皱，一下一下闪着细碎的光，浅蓝色的小泳池就摆放在落地门外，挨着泳池边。

言微把岁岁放下，看了看地上的装备，很齐全了，不但齐全，还有些多余。言微拿起那件灰色连体泳衣，是国外的牌子，颇有分量，但一看就是不好塞进去的样子。

言微垂下脑袋，说："这可能太厚了，她怕热。"

秦怀鹤不甚在意："在水里又不会热。"

言微没再出声，抱过女儿，给她解开身上的衣服，脱下尿不湿。如她所料，岁岁的胖腿儿要塞进那种伸缩面料里，颇有些艰难，而且，最近岁岁可能到了叛逆期，一点点不如意就开始发火。

显然，岁岁并不喜欢那件泳衣，蹬着腿使劲挣扎。秦怀鹤捏着裤腿儿蹲下身子，试图把女儿的小胖腿给塞进去泳衣。岁岁更火了，拧着小脸"咿咿呀呀"，极力反抗。

言微率先放弃了："算了，用不着穿泳衣，我去拿一条裤子就行。"

秦怀鹤抱过滑溜溜的女儿，说："游泳怎么不穿泳衣，这是笨蛋。"的确用不着，但他不想承认他做的都是无用功。

言微站起身来："没关系，她还那么小。"

折腾了好一会儿，小人总算被放进了泳池。岁岁喜欢水，一下水就惬意了，蹬着小胖腿，像一只快活的青蛙。

言微蹲在泳池边逗女儿，好半天过去了，左后肩的阴影还没有离开的意思。她有些不自在，又不好直接赶他走，毕竟，岁岁不只是她女儿，也是他女儿。她稍稍扭过头，问："你今晚上没有别的安排吗？"

秦怀鹤动了动脚："有安排，等吃了饭再走。"

言微问："你要在这里吃饭吗？"

"你不是说胃口不好吗，我叫了一个私厨送餐过来，试试看，口味合适以后就定这一家了。"

言微顿了下："没必要，我胃口不好不是因为亨川的厨师不好，是因为前段时间天气太热。"

"那还是不好。"

又过了一会儿，言微又问："闫秘书不在吗？"

秦怀鹤感受到了接二连三的驱赶之意，面色微凉："闫秘书也有孩子，晚上也要回家看孩子，再说，亨川只给她开一份工资，她的工作范围不包括点餐送餐。"

言微点点头："原来闫秘书跟我一样，只领一份工资。"

秦怀鹤突然靠近了，贴在她身侧："怎么，只领一份工资委屈你了？"

言微轻瞥一眼："我不委屈，只是对闫秘书的境遇更能感同身受罢了。"

秦怀鹤抹了抹下巴："是不是还要我发一份工资给你？"

言微淡道："不用了，谢谢。"

秦怀鹤哼哼："要不要把六一红包补发给你？"

言微一个利落的眼刀"嗖"地飞过去："秦怀鹤，以后你不要在外面问我你是什么样的一个人，你要问就直接问闫秘书，闫秘书的答案可能比我的答案要真实一些。"

秦怀鹤定定看着她，忽地说："噢，在外头说的都是假话，叫我一声秦总让你憋屈了。"

言微只给他一个侧脸，卷翘的眼睫下，映着泳池的一汪清水。

秦怀鹤看她这副样子，莫名痛快了些，最让他不爽的就是她刚才那副别扭样，憋憋屈屈，压得他心口烦躁，他宁愿她用铁齿铜牙对付他。

岁岁游了半个小时，一起来就"哇哇"叫，拱着妈妈要喝奶。

这房子住了两个月，房间俨然已经成了言微和岁岁的地盘。言微熟门熟路抱着女儿进去，随手关上房门。

岁岁喝了奶，精神回来了，开始胡闹，咬着妈妈，猛地一扯。

言微吃痛，惊叫出声："岁岁！"

岁岁以为妈妈在跟她玩儿，咧着嘴“咯咯”笑。

“妈妈生气了！”

这几天岁岁长了两颗牙，厉害了，咬妈妈还不算，还要扯着玩。言微被折磨了几次，教训她还得意，以至于言微这两天喂奶都提心吊胆的，就担心挨这么一下。

岁岁两眼亮晶晶的，又要找妈妈。

言微心有戚戚然，绷着脸教育她：“妈妈不跟你开玩笑，你要再这样，我打你屁股了！”

门突然被打开了，男人的声音在身后响起：“怎么了？”

言微眉心微跳，扭头往后瞧了一眼，门离得远，她看不太清。她转回头，说：“没什么。”

脚步声缓了下，又响起来了，由远及近。

言微索性不喂了，把岁岁抱了起来。

秦怀鹤到了跟前，岁岁大概是吃饱喝足了，正笑嘻嘻摸着妈妈的头发玩儿。他温声道：“没什么你要打她？才多大的小孩。”

言微抿了抿唇，抬眼：“她咬我。”

秦怀鹤蹙起眉头：“她咬你？”

言微耷拉下眼皮子：“嗯，咬得很痛。”

片刻后，她听见秦怀鹤“咝”的抽气声，然后，怀里突然一空，女儿被他抱走了。

“该打！你属狗吗？怎么还咬人？属狗也不能咬妈妈。”

“啪！啪！”

岁岁屁股挨了两下，愣愣地看他。

**第二节**

因为秦怀鹤在饭桌上，保姆阿姨借口先带岁岁，溜到一边去了。

言微已经很久没有和秦怀鹤单独在一个饭桌上吃饭，但刚才互怼了几句，尴尬的气氛消散了些，这会儿倒相安无事了。

“发给你的东西看了吗？”

言微一滞：“没有，开完会我就上来了。”

秦怀鹤说：“有时间看看，营销策划的工作板块已经模式化，谁都能做。但前策不一样，完成可行性研究，做好定位、客研、开发预判，再转变成概念性的东西，这些都需要有前瞻性的眼界，还需要会创新。前策做好了，营销阶段的问题至少解决了七成。”

言微点头：“嗯，我会好好学的。”

他停下筷子，抽了一张纸巾，慢条斯理地擦拭：“严睿阳安排什么工作给你？”

“他……让我和同事一起讨论，完成市场定位方案。”言微并不想把什么都跟秦怀鹤说，严睿阳并没有怎么她，她本来就是一个编外人员，又没有什么拿得出手的东西，他不用她也是情理之中。

秦怀鹤刚才“遭受不公随时发声”的说法，好像她已经在打小报告了似的。

“写好了发给我看看。”他把纸巾随手搁在餐桌，“有问题吗？”

“没问题，”言微提起拿筷子的手，面色不虞，“我一天十二小时都在工作，吃饭的时候想放松一点儿。”

秦怀鹤略微舔嘴：“我影响你吃饭了？”

她垂下眼睫，闷不吭声，这就是影响了的意思。

“行，以后我不说了。”秦怀鹤下颌动了动，“吃饭吧。”他从未料想过，老板也有这么难做的时候，也未料到，有一天，他要供着这么一个不是员工的员工。只怕再说下去，她得来这么一句：我又没领你的工资。

秦怀鹤走了，言微也带着岁岁回了家。

言绵接过岁岁，看着精神头十足的小丫头，笑问：“今天见到爸爸了吗？”

保姆阿姨替她回答：“见到了，爸爸还给她买了游泳池，今天我们岁岁游泳了。”

言绵瞪大了眼，看向言微：“真的呀，她爸爸今天这么有空？”

言微说：“他也不是一整年都忙。”

阿姨带着岁岁去洗澡了，言微回到房间，打开秦怀鹤给她发的文件，一边看，一边记笔记，时不时还要停下来，搜索项目后期的营销手段和效果，参考前期策划对后期营销有多大的影响。

第二天，言微把修改好的方案发给了严睿阳，顺手转发给了秦怀鹤。

严睿阳这一回终于给她回复了：【收到。下午五点，准时过来开会。】

会议上，严睿阳打开的还是小吴修改的方案版本，因为已经磨了一段时间，这一次修改的成稿，严睿阳还算满意，大家又一起讨论了一些细节。

言微不时提出一些质疑：“严经理，我觉得竞品分析，不用局限于项目周边，我们可以把湾城的高端洋房，甚至别墅都归类为我们的竞争产品，这样也能拔高我们的项目。

“科技住宅的确是亨川的特色，但我觉得森林公园是稀缺资源，我们可以把这个优势放大，你们觉得呢？”

总之，不管说得对不对，她都要把自己的想法表达出来，这是防止被边缘化的办法之一。

最后，严睿阳做了分工，把立意和文案的任务交给了言微，让她负责和广告公司对接。时间很紧，发布会初定在月底，设计院在赶工，顶尖园林设计公司也在赶工，策划团队也在奔走。

言微向翟览华请示，用半天的时间处理亨川的事情。没多久，她发现半天根本就不够用，她和广告公司的人天天在一起想文案，想项目 Slogan（品牌口号），连出几稿，都被高层给毙掉了。

时间到了最后关头，宣传片和宣传折页再不出，发布会就要延后了，严睿阳要求策划团队把重心放在这一块。

小吴忍不住抱怨：“缔造不行，繁华不行，归隐不行，幸福也不行！到底怎么样才行？”

李渊小声说：“你没听严经理说吗，只要别家出现过的词儿，秦总都不会用，他要精神层面的东西。”

开会的时候，严睿阳说了被毙掉的原因：“秦总说九湛府主打科技大洋房，主要面向三十五岁到四十五岁之间的中产客户，大多数为 70 后和 80 后，这部分人务实的同时，还追求精神消费。”

换句话，那些东西都没有给出他想要的精神元素。

抱怨归抱怨，工作还是要继续往下做。

这一天是周日，几人在公司加班，把脑子里的想法搜刮殆尽，各自回家。

第二天周一，言微约了广告公司的人来亨川碰头，谁承想，才一到格子间，看到小吴一脸苦涩。

“言微，大老板又来了，我好怕啊！”

“怕什么，他又不会吃了你。”

小吴泫然欲泣：“我总觉得，他会！”

一进会议室，有分管九湛府项目的总经理、有营销总监曾总监、设计部负责人，还有凯创营销线的人，翟览华也来了，一屋子坐得满满的。原来是为了九湛府项目发布会而开的讨论会。

这阵势，别说小吴，言微心里都有些打鼓了。

丁澄组织会议："首先欢迎凯创的同事，百忙之中来参加我们的会议，亨川九湛府项目发布会初定于九月二十号在汇雍酒店……各事项顺利进行，项目已经拿到了建设工程规划许可证和建设工程施工许可证……"

秦怀鹤打断他："我说一点，并不是每一项都在有序顺利进行中，我们的宣传片还没影。"

丁澄马上说："是的，我们前期策划的同事要抓紧了，就算有好点子，也要留一点时间给广告公司，是不是？"

严睿阳点头："秦总，我们正在抓紧，今天会提交三个方案。"

秦怀鹤扫过前策的那几张年轻面孔，又看回严睿阳："我看你们也都疲了，不用走那些流程，你们就在会上说，大家听听，可以用就用。"

"好的，秦总，我先来吧。国风人宅，清秋无际。"严睿阳着力点在新中式大宅上，一个异国组合的家庭，幸福地生活在九湛府里，展现门庭美景的禅意，又突出了科技住宅的惬意。

这样做出来的片子温情，也大气，但总归是中规中矩，只能说不出错，但也没有出彩之处。

丁澄说："那我们请下一个。"

小吴要哭了，小声叫："言微，救命……"

言微站了起来："那我来说说吧，只是一个不成熟的想法，还没有来得及和同事讨论，请各位领导前辈不要见怪。

"大家都知道我们九湛府紧挨着5A级森林公园，而且，景区以后还给我们业主免费开放。我觉得，大自然是最贵的，天然氧吧比任何一个新风系统都要好用。所以，我有一个想法，一个小姑娘，她养了一只小动物，有一天小动物跑出家门，在森林里乱窜，小姑娘去找了好多次，把它带回来它又跑了，最后没办法，只能把它放养在森林里。她很担心，直到有一天，她发现小动物长大了，比以前还健康还快乐。"

小吴眼见着秦怀鹤锁起了眉头，像是听了什么笑话一般，撇嘴。他背后冒汗，心想，要死了要死了，言微说的什么童话故事啊！

秦怀鹤问："什么动物？"

言微抿了下嘴唇，说："小松鼠之类的。"

秦怀鹤拿手掩着嘴："继续。"

言微咬咬牙，往下说："另外一个镜头，小姑娘的爸爸是一位成功人士，他很忙，小姑娘总是自己一个人，她住在我们的科技住宅里，我们的安保很好，家里的监控系统就连接着爸爸的手机，家里全都是智能家电家具，小姑娘总是能很好地照顾自己。用电影的画质镜头，通过她的生活轨迹，展现全屋配置。”

“我的广告语没想好，大概的意思是‘在森林里放养你，安然无恙’。”言微干咽一把空气，“谢谢大家。”

丁澄清了一下嗓子：“我觉得不错，挺有创意。”

秦怀鹤眼尾一抬：“我怎么觉得偏弱呢，一听就是女性的创意。”

言微往上一瞟，和他视线相接，转瞬移开。不知道为什么，她明明心有不服，竟也被他一句话洗了脑，好像是偏弱了。

一位总经理说：“挺有新意，女孩可以换成男孩，九湛府有阳刚的属性，男孩更贴合一些。”

翟览华接话：“广告词可以改成‘在森林放养自己，一世无恙’。”

小吴躲过了一劫，高层们讨论了一会儿，会议继续进入下一个议题。

因为时间紧，九湛府用了言微的创意，稍有改动，大抵还是原先的寓意，广告公司出片之后效果还不错。

言微的精力又回到澜湾里，恢复亨川一小时工作制。

汪达溜达的时候，看见她又在办公室里埋头看方案，忍不住揶揄道：“言微，这么勤奋好学，是要高升了？”

言微头也不抬：“都是被逼的。”

汪达顿了下：“养女儿这么费钱吗？”

言微登时斜他一眼，警告道：“不是跟你说了吗，不要提我女儿。”

汪达耸耸肩：“你怕什么，能干两份活的人还担心找不到地儿上班？”

李林柳正好走进来了，目中无人，“哐当”一声，拉开椅子。

汪达转身往外走：“晦气！”

李林柳突然甩鼠标：“言微，以后我们办公室，禁止汪达与狗入内，你听到了吗？”

言微语气淡淡的：“我不知道。”

李林柳转过身对上她：“我现在不是和你说了吗，他是别的公司的人，是竞争对手，进我们办公室，谁知道他来做什么！”

言微忍了忍：“要不你自己挂个牌子吧，我只知道他是合作公司的人。”

李林柳哼笑：“他是不是在追你啊？要是在追你就算了。”

言微气笑了：“这你也要管吗？”

李林柳提高声音：“只是觉得你好厉害，又是丁总又是汪达，他怎么说你有一个女儿，真的还是假的？”

言微愣怔片刻：“我现在不想说话。”

“那就是有了。”

言微咬了咬牙：“对，有。”

### 第三节

二十号这天是周六，言微休息半天，回澜湾里销售中心接物料，无意中碰见几个置业顾问在聊她的八卦。

“谁说她做小三的啊？”

“废话，未婚生女，住别墅，你觉得是什么？”

“那她好厉害，都生小孩了，汪达还追她，亨川的总裁助理也追她。”

“知道人家的本事了吧，长得漂亮，还是名校毕业，要不她怎么不喜欢搭理我们呢？”

言微返身回到项目园林里，站在一棵鸡蛋花树下，她努力说服自己，别生气，但到底修炼不够，她胸口憋闷得慌。

果然好事不出门，坏事传千里，并非她清高冷傲，因为总是要偷偷挤奶，她的确不想跟同事太过亲近被发现她隐瞒单身妈妈身份的事情。

这天下午，言微去小食堂吃饭，连打饭的阿姨都问她是不是有个女儿。

言微端着饭盒刚找了张桌子坐下来，汪达就从远处走来：“走吧，翟总监说，要跟你确认点信息。”

言微抬起头看他，脸上木木的：“什么信息？”

“好像是，你的入职信息。”

言微在卫生间洗了一把脸，又给自己上了一点隔离霜，补上口红。翟总监要和她说什么，她隐隐有了预感，无论如何，都不能让自己显得太狼狈。

言微去见了翟览华。

“今天下午，人力资源部的人打电话给我，说公司邮箱收到匿名举报信，说你……一些生活问题。”

言微半阖着眼，等着他继续往下说。他的话不算含蓄，她自然听出来了，是“生活作风问题”。

翟览华停歇片刻："这些事儿我觉得是个人隐私，我就不问你了，当然我是不相信的，你的工作能力我也是认可，也和人力部表达过，但是她们说，可能涉及员工的诚信问题。周一呢，你回公司一趟，找人力总监赵丽好好谈谈。"

言微点头："谢谢翟总监，我会回去说清楚的，我的确是有一个女儿，我和她爸爸离婚了，抚养权归我。为了避免麻烦，我面试的时候没有说清楚，是我的错，希望翟总监能帮我和人力资源部门的领导说几句。"

"这个当然，你暂时不用去亨川了，公司这边另外安排个人，周一上午好好把九湛府的工作交接给他，你也不用那么辛苦。"

言微心下一沉，顿了下，说："好的，翟总监，那我先不打扰您了。"

她自认工作并没有出什么错，翟览华的挽留之意并不强烈，又让她把亨川的工作交接给别人，或许在他眼里，她的能力也就那样，随便找一个人也能替代吧。

周一，言微回到公司，和人力资源部的总监赵丽见面。赵丽象征性问了几个问题，言微一一回答，把事情说清楚，并道了歉。

"我理解你，其实你不要隐瞒，外面可能对哺乳期妈妈有歧视，但在我们凯创，不存在的。你先回去吧，处理结果我会直接通知你。"

"处理结果"这个词让言微心里有些发凉，原来"有人情味儿"的只是凯创这个公司，而不是公司里的某个部门，或者某个人。无论如何，她已经争取了，如果公司不留她，她也不会赖着不走。

言微从人力资源部出来，一个小伙马上过去找她，很客气地和她说，翟总监让他过来找她交接亨川九湛府的工作。

言微把工作交接给他，然后打了个电话给严睿阳，只说九湛府销售中心要开放了，公司组了新的营销策划团队，让一个同事过去替她完成对接工作。

严睿阳感觉有些可惜，让她周末出来，和大家一起吃个饭。

言微找不到理由拒绝，只好答应下来了，而且现在也不用隐瞒哺乳期，她有正当理由拒绝喝酒了。

言微照旧回澜湾里销售中心上班，在那间办公室里，李林柳依然会给她摆脸色。这种氛围实在令人心塞，言微找李林柳沟通工作，好声好气的，试图让两人关系破冰，李林柳就是一副爱搭不理的面孔。几次下来，言微也放弃了，工作而已，又不是指着李林柳赏饭吃。

晚上继续做网播，汪达突然问："凯创是不是要辞退你？"

言微一愣："谁说的？"

汪达嘴角一个歪斜："听你们公司那帮人说的呗，我真没见过凯创这么恶心的公司，也就吹牛厉害，压榨你就算了，用完了说扔就扔。"

言微不说话，她心里已经疲惫了。公司可以直接和她说，没必要让李林柳那边都知道了，她还残存着一点可笑的希望。

汪达看着她："言微，翟览华这鬼东西，他不保你，就不配做你领导，我要是你，以后见了他，我眼睛放天上，看都不看他一眼。"

言微笑得有几分勉强："你说得对，都是给老板打工，没有谁比谁高贵。"

"那你有什么打算？"

言微轻轻扯嘴角："我打算主动辞职。"

汪达眉头一锁："别主动啊，她们就等着你主动了，你就赖着，让他们给补偿金。"

"算了。"言微早该知道，李林柳在公司里有人撑腰，她没有，翟览华也没有留她的意思，她这么耗下去，难看的是自己。这一天下班，她静悄悄收拾了自己的东西，全都搬回了家。

三天后，中秋放假的前一天，言微不想蹭这个假期，提了辞职。

到这一刻，她的心反而是轻松的，这几天卸下工作的担子，每天在家陪岁岁，照顾爸爸，心境和上班时的紧迫焦虑完全不一样。她不得不承认，秦怀鹤说得对，以后有的是时间上班，女儿能喝多久的奶，丢那仨瓜俩枣的钱，算不上什么大事。

秦怀鹤下午回到亨川世纪，上了顶层，静悄悄的，没有岁岁的影子。查看监控，发现她们已经好几天没来了，他打电话给岁岁的保姆阿姨，阿姨说孩子妈妈这几天请假了，没有上班，带着岁岁在家呢。

秦怀鹤原地杵了一会儿，翻到通讯录，指尖在"言微"那顿了下，又退出来了。秦怀鹤直接下楼，找到九湛府的策划经理严睿阳。

严睿阳如实相告："秦总，因为国庆我们销售中心就要开放，到时候就是凯创的团队入驻，所以，他们的新团队已经过来对接，言微就不负责我们这边的事务了。"

秦怀鹤下颌微动："谁安排的？"

严睿阳顿了下："应该是翟览华安排的，这两天已经去销售中心走场了。"

秦怀鹤冷眼瞅他："什么叫应该？言微本来就是做营销策划，他们说换就换，你怎么带团队的，一点判断力也没有？"

严睿阳没料到这种小事秦怀鹤也要过问，当时言微说换个人来替她，他也没多想，这事儿竟然还有他的错？他一个策划经理，直接面对老板本来就已经越了几级，这会儿更是心里惶恐："秦总，我也不好干涉他们公司用人，要不，我再和他提一下，让言微过来……"

秦怀鹤指节抵着额角，敛着眼尾的光看他："好，你干涉不了，去把丁澄给我叫过来。"

丁澄过来了，当着秦怀鹤的面打电话给凯创那边，客客气气询问为何翟总监要换一个人来亨川对接。他未料到，等来的是言微已经提出辞职的消息。他挂了电话，找个里面的熟人，才问清楚了来龙去脉。

"秦总，我看翟览华也没办法，凯创派系斗争不是一年两年了。"

秦怀鹤指尖有节奏地敲黑桃胡案桌，下颌线动了动，哼笑一声："人情味儿。"

言微兢兢业业，一个人干两个人的活，一天工作十二个小时，就这么被那群人给逼走了。

丁澄小心翼翼请示："秦总……要不，让言微来我们公司？"丁澄知道，让老板前妻来公司上班，这绝对不是什么好主意，但谁让老板对前妻念念不忘呢，这会儿都亲自找上凯创了，他就算不张口，估计秦总也会有这个想法。

秦怀鹤拳心一紧，不紧不慢地说："找劳务仲裁和人社局，还有电视台，来亨川做一栏普法节目。着重强调，在亨川，婚育是女性的隐私，女员工可以选择不说，谁也不许过问。"

丁澄吸吸鼻子："秦总，这样的话，凯创的人会不会以为我们亨川在内涵他们？"

秦怀鹤轻扬起下巴："不用以为，直接放话出去，我专门请来黑王北雄的。"

丁澄暂且应下了，就盼着秦怀鹤过个好中秋，回来把这事儿给忘了，他也能糊弄过去。

中秋这天，司机早早就去言家把岁岁给接到秦老爷子家过节。

岁岁九个月了，她学会了很多小动作，比如亲亲、拜拜、拍手。她还喜欢到处爬，即便是不熟悉的太爷爷家，她也一点也不客气，各种翻找东西，把家里人都逗乐了。

秦怀鹤掐着她胳肢窝，点着下巴教她：“爸——爸。”

岁岁不听他使唤，就想下地爬。

秦怀鹤尤不死心，拿了一根香蕉，送到她嘴边。岁岁的小嘴才张过来，他不厚道地拿走了：“岁岁，爸——爸。”

岁岁张开嘴，终于叫了一声清晰的“baba”，吴曼云和秦老爷子都听笑了。

秦怀鹤愣怔片刻，把香蕉喂到她嘴里，压着嗓音说：“你就是馋，有吃的才叫。”这一声，他确信无疑了，岁岁叫的是爸爸，不是屎。

饭后，岁岁被吴曼云带到外面玩了，秦怀鹤站在老房子的红砖阁楼上，往天上望，今天天气很好，薄云下的满弦月，如同罩上了一层灰纱，柔和且羞涩。

小时候他是喜欢中秋节的，哥哥带着他，躲在这里吃月饼、吃梨，一人咬一口。哥哥脾气是好的，就像他爸一样，不声不响，从不会发脾气。哥哥自杀的时候，他才六岁，大人们都骗他，哥哥生病了。可他想不明白，为什么哥哥突然生病了。

爸妈早就分居了，平时只有保姆管这弟兄俩，他们都以为哥哥很乖。大一些了他看到病历才知道，哥哥生病很久了，抑郁症。

过了那么多年，秦怀鹤早就遗忘了，心里的缺失好像也闭合了，但是言微出现又离开，撕开了一个缺口，他不确定是不是同一个地方，但是缺口越来越大。就如此刻，他很难受。

亨川国际顶层的监控只保留一个星期，他已经看不到她的身影。

凯创虽然浑蛋，但是言微在那里，他还可以看见她。她很聪明，也很勤勉，她不怯场，落落大方，开会的时候，他总是忍不住想要看她。如果言微离开凯创，他或许一年半载都见不上她一回。不是或许，是极有可能，言微能做到，难受的只是他一个人罢了。

秦怀鹤掏出手机，在言微的微信头像上停留了一会儿，在难受和没志气之间，他选择了没志气，发送了一条：【中秋快乐。】

时间一分一秒过去，他手机里祝福信息都满了，就是没有一条言微的，即便只是礼尚往来的一句“中秋快乐”，她也不舍得给他发。当初她对他多好，现在就对他有多狠。

秦怀鹤略微抿唇，又发了一条：【听说你辞职了，这几天有空，去许骏腾那里看一下有没有适合你爸用的东西。】

信息发出去之后，他盯着手机看了一会儿，突然醒悟过来，这是他给自己寻的台阶——欲盖弥彰。

秦怀鹤把手机锁屏，揣进兜里，没志气之后，他又失去了骨气。

### 第四节

中秋这一晚，言微难得清闲，和林棠约了一起去滨江公园赏月。

走到半道上，她接到汪达的电话，问她在哪儿，说有事儿要找她。

言微把地址发给了他，并对林棠说：“我有个同事要过来。”

林棠没当一回事，又吐槽起上次和言微未说完的朱经理：“我真的受不了了，只见过隐婚隐恋的，没见过意淫隐婚隐恋的，就跟她每天跟丁澄回一个家似的。偶尔跟丁澄穿一个色系的衣服，她能羞涩半天。你知道吗，她都快三十了，比丁澄还大。”

言微问道：“三十就不能有少女心了吗？丁澄很绅士，年纪不是问题。”她挺能理解的，当初，她心心念念想见到秦怀鹤也是那般心境，只是有些人善于表达，有些人善于隐藏。

林棠撇嘴：“对谁都绅士，八面玲珑，就一个中央空调。”

没一会儿，汪达来了，带了很多吃的，往地上一放，和言微说：“走，跟你说点儿正事。”

林棠正扒拉那一袋零食，闻言抬头：“干什么，有话就说，想拐我姐妹？”她本以为是个女同事，没想到来了一个精神小伙，还要拉着言微说话，她不得不怀疑此人的动机。

汪达回道：“我们项目的事儿，机密。”

林棠知道言微这么突然辞职，必定有些不愉快，将信将疑看向言微：“什么机密啊。”

“能有什么机密，你先吃吧。”言微料想着不过是关于她的八卦，不会是什么好听的话，她不想让林棠听到。

两人沿着江边走，这个季节，江边的晚风一吹，已经有了凉意。

汪达两手插兜：“你有什么打算？”

“暂时还没有，先在家休息一段时间吧。”

汪达一只手从兜里掏出来，往飞机头上捋捋，眉头微挑：“我给你想好了出路，不用上班也可以赚钱。”

言微定了一下，“扑哧”一声笑了：“什么出路，要是可以，我请你吃大餐。”

汪达看着她笑，嘴角慢慢勾起了一个弧度：“言微，我发现你……你要是做销售，肯定是楼花。”

言微移开视线：“王董都说了，我没有杀客的魄力。”

汪达提嘴一哂：“他懂个屁。”他又笑了笑，“算了，还是不想让你做销售，抢我的饭碗，过段时间确定下来了再和你说，就是有点担心，担心你瞧不上。”

言微看着他：“我怀疑你专门过来耍我玩儿。”

汪达舔嘴笑：“其实，我就是过来看看你跟谁过一起中秋。”

言微定了下，只说道：“跟我爸，还有林棠。”

汪达沉默了两秒：“你宝贝女儿被秦大老板带走了？”

言微“嗯”了一声。

上一回被汪达碰上她和秦怀鹤拉扯，他虽没有问过她，但那种场景，势必逃不过他的眼力。

汪达忽地一笑：“言微，那么大财主，你怎么跟他离婚了？离就算了，怎么不多拿点钱，还让自己这么穷。”

这个问题，言微不知道如何回答，秦怀鹤不单单是她的前夫，还是捐助过她的人，他能把女儿交给她养育，她已经心满意足，再问他要钱，那真叫农夫与蛇了。她只能笑笑，回道：“他给了，是我家里负担大。”

汪达抬眉，嘿嘿笑：“那天他不会是想要往你手里塞钱，你不要吧？”

言微一个哑笑：“秦怀鹤也没有那么菩萨心肠。”

手机微信响了，言微拿起来看了看。

秦怀鹤：【听说你辞职了，这几天有空，去许骏腾那里看一下有没有适合你爸用的东西。】

前面还有一条祝福信息：【中秋快乐。】

言微无声扯唇，灭掉手机屏幕的光源，秦怀鹤“菩萨心肠”了？

她背过身，给他回复：【好的，中秋快乐。】

秦怀鹤盯着那个简短的信息，没有办法解读出一丝感情色彩，不礼貌，甚至，不耐烦。

再一抬首，云层仿佛厚了些，皎皎圆月的一角没在里面，有几分含羞带怯的意境。他喉间微痒，脑子里有一些克制不住的念头，想把言微围困在他怀里，给她抹额角的碎发，用力亲吻她，咬她，出了气，再好好爱她。

楼下传来了岁岁的哭声，她嗓门大，一哭隔着三层楼都能听得清清楚楚。下了楼，他试图从保姆怀里抱过女儿。岁岁抱着保姆，抱得紧紧的，死活不给他抱。保姆阿姨说岁岁快到时间睡觉了，还是赶紧回家吧。

吴曼云已经收拾好一袋玩具，一袋新衣服，把孙女送上了车。

秦怀鹤上了车，跟阿姨和岁岁一起坐在后座，车子开动，岁岁的哭声才歇下来。

秦怀鹤捏她的脸："岁岁是不是想妈妈了？"

岁岁黑亮的眼珠子愣愣看着他，突然咧开嘴，大颗眼泪滚下来。

秦怀鹤愣住了。

保姆阿姨轻轻拍她的背："晚上不能提妈妈，她会哭的，半夜醒来不见妈妈也会哭，小孩子都是这样。"

秦怀鹤眸光微动，侧过脸朝着窗外，本该是他最亲近的人，但他没有在她们的生活里留下一点痕迹。在岁岁九个月的生命里，爸爸这个角色是缺失的。等她长大一些，会不会觉得没有爸爸的生活才正常？

下了车，阿姨抱着熟睡的岁岁往家里走。

秦怀鹤跟在她们身后，静悄悄的，透过一盏橙黄的壁灯，依稀可以看见柚子树上油亮的青色果皮。

见楼上楼下黑着灯，没有一点声响，秦怀鹤的心倏忽往下一沉："人都去哪儿了？"

"老言应该睡了，言微说她在外面，让我给岁岁洗澡睡觉，今晚出门的时候洗过一次，不出汗，也不要紧，放下去不醒就让她睡觉了。"阿姨回过头看他，迟疑了下，"要不，你先坐下喝杯水？"

秦怀鹤下颌线绷紧："你抱她去睡觉吧。"他走过去，那张全家福依然挂在原先的位置，高中女生抿唇看着他。她两眼透亮，一张脸小而圆润，带着点婴儿肥，就如初放的玉兰花苞。秦怀鹤骤然转身，走过灯光昏黄的院子，西裤擦过带着晚间露水的鸳鸯茉莉，沾惹上了些许潮意。

他并未察觉，疾步而行，以至于上车的时候，他鼻端的呼吸有些短促。

她跟谁出去玩？这么晚不回家，要外宿吗？他并不认为言微是个随便的人，但是，她也不是个胆怯的人，就如她去亨川楼下的咖啡店，自己去看午夜电影，然后，跟他回家。

秦怀鹤转瞬否定了那些混乱的念头。

栅栏门抬起，车子缓缓驶出小区。

秦怀鹤眸光一定，刚才那番思绪霎时烟消云散。隔着一条马路，言微站在路边，和驾驶室里的林棠挥手告别。她披散着头发，穿了件雾霾蓝的方领小衫，下面是一条黑色高腰烟管裤，腰身若隐若现，月光凉凉，罩在她身上，像是给她镀上了一层柔柔的滤镜。

秦怀鹤看着她缓步走过斑马线，最后消失在他的视线范围。他在昏暗的车厢里，勾起嘴角。以他对言微的了解，今晚那模样是刻意打扮过的，她不过才二十四岁，本该是爱美的年纪，和闺蜜出门赏月，自然要打扮一番。

他摸出手机，给许骏腾打了个午夜电话。

说了几句，那头忙不迭答应："鹤哥，这是给谁看的？"

"我岳父。"

许骏腾没憋住吃惊的口气，气息霎时加强："你岳父？"

"嗯，言微她爸。"

言微接到许骏腾电话的时候，正在给岁岁喂猕猴桃，小丫头的小胖手快得很，咿咿呀呀，要抢着自己拿。

"小朋友在玩儿呢？"

"对啊。"言微没办法和他详谈，让他把地址发给她，并表达了感谢。

对方发来了地址，汇腾医疗器械线下体验店离她住的小区还挺远，今天下午预约了，要给岁岁打预防针，只能晚上再过去了。

言微没想到的是，许骏腾竟然会在店里等她，亲自给她介绍产品。一件件看过去，言微不得不感叹，科技在进步，产品做得越来越好了，就比如电动移位机，就比她一年前买的要轻便灵活许多，可以进出卫生间，直接把病人送到马桶上，病人的受力点也改变了，行动更加舒适；还有护理床，也增加了很多功能，即便没有护工，病人也完全可以自理。最让她吃惊的是，护理床竟然还有定制的移动电子屏幕，连接着便捷键盘，病人可以上网，打游戏，看电视。

很好，真的很好，言微甚至后悔来晚了。当然，价格也很好。她看那些价格表，细细盘算下来，要是两样都换的话，不是最高配置，也要三万多块钱，不是一笔小数目。言微不打算充胖子，对许骏腾说："有点超过我的预算了，过段时间要是能降一点，我可以再等等。"

许骏腾笑道："你要这么说，我可不敢说能降，鹤哥说了，他孝敬岳父大人的，说不准把我们家都买下来，我敢降价吗？"

言微面色一僵，滞了几秒："跟他没关系，我跟他已经离婚了。"秦怀鹤以前都没认过岳父，这个时候，上赶着当什么便宜女婿？弥补吗？犯不着，她也不稀罕。

许骏腾看向大落地窗，一手握拳，压在嘴边清了清嗓子："鹤哥有心，离婚也是一家人，你看，人都来了……"他看见眼前的女人面色实在不好，干巴巴咽下了后面的话。

言微感觉胸口有渐渐沸腾的趋势，嗓子眼却是干涩无比。她没有任何一个时刻像现在这样，想撕碎秦怀鹤的钱袋子。

秦怀鹤单手插着兜，身姿俊逸，下巴昂起，是惯常的傲视群雄的姿态，他越走越近。

言微突然一声嗤笑："他有心吗？他这个人，心肝肺都没有。"

秦怀鹤依稀听见了什么心肝肺，只当是医学用词，并未往心里去。他垂着眼看她："看好了吗？"

言微冷着脸，别到另一边，看也不看他。

她表现得太过明显了，明显到没办法当作看不见，那苦瓜脸，只怕伸手一拧，能拧出苦汁儿来。

秦怀鹤低头看她半晌，低声哼了哼："谁招惹你了？"

言微垂着眼睫，搭在挎包上的纤细五指微动，大拇指用力往里扣。

许骏腾在一旁笑："鹤哥，我看是你招惹的吧。"

秦怀鹤视线往一旁移，伸手扯下领口，目光又落到言微脸上，唇边压着几分无奈："你去照照镜子，不知道的，还以为是我把你弄瘫痪了呢。"

**第五节**

秦怀鹤不再看言微，偏头看了一眼许骏腾，说："咱们先看机子。"

许骏腾领着他，看了言微中意的机子，一一给他讲解配置和功能。讲到可以在床上用快捷键盘玩游戏时，秦怀鹤忍不住笑了："你说得这么好，我都想瘫痪了。"

许骏腾立刻摆摆手："那可使不得，使不得。"

秦怀鹤再一瞥，言微的苦瓜脸依旧。他凑近了些，垂首看着她："这尺寸，放家里没问题，要不要带你爸过来试试？"

言微轻轻抬起眼睫："不用了。"

他点头："那就搬回去，早买早享受。"

言微眉目间的情绪疏淡："你不用管了，我等价钱合适了再买。"

秦怀鹤稍稍停滞，又看向许骏腾："价钱不合适？许骏腾，你开的什么价？"

许骏腾嘿嘿笑："鹤哥，还没有讲到价钱，言微看的都是原价，都那么熟了，我也不能卖这个价给她啊。"

秦怀鹤眉尾一抬："不是杀熟价吧？"

"不能不能。"许骏腾压着嗓音，"鹤哥，出厂价，一折，咱不能对外说，要被外头的人听见，要来砸我的招牌了。”

秦怀鹤说：“你这出厂价太离谱了，坏了都不好意思保修，这样吧，五折。”

“没问题。”

言微开口：“许哥，该是多少就是多少，你不要亏本卖给我。”

许骏腾说：“亏不了。”说完，他去找人开单了。

言微寻了一处接待桌坐下，拿起桌上的宣传单看了看，上面有一个活动，客户可以参加产品的用户体验活动，体验纪录一经采用，品牌方会赠送一个配套的移动马桶或者一套按摩仪。

秦怀鹤跟过来了，拉过椅子，挨着她坐下，腿长得有些无处安放。

“最近有什么打算？”秦怀鹤看着她，“如果你还想回凯创，我让人说一声，澜湾里就不要去了，你还负责九湛府。”

言微没有什么情绪：“不用了，我想等岁岁断奶了再说。”

秦怀鹤把手搁在小圆桌上，指头轻点，微眯着眸子四处瞧这体验店，一副闲散姿态：“这么大的体验店，没几个人来，看来这医疗器械的利润不低。”

言微轻飘飘瞥了一眼，就被秦怀鹤抓个正着。秦怀鹤稍稍倾身过去，说：“你得知道，你爸以后还有很多需要用的，怎么光会坐等降价，砍价也不会？”

言微看着他：“秦怀鹤，我不想占别人的便宜。”

秦怀鹤提嘴笑：“不碍事，他占过我更多便宜，九湾里的房子，给他赚了上千万，打一折也不过分。”

言微垂着眼帘，卷那张宣传单：“那是你的，不是我的。”

秦怀鹤立即就意味过来了，她口里的“别人”指的是他，她不想占他的便宜。他低声笑了下：“我以为我们之间，说不上占便宜这种话。”

言微手里的动作登时停住了，卷起的宣传单散开，能放下一个拳头：“我们之间？”

秦怀鹤没有一丝闪避，一双深邃眉目坦坦荡荡的：“我们之间，怎么了？”

言微一动不动盯着他，这人大概是被人捧久了，已然分不清人与人之间的界线，当自己是世界中心，人人都围着他转悠。就像那天，都离婚那么久了，竟然还敢拉她的手，脸皮如此如此之厚，堪比城墙。

“秦怀鹤，因为岁岁，我的确占过你不少便宜，她太小了，我们都想让她好，你是她爸爸，我尚且可以厚着脸皮麻烦你，可是我不想用你的人情来给我爸买东西，他并不是你的岳父。”

秦怀鹤停滞片刻：“倒是我占你爸的便宜了。”

言微点头：“对，所以以后请你注意影响，注意你的措辞，我爸他都不怎么认识你，你要非得叫岳父，至少加上一个‘前’字。”

言微这般咄咄逼人，秦怀鹤心里有些吃力不讨好的憋屈，但理是这么个理，一时之间又无从辩驳她。

他嗤了声：“我说了，是以前的岳父，许骏腾漏了，这也不能赖我。你要是真觉得占了我的便宜，你可以按原价，补钱给我。”

这个时候，她总不能找许骏腾对质去：“我按原价补钱给你？”

秦怀鹤与她无声对视，她那双清爽透亮的眉目，仿佛不染一丝尘埃，却又坚定有力，眼尾印着一颗泪痣，眸子里潋潋水光，着实让人挪不开眼。

他心神一动，忽地发笑：“不补了，我占你爸便宜，就当我们两清了。”

言微逼视他：“不是许骏腾说漏了吗，你哪儿占了便宜？”

秦怀鹤面上僵滞，神情有些许崩裂：“你就是找碴。”

言微眼睫往上一抬，扭过头去，在秦怀鹤的角度看，那明晃晃就是一个大白眼。他无声发笑，想不明白是哪一处得罪了她，不禁怀疑是不是她在外头叫他一声秦总，就记他一笔小账，等见着了，再一股脑把气儿撒给他。

许骏腾过来了，说厂家明天就安排送货，会有工作人员跟随上门，给用户讲解如何使用。

言微说：“谢谢，可以把工作人员的电话给我吗？我想让他提一下这个用户体验活动，让我爸参加，奖品倒是其次，主要是让我爸有事儿干。”

许骏腾马上回道：“可以，到时候我们会有直播活动，用户也可以在家做直播，如果能找到几个病友，聊聊天，也挺好的。”

“辛苦你了。”她起身，跟随店员去付款。

秦怀鹤问：“刚才我没来的时候，她说什么了？”

许骏腾有点蒙：“没说什么啊。”

“没骂我？”

许骏腾笑了：“鹤哥，我不敢离婚，你想想，咱们男人能被谁骂？除了妈就是前妻，我妈骂我就够厉害的，我不能再加一个。”

秦怀鹤顿了下：“她怎么骂我了？”

“没有骂你，我说鹤哥有心，她说有吗，你心肝肺都没有。”

许骏腾“嘿嘿”笑，“这都很客套了，你不知道钱京阳的前妻，把他骂得比屎还臭。”

秦怀鹤拿眼睇他：“你觉得这是客套话？”

许骏腾点点头：“我觉得很文明了。”

秦怀鹤指节在鼻下压了压，看着言微的背影，咬咬牙：“文明人，钱京阳的前妻怎么能比呢？”

“是啊，怎么离的呢，关系还这么好？”

秦怀鹤咬着牙，撑着双膝站了起来：“上民政局离的。”他往收银台踱步而去，在离言微两米的地方缓下步子。

言微正在接电话，一只小手臂抵着鱼肚白的大理石前台桌，香芋紫的小衫添了几分温柔，冷白皮的肤色显得她清雅无双，款式简单的米色马鞍包搭在她后腰上，上面挂了一只灰色小松鼠，是九湛府宣传片送的礼品，松鼠的眼睛滚圆，尾巴毛茸茸的，颇有几分憨态。

“我出镜无所谓，可是你现在还在职，跟我做直播好吗？”言微唇边浮起了一抹笑，眼睫轻轻一垂，“还没到饿死的时候，放心吧。”

秦怀鹤贴过去，她马上察觉到了，眼睫一抬，唇边那点笑骤消，像是被人偷听去了悄悄话，语气也变了：“改天再说吧，我在外面买东西呢。”

感受到被防备，秦怀鹤微微抿唇，抹了抹下巴，什么话，店员能听，他却听不得？他清了一下嗓子，说：“你都离职了，他还担心你会不会饿死，我们亨川就需要这么有人情味儿的同事，你把他介绍到亨川来。”

言微摸上小松鼠，话音清凉：“算了吧，他以前在你们公司待过，还是销冠，是你们公司留不住他。”

秦怀鹤胸口上下起伏：“言微，辛苦你问问他，亨川是哪里不好，留不住他，我好改邪归正。”

她双唇轻颤，轻声嘟哝：“改邪归正是这么用的？”

秦怀鹤回道：“没接受过九年义务教育，你忍着点。”

也不知道是不是言微的错觉，她总觉得现在的秦怀鹤，有一种牛气和委屈交织的气息。以前他可不会说“你忍着点”这种……泛酸的话。

店员把刷卡单递过来，秦怀鹤长臂一伸，先拿走了。

“刷了卡没钱吃饭了？”

“有。”

“没有的时候跟我说一声，”秦怀鹤把那小白条卷进手心里，似笑非笑的，“我去把岁岁带回来养。”

言微转身，丢下秦怀鹤一人，去和许骏腾拜别。

两人客套几句，许骏腾把她送出去，两人走出那扇大落地玻璃门时，看见秦怀鹤站在露天停车场里抽烟，背后是一辆低调的SUV。

他掐了烟，说：“上车，我送你回去。”

言微站着不动：“我打的回去吧，又不顺路。”

秦怀鹤闻言，双臂搭上车门，回过头看她，慢条斯理地说：“哪里不顺路，除了坟场，哪个地方没有我的房子？”

## 第六节

许骏腾忍不住笑出声来：“鹤哥就是这么威武，等我们老了，坟场上也得有。”

言微面色微赧，沉默了片刻，还是走了过去。这话也就秦怀鹤说得出来，关键是还有人捧着他，他都不知道自己的话有多气人。

她扯着安全带，垂眼扣上卡槽，一抬眼正好迎面撞上秦怀鹤的目光。言微终是不敌他面皮厚，率先移开眼。

秦怀鹤解开袖口，往上卷白衬衣，不急不缓地问：“我是不是变老了？”他偏过头看她，“最近天气干燥，你买的洗脸巾用完了，毛巾一擦脸就痛。”

言微无动于衷，视线平直对着前方。

秦怀鹤定了数秒，发出一个清浅的气声：“言微，你看看我。”

言微这才转头对上他，面色平平淡淡的：“你都快三十了，还不该老吗？”

秦怀鹤指尖在方向盘上轻叩，说：“不是该不该，岁岁还没到一岁，我怎么敢老？到时候她上中学，我去学校接她，别人还以为我是爷爷。”

言微绷着唇，顿了片刻：“没关系，谁都会老，就算看起来像爷爷，也不会不给你接。”

秦怀鹤从齿缝里挤出几个字：“没良心。”

言微面朝窗外，不搭他的腔。

车子启动，缓缓开入车流里，很快就上了高架桥。

暖黄、湖蓝、橙黄灯带交织，渐变过渡，高架下，车尾灯连成了一条红色灯带，延绵看不见尽头。

秦怀鹤的手机弹出一条微信信息，他瞥了一眼，是言微发给他的。他手一伸，半道又顿住了，他再一瞧，心顿时凉了半截，是一个链接，

后面还跟了一句：【洗脸巾。】

他抓着方向盘的手紧了紧，面色沉了下去："光知道占我的便宜。"

一路无话，到小区的时候，还没到九点。

言微说："你停路边就行，我还要买点儿东西。"

秦怀鹤靠边停车，待她下了车，他二话不说就把车开到车辆出入口，把车窗降下一半。

那保安对他印象深刻，立马站得笔直，给他行礼："秦总晚上好！"

秦怀鹤略微点头："辛苦了。"

言微原地看了看，往小超市走去，这个时候，岁岁可能还没睡，他到这里了，想进去看一眼也无可厚非。

秦怀鹤停好车子，院子的门半敞着，他伸手推开了。

桂花香扑鼻，甜得腻人，把院墙下的柚子味儿都盖过去了。这会儿他得了闲心，就着那盏橙黄壁灯，瞧了瞧腿边葱绿的海芋，还有肆意生长的鸳鸯茉莉。

他寻思着是不是言微养的，怎么长得这样野蛮，连路都要霸占了去，他院子里的花草有专人打理，总是过于规整精致，不如这里有人气儿。

身后有了动静，他转过身，在昏黄的光线里和轮椅上的言成明四目相对，两个男人面色都有瞬间的僵滞。

秦怀鹤朝言成明走过去，喊道："爸。"这一声脱口而出，叫得十分自然。秦怀鹤心神有些恍惚，他记得，当初第一次见到言成明的时候，也没有叫得这样利索。好像他并没有和言微离婚，时间流逝，他和言成明过成了家人。这个想法一瞬即逝，还是让他有些汗颜，若是被言微知道，只怕要说他臭不要脸了。

"您去哪儿了？"

言成明唇间动了动："去转转。"

秦怀鹤站到他身后，抓上轮椅，推着他往里走："我和言微去给您看移位机和护理床了，明天送货到家，把那旧的换了。"

言成明的脖颈僵硬扭了一下："不用换。"

"换了吧，现在的东西好用。"

进了家门，一楼没有人，隐约听见二楼保姆的说话声。

秦怀鹤兀自把言成明推到沙发前，弓着腰背，挑拣茶几上那几个遥控器，问道："您看什么电视？"

言成明说："我不看。"

秦怀鹤看向他："看吧，睡那么早做什么，才九点。"

秦怀鹤摸索了下，他已经好多年没看电视了，平时习惯用语音助手听新闻，电视上的类目多到他无从下手，他在电视剧和电影两个选项中一来一去，又问："爸，你想看什么？"

言成明脸上的老褶子微动："随便你。"

秦怀鹤看他一眼，最终选了一部港片，扫黑反腐的。在他印象中，言成明说话有些磕巴，但现在发现并没有。

秦怀鹤沉进沙发里，白衬衣拉扯，腰间堆出一节节褶皱。

电影开局有些平淡，两个男人默默无言。

保姆抱着岁岁下来了，看见秦怀鹤，有些吃惊："爸爸过来了？"

秦怀鹤站起身来，对女儿伸出双臂，唇边泛起了笑："来看看岁岁。"

他原以为岁岁会像以前那样抱着保姆不搭理他，谁料到岁岁看见他，在保姆怀里晃动双臂，扭着小屁股，对他"咯咯咯"笑。

岁岁突然这么热情，实在出乎秦怀鹤意料之外。他有些受宠若惊，抱过女儿，在她脸蛋上亲了一口："今天愿意跟爸爸了？"

岁岁才洗过澡，带着小婴儿的馨香软糯，抱在怀里，让人心尖软塌塌的。岁岁的小胖手摸上他的鬓角，又抓上他下巴的青色胡楂。

保姆阿姨说："在外面她就黏人，在家里她高兴，这是欢迎爸爸来找她玩儿呢。"

秦怀鹤亲亲女儿的小手，胸口有难以纾解的情绪，再一扭头，言成明正含笑看着岁岁。

阿姨去泡奶了，秦怀鹤把岁岁放到沙发扶手上，挨着言成明："外公在这里。"

岁岁的脚丫踢着言成明的轮椅扶手，她的劲儿不小，把言成明的手臂都给踢下去了。

言成明笑了："就是调皮。"

秦怀鹤也笑："像个男孩，皮实。"

言微就是这个时候进来了，看见这副场景，面色一僵。

秦怀鹤略一扭头，与她无声对视。

言微默默拐了个弯，把手里的水果放到餐桌上，跟阿姨说："泡一点就行，我来弄她睡。"

"知道，你先去洗澡吧，她看见你就洗不了了。"

阿姨又给秦怀鹤倒了一杯水，笑着说："家里还有茶叶，你要喝的话，我去泡一杯。"

“不用了，你忙你的。”说着，秦怀鹤往后看，已经没有了言微的身影。

他心里空寥寥的，着实有些难受，也不知道她是不是属猫的，脚步那么轻，一眨眼就不见人了。他虽不是客人，好歹也和他说一句话再上去。

电影到了中段，正是最精彩的时候，主角被人拿枪顶着头，剑拔弩张。

“爸，我走了，”秦怀鹤顿了下，笑着说，“得空我再来。”

言成明并不留他，点头。

秦怀鹤打开车门，翻找了一阵，总算找出了一个打火机。他倚着车身，垂首贴近那火苗，橘色碰上烟，一闪一闪，点亮了深幽的双眸。

三楼西面亮着灯，可以看见保姆阿姨的影子，二楼却是黑漆漆的，一点光亮也没有。他吸了一口烟，嗓子有些干涩。

言微正抱着岁岁睡觉吧？岁岁还会不会咬她？她是不是生气了，吓唬岁岁要打人？

当初风水先生说过，他那栋渐青湖独栋，风水一绝。他不像王北雄那样迷信风水，听听就算了，现在却起了疑，到底是风水好人才好，还是人好风水才好？眼前这一栋，他瞧着怎么那么眼热呢？只怕他想做上门女婿，还要被赶出来。

秦怀鹤深深吸了一口，烟雾从口腔侵入肺部，带着一丝苦辣。

这是何道理，怎么会越见越想念？

他有心肝肺，都是苦的。

翌日，言微起了一个大早，穿着职业装出门了。

汪达让她去见盛博地产的策划总监蓝荣，盛博刚在澜湾里对面拿了地，销售中心将在国庆期间正式开放，想让言微的巢巢格账号做两场直播，宣传他们的项目。

盛博看上的是言微账号六十万的粉丝数，还有汪达这个人。汪达以在职状态为由拒绝了，推荐言微出镜。蓝荣表示，言微出镜也可以，但是合同做了修改，两场直播参与人数达到五十万，才可以拿到二十万元的酬劳。

言微看了那份合同，酬劳根据直播参与人数的多少呈阶梯式递减，保底有六万。她没有异议：“蓝总监，你看过我和汪达的网播应该知道，我们做了几个月的直播，很少针对澜湾里直接做推广，因为简单粗暴的推广，会让客户觉得这是开发商在打广告。虽然我们就是在做广告，但站在客户的角度，任何楼盘都是有优点有缺点的，我们宣扬优势的同时，不规避我们的劣势，这样可以增加我们的信用度，提高客户观看直播的时长。

“根据我们的经验，时长做上去了，流量才能上去，观看直播的人就会越来越多，引流到现场的效果才会好。”

蓝荣说：“我看过湾城微微达达说地产的直播，说实话，你们的直播相对中立，对增加粉丝有效果，但站在我们开发商的角度，还是希望不要有太多负面的声音，要不然领导们看见，得说我们花钱找骂。”

言微笑了笑：“当然不会，贵公司的项目没有什么问题，只是现在地段还没有那么成熟，这是客观存在的，看直播的都是年轻人，他们都懂。”

她的账户早就改成了“湾城微微达达说地产”，那是汪达提出来的，用两人直播的昵称，加上地域、行业，可以更加精准锁定客户，自从改了账户名字，不但流量上去了，粉丝量也增加得更快。

“这些换个角度，也可以是优势，等新区成熟了也就没有这个价了，都是越卖越高，这都需要主播引导。”

“您说得对，我会把直播脚本发给您，有需要修改的地方咱们再沟通。”

这一天晚上，言微收到了蓝荣修改的脚本，不禁失笑。直播内容那里红红的一片，小圈圈大圈圈相连，像是一个重灾区，大面积的修改不叫修改，那是重做的意思。

在凯创，直播只是一项工作，翟览华看一眼数据就罢了。果然，赚开发商的真金白银，没有那么容易。

国庆节还有两天就到了，时间很紧，言微连夜修改了直播内容，第二天一早就发给了蓝荣，又马不停蹄地去找直播公司，雇用了一个摄像。毕竟是拿钱做事，总不能像以前拿着手机就播了。搞定了摄像，言微又向蓝荣提出征用一个置业顾问和客服，置业顾问作为助播，助播可以不出境，主要和主播互动，活跃气氛，客服主要管理直播评论区。

置业顾问和客服都是开发商的人，对项目熟悉，至少比临时找的人要好用，还可以减少她的成本。

言微录了一道视频，预告了国庆的两场直播：“大家好，我是微微，对，今天是我第一次出镜，和大家见面……国庆将做两场直播，主题呢，就是——湾城绝版，总价两百六十万的小三房哪里找？”

屏幕打出了标题：【湾城绝版，总价两百六十万的小三房】

“直播现场会派发五千元的购房礼券，可以自己使用，也可以转给家人朋友，不要错过这一次首开机会。”

这一条视频很快冲上了热门，点赞超十万，评论过两万。

武氏的狮子精：【破案了，我终于知道直播的时候达达为什么老是卖弄风骚了。】

青橙：【微微和我想象中的不一样，我以为她是一个戴眼镜的斯文小美女，没想到她这么漂亮！】

原来你是屎：【微微不是策划吗？这颜值比一般主播要好啊，达达终于舍得让她出来了，哈哈哈！】

yueyue：【达达上哪里去了，突然想磕 CP 是怎么回事？】

每天都武力值满满：【等直播，看小仙女微微。】

言微并没有时间看评论，她在璞悦一号临时展厅见了和她搭档的置业顾问，两人一个下午都在对脚本，为直播做预演。

汪达突然突然给言微打来电话，让她管理一下评论区。

言微打开评论区，看到被顶到第二条的热门评论：

会飞的鸭子：【言微在恒亿做策划的时候，曾经和亨川老板上酒店 KF，亲眼所见，绝无虚言，说谎出门被撞死。】

下面的评论五花八门：

【天啊，秦怀鹤！】

【是真的，恒亿的人都知道，后来被甩了。】

【达达，我的达达，我先替你哭一场！】

【言微不是你们的小仙女哦，她有一个女儿，不知道跟谁生的，她跟她女儿住在豪华别墅里。】

言微指头在那条评论上定了半晌，最终放弃了。为何要删？不删。

她从来没想过要立小仙女人设，她有女儿，她是单亲妈妈，她只是想赚钱养活自己和家人。

谁能来咬她一口不成？

**第七节**

因为与湾城首富秦怀鹤的桃色绯闻，言微的国庆第一晚的直播冲破了三十万元，甚至有人跑到销售现场看她本人直播。

言微并没有按照接待顺序来讲项目，而是先看了展示园林和会所，销售中心的镜头一扫而过，她直接上了样板间。她做过分析，盛博虽是小房企，口碑一般，璞悦一号的地段也不成熟，但胜在有两大优势，一是紧凑又方正实用的户型，二是一线江景房。

“实体样板间，最真实的尺寸，这是没有办法作假的。”

助播的置业顾问说：“微微，你见过哪一家造假的吗？”

言微笑了：“当然，我猜你见的比我还多。”

“不能说不能说。”

“小三房紧凑使用，单价四万出头，总价两百六十万左右，对于首次置业的年轻人来说，十分友好。”

“真的是绝版了，我们都想买啊！”

“一定要记得先领券哦。”

“我们样板间的楼层是四楼，前方没有任何遮挡，隔着一条路，便是滨江公园，湾江的风景尽收眼底。”

虽然言微提前说过，今晚的直播暂时不回答私人问题，但还是有很多关于她的私人问题从屏幕下端源源不断冒出来。

【你真的有女儿吗？】

【璞悦一号没意思，什么时候直播一下亨川的房子？】

【达达是你现在的男朋友吗？】

客服根本就管理不过来，她只能选择视而不见，有些不是针对她本人的犀利问题，她倒是回答了。

【想听微微对比一下澜湾里和璞悦一号。】

“澜湾里和璞悦一号相邻，共享同一片区的配套，将来涨势见好。澜湾里体量较大，有配套的小学，这对璞悦一号来说也是好事，小学就在两个小区之间，将来大概率是同一个学区。但两个项目的产品不一样，璞悦一号的户型更加紧凑，更适合年轻人首次置业，而且，璞悦一号有个优势，它离滨江公园更近，江景资源更优……”

这场直播下来，一千份购房抵用券被一抢而空，但蓝荣貌似不怎么满意。他说客服不专业，互动区一塌糊涂，根本就看不到客户关于项目的提问，全都被一些乱七八糟的问题给刷屏了。

“我建议你，第二次直播的时候，还是找两个专业人士，单打独斗怎么能行呢，影响直播效果。”

言微点头：“我尽量争取，但是时间太紧，不一定能找到合适的，实在不行，还是得先用那两位同事。”

汪达从隔壁澜湾里过来看言微，她把蓝荣的话跟他说了。

汪达冷笑：“这姓蓝的得了便宜还卖乖，他们想抢跑金九银十，蓄客时间短，这场直播不知道给他带来多少客户，心里偷着乐就行了，还非得鸡蛋里挑骨头，太不厚道了。”

言微想了想：“他说的也不是完全没道理，你有什么合适的人选介绍吗？最好是同行。”

“临时找人哪有那么容易，你先做完剩下的这场直播再说。”

“嗯，我算了一笔账，蓝荣说了，要扣十个点的税，再去掉摄像的钱，还要发两个红包给盛博那两个同事，剩下十七万多，咱俩一人八万多点。”

汪达双肩耸动：“言微，钱还没到手呢，就急着分赃了？”

“当然了，亲兄弟也要明算账。”

汪达看着言微：“谁跟你亲兄弟，那点钱还不够塞牙缝，我达达瞧得上？李林柳知道你要到这里来做直播，脸都绿了。今天真是个好日子，钱我赏给你了。”

言微摇摇头：“知道你瞧不上，但是我不要，分赃分匀了，合作才能长久。”

汪达歪着嘴：“随你，等你做完这一场直播，我带你挣大钱。”

言微忍不住笑：“我一直在等呢。”

国庆那几天，璞悦一号迎来了大客流，售楼部人满为患，连带着澜湾里都受益了。

第二次直播快结束时，汪达过来了，抱臂站在一旁看，摄像的镜头无意中扫到他，眼尖的网友看见了，纷纷刷屏。

【达达，我看见达达来了！】

【就是他，就是他，好酷一男的。】

【达达出镜啊，你不适合做背后的男人！】

助播看热闹不嫌事大地说：“看到隔壁的楼草来砸场子了，汪达出来吧。”

汪达放下手臂，走到言微身旁，对着镜头点头：“宝贝们好！”

【同框了同框了，达达微微配一脸。】

【请达达正面回答，你和微微是什么关系？】

“我和微微是什么关系？”汪达看着言微，略勾起嘴角，“我们现在是竞争对手的关系。”

言微点头：“是的，过一会儿他就要被赶回澜湾里了。”

【言微和亨川老板是真的吗？你会介意吗？】

汪达眉头轻蹙，没什么情绪：“当然不是真的，宝贝们，咱不传谣不信谣，传播量够了要蹲局子的。”

言微垂下眼睫，不知道要何年何月，她才能练就汪达这么一张脸皮，脸不红心不跳地睁眼说瞎话。

直播很快结束，蓝荣对言微客气了许多，邀请她和汪达一起去吃夜宵，希望下次还可以合作。

言微表示自己还在哺乳期，要赶着回家看孩子，拒绝了饭局邀约。

她跟随汪达回澜湾里拿车，保姆阿姨带岁岁去儿童乐园玩了，她顺道去接她们回家。

到了游乐园，汪达停好车，说："我上去买点咖啡豆，后备厢有两个玩偶，当作给你宝贝的见面礼。"

"送什么礼物啊。"

"国庆节不该送吗？"

"她都不喜欢玩偶。"

汪达回过头："女孩儿不喜欢玩偶喜欢什么？"

言微笑着说："她喜欢挖土机垃圾车那种。"

汪达"啧啧"两声："你怎么养的，这么另类。"

两人并肩而行，走进商场，在二楼游乐场，不期然和迎面而来的秦怀鹤碰上。

秦怀鹤眼底如浓墨一般，掠过汪达，幽光一闪，落到眼前的女人身上。

言微短暂的讶然之后，神色有些不自然，张口问："你怎么在这里？"

秦怀鹤目光沉沉，音色微哑："我来接女儿。"

言微问："她人呢？"

秦怀鹤面上不甚耐烦："上车里了。"

一旁的汪达笑了笑："言微，介绍一下。"

言微愣怔地看着汪达，猛地惊醒，机械点头："呃，这是我女儿的爸爸。"她又看向秦怀鹤，说话有些艰涩，"这是我同事，以前澜湾里的同事，汪达。"

刚才的直播，是汪达否认了她和秦怀鹤的传闻，但现在，难为情的却是她。

汪达一派淡然："你好。"

秦怀鹤淡漠点了一下头，看向言微，轻描淡写地说："这么晚了，回家吧。"

言微眼睫颤动："汪达，你不是要去买咖啡豆吗？快关门了，赶紧去吧。"

汪达抬起下巴，把那两个玩偶塞到她怀里，咧嘴一笑："你女儿要是不喜欢，就送给你了。"

言微被迫抱着那两个玩偶，说："谢谢。"

她和秦怀鹤一前一后下了手扶梯。

秦怀鹤突然停下步子，手搭上玻璃护栏上头的棕色圆木，声音低沉："言微。"他眼光陡然一转，"那男的在追你？"

言微失声两秒，不想跟他说不是，又不想骗他说是，给了一个模棱两可的答案："我也不知道。"

秦怀鹤略微抿唇，动了动下颌，太阳穴两边跟着抖了抖："不知道？"

言微的视线往一旁游走："对啊，他没说要追我，所以我也不确定。"

他突然凑近了，大掌往她头上一压，嘴巴贴在她额发前，磨牙："你怎么……这么笨呢？"

熟悉的佛子柑淡香笼着言微，灼热的气息喷洒在她耳畔，无端让她的鼻端一窒。言微睁着乌黑的眼，只看见他下巴冒起的青色胡楂。

发顶的热度很快移走，秦怀鹤松开了她，迈着大步子往前走。

言微原地杵了一会儿，才跟上去了。

谭叔开了七座的保姆车，言微抱过岁岁，坐到最后头，拉过帘子喂奶，没一会儿，小丫头就迷迷糊糊睡过去了。

她听见秦怀鹤说："老谭，这俩狗你拿回去给你孙子玩，岁岁不爱玩这些。"

谭叔笑呵呵的："秦总，他才满月，还不会玩。"

"等大了再玩。"

"哎，谢谢秦总。"

言微忍了忍，她有些不确定秦怀鹤打发的是不是汪达送的两个玩偶，因为那两个根本就不是狗，而是一对趴趴熊。

到了小区大门，秦怀鹤跟着一起下了车。言微狐疑地看他，到底没出声，最近他来得有些过于勤了，隔天就让保姆带岁岁出门玩儿，再送她们回家。

秦怀鹤插着兜，瞥一眼言微，对保姆说："吴姐，你先抱岁岁回去，我和言微去买点儿东西。"待吴姐走进小区，他才动了动腿，"走吧。"

言微问："你要买什么？"

"买瓶水。"

"车上不是有水吗？"

秦怀鹤定了下："有就不买了。"他迈着步子，像回自己家似的，熟门熟路，往自动闸门走。

言微迟疑了一下，还是放弃去拿那两个玩偶了。

国庆假期，很多人都出门去了，小区里静悄悄的，傍晚才下过一场雨，红砖石上，鸡蛋花落了一地，有些鲜嫩，带着水滴，让人不忍心去踩。空气里带着潮湿水汽，吸在鼻腔里，凉凉的。秦怀鹤在一棵茂盛的金丝楠木下站定，脚下松懒几步，正过来对着她："言微，今晚上的直播，赚了多少钱？"

言微略一抿唇："没多少。"果然，秦怀鹤最近真是太闲了，按照以前秦怀鹤忙碌的程度，她都能怀疑，现在的亨川是不是没有项目做了。

"没多少是多少？"

言微淡淡看他："秦怀鹤，你可以稍微尊重一下我的隐私吗？我从来没有问过你，哪一天挣了多少钱，哪一个项目挣了多少钱。"

秦怀鹤定了定神："你可以问。"

她挪开眼："我没有那么无聊。"

秦怀鹤喉结滚动："你觉得我是无聊吗？我怎么不去问闫秘书每天挣多少钱，我怎么不去问吴姐每天挣多少钱？"

有什么东西呼之欲出，言微握在手里的手机突然响了，她翻了个面。

汪达：【秦怀鹤让我失望，我以为他不是那么没气度的人。】

她嘴角轻轻勾起。

秦怀鹤问："笑什么？"

言微嘴角瞬间一敛："我没笑。"

下一刻，他伸过手来，言微猝不及防，手机眨眼间就落入他手里。

"我看看有什么好笑。"

言微伸手去抢，秦怀鹤个高，换着手躲开她。

她气急，抓着他衣尾，像是贴在他臂弯里："秦怀鹤！"

秦怀鹤突然收拢手臂，抱住她，话音里隐隐压着笑意："怎么跟以前一样，投怀送抱的。"

言微脸颊烧起了火，颅顶冒烟，在他怀里挣扎："秦怀鹤，你知道你在干吗！"

秦怀鹤埋首在她颈窝，把人抱得紧紧的，下巴的胡楂胡乱蹭着她的后颈，碾磨到她耳畔，压着嗓说："我知道，我又不是笨蛋，我在追我老婆。"

言微胸口在加速鼓动，带着撕裂般的颤音："你——做——梦！"

# 第五章
## 死刑，立即执行

我不做你老婆，你再亲我试试
他亲手打碎了她的精神支柱
或许，她永远都不会再倚靠他了

### 第一节

秋夜凉凉，晚风裹挟着青草味儿习习吹过，点滴雨水从叶子尖尖坠落。

秦怀鹤大掌覆在言微的薄衫外，热气徐徐沁入微凉的腰肌，黑影压下，像烧得厉害的人在寻找水源，滚烫的吻落在她嘴角，舔舐她的下巴。

言微惊醒过来，方要挣扎，身后传来小狗的叫声，还有人用方言讲电话的声音。秦怀鹤抬首，双唇贴在她额发处，微微喘息。那人大概是看见了拥抱的男女，方言有一瞬间的停滞，声量降下几度。

秦怀鹤的手沿着脊背往上，在她后颈停留了下，哑着嗓子说："做梦怎么了，大晚上的不许我做会儿梦吗？"

被拘囿于怀的言微后背一阵阵发热，才要抬首，便被他的手压住，口鼻皆被压在发烫的白衬衣上。言微喘息本就有些窘迫，又被他这一句霸道话给憋得气短，碍于有人经过，只得安静憋着。

她偏了一下脑袋，似是在他胸口蹭了下。这个动作也不知道是不是被秦怀鹤误读了，后脑上的大掌爱抚一般，顺了顺她的头发。

言微心口一揪，隐隐有一丝痛楚，压制着张嘴给他一口的冲动。

“秦怀鹤，你先松开我。”

他纹丝不动：“就这样吧，我们说说话。”

言微咬了咬牙：“你这样是性——骚——扰，小区有监控。”

秦怀鹤胸腔轻微起伏，到底是松开了臂膀，虚虚环抱着她，眼底浓黑如墨：“平时挺聪明的，别人追你你倒看不出来，我追这么明显，总该看出来了。”

言微乌黑的眸子一动不动盯紧了他。

秦怀鹤并不躲闪，眼底的浓墨在慢慢消融：“言微，你亲一下我，我把心肝肺掏出来给你。”

见她无动于衷，眼神意思波动也无，秦怀鹤放缓了声气，似在哄她：“言微，我们还有岁岁，不要再跟我置气了，行吗？”

她的眼睫一颤，声音比这夜里的风还凉：“秦怀鹤，你以为我在和你置气？”

风儿吹过，带走了她后背的薄汗，树叶沙沙作响，雨滴坠下，掠过她的眼睫，在她泪痣下滑出一道痕，楚楚动人，又清凉如水。

秦怀鹤压制着给她抹一把的冲动，说话声带着几分无奈：“我不是……”

“我们离婚了，离婚很久了，现在你是你，我是我。”

秦怀鹤伸手，才要抓上她细薄的肩，就被她一掌推开了，他快快收回手，眉宇不自觉拧起：“杀人放火还有缓刑的机会，你吭都不吭，一次就判我死刑，你若教教我，我再差，难道比外面那些男人还差？”

言微眼底冒出了寒光：“外面的男人再差，都有机会，除了你，你没有机会。如果不是岁岁，我不会让你进我家门，也不会去亨川上班。”她的话溢出些许嘲意，“如果没有岁岁，我们就是平行的两条线，我永远不会和你碰到。我早就看清了，我们不是一类人，不管你们怎么看我，自卑还是自怜，你们这群人，我一个都不想见到。”

秦怀鹤下颌绷得紧紧的，额角的青筋在动，说：“如果相爱，这些都可以克服，你不也曾经这么说过吗？”他不知道如何归类每一个人，但他从未这么想过言微，他一直以为，言微是柔软的，也是坚韧的。

“我不想克服了。”言微侧过脸，眸子比天上凉月还不近人情，“也不爱。”她从他肩侧擦过，如风一般，“嗖”地就过去了，那坚定，仿佛这一辈子都不会回头看他。

秦怀鹤五指往乌黑的发梢里抓，掌心有树上雨滴黏糊的潮湿，他顿了片刻，指腹抹一下眼角。

在言微的心里，他比干杀人越货那些勾当的人更难以原谅。

——死刑，立即执行。

凉了半截的心，被风一吹，这会儿凉了个透，只怕再投胎，言微也不要他了。

言微忙了几天，在家附近的单体楼里租了一间小办公室，找人刷了墙，简单布置了一下，公司也注册下来了，叫“延嘉”。

这几天陆续有开发商找到言微，请她去直播。言微都以组建公司为由给婉拒了，只接了两个中介的二手房推荐，纯属帮忙，不拿一分佣金。她不想自己的网播账户变成一个完完全全的营销号，多播一些有意思的、网友想看的内容，把账号做好了，再去接好的推广，即便一个月接一次，网友愿意买单，她也不担心收入。

正巧赵妙阳从恒亿离职，主动联系了言微，开玩笑说要跟着言微一起干。赵妙阳比言微年长五岁，至今未婚，做了十年销售，积攒了一定人脉，她这人情绪稳定，也好沟通，言微在亨川一玺的时候，和她相处得还算可以。两人在工作室聊了下，赵妙阳说不领工资，只拿提成，如果是她本人签回来的项目，她提百分之五十，其余参与的项目，可以提十个点。

第二天，赵妙阳从恒亿带过来一个刚毕业没多久的男生，男生叫李义，人挺开朗，也勤快，既可以当摄影师，也可以当劳力，扛水开车不在话下。李义是底薪加提成的薪金制，比他在恒亿的待遇要好一些。

正好收到盛博打过来的酬劳，言微马上把钱打给了汪达，并和他说了赵妙阳加入公司的事儿。汪达没说什么，约她晚上一起吃顿饭，有事儿要交给她做。

“是挣大钱那事儿吗？”

汪达笑了：“出来再说，总有让你撒钱的一天。”

晚上，两人见了面，言微给他看了工作室，还有新团队的合照。

汪达撇嘴：“其实我不太喜欢跟熟人合作，很容易翻脸。”

言微顿了下：“应该不会，以前我们相处得挺好的。”

“那是以前，都领老板工资，一起骂老板，有什么好翻脸，现在你们要分钱了，能一样吗？”

“我和你不也是熟人，分赃也分得挺好的。”

汪达歪着头瞧她：“我跟你能一样吗？男女搭配，干活不累，那些宝贝们怎么说的，我们配一脸。”

言微愣怔两秒，挪开视线：“我是单亲妈妈，你是黄花小伙子，我不觉得我们配一脸。”

汪达定了片刻，微微眯起眼来：“你这什么表情，歧视黄花小伙？再说，谁跟你说我还黄花了？”

言微拳头抵在唇边，把笑意压下去了：“我说了，这辈子只专心养我女儿和我爸，永远不会再结婚。”

汪达无声发笑：“言微，你真有意思，我做什么了，你这么着急拦我？”

言微抬眼，一本正经地说：“说说挣钱的事儿吧。”

“我发现，酒肉朋友都比你温情。”汪达最终还是说了，澜湾里二期有一栋联大科技的团购房，凯创工程副总林岩找了他，让他卖掉其中一部分房源。

言微看着他：“他让你卖指标？”

“嗯，他和翟览华这边不对付，肯定不用原先的渠道，一套指标大概三十万到六十万之间，我们能拿三分之一。正好你做璞悦一号的直播，积累了那么多准客户，你不用出面，赵妙阳懂销售，让她和那男的出面，约客户到现场，我来接待。”他舔嘴笑笑，“咱不招人耳目，闷声发财就行。”

“预售证都没拿到呢。”

“等预售证，人家还愿意卖这个价吗？林岩是王北雄的外甥，这钱是默认要给他赚的。”

言微失语两秒：“璞悦一号才做完直播没多久，这么做不是在抢他们的客户吗？”

汪达拿眼睇她：“这怎么叫抢？你只是给他们引流到现场，客户还是市场的，即便是代理公司，积累下来的客户也要重新洗几遍，再说，我们也就一百来套房源。”

话是这么说，言微还是觉得不厚道，因为璞悦一号的购房券，她后台的确留了很多客户的电话，这一批人购房需求肯定是最高的。澜湾里就挨着璞悦一号，大房开，大体量，配套也相对好一些，如果价钱还低，肯定有很多人愿意去买。她手头有客源，售楼部有汪达，开发商工程副总林岩在后面压阵，可谓天时地利人和。

一般这种团购房源，价格比市场价要低很多，有些内部员工不想购房，便把名额转让，客户需支付一定的“指标费”才有资格买到这样的房子，即便是多了“指标费”，也比市场价要低，所以很多客户都愿意购买。可钱哪有那么好赚，房子没有拿到预售证，收客户那么多指标费，本身就是不合法的。

言微知道里面的弯弯绕绕，很多人就是这么发家的，汪达蹲在售楼部拿提成，是根本不可能买得起几套房的，他在澜湾里忍着李林柳的臭脸，大概也是等着赚这一笔大的。

言微粗略算了一下，一套赚十五万，一百来套，将近两千万了。可她不愿意赚这样的钱。

汪达倒没有强求，只笑话她：“你怎么这么轴呢，让你躺着发财都不要，怪不得穷了。”

“对，我就是穷命。”言微很珍惜微微达达这个账号，花一些时间蓄力，让刚成立的公司能走得稳当些，她觉得不冤。

这一天，是湾城房地产政企座谈会，因为是政府组织的会议，现场布置比一般的地产会议要朴素，气氛也更严肃。

秦怀鹤和王北雄都到场了，正好挨着坐在一起。两人客气虚伪地交谈了一番，才假惺惺分开。

秦怀鹤正往场外走，恰巧丁澄过来汇报：“秦总，言微也来了。”

秦怀鹤顿下步子，压着眼看他：“她来做什么？”

“戴着工作证，应该是被邀请的媒体，她现在挺火的，我看了她的直播，跟别的主播不一样，不急不躁的。不过，她不做策划，我还是觉得可惜了。”

秦怀鹤抬起眼皮：“你有什么可惜？”

两人边说边走，走出会场，下到一楼，竟意外在大堂看见了言微。

她站在一棵迎客松前，侧身对着他们，手里摆弄着数码相机，蓝色工作牌挂在她小手臂上，一晃一晃的。

秦怀鹤移开眼，却有些挪不动步子，也不知道她是怎么长的，气性那么大，能记恨他那么久。可是不过几天，他就把那晚在她那里受的气给忘光了。

“秦总，过去打个招呼？”

秦怀鹤看着丁澄：“上回，我说要追她，她不给我追，你说我是死皮赖脸那种人吗？”

“偶尔死皮赖脸也没事儿。”

“没事儿？”秦怀鹤拢了拢西装外套，迈着步子走过去。

言微在想今天的会议，凯创除了王北雄，还来了两个高层，李林柳一个销售经理，来这里做什么？她视线游离，和来人相碰，各自一顿，面上骤然一僵，这真是，前有小人后有鬼。

眼看着就要被前后夹击，言微忍不住轻轻挪动步子，往左前方一个大瓷瓶走。秦怀鹤已经到了跟前，默默看了她数秒，低声问：“做什么坏事了，要躲这里来？”

言微的视线从那青花里挪开，轻飘飘瞥他一眼。他歪着脖颈，嘴角微微向下，撇了一个不知耻的弧度：“言微，你是不是想让我老死，才给我发个无效链接。”

**第二节**

言微本以为那天说了狠话之后，以秦怀鹤的性子，不会屈尊降贵找她，没想到才几天，他还能当没事人一样，不知道是他自愈能力强，还是脸皮厚。但这会儿她有些哑火了，垂下眼帘，把手里的相机塞进包里，轻声问：“怎么无效了？”

秦怀鹤往兜里掏手机：“你自己看，我没冤枉你。”

言微不想在这种场合与他纠缠：“我不看，失效你自己搜索，链接口令有品牌名称。”

秦怀鹤顿了下：“我不会。”

她挪开眼，对着那青花瓷，嘟哝一句：“不会就叫丁澄去把品牌买下来。”

秦怀鹤微滞，略微舔嘴：“你当我的钱是大风刮来的？”

身后有人在叫：“秦总，好久不见了。”

秦怀鹤回过头，看了那女人一眼，有些模糊印象，又想不起来是谁，便淡淡“嗯”了一声。

秦怀鹤问：“这是你同事？”

言微没有承认，也没有否认：“秦总，这是澜湾里销售部的李经理。”

秦怀鹤稍稍抬眉，看向李林柳：“是吗？”

李林柳笑着说：“是的，秦总，和言微共事的那段时间很开心。”

言微垂下眼睫，唇边轻撇下一个略带嘲讽的弧度，旋即恢复冷淡。

秦怀鹤看在眼里，再想起当初言微在亨川世纪吃个晚饭，还要被这个李经理各种催促，明明不是一个部门的，却把言微当下级使唤，加上言微这副神情，断然不是什么“开心的共事”。

他眸光一转，落在李林柳脸上："你没欺负她吧？"

李林柳面色登时一敛，看一眼言微，嘴角的笑有几分僵硬："大家都是同事，怎么会呢？"

言微置身事外，把手臂上的工作证拿起来，慢吞吞绕着方牌卷起挂绳。

秦怀鹤扯唇笑笑，半真半假地问："言微是不是不好欺负？"

李林柳呵呵笑了两声："秦总就是喜欢开玩笑，言微很能干，她从澜湾里离开，我觉得很可惜。"

秦怀鹤"啧"了声："就是能干才欺负她，在家吃个饭都要催，我还以为你们全凯创就指着她一个人干活儿呢。"

言微瞟了他一眼，觉得好气又好笑，还有一丝痛快。以前听说秦怀鹤瞧不上凯创，她没当真，现在她确信无疑了，秦怀鹤从不放过任何一个揶揄凯创的机会。只怕王北雄头上的白发有一半是被他气出来的。看李林柳这个样子，多半已经知道她和秦怀鹤的关系。

秦怀鹤凑近了些，压着嗓音说："她真欺负过你？"

言微不出声，视线游移，看见丁澄朝这个方向走过来了。

秦怀鹤凑更近了："你就是窝里横，光捡着我欺负，有本事到外面横去。"

言微面颊一热，瞪了他一眼。他那双深幽眉目近在咫尺，瞳孔里有她小小的脑袋。那似笑非笑的眼神，就好像他平时逗岁岁，说岁岁有奶就是娘，有吃就是爹的那个戏谑样子。

丁澄说："秦总，我定了附近的裕和轩，时间有点赶，下午要赶飞机。"他看向言微，"言微一起吧，秦总要去M国了。"

言微愣怔片刻："你们去吧，我约了林棠一起吃饭。"她并没有约，但是这个时候她也不想和秦怀鹤一起吃饭，即便是给他送行。

秦怀鹤看了她两秒，迈着步子走了。

走了一段路，丁澄突然说："秦总，我觉得您真不够死皮赖脸。"

秦怀鹤步子一顿，转脸对着他。

"死皮赖脸就该说，'丁澄，把林棠也一起叫过来'。"

秦怀鹤看了丁澄数秒，低声哼了哼："你觉得我是牛皮糖？要不，你帮我把她绑上飞机？"

丁澄轻叹："当然不是，是我太为难您了。"

秦怀鹤沉吟片刻，不得不承认，自己这方面的技能的确是有一些欠缺。

"你问问林棠，她们在哪儿吃，叫人把单买了。"

“好的，秦总。”

翟览华突然被大老板王北雄叫了去。

“怎么回事，言微怎么跑到澜湾里对面去直播卖房了？”

翟览华没想到王北雄不但记得言微，还知道言微的直播账号，只得把言微辞职的锅都推给了人力资源部。

王北雄面色不虞：“不怪别人黑我们，你们总是能变着法子给凯创招黑。”

翟览华说：“王董，言微挺好的，我不想让她走，可人力资源部那边揪着不放啊。”

一旁的营销总经理给他一个眼色，说：“董事长，把言微叫回来，还是负责九湛府项目，您看可以吗？”

王北雄问：“你们叫得动？”

翟览华说：“可以把言微升上策划经理，以她的能力，可以胜任。”

言微走后，翟览华临时调了一个策划经理过澜湾里，没两日那人便说适应不了澜湾里的工作节奏，要求调回原来的项目，翟览华没让他调，他竟然提出辞职。

说白了，就是销售经理李林柳太过自我，不好协调，憋屈一天两天可以，一年半载谁受得了。

璞悦一号直播火了之后，翟览华上巢巢格看了，以前没重视线上网播，倒给别人做了嫁衣，他心里难免有些后悔，再看那些热门评论，隐隐觉得言微不寻常，亨川指定她过去对接前策工作，以前没有过这样的先例。

这会儿听了王北雄这些话，更是坚定了他挖回言微的想法。

言微很客气地拒绝了翟览华，跟着一个只顾自己往上爬的上司，着实没有意思。她坚持一周做两次直播，每天发布房产政策、土拍、楼市解说的视频，微微达达的粉丝稳步增长，很快就破了八十万。

延嘉接了一个综合体项目的推广，这一次税后拿到三十六万，因为是言微谈下来的项目，赵妙阳只拿了三万六的提成。

赵妙阳给言微推了几个项目，都被言微给拒了，言微很挑剔，她宁愿去推免费的，也不会接有雷点坑点的项目。这一点，赵妙阳颇有微词，但言微是老板，她也没办法。

汪达来过一次公司，言微介绍几人互相认识之后，赵妙阳和汪达一拍即合，撸起袖子要跟汪达卖指标房。李义也着了魔，不领底薪了，只专注卖汪达这边的指标房，一心想跟在赵妙阳身后大干一场，奔向富豪之路。

延嘉工作室俨然成了几人致富的中转站，累了回来歇歇脚，经常一天也不见一个人影。刚成立的团队分崩离析，言微无法，只能自己来。赵妙阳和李义卖出了不少指标房，赵妙阳干脆连周一例会都不过来开了。好在李义是个实诚孩子，言微直播的晚上都会过来帮忙。

言微上午出去拍摄，下午回家剪辑，晚上没有直播就在家陪女儿，照顾爸爸，每天都过得很充实。

言成明用上了新的电动移位机和护理床，已经能够自己到厕所解决大小便。他还学会了直播，交到一帮病友，每天沉迷在直播互动里。

秦怀鹤经常给保姆吴姐发视频，看一看岁岁，说等岁岁一岁时，他就回来给她办生日宴。

吴曼云很少来言微家里，只是让人来接岁岁。有一天，保姆回来说，岁岁奶奶给岁岁定做了几条很漂亮的公主裙，要在生日的时候给岁岁换着穿。

言微知道，这一次，她没有任何理由不给秦家办生日宴，岁岁毕竟是秦家的血脉。别人家孩子，满月百日半岁一岁，都想要热闹热闹，一岁了，什么酒席都没办过的，已经很少了。

言微给岁岁断了母乳，平安夜那天，吴曼云又叫人把岁岁接走了。

这天正好是言微生日，林棠约她出去吃饭，定在一家云端餐厅，可以鸟瞰整个湾江和半个湾城。可惜，恰逢阴雨天气，窗外白茫茫的，能见度很低，没了平日的美景，餐厅的收费却不少分毫。

言微赚了钱，手头宽裕，也不计较这一顿华而不实的花销："我生日，当然我请你。"

林棠说："用不着，丁澄说，以后只要跟你吃饭，秦总都报销。妈呀，秦怀鹤要养你一辈子啊！"

"不用他养。"

"我要是有那么可爱的女儿，有这么好的前夫哥，我也不想再结婚。你跟我透个底，当初是怎么找到他的？"

言微目光漫向迷蒙的窗外，嘴角浮起了笑："说来话长，真正认识是在上班的时候，我在售楼现场接待过他。"她算是剑走偏锋吧，如果不是她混进亨川的项目，如果不是工作场合，她大概永远没有办法接近秦怀鹤，也不会有今日这样的牵绊。

结账的时候，服务员说已经有人结过了。

言微看向林棠。

林棠眨巴眼："不是我，走吧，我们去泡吧，试试秦总会不会给我们买单。岁岁断奶了，我们今天要一醉方休。"

接近凌晨，两人都有些微醺。雨还没停，林棠叫了代驾，先把言微送到家。

言微带着昏昏沉沉的脑袋走进院子，隐约听见电视的声音，还掺杂着男人的说话声，她心里敲起了小鼓，侧耳仔细一听，好像是秦怀鹤的声音。进了家门，晃动的白炽灯下，秦怀鹤穿着黑色线衫，大衣放在沙发扶手上，她爸坐在轮椅上。两人听见她进门，齐齐看过来。没有跟她打一声招呼，两个男人同时移开眼。

言微扶着鞋柜换了鞋，走到堆积在地上的几箱礼盒跟前，问："岁岁呢？"

言成明说："没回来。"

秦怀鹤肩背往沙发上靠，抬眼看她："外面下雨，我妈说走夜路不好，让她住一个晚上再回来。"

言微脚尖微动，身子晃了晃："那你来做什么？"

秦怀鹤面上微微一滞，定睛在她脸上："我来看一下爸。"

秦怀鹤站起身来："你喝酒了？"

言微脱掉短外套，丢到沙发里，欲盖弥彰："没有。"她转身往楼上走，每一步都踩得极轻。

秦怀鹤舌尖抵在两唇之间，看着她略微摇晃的背影上了楼梯，才对言成明说："爸，我上去看看她。"

秦怀鹤三两步便追上了言微，凑过去瞧她："行啊，言微，才断奶你就喝到半夜才回家。"

言微腿脚软绵绵的，微眯着眼看他："你不是在M国吗，怎么突然冒出来了？"

"我坐飞机回来的。"

言微有些茫然，愣愣看着他，呆萌呆萌的："你买飞机了吗？"

秦怀鹤又是一滞，转瞬失笑，原地叉腰："喝了多少啊？"

言微晃动手臂："没喝多少，我很清醒的。"也许是因为这几天断母乳的焦虑，抑或是因为今天是她的生日，又或许只因为外面那阴雨绵绵的天气，今晚上，她胸口像堵着一团棉花，总是闷闷的，喝了一点酒，这会儿轻飘飘的，胸闷也消失了。

她觉得她的脑子是清醒的，就是有点晕乎，这种感觉并不坏。

她往自己的房间走："我很清醒，你快走吧，把我家电视关了，我爸又不喜欢看电视，他喜欢上网看直播，不要再烦他了。"

言微摸上墙边的电源开关，灯亮了，她霎时眯起眼来。

秦怀鹤哭笑不得："你是没喝多，我考考你，你今年多大了？"

"我今年二十四岁，本命年。"

他笑了声，靠近她："是二十四吗？"

言微顿住了，摇头："不是，今天是我生日，我二十五了……"她突然发火，气呼呼地推他，"你不要考我，我都说我没有喝醉，赶紧出去！我要睡觉了。"

秦怀鹤胸口挨的那一掌，软绵绵的，一点力道也没有，却无端惹得他心痒痒。他凑近了，闻到她的发香，还有淡淡的酒味儿。她穿了一件香芋紫的羊绒毛衣，身体软绵绵的，本来干净的一双眉目，因为染了醺意，含情带水看着他的样子，似嗔似怨。

他扶住她肩膀，缓声哄道："从外面回来，不洗澡怎么睡觉？"

言微扭着双肩："秦怀鹤，你别对我耍流氓，我会生气的，别让我生气，别让我生气。"

她挣扎个不停，嘴里喃喃不休，秦怀鹤只好把她松开："言微，我是什么人，你不信我吗？"

言微看着他："我信你啊，我信你的秦怀鹤，怎么会不信你呢？"

秦怀鹤心口一热，突然起了诱哄她的心思："那你说，你还想做我老婆吗？"

言微停滞住了，两三秒后，她又火了："秦怀鹤，你是不是有病！我说了我没有喝多，你不要让我生气！我不做你老婆，你找别人做你老婆！"

秦怀鹤咬了咬牙，说："你没病，过个生日不在家里过，跑到外面喝酒。"

"在家怎么过呀？"

"在家怎么过不了了？"

言微直直看他，眼底慢慢沁出了水光："我没有妈妈，我妈死了，她在小罐子里。你不懂，你有妈妈，你根本就不懂，为什么要说我？"她趴在床尾，呜呜咽咽的哭泣声漫向房间里的每一个角落。

秦怀鹤捏着裤腿儿蹲下，伸手在她肩背上顺了顺："我不说你了，洗澡去吧。"更让他痛彻心扉的是，她信任他，但是并不依赖他，她有痛楚，即便是这个时候，她宁愿扶着床，也不要倚靠他。

言微说过，他是她熬过那一段灾难的精神支柱，他亲手打碎了她的精神支柱，或许，她永远都不会再倚靠他了。

## 第三节

冬日的雨夜，雨滴答了一天，没有一点歇息的意思，阴寒冻人的天气把人都困在家里，别墅区里很安静。室内却是另一番风景，地暖开着，每一个角落都是温暖怡人的。

哭声渐止，趴在床尾的女人困倦极了，头微微歪斜，身子缓缓往床沿滑倒。半道，一双臂膀从身侧抱住了她。

秦怀鹤收拢双臂，贴着她的发际唤她："言微。"

言微清醒了些，抬起眼皮看了他一眼，垂下脑袋，头抵在他胸口："秦怀鹤，我口渴，请你下去帮我倒杯水，行吗？"

他忍不住说："行，不用那么客气。"哭了一场，倒对他礼貌起来了。

秦怀鹤下楼倒了一杯水，在言成明的目光里，又回到了楼上。才一踏进言微的房间，他的目光一瞥，躺地上的人已经不见了，他往里走，心口一紧。

卫生间亮着灯，水流声从里面传来，他敲了敲门："言微？"

两三秒后，言微用微弱的声音回应他："嗯？我在洗澡，你回去吧。"

"你能行吗？"

"可以的。"

秦怀鹤把水杯放下，靠着墙，环视一圈。

这是他第一次进她的房间，即便是有女儿，她依然保持得很干净，梳妆台摆满了大大小小的瓶罐，床头柜上还有补充维生素的保健品。她的东西并不多，倒是岁岁的东西多一些，一个简易铁艺衣架上，挂的都是岁岁的衣服，下面的架子还放了两双小棉鞋，看样子是新买的。

岁岁在学走路，前几天保姆说，她能走两三步了。

秦怀鹤唇边轻压，岁岁一眨眼就要一岁了，真是应了那句老话，有苗不愁长。

没一会儿，卫生间传来开门声，言微带着氤氲水汽出来了，看见他，也没说话，走过去端起那杯水，"咕噜咕噜"灌下去。

她往梳妆凳上坐，开始伺候她的脸，抹了两下，她用手顶着额头缓了一会儿，又继续抹。

秦怀鹤抱臂站在一旁，两眼瞧着，忍不住扯唇，也不知道少抹一个晚上能怎么样，都体力不支，还强撑着抹完。

“累了就睡觉吧，少抹一次也不会老。”

言微转头对着他，眼睛睁得颇为艰难：“你不懂就不要乱说，少抹一次也会老。”

秦怀鹤无声哑笑，她比平日少了几分清冷，就好像年轻了几岁，变成了一个女大学生，正是能怼人的时候。他忍不住起了逗她的心思，弯下腰，看着她微红的眼圈里：“没关系，谁都会老，就算显老，去接岁岁的时候，学校也不会不让你接。”

言微撑着脑袋怔怔看他，好似在消化他这句话：“你老才没关系，我老有关系，我是岁岁的妈妈，妈妈不能老。”

秦怀鹤舔嘴笑：“妈妈不能老，爸爸能老，谁教你的歪理？”她精着呢，就算喝蒙了也不能忽悠她。

言微站起来，脚下飘浮，宽大的睡裤晃荡摩擦。到了床边，她仍旧警惕着：“我要睡觉了，你快点走吧。”

秦怀鹤已经跟到了床边，垂眼看她。

她的发尾没绑好，掉在细嫩的后颈，洗澡的时候被打湿，粘作一团，一绺碎发耷在精巧的锁骨，再往下，浅色的棉质睡衣遮得严实，寻不着一点风光。

秦怀鹤喉间微微发痒，他没见过她穿这样的睡衣，她以前会取悦他，不会穿这么保守的睡衣。

他贴过去，伸手去解她的发圈：“你是笨蛋吗，洗个澡把头发都弄湿了，我给你吹吹。”

言微愣住了，等她回过神，头发已经被秦怀鹤解下，披散在肩头，但她又晕得难受，实在撑不下去了，躺倒在床。

等秦怀鹤从卫生间拿着吹风筒出来时，言微已经是睡着的姿态。他轻轻抬起她的头，把发尾抓在掌中，用指头揉捏开。

轰隆隆的响声在安静的冬夜显得尤为突兀。言微艰难开了个眼缝，见男人身上笼着一层光圈，晕人得很，她转瞬又阖上了眼：“秦怀鹤，你还不走……”

秦怀鹤听不清，关掉了吹风筒，凑到她眼前，问：“怎么了？”

她闭着眼说：“我好困啊，你赖在我家做什么？”

秦怀鹤眼睫轻压，细瞧着她：“你说做什么？我回来给你过生日，你非得在外面混到十二点才回来。”

言微抿唇，覆盖在下眼皮的睫毛轻轻颤动，眼尾的那颗泪痣楚楚动人。秦怀鹤心神微动，蹲下身了，贴了过去，下巴压在她的发丝上，默默看着她。

时间凝滞下来，只听见鼻息纠缠的声音。

他离得太近了，近到他的鼻息能吹动她脸上的绒毛，近到仿佛一张嘴，唇就能擦到她的脸蛋。

言微突然睁开眼，话是轻的，但力道不轻："秦怀鹤，你再亲我试试？"

秦怀鹤定了定，抬起头来，拉过被子给她盖好，歪着头无声笑了笑："亲了你能怎样，你有劲儿打我？"

言微翻身，给他一个后背："我现在没劲儿，等明天有劲儿了我就打你，已经警告过你了，我没有喝多，我脑子清醒得很。"

秦怀鹤在她背后默了片刻，点点下巴："我知道你没喝多，这一次没给你过生日，你别难过，以后的生日，我一定不出门，在家陪你过。"

这一辈子，都陪你过。

纵使言微不愿意再接受他，但他还是岁岁的爸爸，总能赖在她身边。

门被关上了，脚步声渐远。

言微迷糊的意识里，涌现了一个念头——秦怀鹤脸皮真厚啊。她难过，难道是因为他没有及时回来陪她过生日？

第二天起床后，言微隐隐觉得不妙，大概是昨晚上喝了酒又吹了风，这会儿头昏脑涨，嗓子眼胀痛，咽口水都难受。

下午，症状加重，她发起烧来。

这两天的视频已经录好了，可周六有一场现场直播，已经签约了，可不能耽误。她吃了退烧药，出了汗，浑身软绵绵的。

阿姨带着岁岁回来了，看见她这样，煮了粥送上去："言微，你把墙上的照片拿下来了？"

"什么照片？"

"就是你家的全家福啊，我都没留意，你爸说了我才看。"

言微凝神片刻："昨晚喝了酒，可能是我拿下来了。"

一楼客厅有监控，要查很容易，阿姨一走，言微打开手机，查看昨晚的监控。

脑子里的念头被应验，她还是觉得有一些荒诞。男人驻足在那张照片前，停留片刻，仗着个儿高，伸手就把照片给顺走了。偷别人家的全家福，只怕秦怀鹤是世上独一份了。

这么容易暴露的事儿，他就不害臊吗？

恰在此时，电话响了，言微轻轻咬唇，按了接听。

男人的声音传过来："在哪儿呢？"

"在家。"

"今儿不上班？"

言微缓了一口气："不上。"

秦怀鹤闲闲散散地笑："怎么回事，没吃饭还是酒没醒，怎么说话都没劲儿？"

她不答反问："秦怀鹤，你昨晚走的时候，把我家的门关好了吗？"

"关好了，怎么了？"

"我家丢东西了。"

秦怀鹤顿了下："丢什么了？"

她声音软，但吐字清晰："丢了我和我爸妈的全家福。"

电话那头，秦怀鹤清了一下嗓子："丢什么丢，你昨晚喝多了，发酒疯，把全家福拿下来摔了，垃圾还是我收拾走的。"

言微咬牙："秦怀鹤，我家装有监控。"

秦怀鹤却毫不意外，低声笑了笑："我知道有监控，这不是配合你演一下吗？明知道是我拿的，还说进小偷，你就是在内涵我。"

"不问自取就是偷，你不知道？"

"你跟你爸都睡觉了，我问谁去？我就拿回来复制一张，过两天就给你还回去。以咱俩的关系，这能叫偷？"

秦怀鹤说得这样坦荡，一时之间，言微竟无言以对。她有些迟钝，前夫拿她的照片去复制，是不该计较的很寻常的一件事？

"周五岁岁一岁生日宴，我过去接你们，到时把照片原封不动给你挂回去。"

言微嗓子酸胀疼痛："我就不去了。"

秦怀鹤冷下声来："你不是她妈妈？"

言微不说话，短暂的沉寂后，他挂断了电话。

言微又躺下，睡了一个囫囵觉，醒来嗓子还是痛的，但感觉缓过来了一些。她冲掉一身的酸臭味儿，顾不上抱女儿，就赶着把甲方要求她修改的直播内容给修改了。

那边的对接人收到她修改的版本，含蓄和她提了一下，公司要求直播积累的客户信息要严格保密，不能泄露到外面。

言微说："这个你们放心，合同写的条款，我们公司都会遵守。"

"听说璞悦一号的很多客户被拉去买澜湾里的指标房，我就是想提醒一下，因为可能你们直播的时候还用到外面的人，万一泄露就不好了。”

言微听出了他的言外之意，估计是璞悦一号那边流失了部分客户，他们怀疑客户信息是从她这里泄露出去的。

其实汪达并没有为难过言微，他有很多渠道可以拿到客户信息，对于他这样的销售老手来说，一点也不难。即便她没做这种事，也是百口莫辩，毕竟在很多人眼里，她和汪达是一伙的。

言微照旧查看前一日发布的视频，意外看见一条评论。

你是我的眼不见为净：【请正面回应一下，澜湾里指标房是怎么回事？那么多人交了钱，一拖再拖，一直都签不了合同，现在干脆电话不接，微信不回，听说达达这个人也从凯创跑路了，请问这种欺诈账户还不该封吗？】

言微直觉不太好，卖指标房是行业潜规则，不出事就皆大欢喜，可毕竟不合规，一出事儿就难说了。

她打电话给汪达，一直没打通，心里不由得打起了小鼓，难道汪达出事儿了？

最后还是李义给言微来了电话，说澜湾里的福利房政策变了，非联大科技的职工全部都不能买，职工就算不想买，也不能转让，现在林岩还在和上面交涉，很多交了钱的客户就开始闹着退钱了。

钱已经分了提成出去，哪里那么容易吐出来，就连赵妙阳和李义也已经拿出去买了房或定了车，现在只能盼望着政策能改回去，让客户顺利签约。

“汪达人呢？”

“追他要钱的人太多了，他可能换了号码，我们也找不到他。”

第二天是周五，言微再上到巢巢格的账号，关于澜湾里指标房的评论越来越多，大有燎原之势。

无事生端的妙妙：【穷人买房本来就难，一辈子就攒这点钱，还要被人坑走，这不是逼人上天台吗？】

联一：【官方还不把这个账号封了？】

yes：【我感觉快了，今晚不封明天也要封。】

已经和她签约的那家房企也联系了言微，询问是怎么回事，会不会影响到明天的直播。言微做了解释，并肯定直播会继续进行。

她没做亏心事，不怕鬼敲门，她的视频和直播也没有违法违规的地方，有什么理由封她的号？但她想得太过简单了，下午，警察到延嘉工作室，让她配合调查澜湾里违规收受客户“购房指标费”

事件，因为她和汪达的关系，还因为赵妙阳和李义与延嘉签了合同，是延嘉的正式员工，她作为延嘉的法人代表，很难说清楚自己不知情。

这一晃就是两个小时，警察离开时，已经是晚上七点多了。

言微站在风口处，看着街头人头攒动，心头一片茫然，或许这一次，又要回到原点了。

手机响了，是秦怀鹤，言微这才惊醒。

他的口吻很平淡："言微，今天周五，是岁岁的一周岁生日，有你这么当妈的吗？"

言微胸口上下起伏，说话有些微颤："秦怀鹤，我真的很笨吗？"

## 第四节

关于湾城秦家私生女的传闻终于有了定论，秦怀鹤在女儿秦言墨的一岁生日宴上亲口说女儿是婚生女，至于孩子妈妈是谁，秦大老板不说，谁都不敢问，毕竟苏允君的前车之鉴摆在那儿。

言微没有参加女儿的生日宴。

她的账号发布的视频没有违规，但被人举报太多次，再加上巢巢格上的同行对她各种拉踩，巢巢格官方虽没有封她的账号，却把她的直播功能给关闭了。明天那一场直播迫在眉睫，她试图和开发商协商，延期到下一周开播，被开发商给拒绝了。

按照合约，如果她个人账号因为违规的原因导致无法直播，那么就要按照合同赔付违约金，她要争取时间申诉。

第二天，申诉没有通过，直播无法进行，她联系了开发商，表达了歉意。与她对接那人表示了遗憾，至于会不会按合同条款追究她的责任，那是高层能决定的，他说了不算。

汪达给言微打来电话，说他还在湾城，和林岩一起接受调查，因为收指标费的是林岩控制的一家公司，汪达不过是一个员工，并不承担主要责任，只要退回客户的钱就没事儿了。

只是因为他和言微成了地产红人，才会有那么多针对他们的舆论。

"怪我，连累你了，我会给你出个澄清视频，违约金我来出。"

"不用了，本来这账号也是因为你才做起来的，这点违约金我给得起。"

汪达沉默了下，忽地一笑："言微，你对秦怀鹤也这样吗？"

言微明白汪达的意思，但是她没有那个心力再去和别人纠缠了。

言微回到家，远远看见秦怀鹤的车，夜色里，他弯腰把言成明从车上抱到轮椅上，后肩的大衣绷紧，显露出结实的线条。他推着轮椅往里走，阿姨抱着岁岁跟在后面。

进了家门，秦怀鹤正背对着她，拿着遥控器站在言成明的轮椅旁："您要看什么，斯诺克世锦赛行吗？"

"都行，你看吧。"

言微心下一叹，爸爸很少外宿，秦怀鹤又胡乱安排，过了岁岁的生日宴，还是带爸爸和岁岁回渐青湖住，爸爸脸皮薄，能不张嘴就不张嘴，听之任之。她换了鞋，悄无声息从他们背后走过，往二楼去，余光一瞥，那张全家福已经安然无恙挂回了原处。

二楼小厅围了一个圈，铺上爬行垫，作为岁岁的小游乐园。

岁岁正在里面玩玩具，抬头看见妈妈，愣了愣，很快咧开笑脸，丢掉手中的小铃铛，抓着小栅栏站起来。她才学会走两步路，还有些胆怯，脚下摇晃跌撞。

言微在栅栏外伸出手，鼓励她："岁岁好棒呀。"

因为断奶，已经好几天没和岁岁亲热，这两天又没见着，言微把女儿抱在怀里，心里有几分激荡："今晚妈妈给岁岁洗白白好不好？"

岁岁已经听懂了妈妈的话，在言微怀里蹭。

言微垂首，顶着她的小脑袋："岁岁和妈妈顶顶牛。"

岁岁喜欢玩这个游戏，用她的小劲儿去顶妈妈。

"嘟嘟嘟，岁岁好厉害呀！"

岁岁"咯咯咯"笑。这纯净的叮咚欢畅，让言微白日里的阴郁消散殆尽，她让阿姨给岁岁煮点肉粥，自己去放洗澡水。

小肉肉才放进浴盆里，男人的脚步声传来，须臾之后，一道身影堵住了卫生间的门。

岁岁看见秦怀鹤，扑腾着水花冲他笑。这是她表达亲热的方式，手舞足蹈，全身欢腾。

秦怀鹤把手从兜里掏出来，捏着裤腿儿蹲下："要爸爸给你洗？"

岁岁的小嘴嘟囔着他听不懂的话。

秦怀鹤幽光一转："刚从公司回来？"

言微"嗯"了一声。

秦怀鹤撸起衣袖，拿着女儿的小方巾给她擦拭脖子，似笑非笑的："还没解散？"

岁岁抢过毛巾一角，往嘴里塞，"滋滋滋"吸着水。

言微赶紧把毛巾从她嘴里掰出来，斜了秦怀鹤一眼：“没有。”何来解散一说，统共也就那两个人，平时都不怎么来公司，这会儿焦头烂额凑钱，哪里还顾得上她。

“两个员工你都管不来，他们去捞外快，还得你给他们担风险。”

言微抿了抿唇：“是啊，我管不来。”

因为是熟人，而且他们都不领工资，她的确拉不下脸管。言微有些怀疑自己是不是不适合当老板，只能在别人的指挥下干活儿。

“赵妙阳混那么多年，到三十了也不过是个销售经理，为什么？因为他们做过销售的，都想干来钱快的活儿，目光短浅，没有定下心好好干事业，这种人不适合合伙创业。”

言微垂眼，低喃了一句：“这很正常，谁不想来钱快。”

她有些惊讶，秦怀鹤不记得李林柳，倒记得赵妙阳。

秦怀鹤淡然道：“那个汪达也一样，专干投机倒把的事儿，都说他是湾城第一地产滑头。”

言微抿了抿唇：“他哪有那么厉害。”她确信无疑了，秦怀鹤肯定叫人专程去查了汪达和赵妙阳的背景。

秦怀鹤哂笑：“亨川的羊毛都给他薅光了。”

言微湿漉漉的手盖在嘴角，克制了嘴角的牵动。

秦怀鹤睨着她：“他薅我羊毛你这么高兴？”

“没有……”言微顿了下，“警察并没有查到我有违规行为，我录了澄清视频，还没有发布。”

“你觉得一个澄清视频有用吗？”

言微别开脸：“就……试一下吧。”

秦怀鹤默默看了她一会儿，吸了口气，像是对着一个不长进的还死犟的小孩，恨铁不成钢，还不能骂不能打。

“不行就回来，继续做你的策划，天塌下来还有上面的人给你顶着，开个公司，两个人还管不住。”

言微轻轻咬了咬唇：“他们不领工资，而且之前岁岁没断奶，我也不想招那么多人，接不到业务，我也养不起。”

秦怀鹤点头，唇边压着笑：“老板自己养自己，零成本买卖，光杆司令的算盘打得真好。”

言微面上微热，这么说她也不冤，之前的确有压缩成本的想法，能自己干的她都自己干了。

“言微，做事情不能短视，这个时代，光杆司令或许能存活下来，但走得远的，都不会是个人，没有团队，你干不过对手。”

言微纤细五指在清水里划拉，看他一眼：“你以前刚开始创业的时候，就有团队了吗？”

秦怀鹤抬眉：“当然，就算我不赚钱，也要先让他们吃饱饭。”

言微略微撇嘴：“你不一样，你不缺钱，有人给你兜底。”

秦怀鹤抬起眼皮，略微抿了抿唇：“你不也有？”

言微看着他：“我没有。”

“你有，湾城首富秦怀鹤给你兜底。”

言微眸光一顿，转瞬飘忽开了，头皮有些发紧。

秦怀鹤脸皮一天比一天厚了，“湾城首富”这种话也能说出口，他不知道脸红，她倒自己难受上了。

**第五节**

言微的澄清视频最终没发，而是依着秦怀鹤的意思，发了一条声明，是亨川的法务给她拟的，说一切诽谤将走法律程序。

汪达却给言微发了澄清视频，他新注册了一个账号发的。视频里，他道了歉，还给言微做了澄清，附带了两人的聊天记录，证明言微没有参与过澜湾里指标房事件，也没有泄露客户信息。

显然，网友们并不买账。

一捧沉香：【给大家解释一下，“可以骂我，与她无关”，这么深情的骗子，我要感动一下吗？】

砸丫头：【意思是，分家了？】

言微被很多网友直接 @，还收到了很多私信。

她选择了冷处理，只专注给自己的账号申诉，没有再发布自己的澄清视频，也没有回应过汪达在网上给她做的澄清视频。

很快，官方给她解了封，让她意外的是，那家开发商表达了继续合作的意愿。

她思量着，难道是秦怀鹤给她疏通了？

言微最终没有问秦怀鹤，她开始忙碌起来，忙着准备直播，还忙着招人。

李义回到公司给她帮忙，自从出事之后，赵妙阳消失了，没有联系过她。

这一次的事件让言微接受了教训，她宁愿多花钱招外面的人，也不想再找熟人合作。

这一天，汪达又来了，给她面试新员工。

临到下班，言微接到了秦怀鹤的电话，他说晚上要和越昊的金总吃饭，年底了，越昊的去化率没达标，新加了六百万的营销预算，让她过去看看。

言微马上答应下来了，现在是起步阶段，她珍惜每一个来之不易的机会。

汪达在一旁听了个大概，说："去吧，秦怀鹤的能量不可估量，他主动送过来的，咱不用客气，我顺路送你过去。"

言微没拒绝，她和汪达的交情，用不着客气，再者，她也要回家换一身衣服，实在耽误不起。

她从汪达的车下来时，看见秦怀鹤一身靛蓝色考究西服，站在人群里，英姿勃发。

这一场饭局，人并不多，秦怀鹤甚至都没带丁澄，金总也只带了一个女秘书。

席间，秦怀鹤给金总做了介绍，只说言微是延嘉的总经理，主要做地产线上营销。

金总接过言微的名片，旁边的女秘书就把延嘉的战绩夸赞了一通，还打开视频给金总看。

金总点头："线上营销的确是一个渠道，言总这是走在前面，披荆斩棘，给我们探路，挺好。"

言微笑着说："金总过誉了，越昊有很多很好的线下营销案例，值得地产营销一线学习，就比如免费看电影、十元套票玩卡丁车、儿童乐园，把越昊凯悦公馆做成城西人气最高楼盘，就很值得学习推敲。"

言微知道，金总对她客气，不过是看了秦怀鹤的面子，至于线上直播营销，他不一定会认可。

这一场饭局，更像是秦怀鹤为了给言微牵线搭桥特意组的局，他单独带这么一个年轻漂亮的女人单独出席，很难不让人多想。

金总未必知道她和秦怀鹤的传闻，但那个女秘书的眼神就不一般。

无论如何，言微都做足了功课，不放过任何一个机会："如果能结合线上推广，线上秒杀，效果会更好，也不需要浪费人力去做地推。"

推杯换盏间，言微两三杯白酒下肚，喉间火辣辣的。

金总的秘书才要再给她续上，秦怀鹤手往酒瓶上轻压，笑着对金总说："金总，今天是朋友相见，我们少喝一些。"

金总会意，笑道："上一回在 M 国，你可不这么说。"

“上一回你喝伤了，我实在过意不去。”

“哎哟，多谢秦总体恤。”

言微逃过一杯，心里暗暗松了一口气。

席间又说到最近有个地产商引用了一个大 IP，引爆了热潮，成为网红地产。金总说看着新鲜，现在抓牢年轻人的眼光，玩转潮流，能带来不小流量。

秦怀鹤说：“这个营销对于刚需项目有一定的效果，中高端项目并不适用，我们这几年都不走人海战术了。”

金总点头：“那当然，亨川现在走高端路线，中产以上的客户不愿意随大流，更喜欢曲高和寡。”

言微笑着说：“其实系列产品线可以考虑创立自有 IP，不用花费高额的版权费，还可以让产品更有标识度。我看过深城的一个案例，他们创立自有 IP，还关联很多商业板块，做得很好……”

秦怀鹤眼睫低垂，慢悠悠勾起了嘴角。他喜欢看到这样的言微，想让她心无旁骛，展翅飞翔，即便最后败光家底，还有他给她兜底。

金总对言微有几分刮目相看：“言总以前也做销售？”

“金总，我以前做策划。”

正说着，服务员拿来白酒，赠送了一只精巧的纯银小酒杯，被秦怀鹤瞧见了，让服务员拿过来。

秦怀鹤把小酒杯攥在掌中仔细瞧了瞧，说：“拿回去给我女儿玩玩，她喜欢啃东西。”

金总笑道：“秦总爱女心切，我记得这家的杏仁核桃酥挺好吃，小朋友不好好吃饭的时候，拿一块出来诱惑一下，秦总要不要打包一份？”

秦怀鹤勾动嘴角：“不用，我家从来不用哄，不给吃她还跟你急。”

众人皆笑。

言微跟着抿唇，岁岁在他嘴里馋成什么样了。

快过年了，酒店大堂换成了红色系的摆饰，玻璃门上是改良过的灯笼剪纸。

隔着一道玻璃，红色倒映在外面那个卓越的男人身上，在她眼睛里幻化成叠加的影像，有些不真实。

“言微，我让丁澄过来接我们，我们先找个地儿休息一下。”

“嗯？”言微兴奋而又混沌的脑子有些难以消化他话里的意思，“在这里吗？”

秦怀鹤压着眼睫看她，她乌漆漆的眸子染了酒意，没有了方才战斗状态的神采奕奕，迷蒙的神态，让她看起来有点憨。

他略勾嘴角：“你想住这里？”

言微摇头：“秦怀鹤，我不住酒店，我要回家。”

秦怀鹤定定瞧她：“回哪个家？”

“回……”言微意识薄弱，脑仁胀痛难忍，竟不知道如何回答他。

秦怀鹤从言微手里拿过大衣，给她披上，顺势在她肩膀压了一下，低声说：“走吧，给你煮点儿醒酒汤，不然回家熏了岁岁。”

迈出酒店大门，冷风一吹，言微清醒了些：“秦怀鹤，你会煮吗？”

他笑了笑：“我在学，到时候给你做拿手菜。”

言微睁着水雾迷蒙的眼，泪痣在月色下浅淡得快看不清，问道：“什么拿手菜？”

秦怀鹤沉吟片刻，他这双手从没颠过勺，实在没有拿得出手的。

他略微舔嘴：“烧开水算吗？”

言微更晕了：“烧开水？”

“走吧，我给你泡茶醒酒。”

**第六节**

秦怀鹤带着言微走进一家茶馆，上了二楼的一间清幽雅间。

二楼没有暖气，言微也就没有脱大衣。

秦怀鹤遣退店员，亲自泡茶：“这是肉桂茶，尝尝有没有桂皮香。”

言微拢着双腿，稍稍倾身，从他手里接过茶盏，抿了一口，茶里带着桂香，稠滑浑厚，后劲绵柔细腻。

秦怀鹤端起霁篱陶瓷小茶杯，送到鼻下闻了闻，问：“还可以吗？”

言微木木地点头：“可以。”原来这才是他的拿手手艺，归类于烧开水，也不算错误。

秦怀鹤的目光透过八角花格窗户，漫向远处：“以前这里是一个汽车站，对面有个小学，我还记得名字，叫民选小学。”

言微眨巴干涩的眼睛：“你在那里读书吗？”

秦怀鹤把茶盏放下：“不是我，是我亲哥。”

言微怔怔看着他，她很确信，自己的脑子是清醒的。秦怀鹤有个亲哥哥，她却一无所知。

秦怀鹤看着她的样子，略微撇下嘴角：“没想到吧，我爸妈结婚很早，我妈二十岁就生了我哥，把他养在国外，自己回国和她的名媛姐妹们玩。

“不知道是她年纪大了，还是隔辈亲，她见岁岁的次数，可能比见我哥都多。”

言微艰难开口：“那你哥呢……”

秦怀鹤收回目光：“自杀了。”

言微心口跳得厉害，脑子跟着心跳的频率“嗡嗡”作响。

“他们都很意外，也很伤心，因为我哥很乖，很听话。能不听话吗？小的时候他就待在寒凉的北欧，一年四季，大半的时间都在下雪，门都出不了，他能跟谁说话？”

言微讷讷地问：“为什么？”

“因为我爸就在那边长大，有他自以为的熟悉的保姆，熟悉的环境，我妈又一直在和他闹离婚。”秦怀鹤端起茶壶，给言微续上茶，“后来我出生，他们才把我哥接回国，没多久又把我们两个送到M国，我哥很少说话，但是对我很好。”

秦怀鹤笑了笑：“所以，岁岁这样的才叫人放心，每个孩子都应该大哭大笑。”

茶香浸了衣袖，驱了些酒气，言微有些失神，原来，她也没有懂得秦怀鹤。她和他在一起的时候，彼此都走得太浅了，没有真正进入对方的内心世界，一窥究竟。

“不能提我哥，一提我妈就哭，她就是纸老虎，你不用顾忌她，有话直说，我看她也说不过你……”秦怀鹤顿住了，看进言微没有聚焦的瞳孔里，“你是不是又想睡觉了？”

言微眼睫一颤，摇头：“没有。”

秦怀鹤一动不动看着她：“言微，你很厉害，你爸妈出事以后，你做得很好。”

言微垂下脑袋，喃喃道：“不好，你不知道，我有很长一段时间都没有跟我爸说话。”

秦怀鹤轻笑一声：“也不是我说的，是你爸说，你一直都做得很好。”

一股热泉涌上言微昏胀的脑袋，眼底压制不住，瞬间冒出了水光。

“他就是生气，你跟我在一起，不回家也不和他说，他生你的气。”

闻言，言微双肩不受控地颤抖。

秦怀鹤停滞片刻，伸手扶上她的肩：“我跟他说了，都赖我。”

言微话里夹杂着浓重的鼻音：“在那之前，他就很少跟我说话了。”

那是一段阴郁的日子，言成明的话越来越少，言微在老房子里艰难度日，盼望着哪一日能见到秦怀鹤，然后不顾一切奔赴他。

秦怀鹤起身坐到言微身旁，扶着她的双肩，略微垂首，看见她脸上的泪痕，人中淌着清鼻涕，下巴上一大一小两滴晶莹剔透的泪珠，摇摇欲坠。

他心口窒闷难忍，把她拖入怀里，手压在她后脑勺上，轻声说："是我的错，都怪我。"怀里的人抖动得厉害，抽泣声在他胸口溢出。秦怀鹤双臂往下，拦在她后腰，往上一抱，把她抱在大腿上。

他才收拢双臂，言微一个抬首，湿漉漉的眼对上他，被泪水冲刷过的眼睛洗掉了那层迷雾，清凌凌的，分明是清醒、质疑的眼神。

秦怀鹤双唇微抿："哭那么伤心，我抱一下没事儿。"

言微拿手背抹了抹鼻下，从他怀里站起来，抽一张纸巾，默默擦拭。

秦怀鹤在她身后默了片刻，沉声问："言微，我知道错了，你行行好，原谅我一次。"

言微不言语，坐到一旁，默默收拾她的挎包。

秦怀鹤扯了扯嘴角："我就不配跟外面的男人有同等的机会？"

言微这才抬起眼睫："你配，是我自己的问题，我这辈子不打算再结婚了。"她拿起挎包，"丁澄到了吗？要不我先打的回去，太晚，岁岁要睡觉了。"

秦怀鹤站起来："到楼下了，走吧，送你回去。"

到了楼下，他冲着对面扬下巴："你是不是在对面的咖啡馆相过亲？"

言微愣怔看他，脑子的记忆艰难翻转，总算寻到了那么一丁点信息："你看见了？"

秦怀鹤勾唇："看见了，你刚进去没一会儿就出来了，后来没多久，你就去找了我。"

言微停滞两秒，浮现一个清浅的笑："秦怀鹤，你觉得我在广撒网？"

秦怀鹤突然绕过她的脖颈，揽上臂膀，手在她脸上捏了一把："我在庆幸没有成为你的漏网之鱼。"

言微脸上微烫，走了四五十米，眼看着就要到车子前，她忍不住张口为自己申冤："我精力没有那么旺盛，那是我姑介绍的一个医生，非要叫我去，我跟那男的说我爸瘫痪，他觉得不合适就走了。"

秦怀鹤站定了脚，半转身，伸手给她整理大衣领子，眼底隐带笑意："难为你瞒我那么久，原来是怕我也跑了。"

言微无力申辩："不是，我只是说不出口。"

秦怀鹤点头，煞有介事地说："我知道你的意思，你就是太爱我，我没怪你。"

丁澄这时探出个头，一脸笑："秦总，外面冷，上车里说话。"

言微面带羞赧，一言不发坐在后座角落，一直到下车，才隐约想明白了——秦怀鹤在给她洗脑。

她把车门一关，没有同他说一句"再见"，便往小区里走。

秦怀鹤三两步跟上她："跑那么快做什么，有鬼追你？"

言微脚下不停："你回去吧，不要让丁澄等那么久，现在是下班时间。"

"我拿杯子进去给岁岁。"

"她睡了。"

秦怀鹤手从兜里掏出来，哼了一声："我不信你的话，以前你早上跟我说你爸睡了，晚上也跟我说你爸睡了，我现在跟他确认了，他可没有那么长的觉。"

言微被他这么一说，欲言又止。

冬夜里，别墅区几乎没有什么人走动，高大的金丝楠树丫子肆意伸展，树影落在石砖上，如鬼影在张牙舞爪。

言微不再搭理秦怀鹤，进了家门。

果然，岁岁已经睡了，言微身板硬了些："赶紧走吧，我要关门了。"

恰在此时，言成明坐着轮椅从房间里出来，看着秦怀鹤说："怎么这么晚？"

秦怀鹤回道："今晚有应酬，您还不睡？"

言成明说："哪有那么多觉。"

言微拧眉看着他："秦怀鹤。"

秦怀鹤捏捏鼻尖，用无奈的口吻说："爸，言微赶我了，明天我早点过来。"

## 第七节

延嘉收到了越昊的合作邀请，言微和三个项目负责人一起开研讨会，讨论怎么样线上结合线下，做好春节营销活动。

言微招了一个外联总监、一个运营总监，还有几个小兵，算是把团队组建了起来。招了人后她更忙了，除了培训，还有甲方开不完的会议，修改不完的营销脚本。

这一天，她很晚才回到家，看见秦怀鹤又来了，还接来了她爸的一个老友，三人喝上了酒。

因为有客人，言微过去打了招呼，没好意思马上走，便坐下来和那位叔叔寒暄几句。

言微坐了会儿，站起身来：“严叔，我上去看一下孩子，您慢慢喝。”

秦怀鹤抬眼：“看了再下来，给我们倒酒。”

言微滞在原地，咬牙忍了忍：“少喝一点儿。”

待她给岁岁洗好澡，把她抱下楼，送别爸爸的老友。

秦怀鹤伸手要抱女儿，被言微扭身躲过去了，她嫌弃皱眉：“都是酒味儿，她刚洗干净，不抱了。”

岁岁正啃着手里的一块小苹果，看见妈妈的神态，也学着皱起小鼻子，头摇得像拨浪鼓似的：“不——不。”

秦怀鹤略微不满：“你这样教坏她了，以后她不知道爱爸爸。”

秦怀鹤见岁岁和言微都不理他，便转向言成明：“爸，大年三十我要带岁岁回家，不能陪你们了。”

言成明点头：“去吧，上你爷爷家里？”

秦怀鹤顿了下，说：“应该是，也不确定，今年情况有点不一样。”他略一扯嘴角，“我爸妈刚离婚了，现在家里四分五裂，也不知道该上哪儿吃年夜饭。”

言微看过去，很快收回目光，有些失神。

秦怀鹤抹了一把脸，嘴边带着一丝嘲意：“要过年了，眼瞧着又要熬一年，索性就在年前离了。”

言成明无言相对。

秦怀鹤说：“今年估计要带岁岁多跑几个地方了，初四我再过来看您。”他站起身来，“言微，周六晚上是亨川年会，你也去吧。”

言微抬眼看他，有些迟疑：“我去做什么？”

秦怀鹤一哂：“还能做什么，总不能叫你去白吃白喝，开了公司，多认识几个人不好？”

言微这才点头：“我知道了。”

“岁岁，送送爸爸。”

岁岁仰着小脑袋看他一眼，又低头啃自己的苹果。

秦怀鹤颇为无奈，舔了一下嘴唇：“猪八戒就是没良心。”

言微忍不住皱眉：“秦怀鹤，你不要这么说她，你愿意被人叫猪八戒吗？”

“那你送送我。”

言微还未出声，秦怀鹤就喊了一声吴姐，让她抱走岁岁，然后压着嗓音说：“走吧，我有话要跟你说。”

言微默默看了他数秒。

秦怀鹤突然伸手，在言微后脑勺压了一把：“快点儿，猪八戒的妈。”他又低头凑近了些，语气低落，“言微，你安慰安慰我吧。”

言微还是默默看着他。

“我哥死了以后，我很震惊，大一些了知道他不是生病死的，心里就对我爸妈有怨气，一直想让他们离婚。我一生下来，他们就分居了，过年过节还凑一起装好父母，没什么意思。”

顿了下，他呼出一口气：“可是他们要是真离了，我又不好受，两个人加起来一百多岁了，以后可怎么过？”

言微愣了片刻，干巴巴地说：“不要难过。”

秦怀鹤压着眼睫，轻哼一声，似在嘲讽她的敷衍。

言微清了一下嗓子：“回去好好睡一觉。”

秦怀鹤略微舔嘴：“你能抱抱我吗？”

言微乌黑的眸子在院子的暖色壁灯下，带着潋潋水光：“我抱你就不难受了吗？”

秦怀鹤点头：“能好一点儿。”

她别开脸，很无情地说：“好一点儿也没差别，你还是难受着吧。”

秦怀鹤低哼一声：“看，又给我一刀，我都被你砍圆润了。”

言微忍不住抿唇：“砍圆润了？”

“这里削一刀，那里削一刀，棱棱角角都砍没了，可不是圆润了？”秦怀鹤迈开步子，往后摆了两下手，“回去吧，天儿冷。”

言微关上院门，却走不动路，贴在院门上，侧耳听了一会儿，直到车子开远了，才缓步往家里走。三十岁的人了，还要为父母离婚伤心难过，也不知道他要回哪里住，不管回哪里，都是空无一人，连个说话的人也没有，只怕又是自己一个人工作到很晚才睡。

临睡前，言微抱着女儿说话：“下次爸爸问你要吃的，你就给他，好吗？”

岁岁哼唧哼唧。

“岁岁，你要爱爸爸。”

临近年关，言微收到了亨川年会邀请函，闫秘书亲自给她送过来的，让她务必参加。言微应允，表示一定会去。

那天正好遇上大堵车，她去迟了些，进入会场的时候已经是人山人海。言微发现她的位置被一个小女孩给占了，小女孩大概是跟随爸爸过来参加年会的，她没提醒那位家长，而是另寻了一个没有名牌的座位。

她对旁边那个西装革履的男人点头示意："你好，请问这里有人吗？"

"没人。"男人绅士地给她拉开椅子。

言微拢了裙摆坐下："谢谢。"

两人礼节性聊了几句。

"地产网上营销？听起来很有意思，你们公司和亨川有合作吧？"

"暂时还没有，之前我在亨川的项目做过策划，所以才有幸被邀请参加这一次年会。"

言微并不自恋到以为自己无人不知无人不晓，但这人对地产网播不甚了解，她猜测，他的本职应该不是在地产行业。果然，男人给她一张名片，是某个连锁影院的总裁，还兼任影视公司出品人。

言微收起名片，笑道："苏先生，希望以后有机会可以跟您合作。"

苏允礼笑了笑："当然，那是我的荣幸。"

言微正色："我没有开玩笑，我们年后有几场线上线下联动推广活动，或许需要跟影院合作。"

苏允礼很感兴趣的样子："能具体说说怎么样合作吗？"

"现在只是初步设想，因为销售现场场地有限，我们想举办一元看贺岁大片的活动，然后用影院的技术，让客户体验沉浸式看盘。"

苏允礼点头："听起来有点意思，言小姐方便加个微信吗？"

"当然可以。"

两人互加了微信，这个时候，音乐换了，舞台上有了动静。

秦怀鹤上台了，讲了几句喜庆话，突然没声儿了。

言微忍不住往左前方屏幕张望，屏幕与舞台同步，可以看得清楚一些。这一看，她心里猛地一跳，人都动不了了。

只见秦怀鹤弯腰，把一个小人抱在怀里。重新回到舞台中央，他"吧唧"亲了一口小人的脸蛋："有同事偷偷说，今年年终奖好像发多了，为什么偷偷说，可能是担心我发现，又要叫他们退回来。"

底下一片拍掌欢笑声。

"都不用担心，发到手里，我也抢不回来了，今年有些不一样，我多了一个女儿过年，大家伙一起高兴高兴。"

有人大声叫："谢谢大小姐！"

又是哄堂大笑，言微也忍不住跟着牵动嘴角。

秦怀鹤看着女儿："岁岁，给叔叔阿姨恭喜发财。"

岁岁看见那么多人在笑，搂紧爸爸的脖子，眼神有些怯。

秦怀鹤掂掂她，安抚道："没关系，跟叔叔阿姨恭喜发财，爸爸给你拿好吃的。"

岁岁勉为其难抱着小拳，摆了摆，又扭头抱紧了爸爸。

言微仰头盯着屏幕，眼底微热。

那不单单是她的宝贝，也是秦怀鹤的宝贝，其实，岁岁也是爱爸爸的。

丁澄接过主持人的话筒，说："秦总，岁岁想找妈妈呢。"

秦怀鹤点头，视线往下扫："妈妈今天也来了，不知道躲哪儿去了。"

台下一片喧闹，众人都在找秦夫人。眼看众人就要往她这边走，言微手肘抵着桌沿，以手遮额，余光里，男人的大长腿越来越近，很快就到了她身后，他没有停下脚步，岁岁也没有动静。

言微以为，自己穿上了皇帝的新衣。

秦怀鹤突然顿下步子，旋即转回身子背对着言微，轻轻把女儿放下："岁岁，找找妈妈在哪儿？"

## 第八节

亨川年会过后，马上进入春节假期，当晚，岁岁直接被接回了秦家，她要在秦家过年，至少要待一个星期。

没有岁岁和保姆，言微和言成明过了一个冷冷清清的年。言微去拜祭了母亲，剩下的时间就是跟林棠、汪达，还有另外几个朋友开车去了一趟短途旅行。

汪达发现根本就撩不动言微，两人太熟了，即便他说深情的话，她也无动于衷，好像他说的都是玩笑话，根本就不用听进耳朵里。

他跟言微太熟了，言微根本不会考虑他，也不太在乎他的感受。

林棠全程见证汪达的搞笑行为，忍不住笑："汪达，真没见你这么搞笑的。"

汪达不搭理她，兀自往下说："微微，你这样是在耽误我你知道吗？你总得让我试一下，好歹能死心，要不然我总以为咱俩是有机会的，是你的心没觉醒。"

林棠说："言微，你就给他一个机会，我都快被他烦死了。"

汪达说："林棠，等会儿先送你回家，我要和言微约会。"

言微冷冷道："我不约。"

林棠翻了个白眼："她惦记着岁岁，你这个时候约，你比得上她女儿吗？"

汪达磨牙："行，我送她回家。"

汪达把车停在外头，非要把言微送到小区里。

"不送也行，"他突然伸出手，抓住言微，"你给我拉拉手。"

言微抬起眼皮，淡淡看他。

汪达悻悻然松掉她的手，张开怀抱，壮士赴死一般："来，抱一下，明天我不追你了。"

言微绷不住笑，伸手推开他："我女儿在家等我。"

"跟你女儿有什么关系？"

"我走了，慢点开车。"

言微进了家门，岁岁正在垫子上玩儿，阿姨在厨房里洗奶瓶。言微洗过手抱着岁岁亲了几口，阿姨从厨房走出来了，问："你吃过饭了吗？你爸刚出门溜达去了。"

言微把岁岁放下，走到餐桌边看了看，饭菜还是温的。这个时候还不算晚，她原以为秦怀鹤会过来陪她爸喝几杯。她在外面的时候一直惦记着，没料到是这么冷清的场景，心里有些发空。

"阿姨，你们是什么时候回来的？"

"五点回来的，岁岁爸爸叫人来做饭，还没放碗呢，就接到电话，说他家老爷子在家里摔了一跤，他就着急走了。"

言微一边吃饭，一边打起电话，秦老爷子毕竟是岁岁的太爷爷，她理应问候一声的。

秦怀鹤的电话很快就接通了。

"听吴姐说，你爷爷摔跤了，没什么事吧？"

秦怀鹤回道："没什么大事。"

"那就好……有需要就让吴姐带岁岁去看看太爷爷。"

沉默，一秒两秒三秒。

言微本来已经打好腹稿，想问他这几天都是在谁家里过的，但此刻，这个死一般的沉默，她张不开口："我先挂了。"

秦怀鹤突然出声："言微，你上班的时候需要隐瞒婚育过的身份，现在自己做老板，也有这个顾忌吗？"

"没有。"

“岁岁影响你交朋友了？”

言微起身把碗放到水槽里：“不影响。”

秦怀鹤冷哼了声：“那就是因为我这个前夫的身份，你怕被别人说三道四？”

言微打开水龙头，水压太大，冲到碗底，水光四溅，她的衣摆都给弄湿了。她在腰腹处掸掸，有些无力地说：“我不是那个意思，我只是觉得，低调一点好。”

秦怀鹤低嗤一声：“是该低调一点，低调一点才不影响你谈恋爱。上一回你说的，除了我，别人都能追，包括汪达那种二流子？”

言微手停滞在腰腹：“对。”她恍惚明白过来，秦怀鹤看见汪达拉她的手，以为她和汪达谈恋爱了。

秦怀鹤沉寂一会儿，嗓音更是低沉：“好，我再跟你确认一件事，你不会再结婚，是针对所有人，还是只针对我？”

言微嘴角动了下：“不只是你，是所有人。”

秦怀鹤冷笑：“那就好，我不想岁岁有个那样的后爹，你要是和他结婚，我就把她的抚养权拿回来。”

言微一口气堵在胸口，下意识去摸水槽里的碗，冰凉入指尖。

话到这里也该说完了，他却没有挂电话。

过了一会儿，他突然闷声说：“我要去 M 国了。”

言微不知道说什么，只干巴巴地挤出一句：“好。”她和秦怀鹤之间……算了，他们之间本来就没关系，仅有的就是岁岁这层关系。

言微却一夜不得安眠，翻来覆去，拿起手机看了一眼时间，已是凌晨四点，她放弃了睡眠，做好睁眼到天明的打算。

屏幕微弱的光映着岁岁的小脸蛋，她两只胳膊做投降状，搁在脑袋两侧，呼吸平稳，沉静得像一个小天使。岁岁脸上的确有秦怀鹤的影子，笑起来狡黠的样子尤其像，以至于有时候言微会失神，有一些念头难以抑制地闪过脑子——岁岁长大了，会不会也像秦怀鹤那般气她，说“使唤不动她”，压她的脑袋，叫她“猪八戒她妈”。

果然，那之后，秦怀鹤很长时间没有再上过言家，偶尔，他会让人过来接岁岁和言成明过去他那边。

一两次之后，言成明看出来了什么，不愿意去了。

没多久，秦怀鹤又去了 M 国。

转眼大半年过去，言微的公司延嘉成立一周年，发展迅猛，员工已经超过了七十人，公司业务分为两大板块，一个做网播，一个做营销策划，线上线下联动。

“湾城微微看房”成为一个大 IP。

有别的城市同行来向言微取经，想以加盟的形势创立有影响力的 IP 账号。这启发了言微，她可以用她的经验在别的城市做地产 IP 孵化，但每个城市的房产行情与政策都有差别，她精力有限，实在不可能每一个都了解到精通的程度，只能找一个城市先试验。

这一天，她受苏允礼的邀请，参加某部电影首映礼，因为合作了几次，她和苏允礼已经很熟了。某一天，她看见苏允礼朋友圈晒出的家人合影，合影里出现了苏允君，她才知道两人是兄妹。正因为如此，她一直和苏允礼保持距离，仅限于工作上的来往，平时没必要的邀约她都给推了。

这一次首映礼，有一个林棠很喜欢的流量明星，林棠逼着言微来拿签名。

首映礼结束，主创上台，言微意外看见一个熟悉的身影。

秦怀鹤被人引领上台，站在女主演颜清欢的旁边。颜清欢倾身和秦怀鹤说着什么，秦怀鹤面色清淡，略微点一下头。

演员的镜头感就是比一般人好，颜清欢说着说着就笑了，她用手轻轻触碰秦怀鹤，示意他看前面的那台摄影机。颜清欢笑得很标准，秦怀鹤也抿了抿唇。他鬓角理得很短，还是惯常的工作日装扮，白衬衣黑西裤，身姿挺拔。

言微垂下眼，拿出手机划拉。

首映礼即将结束，苏允礼回头，对她招手：“言微，下来。”

秦怀鹤一动不动，仿佛不认识“言微”这个人。

“怀鹤，这是延嘉地产的言总，你们应该认识吧？”

秦怀鹤抬起眼皮看她一眼：“认识。”

言微唇边的肌肉有些僵硬：“秦总，好久不见。”

苏允礼说：“你不是说要唐舰京的签名吗，去吧。”

言微要了签名和合影就随着主创人员往外走，秦怀鹤也在其中，两手插兜，在听颜清欢说着什么。

苏允礼问道：“言微，一起去吃个饭吧？”

言微离得稍远，笑着说：“不用了，我今晚有事儿，我们改天再约。”

苏允礼没有勉强：“你怎么走？”

“我朋友来接。”

苏允礼笑了笑：“不会是男朋友吧？”

言微顿了下，有些局促："不是，我没有男朋友。"

秦怀鹤突然转身，手从兜里掏出来，用指节搓搓鼻端，眼神瞥过去，问道："言总又分手了？"

言微怔怔然看着他。

秦怀鹤扯唇一哂，眼底有看不见底的晦暗："真快。"

言微似心上蒙尘，被秦怀鹤毫不费力吹了一口，飞尘堵在胸口，憋屈又无处消解。

她无心与他纠缠，淡淡地说："分了，谢谢秦总关心。"

## 第九节

第二天，是周一，惯常是一上午的例会。

南州城亨川印象命运多舛，因为融资受阻，项目二期滞后了大半年，才刚刚步入正轨，合作开发的公司腾远又出幺蛾子了，法人因为涉及数十亿的民间借贷，已经被批捕，腾远在南州变成了恶贯满盈的烂房企，亨川印象被牵连，这会儿售楼部门罗可雀。

这贵公子与暴发户大小姐的联姻，没捞着一点好处，反惹了一身腥。

老板不高兴，底下的人人人自危，生怕一着不慎惹火烧身。

谭睿又开始长篇大论："秦总，我们已经和腾远达成口头协议，如果腾远无法完成后续开发，我们将按照合约，把亨川印象二期之后的份额以低于市场价的百分之十五至百分之二十全部……"

秦怀鹤不愿再纠缠这个项目，指头叩了两下桌面："以后废话就不要说了，下一个。"

分管九湛府的营销总经理李嵩函说："秦总，关于九湛府的圈层营销，凯创那边每一个月都举办两次，但效果不怎么理想。上周，我们和他们碰了一次，他们那边有意让我们来做两期，毕竟在湾城，我们亨川老业主的实力是最强的。"

秦怀鹤抬起眼皮子："不是说凯创的营销做得很好吗，这也要我们来做？"

"我建议，可以请现在线上地产网播来做一期，上次他们做了一个餐饮行业和车友会的合作交流会，效果还可以。"

秦怀鹤顿了下："哪个地产网播？"

李嵩函回道："延嘉地产，就是言微的'微微看房'，现在做得还不错。"

秦怀鹤压了压嘴角，视线淡淡扫过一圈："用脑子做，就不至于一点儿效果也见不着，餐饮业和车友会是互补型行业，让我做我也做得起来，用不着‘微微看房’。”

下属们都肃容以待，但表情起了细微的变化，有几个掩藏得不好的，已经在撇嘴忍着了。工作不怎么样，但能坐到这里开会的，谁不是精得跟猴一样？在亨川，秦怀鹤和言微的关系，早就不是什么秘密了。

“联系一下，让他们过来面谈。”

第二天，李嵩函给秦怀鹤汇报：“延嘉回复说，九湛府圈层活动已经做过很多次，他们不确定可以做得更好，为项目带来确实的收益，暂时先不接了。”

秦怀鹤下颌动了动：“没有实力，不敢接。”

李嵩函说：“也不是这么说，我觉得他们回复挺实在的。”

秦怀鹤顿了片刻：“你去问一下，南州城亨川印象二期尾盘，一个月清盘，能接吗？”

李嵩函回道：“应该不接，他们只做湾城的项目，毕竟线上网播都是有地缘性的，去南州城，估计没有那么好做。”

秦怀鹤不欲多言：“你先问问。”

这一次，出乎所有人的意料之外，延嘉正面回应，团队要先去南州城看看，再谈接下来的合作。

秦怀鹤指头在掌里揉搓，声音清浅：“让南州那边做好接待。”

从南州城回来后，延嘉副总宁凯锋敲响了言微的门。

“言总，明天和亨川的见面会，您得参加，李总说了，秦总对亨川印象十分重视，要亲自参会。”

言微顿了下，点头：“行。”因为明天要准备晚上的直播，言微本打算让宁凯锋自己带团队过去亨川，既然秦怀鹤这个总裁要参会，她一个小乙方，不出现说不过去。

第二天，她选了一件小众品牌的黑色西装领连衣裙，做了一个简单的低马尾编发造型，还选戴了一双蝴蝶结造型的耳钉，让她的妆发看起来不至于太过单调。

言微带着宁凯锋提前十分钟到了亨川，调试好投屏，和李总在会议室里闲谈了几句。

秦怀鹤信步而来，三人同时站了起来。

言微轻轻说：“秦总，好久不见。”

秦怀鹤不过略微颔首，拉开椅子坐了下去，单手搁在朱红色会议桌上，稍稍偏过头：“开始吧。”

言微作为主讲人，站到了他正对面：“我们在一期做过调研，多数业主还是很肯定我们亨川印象的产品的，但是由于腾远的物业公司服务意识不到位，拉低亨川印象的评分，这一次换掉物业公司，首先把亨川物业服务做到极致，通过反差，把形象给树立起来……

“把营销成本从渠道公司和自由经纪人收回来，集中投放在优质的一期老业主身上，我们希望通过老带新，快速盘活客户资源……”

秦怀鹤出声打断她：“老带新一直都在做，效果呢？你们去做过现场，应该知道怎么样。”

言微手心微攥：“是的，秦总，之前老带新活动做得太简单了，同质化严重，费时费力，营销效果却不大。”她是个遇强则强的人，和许多甲方讲过营销方案，其中直面大老板的，也不在少数，她从不会怯场，但眼下，她嗓子有些干涩。

“每个行业都存在二八法则，我们精准筛选出可以做意见领袖的优质业主，成立业主股东私董会，和他们签协议，给他们发证书、印名片，让他们从拿佣金，变成和亨川合作开发拿分红。

“换句话，就是和秦总成为股东，一个月之内，分掉八百万的分红，大目标大刺激。”

秦怀鹤垂睫，并不回答。

言微干咽了一下，咬牙继续往下说方案，等到说完，她终于拿到救命水，连咽了三大口。

秦怀鹤两只手肘抵着桌子，下巴微抬：“言总，这种营销，我请当地的营销策划公司也可以做，请问延嘉的优势在哪里？”

凉水入喉，言微轻轻喘息：“秦总，我们的优势在于，我们会请当地的一个地产网播IP，以客户的立场，做一场亨川印象看房视频，还会对比周边的竞品项目，用中立的立场去评价亨川印象，比如腾远退出后续二期三期的开发，还有物业更换，这些客观存在，又伤不到亨川印象的根本。

“我们先造势，提高亨川印象的讨论度，在我接下来的推广直播中，效果才会更好。”言微稍稍停顿，不自觉移开眼，轻轻抿唇，“到时候，希望秦总可以到南州城给亨川印象站台，毕竟，您才是亨川最大的IP，也是最好的广告招牌。”

秦怀鹤点头。

走出亨川世纪大楼，言微还有些神思恍惚。

宁凯锋说：“言总，我一直觉得跟你参加甲方的会议，最有底气，因为你从来不会紧张。”

言微看着他：“今天我紧张了。”

“有一点，不过秦总的气场太强了，我都很紧张。”宁凯锋笑了，“没想到你也会紧张。”

言微没言语。初见秦怀鹤时，她不过是一只菜鸟，还能面不改色“宣传”他，后来做九湛府前策，也没少在会议桌前面对他。她也没想到到了这会儿，她竟然还会紧张到要靠喝水缓解的程度。

希望直播的时候可以一切顺利。

直播前一周，南州本地一个地产网播做了亨川印象的实地看盘视频，这个人做网播没多久，粉丝数在一众地产主播里并不算多，胜在他立场中立，见地犀利，粉丝增长得很快。这一次亨川印象看盘的视频，因为做了营销推广，直接冲上了热门。

“湾城微微看房”就是这个时候发布了预告，要到南州城亨川印象做一场直播。

紧接着，亨川官网做出回应，对“微微看房”到南州亨川印象做网络直播表示欢迎，并表示，届时亨川总裁和众高层管理一并出席。

言微带着热度，和团队一起到了南州城，为直播做准备。

秦怀鹤直播前一天才到的南州城，第二天，他站在人群里，看言微直播。她穿了一字领的高定礼服套装，露出精致的锁骨和直角肩，头发往上梳，看起来很利落。这是上镜的装扮，和她平日里素淡的模样完全不一样。

直播中的言微，话也比平时要多，除了要讲解项目，她还要和粉丝、助播不断互动。或许是连日劳累，她的嗓音有几分沙哑，但不管是不是刻意经营，她的精神状态看起来是好的。

他小看了她，她的确把项目给炒热了，照这个热度，根本就用不到一个月，就能把二期尾盘消掉。

言微目光漫过来，双唇微敛：“今天，我们亨川总裁也到了直播现场，我们请他到镜头前，和大家见个面，有请秦总。”

秦怀鹤打开耳麦，单手扣上西装扣子，信步往台上走。他清了清嗓子，试了一下收音器的效果，在这短暂的时间里，他捕捉到言微眼中一瞬而过的躲闪，嘴角轻轻往下一撇。

“大家晚上好，尊贵的亨川业主，还有支持亨川的客户，你们好。”

左手边的男主播用一副公鸭嗓浮夸地欢迎他：“秦总好！好帅！”

秦怀鹤没有做过直播，忍不住皱了一下眉，别开视线：“我昨天来的南州城，这是一座热情的城市，热情到秋天还跟夏天一样的温度，我发现我衣服带多了。”他往边上瞥了一眼，原以为言微会接他的话，但是她抿着唇，没有给他眼神交流。

秦怀鹤心下一笑，这个样子，可不像专业主播。

“我来之后，第一件事，就是到亨川印象一期的物业中心，我进去就问，还招人吗？”

言微与他视线相撞，唇禁不住颤了下：“然后呢？”

秦怀鹤顿了下：“大家都知道，亨川印象刚换了物业公司，有一些岗位还缺人，正常来说，要从网上投简历，走面试流程，物业经理也没有顽固不灵，他说在招，特别是保安和保洁，他看看我，说我可以做保安。”

言微手握成小拳，抵在唇边，压下一点笑意。

“我有些遗憾，只在亨川印象做了半天保安，但是看到我们业主生活安稳，也很欣慰……”

秦怀鹤一上台，言微有些不在状态，连网友都看出来了，不断发问：

【秦总和微微是什么关系？】

【微微害羞了？】

宁凯锋看着不断飙升的直播流量，忍不住给言微送一杯水，在镜头外攥起了拳头，做了个奋起的动作。

言微喝了两口水，嘴角泛起一点笑意：“秦总，您是不是该跟物业经理道个歉，毕竟他又要重新招人了。”

秦怀鹤看着她：“我向他道歉？他失去了一个这么好的保安。”

言微有些扛不住这个目光，飘忽了一下：“秦总，您可以看看手机，有些网友想让您去做保洁。”

秦怀鹤这才看向手机，底下像冒泡泡一般，不断有新留言出来，大多数是同一个意思——微微害羞了。

【微微为什么害羞了？隔着屏幕都看见你脸红了。】

秦怀鹤慢悠悠勾起嘴角：“你害羞了？”

言微一滞，强迫自己专注到手机屏幕上，一条留言正好蹦出来，这一条很长，她留意到了。

【秦总，你和颜清欢约会的照片刚上热搜，你转头就和前妻一起直播，你不打算解释一下你和颜清欢是什么关系吗？】

紧接着，评论里有人刷，说秦怀鹤是颜清欢背后的金主，很快评论下面又辟谣说，言微是他的前妻，离婚分了一大笔钱，她根本就不差钱。

秦怀鹤低声哼了哼："什么乱七八糟的。"

言微悄无声息捏捏指骨，轻轻牵动嘴角："秦总，您别介意，只要您不想回答的，都可以不回答。"

显然，网友们对首富的花边新闻更感兴趣，就算有问亨川项目的，也被淹没在桃色绯闻里。

秦怀鹤索性不跟网友互动了，谈起了亨川产品的设计理念，还有亨川印象三期的规划。

这一场直播，流量爆了，但言微真实后悔了，她高估了她自己，她可以跟汪达一起直播，却没有办法和秦怀鹤一起站在镜头前，对着他的绯闻侃侃而谈。

直播结束，秦怀鹤被安保人员护送上车，离开了南州城。

因为第二天还有一场大型暖场活动，延嘉团队没来得及做直播复盘，先赶着回酒店休息了。

回到酒店，言微最终没忍住，打开娱乐新闻，果然看见狗仔队的偷拍视频。

颜清欢一身休闲装扮，和秦怀鹤站在大街上，她拿着手机给秦怀鹤看，嘴里说着什么，然后看着他笑。秦怀鹤看着她的手机，惯常的闲散模样，说了几句话。撇开各种因素，两人站在昏暗的街景中，看起来像一对正在约会的璧人。

言微眼眶发涩难忍，一种难以疏解的郁气盘旋在她胸口。

颜清欢跟他并不搭，他怎么会和颜清欢约会呢？颜清欢这个女人不够真诚，岁岁怎么能有那样的后妈？

言微又觉得自己的想法有些可笑，秦怀鹤都三十了，即便他是岁岁的爸爸，她也不可能要求他单身一辈子。

一夜难眠，第二天，言微顶着疲累昏胀的脑袋到销售现场，当天在亨川印象一期的商业广场有暖场活动，主要由活动公司负责，延嘉只是收集部分素材，回去做一期关于亨川印象的推广视频。

言微在现场看见了汪达，他和别人合伙，在深城做商业项目，离南州城不远，特意过来看望她。

两人站在喧闹的人群里说话。

汪达问："直播我看了，你怎么回事？失了水准。"

言微轻轻耸肩："我也不知道。"

汪达跟在她身后："言微，走，请你吃大餐去。"

"可以去吃，不过这次我带着团队出来，要去我得带公司的人一起去。”

“难得见一次，你这么宰我？”

“就是难得才宰。”

这一顿饭，一直吃到快凌晨。言微带着醺意，被汪达护送到酒店楼下。汪达突然搭上她的肩，凑在她耳边说：“言微，当初，你为什么要跟秦怀鹤离婚？”

言微扭着双肩，试图甩开他的手：“你再对我动手动脚试试？”

言微突然瞳孔一缩，像是被人点了穴道，一动不能动。

秦怀鹤像鬼魅一般，从昏暗的柱子后走出来，他晦暗不清的眸子如同淬了冰，只一眼，便无端让人胆寒。

汪达不自觉伸缩十指，怏怏笑着说：“秦总还没走？”

秦怀鹤凉凉看他，抿着唇，猛地一拳挥过去。

汪达没有一点防备，左脸挨了一击。

秦怀鹤猝不及防的一下，惹得言微失声惊叫，惊慌掩嘴。

汪达舔了舔嘴角，睇着秦怀鹤：“有话好好说，我今晚没打算住这里。”

言微清醒过来，胸口剧烈起伏：“汪达！”

秦怀鹤下颌线绷得紧紧的，上去揪着汪达的衣领，才要抡拳，就被言微一把抱住了臂膀：“秦怀鹤！你再打试试！我要报警了！”

秦怀鹤转过头，眼底的戾气浓得化不开：“报警吧，他对你动手动脚，还不该报警？”

言微死死抱着他，牙齿打战，眼里带着水光：“他没有，你让他走，我跟你解释。”

秦怀鹤阖上眼，旋即又睁开了，眼圈下微微泛红：“你跟我解释，你跟我解释什么?

汪达挣开他，垂着眼整整衣襟：“秦总，南州城咱俩都不熟，这么晚了，闹到派出所太折腾，等回到湾城，你要约我，我一定奉陪到底。”

言微咬着牙，声音嘶哑：“汪达，你走！”

汪达朝地上吐了一口血水，走进浓墨般的暗色里。

# 第六章
## 温柔乡

真是活久见
秦怀鹤也有给她收拾的一天
言微，你在跟我撒娇吗？

### 第一节

暮色如墨，罪恶和隐晦在暗夜里肆意滋生。

已经入秋，南州城的天气却和盛夏相差无几，一点风也没有。

秦怀鹤白衬衣湿了一片，黏腻在后背，更让他添了燥意。他挥了一下臂膀，语气不近人情：“松开。”

束缚他的劲儿瞬间松绑，言微快速眨巴眼睛，把那点水光掩在浓睫下。

秦怀鹤垂睫，转动手腕：“走吧，不是要解释吗？”

言微转身，闷头往酒店走。

电梯间没有什么人，言微暗暗松了一口气。因为要结账，她和汪达走在后面，公司同事都已经先回酒店了。她和一个女孩住在同个楼层，其他男同事都住在另一个楼层，大概率不会碰上。

她踩着绵软的地毯，插上房卡，打开门。

这间房住了好几天，本来熟悉的，可眼下大概是喝了一些酒的关系，她开错了卫生间的灯，换了一个，又开到了卫生间的排气开关，开了关，关了开，总算开到了床头的一盏壁灯。

她挪动步子，在控制面板上摸索，想把冷气打开。

男人的气息侵袭而来，带着强势，不耐烦地说："磨磨蹭蹭的做什么？"

言微滞了一下，垂下手臂，连带着头也垂下了："太热了，我想开空调……"熟悉的佛子柑前调，掺杂着烟草味儿完完全全笼住了她。这个味道带着魅惑，让人迷乱，她有些难以自拔。

秦怀鹤沉着嗓音说："说吧，今晚上哪儿去了？"

言微放任自己沉迷在他的气息里，声音轻轻的："今晚团队一起吃饭，南州城的特色菜，还不错。"

秦怀鹤轻呵了一口气，一动不动盯着她："团队去吃饭，最后就你和那二流子一起回来？"

言微轻抬下巴："等会儿你可以下去看，有后门，三辆湾城的车牌号，都是我们公司的车。"

她为自己这么快破了秦怀鹤的疑云小小振奋了一下。

秦怀鹤嗤了声："言总越飞越高了。"

言微听出了嘲讽之意，笑得极浅："人轻自然飞得高，还得多谢秦总当年出手相救。"

秦怀鹤眸子里那层薄冰彻底碎了，欺上她眼尾的泪痣："没良心，我救过你，你却从未想过回头救救我。"

言微被震慑，下意识往后退了一步。

秦怀鹤感觉到她受了惊吓，挠挠眉尾，放缓声音："大晚上，凌晨一点，你跟一个二流子勾肩搭背逛大街，你爸要是知道，你说他该怎么想？"

"汪达不是二流子，他是我的朋友。"

秦怀鹤顿了片刻："言微，你就这么缺朋友？把前男友捡回来做朋友，还让他占便宜。"

言微两眼迷茫："不是啊……他搭我的肩，我又不能砍掉他的手。"

秦怀鹤胸口起伏，语气凉凉的："为什么不能砍？"

她定定看着他，瞳孔纹丝不动，突然嘟哝了一句："那你还亲我，我也没有割掉你的嘴巴。"

秦怀鹤心尖像是被人拿捏在指间蹂躏，一阵绞痛。他滞了好一会儿，大掌猛地抓上言微的后颈，往他跟前带，贴着她的发际磨牙："你没有吗？你给我削了一刀又一刀，一刀又一刀，蛇对农夫都没有这么狠！”

言微被迫压在他肩颈，男人的喉结在她眼前滚动，她的呼吸短促窘迫：“我没有……”

黑影压下，秦怀鹤强势撬开言微的牙关，狠戾搅弄，炽热的唇齿磋磨着言微。她攥紧拳头，仿佛下一刻就要化在他怀里。她下意识想要后退，手腕却被拽得更紧。

秦怀鹤压着她的后颈，用牙齿啃她的唇瓣，勾缠她的舌尖，似是要把气息顺着唇舌渡入她的心肝肺。言微没有束缚的一只手攥紧了他后腰，或许是刚才太热了，他后背的白衬衣湿了一片，攥在掌心，又凉又滑。

她在窒息边缘，听见温柔的敲门声。

“言总，开一下门，我给您送充电器来了。”

言微迷糊的意识里，想起了这么一档子事，她手机数据线坏了，刚才吃饭的时候交代过他们，回到酒店给她送一个上来。

出于自救本能，言微咬了作恶的男人一口。

秦怀鹤身子一僵，抬起头来，却没有松开她，下巴抵在她额角处喘粗气，他带着她的手，徐徐往下：“赶紧让她走。”

言微溺在喷薄的潮热里，胸口上上下下，起伏不歇，敛着气息说：“小雅，我睡了，明天再拿吧。”

外头顿了片刻，好似惊醒过来：“好，好的，言总。”

外面很快就安静下来了。

秦怀鹤在言微颈窝蹭了下，辗转到耳垂，亲了一口：“言微，不要把我削干净了，至少给我留下命根子。”

言微呼吸一紧，心脏在胸腔里加速跳动，抬首看进他的眼睛里：“那你不要和颜清欢约会。”

秦怀鹤一滞，心神微荡：“为什么？”

“她不真诚，不适合你。”她眼睛蒙着一层薄雾，仿若水汽氤氲，他再熟悉不过了，以前两人亲热，她也是用这样的眼神看他。

秦怀鹤不禁被这个无厘头的理由给逗乐了：“你真诚？你那直播，忽悠人一套一套的。”

言微一动不动地看着他，而后，嘴唇轻颤两下。

秦怀鹤抓上她的手，包裹在掌心里，轻轻揉捏：“我跟她约什么会，那天见面你也在，吃了饭，她和苏允礼把我送到路边。”手里的触感绵软、细腻，秦怀鹤在这一刻舒坦了。

这一个晚上，他的心境可谓跌宕起伏，这会儿看见言微这副神情，心口瞬间丰盈起来。

他没看错的，言微还爱他吧。

他仿佛要确认一般，唤了一声：“言微，亲我。”

言微踮起脚尖，贴上他的唇，亲了一下。

秦怀鹤下颌微动，眼角冒出了丁点湿意，低声诱惑她：“言微，再亲亲我。”

言微攀上他的脖子，抬起头，牙齿轻轻厮磨了一下他的喉结。

秦怀鹤喉间微痒，一把抱起了她，大步往大床而去。

夜色无痕，从没拉严实的遮光帘缝隙倾斜而下，在地板上投射一道狭长的光，染了一身汗的白衬衫被无情丢弃，往那地上的浅薄凉光而去。

情难自抑，秦怀鹤发出一声低哑闷哼，消散在一室旖旎里。

言微还爱他，只要确认了这一点，对于他秦怀鹤来说，这世上还能有什么烦忧。

将近天亮，两人才沉沉睡去。

不知道是什么时间，秦怀鹤被敲门声弄醒，门外响起一道细微、胆怯的声音：“言总……”

秦怀鹤凑近了些，看着女人恬静的睡颜，悠悠勾起了嘴角，他在她脸上轻啄一口，掀开被子，套上浴袍。

秦怀鹤打开门，一个戴眼镜的女孩站在门口。看见他，女孩脸上的笑脸骤消，一脸惊愕。

“充电器呢？”

女孩从惊吓中醒过神来：“秦总，我来叫言总起床吃早餐，我怕她……我带了充电宝。”

秦怀鹤从她手里拿过数据线和充电宝：“不用等她，你们先去吃。”

秦怀鹤回到床边，蹲下身子，压着眼睫看床上的人。

言微似乎被他们的对话打搅，眉头一皱，卷翘的睫毛轻轻颤动。她睁开眼，迷瞪两秒后，脸色突变，话音嘶哑：“我怎么……在这儿？”

言微手抚上喉咙，清了一下嗓子，喉咙胀痛难忍，四肢酸痛，没一处是舒坦的。这是又要生病的前兆，昨天嗓子本来就痛，今儿干脆发不出声音了。

她拿起手机一看，已经快十一点。

按照原计划，这个时候，该退房回湾城了，再看连接她手机的那根线和充电宝，言微软绵绵瘫回枕头里，扯过被子蒙上头，放弃挣扎。这下好了，手下的人全都知道她和前夫睡到一起去了。

秦怀鹤看言微那样子，大有睡了不认的意思，他绷了一会儿，说："我还想问你，我怎么在这里，是不是你勾搭我进来的？"

言微攥着被子的手紧了紧，在被子里咳了两声："不是的……"

秦怀鹤单手解开睡袍，随手往沙发椅上一扔，压上去，掀开蒙在她脸上的被子。两人在昏暗的光线里，四目相对，他突然垂首，在她脖颈啃了一口，哑声说："你昨晚就是这么勾搭我的。"

言微伸手搂上他的脖子，气息微弱："秦怀鹤，我生病了。"

秦怀鹤略一扯嘴角："生什么病了？"

她又弱弱咳了一声："喉咙痛，哪哪儿都痛。"

秦怀鹤停滞片刻，压了压唇边的笑："言微，你在跟我撒娇吗？"他垂首，双唇在她一边脸蛋上重重亲了一口，"吃了早餐，我让人过来给你看看。"

他起身，拿着手机出去了。

言微慢吞吞抬首，抹了一下发烫的脸颊，指头沾染上了些许湿意。她心想，秦怀鹤肯定是亲女儿习惯了，竟然下那么大劲儿，把她的脸都亲扁了。

两人收拾好后，出门往电梯走，去往一楼大厅。

行李箱滚轮在绵软的地毯滚过，留下一道浅淡的痕迹。

"以前在外面应酬，喝多断片，总是想不起来我是怎么回到床上的，后来，我总结出经验。"

闻言，言微脚下微顿，扭脸与他对视。

秦怀鹤低声笑了笑："脚后跟疼，是被人拖回去的，胳肢窝痛，被人架回去的。"

言微抿了抿唇，问道："那嗓子疼呢？"

"嗓子疼？"秦怀鹤顿了片刻，略微舔嘴，"估计是被人套了圈圈，给牵回去的。"

言微腹诽：还不如不问，问了就是狗。

秦怀鹤臂膀往她腰肢上一揽，把她往怀里带："这样舒坦，哪哪儿都不痛。"

言微挨着他温热的前胸，脑子晕乎乎的，踩着地毯就好像行走在云端之上，虚弱的身子得了倚靠，没有矫情拒绝他。

她有一种奇异的情绪，原来，被坚实的怀抱保护，心也会跟着得到慰藉。

当初她也会生病，但是从来不让秦怀鹤知道，她以为他太忙了，他的钱不值钱，但是时间很值钱，她不可以任性去占用他的时间。

现在想想，不免觉得好笑，时间再值钱，也没有人值钱。

她没有什么好卑微，秦怀鹤也没有什么了不起。

两人坐上下午六点的飞机。

到家已经过了九点，言成明出门溜达了。

岁岁啃着一块猕猴桃，头上的短毛湿漉漉的，脸上还带着泪痕。

言微心疼，把女儿抱起来，给她擦拭头发，柔声问："岁岁为什么哭了，出那么多汗？"

阿姨怕她误会，忙说："她看到邻居哥哥吃冰激凌，哭闹着也要吃，天气凉了，哪敢给她吃。"

秦怀鹤坐在母女俩旁边，微微歪头，看着在妈妈怀里撒娇的女儿，说："岁岁，爸爸回来了，爸爸抱抱行吗？"

岁岁抱紧了妈妈："不要！妈妈抱抱。"

秦怀鹤早就因这没良心的小人练就了金刚不坏之心。

他拧她的脸，拿出他的撒手锏："跟爸爸，爸爸带你去买冰激凌。"

言微忍不住皱眉看他。

"没事儿，我给她买不冰的冰激凌。"

"有不冰的冰激凌？"

秦怀鹤大掌压上她的后颈，提嘴笑："没有我让人现造一个，不用你管，你去吃你的饭。"

岁岁瞪着圆溜溜的眼珠子看他，小吃货的本色尽显："爸爸，要冰激凌。"

秦怀鹤无声发笑："冰激凌比你爸爸都亲。"

这下，小吃货主动伸出双手要抱抱。

待秦怀鹤把女儿扛在肩头，提着一袋零食回家，看不见言微，阿姨说她上楼了。

秦怀鹤带着女儿上了楼，打开房间门，看见言微已经梳洗干净，躺在床上休息。

言微看见父女两个，掀开被子下了床："买什么了？"

岁岁一脸笑，奔向妈妈："妈妈，冰激凌！"

言微看着小馋猫的嘴角还残余一点巧克力，伸手给她抹干净了。

岁岁又扒拉爸爸手里的袋子："妈妈，糖糖。"她捡了两个喜欢的糖果，拿出来送到妈妈手里，小嘴嘟囔着让妈妈吃，"妈妈，糖糖，糖糖。”

岁岁蹦着跳着，把糖放到妈妈的床头柜上。

秦怀鹤眼底有些热：“我给你买的，你怎么就只记得给妈妈拿糖？”

原来，小猪八戒也有良心，她爱妈妈，超乎他的想象。

秦怀鹤贴近言微，歪着头看她，她洗了澡，看起来元气回来了，面色比在南州城的时候好多了。

言微挪开眼：“下去吃饭吧。”

秦怀鹤伸手环上她的腰肢，低声说：“不着急，等你爸回来，我跟他喝两杯。”

“那么晚，别喝了。”

秦怀鹤微微眯眼，似笑非笑的：“你这么着急？”

言微嗓音好了些，说出来的话却仍是软绵绵的：“我急什么？”

秦怀鹤把她的手包裹在掌中，那双微微眯起来的眼睛，尽是抓弄人的劲儿：“以前喝了你的醒酒汤，第二天醒来，头皮总是很紧，我现在回想，那会儿是不是我睡着了，你偷偷揪我头发。”

言微嘴唇微颤：“你现在才想明白？”

他下巴贴着她的前额，闻到一股馨香，笑了声：“你说说，到底多恨我，才要这么治我？”

秦怀鹤在这一刻，心里是无比熨帖，只要言微在，喝多少酒，醉不醉，有什么所谓——他在温柔乡里。

岁岁突然走过来，伸手扒拉他的裤子，强行把他从“温柔乡”里拉扯出来：“爸爸，天黑黑，你回家。”

### 第二节

秦怀鹤被小人的话给气乐了，蹲下身子瞧着她，问：“什么意思，你要赶爸爸走？”

岁岁晃动着小脑袋一本正经地说：“黑黑，有老巫婆。”

“有老巫婆？”

“嗯，有粑粑，小心哦。”

秦怀鹤皱眉：“什么？”

言微忍俊不禁，给他翻译：“她说，天黑了，路上有老巫婆，还有大灰狼的屎，你要小心。”

“屎就是屎，粑粑什么粑粑。”

岁岁点头：“粑粑粑粑呀。”

“你怕爸爸踩到屎，那爸爸不回家了，晚上睡你的床行吗？”

岁岁愣了愣，摇头。

秦怀鹤试图跟她讲道理：“为什么你能睡我的床，我却不能睡你的床？你这么小气，爸爸以后不给你买好吃好玩的了。”

岁岁抱上妈妈的腿，委屈巴巴看着他。

秦怀鹤“嗞”地吸气：“岁岁，你再这样对爸爸，老巫婆要把你抓走了。”

言微忍不住出声：“秦怀鹤，别这么对她说话，快下去吃饭，你要觉得饭不合胃口就回去吃。”

秦怀鹤站起身来，原地叉腰：“你也赶我？”然后他跟着走过去，放缓声音，“你生病，我留下来照顾你不行？”

言微说：“不用你照顾，睡觉又不会醒。”

秦怀鹤顿了下，挠挠眉尾：“言微，你做个真诚的人，跟我说说，咱俩现在是什么关系？”

言微怔了片刻：“你说呢？”

并非她不真诚，但是眼下，她确实不知道怎么定义她和秦怀鹤的关系。她抬起眼睫，抿了一下唇：“秦怀鹤，我觉得，你在男女关系上的认知，跟我有很大的差距，或许你应该去问问你的朋友，或者丁澄，什么样才算男朋友。”

秦怀鹤半张着嘴看她，旋即扯唇笑了：“有差距你就说，还让我拐弯去问别人。怎么，还要我把咱俩睡了的事儿，事无巨细跟别人说，请教他们，你到底把我当什么了？”

言微没好气地说：“我男朋友没有那么容易做，不追个一两年，看清楚这个人，我是不会接受的。”

秦怀鹤绷着嘴看她，半晌，点了一下头：“行，我追你，一两年不够，一二十年，二三十年，追上正好可以白头偕老了。”

言微轻轻瞟了他一眼：“还不走？我明天还有很多工作。”

秦怀鹤压着眉，默默转身，他站定了脚跟，两三秒后，突然转身，大掌压上言微的后脑勺，弯腰对着她的脸蛋“吧唧”亲了一下。

言微猝不及防，一脸惊愕，与他四目相对。

秦怀鹤勾起嘴角，两眼略微一眯，双眸里是藏不住的笑意：“这样追行吗？”

言微脸上升腾起热气，嘴唇抖了下，一个字也说不出来。

言微接到秦怀鹤的电话，她忙得很，并不怎么搭理他，三言两语便把他打发了。没几天，宁凯锋和言微说，这一次到亨川汇报工作，秦总也会参加。言外之意，她还是得去。

言微只能应下，把时间挤了又挤，带着宁凯锋去了亨川。

两人已经有好几天没见，秦怀鹤故意直勾勾地盯着言微。

言微有些不自在，问道:“秦总，有新项目要交给我们延嘉来做？”

秦怀鹤清了一下嗓子，把手放下了，往后一靠，模棱两可地说：“我怕你忙不过来。”

“秦总放心，我们公司正在扩招，营销策划一线人员完全够用。”

秦怀鹤低笑了声：“你们那点小庙，能装下几个和尚？”

言微面色平静地说：“秦总，我们正在找新的办公室，签约下来，马上就装修了。”

“搬到哪里？”

“暂定浅湾区的鼎晟广场。”

秦怀鹤定定看她，忽地一笑：“那就是没定，就会画大饼，给你们公司的人画就算了，还给我画。”

言微顿了下，不再假意与他客气：“我忙死了，你要是没有什么事，我就先回去了。”

秦怀鹤稍稍挑眉：“有事儿，亨川世纪十六楼还有两间连在一起的办公室，大概四百多平方米，你们公司既然要换，正好，帮帮忙，把那两间租了。”

言微抿了抿唇：“我担心我们负担不起，租金有优惠吗？”

他想也没想，说：“没有，市场价，二十三，亨川世纪的写字楼，一直供不应求，能租到就很不错了。”

言微心里默算了一下，二十三元每平方米一天，四百平方米，价格远远超过了她的预算，这里的确很好，但是她不打算打肿脸充胖子：“你还是租给别人吧。”

秦怀鹤压着唇，瞅了她一会儿：“租给你们公司，不是方便追你吗？”

言微眼睫一抬：“有你这么追人的吗？我以为你想宰我呢。”

秦怀鹤悠悠站起身来，踱步而去，最后在她身后站定了脚，俯身下去，嘴唇似有若无擦过她发丝，压着嗓音说：“免费也行，上顶层来。”

熟悉的气息环绕，言微轻轻提肩，颈窝连接到耳根，绒毛仿佛在一根根苏醒，难以言喻。

秦怀鹤走了有十分钟，言微才起身。

她已经有一年没来过亨川世纪顶层的房子了，但是手停留在密码锁上，依然能摁出正确的密码。

客厅静悄悄的，一点声响也没有，言微一路走过去，有一瞬间的疑虑。

难道是她会错意了？

秦怀鹤并不是让她马上上来？

她头皮一阵微紧，如果是这样，他从监控里看到她进来，岂不是要得意死了？

转瞬，她的疑虑就消散殆尽了，那张大床的床头柜上，摆放着一张照片。秦怀鹤偷走的那张全家福，她被单独裁剪出来，放在墨色的相框里。

秦怀鹤都敢把她的照片放床头，她有什么不能进来的？

言微把相框拿起来，细细瞧着那张熟悉得不能再熟悉的照片，嘴角忍不住往上翘起。女高中生梳着最简单的马尾辫，抿着嘴，笑容恬淡，眼里带着未来可期的光芒。

门外传来了脚步声，秦怀鹤步子稳健，朝她踱步而来：“怎么跑这里面来了？”

言微把相框放下，并不回答他的问题：“上回岁岁过来，也是住这里吗？”

秦怀鹤顿了下：“不是。”

言微停顿片刻，轻笑：“我在想，如果晚上她看到妈妈的照片，可能会安心一些。”

秦怀鹤贴上她左手臂，低着眼说：“我不是为了岁岁好过，而是为了我自己好过，你不在的时候，偶尔要用到。”

言微略微抿了抿唇，垂下眼睫。

秦怀鹤伸出手，掌心贴着她的颈子，虎口夹在她耳垂下，轻轻揉搓她的脸蛋：“言微，别折腾我，搬到这边来办公，行吗？”

言微漂亮的颈线绷得紧实，眼睫轻轻颤动：“我租不起。”

他的大拇指在她脸蛋上刮挠两下：“你先用着十六楼那两间，还有最好的两层没卖，我留着给你，等租约到期了，你们再搬。”

言微定定看他。

“送给你的，现在就可以签合同，放胆去做，不要为那点租金畏首畏尾。”

言微眸光一闪：“那么贵，我不敢占你那么大便宜。”两层写字楼，三千平方米，粗粗一算，超过三个亿，对于她来说，实在是烫手。

秦怀鹤压着眼，指腹从她唇上碾过，抹掉了一层浆果红：“我更贵，我的身子都被你占完了，不差这一点。不要？”

言微没有拒绝，也张不开口说要，似是而非地说：“你是挺贵的。”

这一折腾，言微毫无意外地迟到了。

宁凯锋代替她，出去和别的公司谈合作，她进公司的时候，每个人都在自己工位上各司其职。

“言总下午好。”

闻言，言微略微颔首，目不斜视往里走。

不管有没有人留意，她都有些心虚。

里面那件吊带已经报废，秦怀鹤给她买了一件同颜色同材质的打底衫，脖子绑带，还得他亲手给她绑上，才能出门。

门被人轻轻敲响，气势微弱。

言微收拢神思：“进来。”

门被打开了，小雅轻手轻脚走进来，双手绞在一起：“言总……”

言微展颜笑了笑：“怎么了？”

小雅笑得有几分勉强：“言总，我可能要辞职了，今天和李经理说了，虽然越级了，但您对我那么好，我想亲自和您说一声。”

言微有些意外：“为什么要辞职？”

小雅是言微亲自面试进来的，她大学毕业没多久，做后期剪辑，平时不爱说话，每天闷不吭声的，工作倒是挺认真负责，活儿做得也利索。

小雅亲自来说辞职，大约已经下定了决心：“家里的事情，您知道，我家不在湾城，我家里人希望我回家发展。”

言微顿了下，问道：“找到合适的工作了吗？”回老家发展，这是最合适的辞职理由之一。

小雅垂下眼睛：“还没有，等回家了再找。”

言微站起身来：“你过来。”她走到接待沙发上，拉着小雅坐下，“如果你说在湾城找到了更好的工作，我不拦着你，但是你说回老家，我希望你能好好考虑清楚。我不是反对你回老家，你得确定，回老家真的能有更好的发展吗？”

小雅垂着眼睫，嘴唇轻抿。

她这个神态被言微捕捉到了：“怎么了？有什么困难可以和我说。”

她摇摇头：“没有，我只是觉得，湾城太大了，人才太多了，我能力有限，还是早点回到老家比较好。”

“这样吧，你现在也熟悉公司的业务了，我给你一个月的时间，一边找工作一边在家办公，如果找不到合适的工作，你继续留在我们公司，你看行吗？”

小雅滞了片刻：“行，谢谢言总。”

等小雅走后，言微把小雅的直属上司李经理叫进来。

李经理是个直肠子，有话就说：“我觉得都是借口，回什么老家，听小严她们说，小雅大学都是靠助学贷款读完的，她就只有一个哥，已经成家了，她回那小地方能做什么？”

言微把她和小雅的对话告诉了李经理，最后说：“能留尽量留，小雅挺能干，招人也不容易。”

“知道了，言总。”

晚上，丁澄拿着着急签字的文件上了顶层，一进门，看见秦怀鹤卷着衬衣衣袖，有一边都已经湿透了。

餐桌上的食盒还没有打开，看来秦总连午饭都还没吃上。秦总极少有这么不讲究的时候，丁澄看着怪难受的，问道：“您衣服怎么湿了？”

秦怀鹤不甚在意地说：“搞卫生，没来得及换。”秦怀鹤没搭理丁澄的吃惊，洋洋洒洒签上自己的大名，把文件给了他，“这几天，你给我找个厨师，我学几样拿手菜，岁岁偶尔过来，老是带着保姆也不方便，我得给她做饭。”

丁澄顿了下：“秦总，我觉得没必要，我找人来给岁岁做就行了。”

秦怀鹤说：“那不一样，总有用得上的时候。”

“行，我找个育儿师出食谱，我们按照上面的学，您看行吗？”

秦怀鹤耷拉着眼睫顿了片刻，回道：“不用，也不只是做给她吃，她妈妈偶尔也会过来。”

这下，丁澄回过味儿来了，再看小几上那包，他心里头有谱了。他跟着秦怀鹤那么多年，就没有见秦怀鹤沾过厨房的油烟，敢情是要改头换面追回自己老婆啊。

“秦总，我觉得学西餐好一些，煎牛排什么的，难度不大，只要学会了，也不容易发挥失常。”

秦怀鹤一口否决了：“我就学中餐，能有多难？”

丁澄噎了噎：“中餐各种菜系，各种调料，还要看火候，可能对您来说不难，对我这种晕油烟的人来说，简直难于上青天。”

秦怀鹤摆手：“走走。”

他回到房间，言微已经穿戴整齐，正在镜子前以手作梳梳理那一头乌发。

秦怀鹤走过去，在她身后站定，从镜子里看她。她的皮肤白净透亮，一双干净的野生眉下，眸子纯净带光，瞥人一眼的神态，有些漫不经心的冷感。

言微顿了下，从镜子里看他。

秦怀鹤把一缕被水浸湿的发丝捏在指间，问：“这儿有点湿，你着急绑起来做什么？”

“不要紧。”

她的声音轻柔似水，跟她的人一样。

他嘴角勾起一个弧度来，意有所指地说：“言总这么急着恢复原样？”

言微乌黑的瞳孔一动不动对着他：“我不着急恢复，只是，这样形象出现总是不太好。”

秦怀鹤略微舔嘴：“我知道了，你怕丁澄他们以为你在办公室勾搭我。”

**第三节**

言微约了林棠和汪达一起吃饭。

林棠风风火火赶来，屁股才刚坐下，便拉着言微问：“你昨天去亨川世纪做什么，我吃饭回来，正好看见你的车开过去。”

言微骤然抬首，怔了两秒，扯谎道：“过去开会。”

林棠没放在心上：“我还喊了你几声，你都没听到。上一回我不是发了颜清欢到九湛府看房的新闻给你嘛，丁澄跟我说，不要说秦总坏话，不然不给我报销跟你一起吃饭的钱。”

她噘嘴哼了一声：“我跟他说，我姐妹现在混得风生水起，不稀罕！”

汪达不动声色瞧着言微：“昨天去亨川开会？”

言微没有看他，端起水杯喝了一口，“嗯”了一声。

汪达咂嘴：“真好。”

林棠莫名其妙：“哪里好？”

汪达笑了笑：“我说，秦怀鹤真好，想做什么就做什么。”

“哎哟，你是不是嫉妒我们秦总，离婚了还照顾前妻，还可以合作？”

他嗤了声：“不至于，钱够用就行，秦怀鹤百事缠身，他老婆未必有我老婆幸福。”

言微不搭理他。

汪达说：“把上回在南州城聚餐的照片找出来给我看看，昨晚上在外面碰上个女的，好像是你们公司的人，我确认一下。”

言微翻找手机，上一次去南州城，除了她，只有小雅一个女性。小雅那种老实的女生，可不是汪达的菜。

汪达拿过手机看了一眼：“就是她，我说怎么有点面熟。”

言微不解：“怎么了？”

汪达把手机还给她，低声笑了笑：“这个女的你小心一点，昨晚上我看见她和赖伟在一起。”

言微有些发蒙：“赖伟？”

“对，昨天是工作日，也不知道他是不是回湾城工作了。那女的做什么的？”

言微低睫：“她是剪辑，前几天提离职了。”

“离职就好，跟赖伟那种人混一起，能是什么正经人。”

林棠问：“谁啊？”

“一个变态。”言微回道。

林棠听了来龙去脉，摆出正义女神的姿态：“这种猥琐男，要是碰上我，早就把他给废了！”

言微有些失神：“变态又不是一下子就暴露的，小雅毕业没多久，估计分辨不出来，是不是该提醒她一下？”

小雅那么老实的女生，怎么会跟赖伟混在一起？还有，赖伟知道小雅的老板是她吗？她又一想，赖伟平常戴着一副眼镜，斯文有理的，若真要伪装，小雅如何看得出来他是一个衣冠禽兽？

汪达说：“没必要，你别又招惹上那变态，二十几岁的大姑娘了，又不是小孩，再说，你又不确定他们是什么关系，说不准人心里比谁都清楚，你一提还招人恨呢。”

言微点一下头：“嗯，别提他了，吃不下饭。”

天气越来越冷，言微给言成明换上了厚褥子、厚被子，言微说要请一个半天的护工，言成明说没必要。他现在已经基本可以生活自理，偶尔弄湿了被褥，他也会自己换掉，平时也会跟着她们吃一些较软的饭，近半年脸上有了些肉，看起来气色好了很多。

言成明看着言微换被芯，问：“岁岁两岁，还去那边过生日吗？”

言微抬眼：“嗯，得去。”

“在酒店里过？”

“秦怀鹤说，这一回不折腾了，去她太爷爷家过。”

言成明顿了下：“也好。”

过了一会儿，言微把被子弄好了，走到爸爸跟前：“爸，到时候秦怀鹤要是过来接你，你不愿意去就跟他说不去，不用为难。”

言成明点点头：“等她回来再过一次，你们生日挨得近，一起过。”

言微滞在原地，嗓子眼有些干涩：“好，我定蛋糕。”

自从爸妈出事后，言微就没有在家过过生日，林棠在国内的时候就两个人一起过，林棠不在，她就当那天只是平安夜。言微往外走，心里是轻松的，四年了，爸爸接受了他再也站不起来的事实，他的余生即便不能事事如意，也不会比四年前更差。

她也是。

岁岁开着秦怀鹤买的电动小汽车在客厅里乱窜，她方向盘控制得还不是很好，撞翻了小板凳小玩具，她也毫不在意，一路碾压过去，吴姐在一旁胆战心惊，提醒她慢点儿。

用秦怀鹤的话说，猪八戒路子野得很。

言微眼底微微发烫。她偶尔会冒出一个念头，自从生下岁岁，家里就有了阳光雨露，岁岁是妈妈送过来救她和爸爸的吧。

“岁岁，戴上头盔。”

言微摆出一副严肃面孔，岁岁才乖乖停下，她丢下车子，拉着妈妈裤腿儿，闹着让妈妈带出门去溜圈。

言微难得在家，不忍心拒绝，便给岁岁穿上外套，领着往外走。

才到小区门口，她看见秦怀鹤从车里下来，大冷天的，他依然是一件衬衣，一件藏青色西服，步子稳健。

秦怀鹤看见母女两个，目光一顿，转瞬勾起嘴角，迈着大步往她们而来。

岁岁跑跑跳跳：“爸爸！爸爸！”

秦怀鹤知道她的热情维持不过五分钟，还是十分受用，一把抱起了她：“今天这么好，知道出来接爸爸了？”

“爸爸，岁岁开车车！”

“是吗，谁给你买的车车？”

岁岁笑得两眼弯弯：“爸爸买车车。”

秦怀鹤对着她的小脸蛋重重亲一口：“知道爸爸为什么给你买

车车吗？”

岁岁甜滋滋地说：“爸爸爱岁岁呀！”

秦怀鹤看了一眼言微，又看向岁岁：“听听，给你买好东西就是爱，不买就不是爱。爸爸买车给你，不是为了让你玩，而是让你跟着师父去西天取经。”

言微轻飘飘瞟他一眼，转身往小区走。

又是那个叫小赵的保安站岗，看见秦怀鹤，马上立正敬礼：“秦总晚上好！”

秦怀鹤心情不错，把岁岁抱到另一侧，拍拍兜，掏出一张购物卡：“精神面貌不错。”

小赵接过来一看，面额不小，有些无措：“秦总，我不能拿，不能拿。”

秦怀鹤说：“拿吧，这是圣诞福利。”

小赵脸蛋赤红，攥在手里，憋了一会儿才说：“谢谢秦总。”

“岁岁，和哥哥再见。”

岁岁挥手：“拜拜！”

小赵连忙挥手：“小朋友再见！秦总再见……”他嘴唇嚅动两下，“夫人再见。”

言微愕然回头，头皮一阵阵发麻。

秦怀鹤抱着岁岁往前走，突然站定了脚，指着一棵树说：“岁岁，这是什么树？”

岁岁拍拍手，小脑袋往天上仰：“大树。”

“大树，这叫金丝楠。”

岁岁口齿不清：“这是金兰。”

言微忍不住笑了：“金丝楠，不是金兰。

岁岁学着妈妈：“金拉金拉。”

秦怀鹤“啧”了一声：“你不会说金丝楠，你就叫它——舅舅。”

这下，岁岁发音很准：“舅舅，这是舅舅。”

“哪儿来的舅舅？”言微寻思，无论如何都叫不上舅舅。

秦怀鹤嘴角略微勾起一个弧度，闲闲散散地说：“这树比你还大两三岁，可以说是你哥，叫舅舅不算过分。”

言微绷了一会儿，嘴角有些崩裂：“那也可以叫叔叔，不是比你小吗？”

真是一本正经地胡说八道，硬是给她安排这么一个哥哥，他自己怎么不认作弟弟?

秦怀鹤往上看，二十几年树龄的金丝楠木树干笔直，即便已经入冬，树顶上仍是郁郁葱葱。

“亨川的园林都是砸钱花功夫做出来的，金丝楠是珍贵树种，我这一棵的价钱，比别的小区所有树种加在一块还贵。你知道为什么非要选它吗？”

言微抿了抿唇：“金丝楠是珍贵树种，谁都不敢动，你是不是希望一两百年以后，后人坐在树荫里，对你歌功颂德？”

秦怀鹤睨着她：“在你眼里，我是这么功利的人？”

言微挪开眼：“我觉得没必要给树也分出高低贵贱，在我眼里，金丝楠和我家院子里的柚子树一样，都很珍贵。”

“当然不一样。”

“怎么不一样？”

秦怀鹤把岁岁放下，摸上金丝楠木经受过磨砺的树干，说：“金丝楠木千年不腐万年不朽，自古就被称作栋梁之材，以前修建皇宫用的多是金丝楠木。金丝楠一树难求，所以有一棵楠木一条命的说法，怎么是你家柚子树能比的。”他回过头看她，“等我们老了，柚子树一砍，什么都没留下，可是我们的子子孙孙，在几百年以后，还可以站在这里摸到这一棵楠木。”

言微乌漆漆的眼在寒凉的夜色里看他，绵声细语说：“你就是想让子孙后代记得你。”

“不是我，我最多是岁岁的钢炮小汽车。”他收回目光，唇边压着笑，“我觉得，我哥如果能顺利长大成人，一定很契合金丝楠木的品性，君子谦卑、高雅、出尘于世。”

言微牵上岁岁的手：“你哥知道你这么夸赞他，肯定很高兴。”

“你也一样。”

言微怔怔看着他，细嫩的面庞慢慢升腾一股热气。

岁岁突然拉扯爸爸裤腿：“岁岁小汽车，突突突，送爸爸回家。”

言微转头朝向另一边，紧紧抿着唇。

秦怀鹤停滞数秒：“我才刚来，你又想让我走？”

岁岁点头：“天黑黑了。”

果然，五分钟过了，她又不需要他了。秦怀鹤蹲下身子，抹着下巴瞧她：“爸爸害怕老巫婆，可以住在你家里，等天亮了再走吗？”

岁岁愣了一会儿，突然挥起小手，朝空气里拍打：“老巫婆走开！”

秦怀鹤试图用吃的收买她：“如果你让我睡你家里，爸爸给你买冰激凌，等你生日的时候，爸爸还给你买飞船蛋糕。”

岁岁很为难，看了一眼妈妈，又看向爸爸："我们家没有你的床。"

秦怀鹤不依不饶："我可以睡沙发。"

岁岁有一点松动，大眼睛眨巴两下。

秦怀鹤趁热打铁地说："今晚爸爸给你洗澡，行吗？"

这一句话，让岁岁那一点松动也没有了："妈妈洗！"

秦怀鹤点头，忍气吞声哄她："好，让妈妈洗，那我能睡你家沙发吗？"

岁岁摇头，不带一点犹疑："你太长了，没有长被被。"

秦怀鹤"嗞"了一声，拧起眉头，磨牙："猪八戒，你等着瞧。"

**第四节**

经过老人活动中心，言微一如往常，朝里面张望了一眼，看见爸爸在棋牌室里看老头们下棋。

秦怀鹤也看到了，说："走，去接外公回家。"

岁岁甩开爸爸的手，像一颗炮弹，往棋牌室里冲。

言微定在原处，等了好一会儿，秦怀鹤也不知道和老头们聊什么，就是不出来。

她最终还是找了过去。

"你厉害了，女婿还给你买房，儿子都做不到这样。"

言成明老褶子动了动："是啊。"

"小伙子，你做什么工作的，挣那么多钱？"

秦怀鹤说："大爷，我卖房子的。"

"卖房子的？那你买这里的房子，有内部价吗？"

秦怀鹤笑了笑："有。"

一聊到房子，几个老头来了兴致。

"你买多少钱啊？"

秦怀鹤不答反问："阿叔，您先说说，这个小区怎么样，买得值不值，住得舒不舒心？"

"以前肯定值，现在太贵了咯。"

"您都享受了多少年，还嫌太贵了？"

"那不是，孩子在这段买不起，咱想支援一下吧，卖了又买不到更好的地儿，住那么多年，也舍不得。"

秦怀鹤笑了："要是您家孩子买亨川的房子，您找我爸，他有折扣。"

老头子一脸不信："你爸能有什么折扣，都出不了门的人。"

言成明只笑笑，不说话。

秦怀鹤神神秘秘地说：“您试试。”

言微忍不住了，走过去抓上言成明的轮椅：“爸，天气冷了，早点回家吧。”

言成明点点头：“行，走吧，不用推。”他的电动轮椅很方便，偶尔还可以自己去家附近的公园逛逛。

秦怀鹤又抱起了女儿，往家的方向走。

言成明突然说：“老李家真的要买房，从去年看到今年了，你那里要有优惠，我跟他说。”

秦怀鹤回道：“当然有，亨川最低折扣在我手里。”

“最低是多少？”

“每个项目不一样，至少多一个九六折，只要是您的朋友，都可以享受。”

言微忍不住瞥秦怀鹤一眼：“那些算什么朋友，就是一起下棋打发时间的。”

“下棋的怎么了，棋友不是朋友？”

言成明说：“她的直播我经常看，没什么难的，房子我也能卖。”

秦怀鹤绷着嘴角看言微，稍稍挑一下眉：“听见没，不好好努力，有人跟你抢饭碗了。”

过了一会儿，言微嘟囔一句：“哪有那么容易做。”

言成明又说：“岁岁去你爷爷家过生日？”

秦怀鹤说：“嗯，到时候您一起去吧。”

“我就不去了，我们家也过一回，岁岁跟她妈妈一起过。”

秦怀鹤顿了下，略微点一下头：“要不，不在家里过了，我带你们出去旅游，这几天天气不好，几天没见到太阳了，我们去海边转转。”

言成明摆摆手：“我就不去了，走不动道，去了麻烦。”

“没什么麻烦，我们有飞机，随时可以出发。”

岁岁眼睛亮了：“爸爸，我开飞机。”

“嗯，开飞机，还有水上摩托、沙滩汽车，你去不去？”

小丫头忙不迭点头：“爸爸，岁岁去呀！”

秦怀鹤撇嘴：“那你问问妈妈。”

没等岁岁问，言微又是那句话：“我哪有时间。”

秦怀鹤略微抿嘴：“我找你谈项目，也没有时间？”

言微看着他：“什么项目？”

他哂笑一声："延嘉收购计划，我把你公司收购了，看你还忙，连女儿的生日都顾不上。"

"你收购不了，我又不卖。"

因为小汽车，岁岁处于兴奋状态，不愿意洗澡，哭闹着要玩，秦怀鹤和言微连单独说话的时间也没有。

言微去给岁岁倒水，秦怀鹤跟着进了餐厅，挨在她身侧，说："周五晚上我要和王北雄吃饭，你也跟着去吧，凯创刚需项目多，他不是讲人情味儿吗，让他给你几个项目做做。"

言微忍不住勾起嘴角："你们吃饭，我去算怎么回事？"

秦怀鹤伸手，大掌附在她腰侧，往他身上揽。

言微心脏往上一提，往外瞟了一眼，幸而吴姐在楼上给岁岁放水，爸爸在看岁岁玩耍，没人留意餐厅发生了什么。

他压着嗓子笑："不碍事，现在谁不知道我和你的关系？凯创还想跟我合作，就得卖我的面子，借势营销你不懂？"

她耳尖微微发烫："凯创毕竟是我老东家，当初出来的时候就挺尴尬的，再说，做不好，我怕丢了你的脸面。"

秦怀鹤笑了："要脸面就不要做生意了，当初你领一份工资，做两三个人的活儿，最后没落到好，难道尴尬的不是他们？我要是你，我就抬着下巴看王北雄。"

言微也忍不住笑了："我出来，也不关王北雄的事，凭什么抬下巴看他。"

他捏着她的手腕，指腹在她的内手腕慢慢摩挲："带上衣服，你就说你出差。"

"什么衣服？"

"我喜欢，生岁岁之前的那些。"

言微垂下眼睫："早就穿烂了。"

"烂了？我给你买。"

言微不再搭理他，提着岁岁的水杯往外走。

周五这天，言微比平日早了半个小时到餐厅。

王北雄看到她，主动伸出手，笑得温煦如风："言微。"

言微笑着说："王董，好久不见。"

"你好久不见我，我可经常见你，你的直播我经常看，做得不错，我得让营销线的同事多去跟你取经。"

"谢谢王董夸奖，不敢当。"

入席后，两个大佬谈论起最新出台的政策，防止开发商用学区房操作，所有营销词汇不得出现“学区”“学位”等词，但很多开发商依然在打擦边球，暗戳戳给客户传递学区信息。

王北雄说：“防止也不是禁止，这词儿太轻了，现在很多年轻人都说不努力了，不生孩子了，反正就是躺平，多消极啊。我是希望国家加大力度，让教育资源公平化，不要再用教育绑架我们的年轻人。”

好话都让他说尽了，秦怀鹤只笑了笑：“王董心系年轻一代，怪不得凯创的员工平均年龄比亨川小了。”

“多给年轻人机会，以后的世界不都是他们的嘛，言微就做得很好。”

言微笑道：“王董过誉了，据我所知，重点初中主要是学习氛围和师资更好，学区房和重点中学这个课题是几十年逐渐形成的，要想几个政策改变根本，是不可能的，只能说，能疏不能解吧。”

王北雄看着她：“我看你从小就读重点中学吧？”

言微有些不好意思：“对，因为我妈妈是老师，她要求比较严格，功课一点也不能松懈。”

王北雄看着秦怀鹤：“所以说，家庭教育也很重要，不要什么都赖给国家。”

秦怀鹤点头，半真半假地说：“那是，我就是家庭教育比较松散，在国外没人管，稀里糊涂长大，辩证思维能力就比不上她。”

言微嘴角微收，她怎么听出了吐槽的意味来，这是吵架吵不赢她的意思？

王北雄哈哈大笑：“秦总，各有利弊，你要是在国内，创业思维肯定受限，现在未必能比得过我们凯创。”

秦怀鹤举杯：“现在也比不过。”

这一次饭局，并没有谈到凯创的项目，也没有谈到合作，但言微心里是有底的。汪达说得对，秦怀鹤的能量，难以估量。

饭局过后，秦怀鹤和言微上了同一辆车，司机开着车子，往渐青湖的方向走。

吴姐给言微发了视频。言微有些犹豫，吴姐给她发视频，多半是岁岁想看妈妈了。

对女儿扯谎，也不知道会不会遭雷劈。

“怎么不接？”

“到了再接吧。”

秦怀鹤抹了抹下巴，抬着眼瞧她：“你是不是怕她看见我？”

言微腹诽：非得拆穿我吗？明明是你教我扯谎的。

“言微，你得让她知道，我是她爸爸，就该跟妈妈在一起，我们可以住在一起，你得让她有这个意识。她老是觉得我是外人，总是逼我回家，你觉得这样正常吗？”

言微眸光淡淡的，说：“不是说了，现在是出差吗？”

“你就不能跟她爸爸出差？这又是什么谬论？”

言微挪开视线，不搭理他。

秦怀鹤手臂越过她，拿起那个装衣服的纸袋，伸手往里面摸。他指头勾住了一条细肩带，蚕丝面料质地柔滑，缝边处还有细腻的刺绣。一摸他便心里有数，是她以前的睡衣，完好无损。

言微脸色一变，连忙抓上他的手腕：“你手干净吗……”他换了一个新司机，她并不想在车里和他吵嘴。

秦怀鹤心情好了，与她十指纠缠，在昏暗的光线里看她，嗓音低沉：“不是说烂了吗？”

言微视线飘忽，轻声说：“大冷天的，你出门不要总是穿成这样。”

路人都已经包裹严实了，他还跟过秋天似的，穿那么单薄，也不知道卖弄风骚给谁看。

秦怀鹤往下扫视自己：“穿这样怎么了？”

昏暗里，她的眸子漆黑发亮，煞有介事地说：“这么穿，迟早会中风瘫痪。”

他顿了下：“那多好，你爸有伴了。”

言微往车窗外看，仿佛再多瞧他一眼都难受：“我不想让岁岁跟我一样。”

秦怀鹤垂下眼睫：“若是这么说，我未必有你爸好命，猪八戒不把我推进大海我都谢谢她。”

**第五节**

进了亨川世纪顶层，秦怀鹤规矩得很，松开言微的手，说：“累了，去洗澡吧。”

这个话，两人心照不宣。

温热的水往身上一洒，一身疲累尽数消散，热气氤氲升腾，言微闻到熟悉的沐浴乳香味，即便冲洗掉泡沫，身子也还残余着淡淡乌木香。味道是有记忆的，闻到这个味道，就好像是挨着秦怀鹤。

他在某些方面是很长情的，这个沐浴乳他用了好几年，如果没有人给他换上更合适的，他大概能用到老死。

言微打开浴柜，看到那款洗脸巾，一包快用完了。他现在已经不用毛巾洗脸。

言微抽了一张，擦拭脸上的水滴，抹过那颗泪痣时，她停歇了下，嘴角悠悠勾起了一个弧度。

当初，妈妈带她去看姨婆，镇上有个看相的，说她这颗痣不怎么好，容易悲观多思，点掉感情路会顺遂一些。

妈妈不甚在意，笑着说，只要好好读书就行。

大概在妈妈的眼睛里，感情在人生中的比重并不会很大，只要女儿读好书，掌控自己的人生，感情顺其自然，不顺遂也可以丢弃不要。

言微追逐秦怀鹤的日子里，曾经有过一段时间的悲观情绪，但她没有动过点掉泪痣的念头。

岁岁的脸上很干净，即便她有那么一颗痣，言微也会像妈妈一样，让她保留它。

言微迈开脚，雾霾蓝裙摆掠过磨砂黑玻璃门，无声来到了客厅。

秦怀鹤挪动步子，前胸贴过去，双臂虚虚揽住言微的肩膀，指头似有若无地落在那根细肩带上。

言微拳头轻攥，呼吸逐渐短促。秦怀鹤用鬓角下巴磨蹭她的乌发，指尖轻勾，罩在外头的桑蚕丝睡袍便滑落肩头，搭在她细白的手臂上。

言微心口乱跳，偏头枕上他宽厚的肩，张开眼看他深邃的眉目，两人的鼻息在毫厘之间交缠。

他用鼻尖磨她的脸蛋："那天一起吃饭，我总觉得你有话要对我说，突然就想看看你在做什么，点进你的朋友圈，看到你对着月亮喝咖啡。"

言微有一瞬间的灵魂出窍，拢了拢思绪："我以为，你是偶尔刷到的。"

秦怀鹤勾动嘴角："没有偶尔，我没时间看别人的朋友圈，你以为我随便带女人回家？"

轻盈的睡袍滑落到地面，蹭到言微的脚后跟，痒痒的。

秦怀鹤垂首，含住她细嫩的脖颈，拿舌尖慢慢勾缠挑逗。

言微轻轻抽气、瑟缩，往他肩窝里躲。

秦怀鹤在她耳尖上浅浅舔了一口，垂着眼睫看她。

她的耳尖带着薄红，眼神软绵含水，蕾丝包裹的勾人身段细微起伏，暗暗磨搓他的心智。

无声翻越细肩带，沿着曲线慢慢打转，秦怀鹤咬着她的唇瓣，气息粗重："言微，我想和你下去看午夜场电影。"

她神思涣散，含混"嗯"了一声。

凌晨一点多，两人穿戴整齐，前后脚走出家门。

秦怀鹤在软件上订票，他选了一部爱情片，位置都是空的。

言微问："没有人吗？电影院的人会不会因为我们两个，不能提前下班啊？"

秦怀鹤揽上她，略微撇嘴："这是他们的工作时间，为什么要让他们提前下班？"

她嘟囔了一句："两个人看，有点浪费资源。"

他鼻端发出一个气声："要不要邀请电影院工作人员陪你看？"

进了电影院，言微发现，最后排角落里还坐着一对男女，看着像是情侣的样子。

广告还没结束，言微抱着爆米花，无声坐了一会儿。她迟疑了下，最终拿起两颗爆米花，递到他跟前："你吃吗？"

秦怀鹤滞了片刻，鼻端一阵酸涩。当初言微跟着他回家，不顾一切交付身心，事无巨细贴心照料他，即便是大肚子的时候，也是她先给他盛饭端汤。

现在是他追她，她怎么松懈了？

她就该像那天一样，气势十足地说：我比你爽不应该吗，是你追我不是我追你。

秦怀鹤张开嘴，就着她的手，把那两颗爆米花咬进嘴里，然后伸手从她怀里拿过那桶爆米花，说："我喂你。"

那晚之后，言微又恢复了忙碌的工作，她带着宁凯锋见了已经升任营销总监的翟览华。翟览华很客气地接待了他们，两家公司就春节营销方案进行了讨论。

宁凯锋说："主要抓两点，一个是返乡置业，第二个是客户上网时间周期变长了，这是很利于我们运用大数据进行网络营销。

"我们会和一些互联网公司合作，通过大数据，获取咨询地产项目的客户信息，提高客户转换率。

"凯创的老业主遍布整个湾城，我们可以通过识别身份证和电话号码，判断客户是否是返乡过年，针对归国侨胞，还有留学生的置业需要，发送针对性的外呼话术，到时候需要翟总多多给予支持。"

翟览华点点头："当然，不过集团业主客户信息，这不是说给你们就能给的，过个年，谁也不愿意接到骚扰电话，是不是？”

宁凯锋马上说：“翟总，您放心，我们会以定制对联灯笼或者一些春节礼品邮寄到家的形式，不会毫无头绪去骚扰业主。”

翟览华一语带过：“我相信你们有这个能力。”

言微笑说几句，把这个话题给拐过去了。

出了凯创公司，宁凯锋冷笑道：“这个翟总什么意思，业主信息也不是什么宝贝，我也不是非得从他手里拿，这点都不配合，还怎么谈合作？”

言微语气淡淡的：“他这个人，只要有好数据让他交差，他不会多费力气，以后跟他开会，只汇报工作，挑好的汇报，你需要什么支持，直接找他下面的吴经理就行。”

宁凯锋很是不满：“亏得以前他和你还有交情呢。”

言微笑了笑：“没有什么交情，就是普通的上下级。”

言微心里清楚得很，像翟览华这样的人，即便在他手下做十年二十年，只要对他没用处，他也不会出手相救。他之前之所以又叫她回凯创做策划经理，估计是因为秦怀鹤对凯创施压了。

回到公司，李经理来找言微，询问是否再招一个剪辑。

“小雅在家办公，沟通起来总是不顺畅，有时候电话都不接，我们也不确定她会不会接着干，万一她不干了呢，总得找一个交接上。”

言微沉思数秒，说：“明天你让她来公司一趟，就说团队会议，一定要来，我问清楚她。”

“好的，言总。”

第二天，言微到茶水间冲咖啡，半道上见到了小雅，她状似无意地问：“小雅今天过来了？”

小雅有些不自在：“言总，我过来开会。”

言微笑着问：“在家休息得好吗？我看你怎么还瘦了呢。”

小雅笑得腼腆：“就是没有规律，不按时作息才瘦的。”

“你跟我进来聊聊？”

小雅的眼神有些慌乱：“好的，言总。”

言微放下咖啡，给小雅拿了一瓶水，跟她一起坐在长沙发上，问道：“你现在是一个人住吗？”

她有短暂的犹豫：“是啊。”

“没有男朋友？”

小雅顿了片刻，回道：“没有。”

言微笑了笑：“上回我在应康城看到你和一个男的走在一起，还以为是你男朋友呢。”

小雅脸色突变：“言总……”

“怎么了？”

小雅捏着大腿边的包包，眼神闪烁，有些语无伦次：“我今天也不是专程来开会的，我是想辞职，我，我真的做不了，不好意思，希望公司蒸蒸日上……”

言微看着她，轻声说：“小雅，有什么困难，你可以直接和我说，记住了吗？”

小雅垂着脑袋：“好的，那我先走了。”没等言微答应，她就拿起包包，快速走出了办公室。

小雅不是一个善于伪装的人，言微看得出来，她很紧张，不只是紧张，更像是致命的窘迫，让她抬不起头来看人。言微实在想不明白，就算赖伟说自己的坏话，把自己塑造成十恶不赦的人，小雅在公司待了快一年，看见自己也不至于怕成这样。

但言微没有精力去关注这么一个辞职的女孩子，繁忙的工作把她的思绪填得满满的，连秦怀鹤都好几天没见了。

临近春节，出了一档子让人郁闷的事儿。

延嘉因为有大数据加持，客户精准度高，到访量和成交率比一般的渠道公司要大，免不得引来同行的嫉恨。

这一天，因为撞单，延嘉的两个销售人员被五个人给打了，对方是凯创的一个渠道公司，叫联喜，联喜因为和凯创一些高层有利益往来，长期和凯创保持合作，气焰也比别的公司要高。

这一架直接打进了警察局，影响很不好，凯创营销总监翟览华十分恼火，要求两个公司严肃处理打架的那几个人。

联喜放话，延嘉很多客户来源都是通过软件监听同行的手机才获得的，引来同行一片哗然。

甚至有传言，延嘉老板言微手段了得，傍上秦怀鹤之后，引起秦家强烈不满，最后被迫离婚，到现在还用前夫的资源，到处招揽业务。

言微知道翟览华和联喜的关系很密切，发生了这样的事情，她不得不亲自到凯创，要给翟览华解释。但没见到翟览华本人，她只好打了一个道歉电话。

翟览华几句话打发了她，让她好好处理这件事，不要对凯创造成不好的影响，具体如何处理，要等公司调查清楚后再做决定。

言微无法，她还要准备晚上的直播，没有时间消耗在这件事上。

直播的时候，秦怀鹤来了。

休息间隙，言微泄了劲儿，看起来疲惫不堪，端起那杯凉掉的咖啡喝了一口。

秦怀鹤不动声色地把咖啡拿开："没吃饭？这么没精神。"

言微鼻端一酸，虚弱无处遁形，她突然生出一种把担子卸下，依赖一下他的欲望，把事儿一五一十跟他说了。

秦怀鹤听完，指尖在案桌上轻叩："凯创里面派系纷繁复杂，各种利益关系缠绕盘桓，翟览华这个人也是老油条一个。"

言微有些无力："以前好歹是上下级关系，关系也不算太坏，当初他叫我回凯创的时候，我拒绝得挺委婉的。"

他看她数秒，忽地一笑："跟这些没关系，在合作关系里，利益捆绑才是最重要的交际手段，互惠互利是能走长远的关键因素。既然联喜是他的利益共同体，你没有办法瓦解，不妨考虑和联喜合作。"

言微一顿："和联喜合作？"

秦怀鹤低声笑了笑："以我的经验，除了制度、信任外，利他也可以打破囚徒困境。

"AB 两个嫌疑人被抓，分开审讯，是招供还是抵赖？双方忠诚合作，才是最优解。"

言微沉思："这一次是联喜打了我们的人，我可以退步一次，以后总不能每一次都退步吧。"

秦怀鹤低睫，捏着手腕的表盘："博弈论里，我信奉他忠诚，我忠诚，他一次不忠诚，我一次不忠诚，以牙还牙，他接受了教训，继续忠诚，我不记仇，回归忠诚，这叫以直报怨，以德报德。"

言微定定看着他，仿佛被他三言两语拨动了慧根，她展露笑颜："我记住了，利他，不吃亏，不记仇。"

秦怀鹤轻嗤："后天我去深城出差，你要是有空就跟我去一趟。"他挠挠眼角，加了一句，"就当陪我去看看项目。"

言微为难得很："我现在没办法，岁岁天天让我带她出去玩，我都抽不出时间。"

秦怀鹤走过去，手虚虚搭上她的肩，稍稍俯首，在她耳边低声说："过年总有时间了？"

言微轻轻提肩，回道："有。"他这是以退为进，好似她再说没有时间，下一刻他就要捏她的肩骨。

“今年带岁岁回去跟她太爷爷过年。”

过了一会儿，言微点头：“嗯。”言微心里清楚，答应跟他回去和爷爷过年，就意味着——他追上了。

秦怀鹤的手这才离开她的肩头：“这一次，我带她去深城。”

“你带她去？”

“怎么，我不能带？”

“不是，吴姐这两天准备放假回老家，你一个人带得了吗？”

秦怀鹤不甚在意：“不用吴姐，也不是我一个人，还有丁澄。”

言微不松口：“算了吧，她现在有点小叛逆，我担心你们控制不了她。”

秦怀鹤稍稍扬眉：“我是她爸，两岁都控制不了，以后不得爬我脖子上？”

**第六节**

这天岁岁想吃深城的麻辣海鲜，秦怀鹤不给，怕辣着小孩儿。岁岁撒泼似的大哭了一通，秦怀鹤管不住她，最后还是给岁岁吃了点不辣的。

岁岁吃饱喝足，窝在沙发里，一只手抓着脚丫，学爸爸跷二郎腿。趁人不注意，她把脚丫掰到嘴边，用牙齿咬脚指甲。

这个小动作被秦怀捕捉到了，眼光一转，投射在她的小肉脸上，问道：“做什么，还没吃饱？”

岁岁咧着小白牙笑：“爸爸闻闻，岁岁小脚丫香香。”

“我不闻。”

岁岁不干了，抬起脚丫：“爸爸闻！”

秦怀鹤绷不住勾起嘴角来，抓上她的小脚丫，俯身凑上去，假意吸吸鼻子：“嗯，一股海鲜香味儿。”

岁岁瞪大眼睛，一脸认真：“不——是海鲜味儿，是岁岁小脚丫本来就香。”

“谁说的？”

“妈妈说的。”

秦怀鹤压了压嘴角：“妈妈鼻子不好，爸爸鼻子好，不信，你让叔叔闻一下。”

才要走人的丁澄头皮又是一紧，嘿嘿笑着说：“不用闻我也知道岁岁的脚丫是香的。”说着就溜走了。

*Wedding Invitation*

男主角 女主角

**秦怀鹤 言 微**

座位：5排20座

地址：清禾路15号软刃大剧院

“一直钟情于你”

我是暮中无魂树，你若晨间白玉兰，
初遇是惊鸿一瞥，再见是情藏不住。

秦怀鹤打发岁岁上床睡觉，岁岁叽里呱啦，一会儿和爸爸说话，一会儿和她的熊说话，就是不睡。

言微打来电话，问："岁岁睡着了吗？"

秦怀鹤转头一看，岁岁把两条腿伸到枕头里，抬起来给熊看，回道："没有，还在给她的熊表演杂技。"

言微笑了："估计是到了新地儿，有点兴奋。你睡你的，不要搭理她，她玩累了就睡了。"

"我也睡不着。"

言微顿了下，轻声问："为什么睡不着？"

秦怀鹤不过喝了点冰啤酒，却无端有了醺意，耳朵里传来她的绵声细语，脑子里忍不住勾动一副画面——言微的玲珑曲线，绵软身段。他喉间一痒，压着嗓音说："跟你说了没用。"

秦怀鹤喉咙溢出一声低哑的笑来："想你想得睡不着，你能过来吗？"

静寂两秒后，言微说："你们不是快回来了？"

"回去又有什么用？言微，挣钱对你来说，有那么重要？"

言微停顿一会儿："当然重要，钱能解万种惆怅。"

秦怀鹤闻言，发出一声低不可闻的哼哼："能吗？我有很多钱，都给你。我这会儿孤单寂寞得很，你能马上飞过来吗？"

言微在那头低笑，有些无力："秦怀鹤，我只是想掌控我的人生。"

秦怀鹤捏着眉心，有几分无可奈何："言微，不要钻牛角尖。"

"你是不是喝酒了？"

"我们什么都有，还有岁岁，言微，你说，我们还差了点什么？"

言微沉默了一会儿："差了什么？"

秦怀鹤抹了一把脸，说："钱不重要，有钱人太多了，身体也不重要，好皮囊也太多了，我没有接受过九年义务教育，但我也是有灵魂的，我的身体再好，你也不要光惦记着睡我。"

言微突然笑出声来："睡觉吧，等你回来，我去接你们。"

"接你宝贝女儿，顺便接我？

"我不稀罕。"

又安静了数秒，她问："明天你带岁岁去动物园看熊猫？"

"看什么熊猫，主要是去看她大师兄。"

"秦怀鹤……你喝了多少酒？"

秦怀鹤看了一眼渐渐迷瞪的女儿，说："没多少，就一个奶瓶。"

言微亲自开车去机场接人，远远看见秦怀鹤抱着女儿，从机场里走出来。他目不斜视，也不知道有没有看见她，倒是岁岁先嚷嚷开了：“妈妈！”

秦怀鹤淡眼一扫，俯身把女儿放下。

岁岁朝妈妈狂奔过去：“妈妈！”

言微把她抱了起来，在她脸蛋亲了一口，问：“跟爸爸去哪里玩了？”

“去动物园啦！”

“看动物啦。”言微看她板正的双马尾，又捋了捋她的额发，忍不住笑，“谁给你绑的头发？”

“爸爸绑的。”

秦怀鹤已经走到了跟前。

言微轻瞥一眼：“爸爸这么厉害，还会给岁岁绑头发？”

秦怀鹤看着她，淡淡道：“我会绑头发的时候，你还在玩泥巴。”

言微微抿唇，转头和丁澄打招呼。

丁澄站在一旁，嘴里还在客气：“言微，要不还是我来开吧，岁岁那么久没见你，也想让你抱。”

“没事儿，她看见我就行，不会闹，你上车坐着吧。”

丁澄闻言，也没客气就坐上副驾驶座，啧啧几声：“这几天我发现了，我们大小姐一点儿也不娇气，在动物园都不用抱，她还敢和大老虎叫嚣。”

言微笑了笑：“是啊，她比我强，我小时候怕老虎，她不怕。”

秦怀鹤坐上后座，自得地说：“我们秦家人不怕老虎。”

丁澄呵呵笑了两声：“秦总，虎父无犬女。”

言微一路无话，先把丁澄送到家，拿出一张请柬：“丁澄，周五晚上是我们延嘉的年会，有时间和秦总一起过来。”

丁澄接过请柬，看了一眼秦怀鹤，秦怀鹤没有给他眼神，于是说：“有时间，必须得去。”

“能来就行，晚一点到没关系。”

车子停到亨川世纪楼下，言微把车窗降下来。

“今晚约了联喜的老板，希望像你说的那样，能达成合作。”

言微的公司有流量和大数据加持，联喜又是湾城最厉害的渠道公司之一，如果真能合作，说不准会有惊喜。

秦怀鹤看了她一会儿，点点下巴：“去吧。”他一手拉着行李箱，一手抱着女儿，转头定睛在言微脸上，“结束后上哪儿？”

言微轻轻抿唇：“回来这里。”

秦怀鹤似笑非笑地问：“要我给你留门？”

她眼神飘忽了一下：“你累了就先睡吧，我知道密码。”

秦怀鹤当真被人捧惯了，一点憋屈也受不得，当初他忙的时候，她是问都不问一句的。

秦怀鹤说：“行，尽快吧。”

言微没有马上升上车窗，吹了一会儿冷风，不禁有些感慨，当初何必做忍者神龟，做秦怀鹤多痛快。

应酬没结束，言微的私人邮箱接到一个音频文件，主题是：【开\\房\\私\\密】

她以为是什么黄色信息推送，没放在心上，也没有点开。待她应酬结束，坐上后座，看见那个红色点点，才想要把文件删除，却不小心误点了音频。

“我还想问你，我怎么在这里，是不是你勾搭我进来的？”

言微心口一跳，连忙退回主屏幕。

秦怀鹤的声音。怎么可能？言微翻找包包，拿出耳塞，把音频重复听了两遍。

“我还想问你，我怎么在这里，是不是你勾搭我进来的？”

“不是啊……”

“你昨晚就是这么勾搭我的。”

“秦怀鹤，我生病了。”

“生什么病了？”

“喉咙痛，哪哪儿都痛。”

“言微，你在跟我撒娇吗？”

音频很短，不过两分钟左右，是言微在酒店和秦怀鹤说话的声音，虽然不是正经上床的声音，但那暧昧语境，也足够让人浮想联翩了。

言微十分震惊，有短暂的瞬间，她的脑袋是蒙的。

酒店里装了窃听器？

她和秦怀鹤亲热，被人窃听了！

## 第七节

言微还未捋清头绪，手机响了。

汪达给她发来了一个音频文件：【你听听，是哪个臭不要脸的，给我发这种臭不要脸的东西？】

言微呼吸一窒，手指头定在手机屏幕上，心里已经有了预感。

她点开了音频，半晌，一个吁气，一模一样的音频，并没有让人惊悚的亲热声音。

言微想给汪达拨个电话，只是脑子混乱得很，一团乱麻，也不知道该跟他说什么，只好回道：【我不知道，我也收到了。】

才发送出去没多久，她的电话响了。

言微头皮发紧，她就着耳塞接听了电话。汪达在那头笑，笑得她莫名打了一个哆嗦，鸡皮疙瘩翻滚而出，密密麻麻遍布四肢。

“真看不出来啊，言微，你主动勾搭秦怀鹤留在酒店陪你睡觉就算了，还撒什么娇，你一个女强人，你撒什么娇，我都快听吐了。”

言微这会儿哪里有心思与他说笑，冷冷道：“没事儿就挂了。”

汪达一阵痞笑：“着什么急，着急回去找秦怀鹤撒娇？”

“汪达！”

汪达这才收了笑：“当然有事儿，这不是征求你的意思来了，要不要报警？”

言微指尖掐着掌心：“我想想……”

“是不是还有大尺度的，你不敢？”

言微咬咬牙，用鼻音回了一个“嗯”。

“啧啧啧……要不你和秦怀鹤商量一下，我也不想收到什么少儿不宜的录音，谁愿意听啊。”

言微沉默了片刻，问道：“汪达，你觉得是谁做的？”

汪达嘿嘿笑：“我又不是警察，反正不是我，我就是有点想知道，秦怀鹤有没有收到录音。”

言微有点火了：“挂了。”

才挂掉，汪达又打来了，锲而不舍连打了两次，言微才接起来。汪达恢复了正经：“在你住的酒店里录音，肯定是进过你房间的人，如果不是酒店的人，就是你们公司的人，酒店没人敢这么做，酒店也没人认识我，你想想还能有谁。”

言微不是傻子，早已经想到了，在酒店，除了小雅，其他男同事没有进过她的房间，但是她实在难以相信，难以相信那样老实巴交的女孩，能对她做出这样的事情。

“你到底怎么得罪人了，别人要这么治你？”

言微心口干燥得厉害：“我没有得罪她。”

“那就是招惹她的男人了。”

“我招没招惹你不都知道吗？”

“我现在算是知道了，宁可得罪君子，不要得罪小人，赖伟那种阴暗变态小人，不能把他关进监狱里，还是不要招惹。

“那女的辞职之后就没有再找过你？”

“没有。”确切地说，来了一回，那也是言微叫过来开会，并不是小雅主动来找她的。

言微再怎么想，小雅都不像是会做出这种事的人。言微点进小雅的朋友圈，小雅的朋友圈显示的是三个月可见，却一条更新也没有，证明她至少已经三个月不发朋友圈了。

言微咬咬牙，给小雅发了一条微信：【小雅，方便见个面吗？】

她看着时间分分秒秒过去，眼看八分钟过去了，微信一点动静也没有。

言微咬咬牙，索性拨了一个语音电话出去——没人接。

言微定了定神，找出手机通讯录，打给人事小林，让她查一下小雅的紧急联系人。

拿到紧急联系人电话，言微一刻不停拨了出去。对方是一个年轻女孩，说是小雅的高中同学兼好友，但是这一段时间，极少联系，也不知道小雅在做什么。

“她谈恋爱了，后来也不怎么跟我联系，离得又远，我都不知道她要回老家的事情。”

“麻烦你打个电话给她，公司有事情找她，比较着急。”

“好的，那待会儿回复你。”

没一会儿，小雅的同学回了电话，一样的结果，小雅微信不回，电话不接，但是她联系了小雅的哥哥，小雅哥哥说小雅已经回老家了，这段时间都住在老房子里，哥嫂一家子住在新房子，挨得不算近，小雅哥哥忙着养家糊口，也不怎么管小雅。

言微问到了小雅哥哥的电话，还有小镇老家的地址，和女孩说，如果有小雅的消息马上打给她。

车子已经上了高架桥，言微心口怦怦跳得厉害，一种未知的恐惧笼罩着她。在车子就要转入匝道的时候，突然换了方向，直行往北走。

二十分钟后，汪达上了副驾驶，嘴上抱怨了几句：“三个小时高速，到那里深更半夜的，上哪里找人去？她又没有勒索你要钱，你这么着急去找她做什么？”

言微心口惴惴不安，她宁愿小雅联系她，问她要钱，她好歹有个头绪，眼下她一刻都不想停歇下来，说：“去看看，如果她不在老家，她家里人也联系不上，我们就让她哥报警。”

汪达瞥她一眼，嘴一歪："你不用那么紧张，就算真的把你们亲热的录音流传出去，你就和你前夫商量一下，让你前夫赶紧把录音炸了。和前夫哥上床不犯法，如果他也没有女朋友，连道德败坏也算不上。"

言微冷冷道："闭嘴行吗？"

汪达偏不："秦怀鹤知道了没？"

言微没好气说："不知道，他要带女儿睡觉。"

她给秦怀鹤发了微信，说公司有个女职员出了点事，她要去看看，晚上不回亨川世纪了。

半个小时过去，秦怀鹤一个字的回复都没有收到，她正心烦意乱，汪达偏要给她添堵。

凌晨两点多，两人到了小镇，镇子静悄悄的。

小雅家很好找，就在河边，挨着一个小卖部，三四个男人围着火堆打牌。

那栋两层小楼静悄悄的，言微敲了门，一点回应也没有。

打牌的几个男人狐疑看着她和汪达。汪达送了几支烟过去，只说是小雅的同事，路过这里，给小雅送点东西，没想到她了换号码，人也不在家。

几人看言微的气质，还有汪达的装扮，再加上他们开的那一辆好车，都不像是一般人。

一个男人说："前天她拉个行李箱，跟个男的往县城去了，我问她，快过年了，是不是跟她男朋友回家过年，她还不大高兴，说去同学家玩两天。"

言微想问那男的长什么样，又担心深更半夜的，引人生疑，便忍下了。

汪达又和几个男人闲扯了几句，两人回到车上，往县城的方向开，打算先找个地儿睡觉，明天再去找小雅的哥哥。

这一觉，言微睡得不甚安稳，天蒙蒙亮，她迷迷糊糊醒来，睁开眼，看见酒店的白床单，记忆逐渐复苏。

她摸出手机，微信里静悄悄的，秦怀鹤根本就没有回复她的消息。言微仿佛能透过手机屏幕看到秦怀鹤那张不爽的脸，能鸽秦怀鹤的人，除了她，这世上恐怕找不出第二个了。

酒店不含早点，她料定汪达没有起得那么快，洗漱之后，便独自下了酒店，去找早餐吃。

小县城节奏慢，她点了三份卷筒粉，一份在店里吃，两份打包回去给汪达。

手机就在这个时候响了，她拿出来看了一眼，瞳孔一个紧缩。

小雅：【言总，我在你后面，黑色大众车。】

言微骤然转头，透过透明玻璃门，看到一辆黑色大众停在路边，打着双闪，车窗膜太暗，她看不到里面的人。

冬日的小县城车流稀少，车子旁边还有环卫工人在打扫落叶，干燥的尘土飞扬。

言微给自己加油鼓劲，大白天的，料想不会出什么大事。

车窗降下来了，一瞬间，她心生恶寒。

赖伟嘴角拉得平直："言微，好久不见。"

"小雅呢？"

"她在医院。"

"为什么在医院？"

"自杀，吞安眠药，"他笑了声，面色平静，"难为她，存了几个月的安眠药。"

言微两眼发愣，后脊一阵阵发凉。

赖伟低笑："言微，你比她厉害多了，你找的男人，都是人中翘楚，自然不会让你受委屈。"他指头在方向盘上点了点，"我不要多，五百万现金，晚上送到桥头镇。"

言微指头绞在一起，极力克制着嘴角的颤抖："凭什么？"

"凭什么？"他嗤了声，从中控台拿起手机。

视频里，她失声惊叫："有话好好说，我今晚没打算住这里……汪达！"

秦怀鹤上去揪着汪达的衣领，才要抡拳，被她一把抱住了臂膀："秦怀鹤！你再打试试！我要报警了！"

"报警吧，他对你动手动脚，还不该报警？"

她死死抱着秦怀鹤，牙齿打战："他没有，你让他走，我跟你解释。"

秦怀鹤眼底泛着戾气："你跟我解释，你跟我解释什么……"

赖伟把手机收起来，无声扯唇："花钱买安静，我相信秦怀鹤不会在乎这点钱，我被逼离开湾城，被人看够了笑话，损失的何止五百万。"

言微一双眼冷若冰泉："赖伟，你知道敲诈勒索五百万够你坐多久的牢吗？"

赖伟无声发笑："我上医院了，那里还躺着一个，你要是一个小时后没声儿，我就把录音放出去了。”

车子启动，言微闻到了闷燥的尾气，呛得她嗓子发痒。

她站在冬日薄凉的朝阳里，给小雅哥哥打电话。

“小雅哥哥吗，我是……是她在湾城的同事，听说小雅出事了，我想去看看她，你看方便吗？”

电话那边的男人口音很重，也不甚耐烦：“现在还看不了，人都醒不过来咧，来了没用啊。”

言微头皮麻到了后脊背。

小县城的古旧外墙掩在灰霾下，暗淡斑驳，或许越过那一个斑驳墙头，小雅就躺在小医院病床上，奄奄一息。

言微不知道怎么样的绝望经历，能让一个年轻女孩积攒几个月安眠药去自杀。

打碎牙往肚里吞，给他钱?

言微不是含着金钥匙出生的千金大小姐，拿五百万给赖伟那样的渣滓，不仅仅是肉痛，更是抽筋拔骨的痛。

不给钱，她相信赖伟说得出做得到。

她不是孤魂野鬼，上面有爸爸，下面有女儿，还有姑姑姑父表哥，那么多的亲朋好友，还有妈妈的同事们，还有惦记着让她考研的辅导员……

言微阖上眼，又睁开了，目光漫向远处。

站了一会儿，她转身往酒店的方向走，活在这世上，谁能真的不要脸皮。

“秦怀鹤……”

那一头的男人不甚热情，淡淡“嗯”了声。

言微喉管一动，嗓子眼干涩肿痛：“我跟你商量个事儿。”

“商量吧。”

……

言微挂了电话，她把包袱甩给了音频里的男人，身上仿佛泄了劲儿，脑子有一种出世的虚无感，躺在床上，怔怔对着天花板。

汪达凌晨三点多睡下，一觉睡到十点多才悠悠转醒，他敲开言微的房门：“言微……”

两个男人无声对视。

秦怀鹤身上如覆寒霜，深眸幽幽一压，面上比外头的气温还冷，仿佛一触就能把人冻死。

不知为何，汪达明明不觉得理亏，却率先落败，喉管微动：“秦总，好早。”

秦怀鹤没搭理他，转身往里走。

汪达在他身后嗤了声，跟着迈进步子，看到言微闷着一张脸，气氛实在不太妙，问道：“一大早的，怎么了？”

言微眼里隐约带着点点水光：“赖伟，他叫我去给他送钱。”

“叫你送钱？”

“嗯，五百万。”

汪达顿了下，以手握拳抵在唇边，轻咳了下：“五百万，也不算多。”

这风凉话落在言微耳朵里，她胸口的火苗更是四处冲撞，冷眉冷目对着他：“不多，那你给吧。”

汪达滞了片刻：“有我什么事儿？”

## 第八节

言微没好气地说：“有你的事儿，他手上有你们打架的视频。”

汪达略微张嘴瞧她，半晌，“嗤”了一声：“我是打架了吗？我是被打了，嘴巴坏了一个礼拜，医药费你们都没给我呢。要不，你先把医药费和误工费给我结了。”

言微拧眉看他：“我结你的医药费误工费？”

“不该结吗？正好了，赖伟有视频，我拿回来，一告一个准。”

言微郁结于肺，到了要炸的边缘：“你去拿视频，那五百万你来出吧。”

汪达气笑了：“我出钱？干我什么事，我凭什么出，是我上的床是我睡的觉？”

言微抬着头，略睁大了眼定定看他，下颌微微抖动。

秦怀鹤本来一身冰冷，这会儿倒是往单人椅子上一靠，垂首掸掸压皱的西裤，眼角一提，瞧起了热闹。

“对，不干你的事，又不用你出钱，你就会说风凉话。”

“我真是多余来，我说什么风凉话了？”

言微挪开眼，话里隐隐有了哭腔：“你不是一来就说风凉话？小雅被逼自杀，还躺在医院里没醒，她哥现在才知道，赖伟这种人，我就想让他坐牢！”

汪达顿住了，言微被气哭，他有些招架不住：“我说什么风凉话了？一大早的没吃饭，你哭哭啼啼做什么？你老公那么有钱，花五百万消灾又不会伤筋动骨，给了赖伟，回头再治他不就完了？”

言微快速擦干眼角，冷言冷语地说：“我没哭，不想跟你说话。”

赖伟既然敢拿，就已经做好了破釜沉舟的打算，他被抓，录音就有可能被全部放出来。

“那我走……”汪达想说先去吃饭，可这个氛围，实在张不开口，索性不去了，闷声坐在电视柜一旁。

秦怀鹤撑着双膝，悠悠站起身来，走了两三步，在言微身后站定，伸手往她后脑拍一下。

不轻不重的声响，引得汪达瞟了一眼，又很快挪开了目光。

秦怀鹤语气低沉喑哑：“钱也没给，人也没死，你哭什么？”

言微抬起双眸，嘴角轻微颤动：“我没哭，有什么好哭。”她脸蛋是干净的，只是眼睫湿了，粘连在一块，眼底一圈红痕，看着怪可怜的。

秦怀鹤心一软，挪开视线：“放心吧，五百万不伤筋动骨，最多背着有点重。”

言微眸子里带着一丝倔强：“可是我不想给他。”

秦怀鹤低哼：“没那么轻易给他。”

她掌中的手机振动了，低睫看了一眼，身子一僵：“他来电话了……赖伟。”

秦怀鹤点下巴：“外放。”

“言微，这个时间也该够了，秦怀鹤总该到了吗？”

秦怀鹤说：“到了，你说。”

那一头停滞一秒，语气微变：“秦总，不好意思，辛苦你跑一趟了。”赖伟继续往下说，“今天中午十二点之前，让言微把钱送到桥头镇，我保证她安然无恙回去，什么事儿都没有，以后我赖伟走得远远的，绝对不会回湾城碍你们的眼。”

秦怀鹤很爽快：“行，我给你送过去。”

言微贴上他的一边臂膀，一双眼坚定带光：“我跟你一起去。”

秦怀鹤说：“我一个人去。”

“秦总，不劳你大驾了，让言微过来。”

秦怀鹤发出一个气声：“言微不去，没什么好谈。”

赖伟停歇两秒，退了一步：“你要是不放心，让汪达跟言微一起过来。”

秦怀鹤却丝毫不让步：“我自己去。”

赖伟笑了下：“要不，秦总，你带汪达一起过来？”

秦怀鹤冷哼：“你要这么说，不用谈了，一分钱都没有。”

赖伟倒是沉得住气：“秦总，后会有期。”

秦怀鹤直接挂了电话。

言微眼睫毛还带着一丝潮意，眼皮下却无比干涩："秦怀鹤，他不会真的把录音发出去吧？"

秦怀鹤压着眼无声看她，她拧起的眉头，看起来忧心忡忡。

"不用着急，先看看他手里有什么东西，就算他要发，也会先发给我看。"

言微嘴角轻轻一牵，低下眼睫，像是勉强接受了他这个说辞。

秦怀鹤一哂："没什么大事，天底下又不是只有我一个叫秦怀鹤，也不可能只有你一个叫言微，这种事儿，谁好意思开口问是不是你本人。"

言微不再看他。

他嘴角一勾："就算哪个不要脸的问了，你死不承认不就行了。"

汪达屁股挪了挪："谁那么厚脸皮，反正我问不出口。"

言微默不出声，坐到床头边，这更是风凉话，比汪达方才说的还风凉。

秦怀鹤的阴影朝床头靠过来了："走吧，先去看看小雅醒了没有。"

言微头也不抬，淡淡地说："刚才问了她哥，还没醒。"

"没事儿，到医院也该醒了。"

"去找她做什么？"他怎么能肯定小雅会醒呢？

秦怀鹤脚下皮鞋动了动："找她问清楚，都录了什么东西，值不值五百万，不能让赖伟觉得我钱多人傻。"

言微这才起身，收拾自己的挎包。

汪达跟在她身后："我也去，顺便吃点儿东西。"

言微这才想起放在电视柜一角的打包盒："这是你的卷筒粉，我打包的。"

汪达拎起来看了一眼，嫌弃道："这都冷了。"

她看了一眼："那就别吃，我又不知道你多少点起。"

汪达把东西丢回原处，没好气地说："我不吃，给你老公吃，看他吃得下吗？"

言微面上一僵，斜了汪达一眼，没有回头看秦怀鹤的反应，硬着头皮往前走。和汪达待在一起，每隔两三天，就得被他气死一回，她习惯了，也懒得跟他费口舌。

秦怀鹤不过眼尾一扫，提腿往外走。

下了酒店，汪达瞥言微一眼，问："开谁的车？"没等言微回答，他嘴角往上一咧，带着痞笑，“还是开你老公的车吧，毕竟装着五百万，放在这里不安全。”

言微回过头看秦怀鹤：“开你的车吗？”

秦怀鹤点头：“可以。”

车钥匙从秦怀鹤手里到言微手里，最终到了汪达手里。

天气不好，这小县城显得有些破败，这一趟办的也不是什么好事，但此刻，秦怀鹤心里是舒坦的。

车里的气氛有些怪异。

汪达启动车子，慢吞吞往外开。

秦怀鹤的电话响了。

“嗯，处理干净就行。”三言两语，他挂了电话，“赖伟把录音发出来了。”

言微脸上瞬间失色，仿佛被人一下子抽走了七魂六魄。

秦怀鹤撇嘴，放缓声音：“没什么新鲜，还是那一段，网上已经处理干净。”

言微呆愣数秒，别开脸：“那就好。”

她想，就算处理了，以现在网络传播的速度，总有一些人是听到了她的桃色录音。

或许这一辈子，她都要穿着皇帝的新衣过日子了。

就在这个时候，赖伟的电话又来了：“言微，让我和秦总说一句话。”

言微才经历一起一落，已经没有多余精力与他纠缠，直接把手机开了外放。

秦怀鹤说：“说吧。”

“秦总果然威武，不过你们动作再快，也架不住我多发是不是？以现在的传播速度，就算音频删了，文字版也删不掉。”赖伟的语调平静得没有一丝波澜，“秦总，你海涵，下一个可能没有那么含蓄了。”

秦怀鹤淡淡地说：“你可以全部发给我，我想保存留念。”

赖伟笑了笑：“会的，秦总再会。”

秦怀鹤没出声，也不挂电话。

汪达在驾驶室磨牙：“龟孙子，我一听就想揍他，非得揍他一顿再让他吃牢饭。”

不知道是不是听见汪达骂他的话，那一头挂断了。

言微有两个男人在一旁支撑，总算寻回了点精气神，闷声说：“当初应该打他一顿的。”

汪达哼一嗓子："等会儿找个没有监控的地儿，约他出来揍几下再说。"

言微低声说："现在踩他一脚我都嫌恶心。"

秦怀鹤视线从窗外收回，指节在人中压了压，说："赖伟手里没有底牌。"

言微一时之间有些茫然："是吗……万一他有呢？"

"有他早就发了，除了发过来那部分，他没有什么有效录音，那个充电宝有问题，你起床之后，我们就换房了，吃饭、看医生、赶飞机。回到你家，你是不是放在你家楼下充电？"

言微点点头："是，第二天我就还给小雅了，他想空手套白狼，想得真美。"

她如雨后初霁，眼睛迅速聚焦起光芒："因为我是真的生病。"

是真的生病，生病了才那样撒娇，言微想，冥冥中，一场病救了她。

汪达连啧几声："原来是真病了。"

县医院外的那条街道是最繁忙的，人行道旁摆着小摊，即便是冬日，车流还是很缓慢，汪达索性把车停到了附近的一处拆旧工地。

秦怀鹤和言微沿着人行道往县医院的方向走，两旁的小商贩吆喝着买卖，此起彼伏。

"我先给小雅她哥打个电话。"

"打吧。"说着，秦怀鹤朝一个正蹲在地上卖草莓的小女孩走过去。小孩儿看着十岁出头，她脚边的小竹筐里装着草莓，草莓看着挺新鲜，一个小牌子写着：现摘草莓，二十元一盒。

秦怀鹤蹲下身子，问道："这是刚摘的？"

小姑娘单薄的眼皮一眨："嗯，早上刚摘的。"

"你自己摘的？"

"对啊，我家里种的，很甜，你可以尝一个。"

秦怀鹤提着一个小竹筐，看了看："我不吃草莓。"

小姑娘并不放弃："买回家给家里人吃，新鲜的草莓，我家不打药的，出院的病人可以吃。"

秦怀鹤把小竹筐放下，问："你能帮我送到车上吗？"

小姑娘眼里有了戒备，摇头："不行哦，我要守摊位，这个又不重。"

"我全要了，提不了那么多。"

小姑娘愣了下，然后笑着说："可以！"

秦怀鹤付了钱，小姑娘提起五六筐草莓，说："叔叔，你帮我拿那几个。”

“行。”

言微挂了电话，一转身，见秦怀鹤正提着几筐草莓往回走，前面还跟着一个小姑娘。她跟了上去，有些茫然：“怎么买这么多草莓？”

秦怀鹤顿下步子，勾动嘴角：“买给你吃。”

“我哪里吃得了这么多。”

“吃不了拿回去给岁岁，她能吃得了。”

言微往身后看，那摊位并没有大人，她大约是明白了什么，也就没有往下问。

草莓放到后备厢，言微问小姑娘：“你读几年级了？”

“六年级。”

“你自己一个人卖草莓？你家里人呢？”

“我爸妈在外面打工，今年不回来过年，我帮奶奶卖草莓。”

言微愣了下，又问了她读的小学，又问了她的名字，挥手和她告别。

“你给钱了吧？”

秦怀鹤撇嘴：“不给她能走？现在的小孩多精，你问那么多，想要资助她？”

她面上有些不自然：“看她家有需要的话，再说吧。”

“出息了。”

言微面上微热：“还不确定，先不用夸我。”

他突然发笑：“没夸你，这是我们集团关于留守儿童的一个资助对象，拍张照，用人脸识别就可以对上号。”

言微觉得有些不可思议：“现在都这么先进了吗？”

秦怀鹤略微压眼，一动不动看她。言微有些扛不住，眼睫一颤，视线移到后备厢里，假模假式整理草莓框。

他嗤了声：“不先进不行，指不定哪天又来一个恩将仇报的。”

### 第九节

汪达最终没揍到赖伟，当天下午，赖伟便被抓了。

小雅在当天下午醒过来，言微没见到她，除了警察进去录口供，医院不让其他人探视。

待几人从派出所出来，天已经黑了。

汪达问：“怎么样，吃个饭开夜车回去？”

言微有些犹豫，她有工作，而且原定姑姑第二天就要来家里，说要见秦怀鹤一面，可她又惦记着见小雅一面，明天就可以探视了。

汪达“啧”了一声：“她有什么好看？”

“她毕竟是我公司出来的人，无父无母，又经历这么一个大坎，我担心她以后一蹶不振。”

秦怀鹤哼了一嗓子：“她是不能一蹶不振，还得振作起来，等着应付官司。”

言微神色一敛：“不是说了，她也不知道充电宝里面有窃听器。”

“就算她开始的时候不知道，是她拿进来的，后来知道了，总该报警，怎么还躲起来了？”

“她敢报警的话就不会自杀了。

“警察说，赖伟拍了小雅很多视频，一直威胁她，她无力反抗，才会自杀。”

汪达有些不耐烦：“管她呢，先去吃饭，我饿了一天了。”

三人没走远，就近在饭馆吃了一顿当地菜。

走出饭馆，汪达掏出一支烟，才要送入嘴里，半途停滞两秒，转身递给秦怀鹤：“来一支。”

半天下来，又一起吃了顿饭，两个男人不再冷眉相对，但也仅限于正常说话。

秦怀鹤接过烟，等着汪达给点上火，及其自然的神态。

汪达给他点上火，给自己也点了一支，突然背过身呸了下。

言微正在看手机，落后了好几步，听到声音，抬头看了一眼。

两个男人正各自吞云吐雾，看起来相安无事，也不知道那个声音是从哪里来的。

亨川的置业顾问给言微发来信息，让她去领那两层写字楼的产权证，一层十二套，两层一共二十四本，厚厚的一沓。宁凯锋也给她发了几张图片，延嘉在亨川世纪的新办公室已经装修得差不多了，年后就可以按期搬迁。

言微这一天的心情大起大落，在寒冷的冬日填饱肚子，她总算从那虚无里回到尘世中，往天上望去，灰霾被夜幕侵袭，早就不见踪影，天空似乎比白日里看到的还要高远。

“秦怀鹤，你看，我们的新办公室。”

秦怀鹤扫了一眼：“嗯，我去看过了。”

言微拿手机的手停顿在半空：“是吗，什么时候去的？”

秦怀鹤抬起下巴，对着夜幕吐了一口烟圈：“昨晚，带岁岁去看了。”

他嘴角往上一提，把烟嘴送到她唇边，指腹似有若无擦过她的唇瓣："试试。"

言微吸了一口，浅浅地在口腔里含着，微麻，还掺杂着一点无法形容的醇香。

秦怀鹤舌尖抵在两唇之间，看她吐出一口浅薄白雾。他没有把烟拿回来："咽下去试试。"

她又吸了一口，尝试咽下，这一下，她呛得连咳了几声。

秦怀鹤溢出一声笑来，弯下腰去拿烟："还是给我吧。"

两人贴得很近，像是一对在马路边打闹纠缠的情侣。

言微一手搂上他的脖子，靠在他臂膀里，把烟送回他嘴边："少抽一点儿。"

身后突然又"呸"了一声，气势比刚才还足。

秦怀鹤张嘴，把烟咬进嘴里，下一瞬，脖子就往下一沉。

言微双臂攀着他的脖子，凑近他鬓角处，与他咬耳朵："我没有和汪达谈过恋爱，从来没有。"

顶上的路灯坏了，对面还是黑幽幽的断头路，两人在有限的光线里无声对视。

秦怀鹤嗤声："你让他拉手，你冤枉吗？"

她目光恬淡："可是他是我朋友，又不能砍掉他的手。"

"你非得选他做朋友？"

"我的朋友不是选的，我的朋友很少，从小到大都很少。"言微又凑近了，似乎是在安抚他，"有时候，我也很烦他。"

三人回到酒店。

汪达把车钥匙扔给秦怀鹤，转头对言微说："我先开你的车回去了，懒得等你们。"

"你慢点开车，到了和我说一声。"

汪达摆手，拖着腔调回她："别担心我，先担心担心你自己。"

言微拿着秦怀鹤的车钥匙，从后备厢拿了一小筐草莓，和他一起上楼。

"咔嗒"一声，她才放下草莓，便被男人围困在角落，他把她掰过来，拿鼻尖压鼻尖，嗓音低哑："言微，我是你的谁？"

刹那间，言微眼角泛出咸湿的泪："你是……我很重要的人。"

他把她往他身上压，胡楂在她唇边磨蹭，话里有些含混不清："多重要？重要到出了事，你叫别人也不叫我？"

“不是的……”

“喝酒了叫他送？”秦怀鹤在她耳朵尖哑声笑，“言微，我忍你够久的，你又给我一刀，你就这么对你重要的人？”

言微攀上他的脖子，软着声儿说：“你让我手下留情了，我已经手下留情了，你要是介意，以后我不让他送了。”

三言两语，秦怀鹤眉间那点郁色杳无声息抹平了。

他胸腔起伏：“怎样手下留情了？”他垂首，将她破碎的呼吸尽数吸进嘴里，一下一下勾缠她的舌尖，尔后卷入唇中，慢慢扫弄。

言微耳根发烫。

深更半夜，两人下楼退房。

言微把草莓送到秦怀鹤嘴边：“你吃一个，挺新鲜的。”

秦怀鹤低睫：“都这个时候了还新鲜？”

“嗯，天气冷。”

他咬了一口，眉头皱巴起来：“上当了，酸。”

言微笑了：“草莓就是这样，岁岁也不喜欢吃。”

“猪八戒有不喜欢吃的？”

“她也不是什么都吃，酸辣的她都不吃。”

秦怀鹤点头，嘴角微勾：“她像我。”

“过了年，我打算送她去上早教课了，然后有时间我想考A大的研究生，我们辅导员的话，我总是忘不掉，不读研总是遗憾。我担心再过几年，脑子不好用了，心有余力不足。”

秦怀鹤点着下巴没出声，心底有些许酸意，他是她重要的人，但是她的规划里没有他。

很快，他便释怀了，还没到时候，该做的他都没有做，这个时候，不能强求她。

第二天，言绵做了一大桌子菜，迎接秦怀鹤上门。

秦怀鹤一到家，便被女儿拉着手往楼上带，说要给他看妈妈新给她买的洗澡盆。

秦怀鹤问：“你人不大，用得着那么多洗澡盆吗？”

岁岁回道：“爸爸，不是岁岁的洗澡盆，是小保罗的洗澡盆。”

“什么小保罗？”

言绵笑着说：“小保罗是她的玩偶，表舅妈给她买的，像婴儿那样的小宝宝，她最爱那个了。”

秦怀鹤哭笑不得：“你不是最爱小熊吗？”

岁岁煞有介事给他解释：“熊熊不可以洗澡，它有毛毛，小保罗可以洗澡，他是光的。”

进了卫生间，玩具水盆里果然躺着一个光溜的人形玩偶，水上还漂浮着一些红萝卜、汤勺之类的小玩具。

岁岁拉着秦怀鹤的手蹲下来，拿着那个小喷头，有模有样给小保罗洗脸蛋、洗脖子，又翻了个面洗屁股。

“不错啊，洗好了吗？”

岁岁咧开嘴，露出两排小牙，压低了声音跟爸爸说：“爸爸，偷偷告诉你，小保罗的脑袋可以装水。”

“噢？”秦怀鹤挑眉，一脸兴致盎然的样子，“怎么装水？”

岁岁抓着小保罗的头和身子，两手使劲儿：“这样……”

秦怀鹤眼睁睁看到小保罗的脑袋被迫和身子分离开来，放到水盆里装水，水进入小保罗的脑袋，“咕噜咕噜”冒着水泡，画面实在有些惊悚。

秦怀鹤眉心微跳，出声叫停：“秦言墨，你下去，叫妈妈上来一趟。”

“叫妈妈上来呀？”

“对，叫妈妈上来，你就说爸爸不会给小人洗澡，让她上来教教爸爸。”

岁岁懵懵懂懂：“爸爸，你不会洗澡吗？”

秦怀鹤看着水盆，实在有些不忍直视，点头：“爸爸不会。”

岁岁站起来，甩甩手里的水，嘴里嘀咕：“你都这么大了，你是笨蛋吗？”

秦怀鹤瞬间僵硬。你是笨蛋吗？这是他以前经常说岁岁的话，这小人精原封不动还给了他。

岁岁真的遗传了他，言微给他生了一个“他”。秦怀鹤抹了抹下巴：“赶紧去叫妈妈，不然不给你买好吃的。”

岁岁“噔噔噔”跑到楼梯边，扶手也不抓，小短腿下了楼。

言绵看得心惊肉跳：“岁岁，你慢点儿！”

岁岁下到一楼餐厅，飞快跑到妈妈身边：“妈妈！爸爸叫你上去！”

言微正在摆盘，闻言看向她：“上去做什么？”

岁岁气喘吁吁，小肚子一鼓一鼓的：“爸爸叫你……叫你上去，给他洗澡！”

## 第十节

岁岁的声音脆且亮，穿透力极强。

餐厅外，言绵“扑哧”一声笑出声来，抱着她家孙子走开了。

言微臊得慌，也不知道是女儿童言无忌，还是秦怀鹤口不择言，和女儿说了什么话。

言微头皮发紧，再问下去指不定能问出什么来，索性抱起岁岁上了楼。

言微走进卫生间，正好看到保罗的头和身体分离开的样子，比断胳膊断腿要吓人多了。

“岁岁，不可以这样，小保罗会死掉的。”

岁岁童言童语：“不会的，岁岁可以装好。”

言微好声好气教育了一会儿，岁岁才答应以后不再掰小保罗的脑袋。

饭桌上，言绵给秦怀鹤夹菜，关切地问：“怀鹤，你们怎么那么不小心，还被人录音了？”

言微面上起了一层尴尬的神色，假意给女儿添汤，起身逃离饭桌。

林棠给她打过电话，说她和秦怀鹤的录音上热搜了，还配有一字不漏的文字版。

录音虽然很短，但里面的对话足够网友浮想联翩，比如林棠想象出来的画面，比实际的还要火辣香艳。

言微没有上网看过，她打算披着皇帝的新衣过下去，直到人们遗忘这件桃色新闻。

可逃过了网友，还逃不过自己的亲姑姑，爸爸还在饭桌上，言微实在难以自处。

这时，秦怀鹤淡淡回道：“没什么大事，人已经被抓了，就是想敲诈勒索的。”

“你们都是有大事业的人，以后小心点。”

“您说的是，这一回接受教训了。”

言绵半真半假地说：“这里不比国外，可以带着孩子做男女朋友，我们家也很传统，女婿就是女婿，男朋友我可看不上。”

言微端着汤，听了这话，脚下进退两难。

“眼看岁岁也要上幼儿园了，你们年纪也不小了，总不能一直这样。”

秦怀鹤点头，放下筷子，正色说：“姑，我还在努力，争取尽快追上言微，她现在有事业有女儿，还要考研究生，一点儿也不着急。”

言绵一听，回头寻言微的身影："言微，你过来。"

秦怀鹤装腔作势拦着言绵："您别说了，我心里有数，年纪大的是我，着急的也是我。"

言绵多大年纪了，怎么会听不出秦怀鹤的意思，拉着言微说，让她别再折腾日子，好好珍惜当下，是复婚还是不复婚要果决一点，别拖拖拉拉的，不像样子。

言微听言绵后面越说越不像样，还不能反驳什么，终于等言绵讲完，只能硬着头皮回到饭桌前。

秦怀鹤离开言微家，回他那个冷冰冰的家，半道突然下起了雪。湾城极少下雪，更何况是初雪，人们纷纷往外拥，大街上热闹极了。隔着车窗，秦怀鹤仿佛能听到欢呼声。

国外的老友给他打来电话："听说湾城下雪了？"

"嗯，正在下。"

"湾城下一场小雪，朋友圈各种直播，我老婆都看笑了，她说以前在湾城，下雪就像过年一样热闹。"那一头不怀好意地笑，"我听说，湾城首富和前妻亲热的录音上热搜了？"

秦怀鹤低哼："听说？我就不信你没去听。"

"我听了，你前妻挺温柔，怪不得你念念不忘。"

"前妻"两个字落在秦怀鹤耳朵里，莫名的逆耳："她不是我前妻。"

"不是吗？"

"我一直把她当我老婆，现在打听清楚八卦后，可以挂了吗？"说着，秦怀鹤突然变换车道，在下一个路口掉头，给言微拨过去一个电话，"言微，下雪了，你看到了吗？"

言微声音很低："没有，我带岁岁睡觉呢。"

雪下得大了些，被雨刮器扫落，又有新的雪花砸向车窗。秦怀鹤从小到大看到的大雪太多了，湾城这点雪就跟毛毛雨似的，不值一提，但眼下，又弥足珍贵。

他喉结滚动："她睡着了吗？我回去接你，带你出来看雪。"

言微那边没动静，秦怀鹤嗓音一沉："不能出来吗？"

片刻后，言微说："要不，你偷偷上来，我们在房间看。"

"好。"

言微下到一楼，假意到吧台倒水，看见言绵在洗奶瓶，问道："姑，熠熠睡着了吗？"

“睡着了。”

“那你也回去睡吧。”

言微回到房间，盯着手机监控看，言绵很快就关灯回房，客厅黑漆漆的。

二十几分钟后，门口有了动静，男人打开大门，反手关上，轻手轻脚往里走，路过照片墙，他往右上角看了一眼。

言微不禁弯了嘴角，都偷了一回，还惦记着不成？

没一会儿，房间门有了动静，她在门后候着，伸手去给他脱大衣，衣服上沾染了室外的寒凉，有些冻手。

伴随着衣物的窸窸窣窣声，她轻声问：“是不是很冷？”

秦怀鹤低笑了声：“不冷。”

言微抓上他的手，他手腕上的表盘凉得像冰块。她把他两只手合拢在掌中，因为大小悬殊，只包裹了一半：“都凉了还说不冷。”

秦怀鹤只低声笑，并不出声阻止她。

“今天预告有雪吗？”

“没有。”

“怪不得，要是有的话，我们公司那些小姑娘早就说了。”

“你不是小姑娘？”

言微愣了下：“当然不是，我都生孩子了，算什么小姑娘？”

两人到了落地窗前，秦怀鹤拉开窗帘，把她揽进怀里：“那你说说，什么时候才算小姑娘。”

“大学刚毕业吧，二十二，二十三岁，刚进入社会没多久的，通常我们对她们都比较宽容。”

白雪从天上飘落，冲撞着玻璃，最后轻飘飘追随大地而去。

秦怀鹤在淡薄的月光里看言微：“就是我刚认识你的时候？”

言微一怔，转瞬笑了，拉着他往地上坐：“你觉得是吗？”

秦怀鹤嗓音低哑：“你是，你是个厉害的小姑娘。”

言微依偎在他怀里：“我算什么厉害，可能是比别人早熟一些。”

他在她耳边笑：“要不换个词儿吧，你比别人要勇敢一些。”

言微往他怀里蹭了蹭。

妈妈从小对她的教育在她骨子里根深蒂固，想做什么便去做。

她从未后悔自己勇敢走向他，即便伤痕累累的那一日，她曾经问过自己，依然是同样的选择。

秦怀鹤的身子很快恢复热气，温热气息贴在她耳畔：“言微，不管你相不相信，我从来都是爱着你的，就算你说我不懂什么是不爱，我都没有怀疑过。”他发出低不可闻的一声叹气，“是我做得不好，你早点告诉我就好了。”

言微愣神片刻：“秦怀鹤，你怪我吗？”

“我怪你什么？”见言微双肩微微耸动，秦怀鹤勾动嘴角，“你笑什么？”

“没什么。”

言微知道自己的性子，她也有缺陷，她没有办法像别的女孩一样痛痛快快发脾气，不满就宣之于口，她说不出来，闷在心里，积攒能力绝地反击，给对方来个措手不及。

她曾经狠狠数落过秦怀鹤，他的傲慢，以及对她的轻视。

秦怀鹤却从未怪过她，她的笨拙、决绝，他都没有怪罪，就好像他从未发现她有这些缺陷。

是她太过敏感，还是秦怀鹤太过持重？

两年之后的这个雪夜，过往种种，言微已经能够释怀了。

相依而眠的雪夜，一觉到天明。

天蒙蒙亮，秦怀鹤起床简单洗漱，言微也醒了，掀开被子给他穿衣服。

他昨晚偷偷溜进来，总是不好看，得趁着姑姑和爸爸没醒之前离开才好。

“你提醒丁澄一声，今晚记得来参加年会。”

秦怀鹤一个哼哼：“我提醒他，他就该下岗了，今晚我回来接岁岁，你不用管了。”才一转头，他嘴角一滞。

岁岁已经坐了起来，顶着鸟窝一般乱糟糟的头发，木愣愣看他：“爸爸。”

秦怀鹤和言微对视一眼，勾起嘴角笑了：“爸爸来看你了。”

岁岁手脚并用，朝床边爬过来：“你买糖果了吗？”

秦怀鹤一顿，眉头皱起来，是他一时疏忽，昨天两人说好的，不能破坏玩具，他下一次就给她买好吃的来。

这一大清早的，六点刚过，超市还没开门，上哪儿给她弄糖果？

言微把岁岁抱起来，让她背过身对着秦怀鹤，拿手顺她的背：“岁岁做梦了，爸爸没来呢，我们睡觉觉。”

秦怀鹤像看戏法一般，看着女儿在言微背上慢慢迷瞪过去。

他胸腔上下起伏，低声道：“赶紧送去上早教，有个早教班文凭，也不至于这么被你忽悠。”

# 第七章
## 嫁给我

她的笨拙、决绝，他都没有嫌弃
就好像，他从未发现她有这些缺陷
吾妻言微，我的心肝肺

### 第一节

言微才吃完午饭，就接到闫秘书的电话，说要派人接她到工作室做造型，为今晚的年会做准备。

今晚宾客云集，连王北雄这样的业界大佬都抽空参加，言微自然不敢怠慢。之前闫秘书就知会过言微，秦总交代让她对接延嘉，给延嘉准备年会场地，还要给言总准备礼服和造型师。

言微工作太忙，便由着闫秘书去办了。

到了造型师的工作室，言微才发现闫秘书搞得太过隆重了，高定礼服都准备了三套。

一件一字领的星空蓝飘纱礼服，纯净梦幻，一件黑色斜肩大裙摆礼服，端庄大气，最后一件，香槟色抹胸礼服，下半部分是烟雾粉羽毛，粉嫩娇俏。

造型师的意思是，开场走红毯的时候，先穿星空蓝礼服，上台致辞换黑色礼服，下台和员工们互动，可以换上羽毛礼服。

言微头大，去年年会，她连礼服都没穿，今年公司扩大，请了很多合作伙伴，她才想着稍微正式一些，但也没必要弄得这么花枝招展的。

“一套就行了，你们也没必要跟着我，到时候要招待合作伙伴，我没有时间换造型。”

造型师为难，只得叫来闫秘书。

闫秘书闻言，以为言微对礼服不满意，这三套礼服可是秦总专程给言微定制的，花了几个月时间。闫秘书只好婉言相劝：“要不，先上身试试看？上身才知道效果。”

言微知道她辛苦，也不好不试，便一件件上身试了。

别说，高定礼服上身，出众又贵气，特别是那件蓝色星空裙，言微都忍不住扭过身子对镜多看了几眼，她可以想象得出来，到时候灯光一暗，这件裙子如银河闪耀的效果。

没一会儿，语音电话响了，言微拿出手机，呆愣在原地。

是秦怀鹤，他换了微信头像，是他偷走的那张，不知道他是不是做了处理，照片清晰度很高。

高中女生抿嘴对着她笑，瞳孔黑，眼睛很亮。

指尖一划，秦怀鹤的声音把言微从失神里拉扯回来。

“闫秘书发给我看了，你要是不想换造型，就去掉黑色那件。”

言微轻轻吸气：“为什么，黑色的不更端庄吗？”

秦怀鹤低笑：“等你到了我妈那个年纪，再端庄也来得及。”

言微勾唇，又忍不住问：“那你觉得星空蓝好看，还是烟雾粉好看？”

他没多思考，说：“当然是羽毛那件好看。”

言微忍不住笑了：“这件太过年轻了吧，会不会显得不太庄重？”

“二十几岁的小姑娘，要那么庄重做什么？岁岁不也穿粉色，两人穿一样的多好。”

“好。”

也不知道是不是女为悦己者容，言微被他说动了，最终她和造型师确定下来，进场和致辞穿星空蓝，下来后换烟雾粉。

言微站在舞台边和司仪对流程，今晚会来很多同行大佬，她脑袋有一些紧绷。

就在这个时候，身后传来欢呼声。

“秦总来了！”

言微心口一个鼓动，回过身一看，秦怀鹤一身墨色西装，领结打得一丝不苟，怀抱着女儿，大长腿稳健有力，朝她大步而来。

岁岁绑着哪吒头，一身粉色公主裙，身上挂着一个小小的小猪挎包。

岁岁在秦怀鹤怀里蹬腿摆臂：“妈妈！”

到了言微跟前，秦怀鹤把岁岁放下，视线从上到下扫过那条星空礼服。除了一对珍珠耳钉和一块方形腕表，她什么首饰也没戴，一字领将细薄的直角肩和精致的锁骨展露无遗，渐变蓝更是衬得她的肤质又细又白。

岁岁被妈妈的裙子吸引住了，摸着妈妈的裙摆，想把闪碎的光抓在手里。

言微低头对女儿笑笑，再看向他，一双眼顾盼生辉，笑起来眼尾翘起，着实勾人。

秦怀鹤唇边起了一个压不住的弧度：“这件也不错。”

言微面上浮起了一层热气：“怎么来这么早？”

秦怀鹤两手插兜，稍稍扬眉：“我来给你站台迎宾，行吗？”

“行。”这么贵的迎宾先生，还不收钱，不用白不用。

他的视线还停留在她脸上，直到把人看得不自在了，才松懒懒地笑，低声说：“表扬我的心肝肺。”

言微听清楚了，卷翘眼睫轻轻一翻：“还是表扬闫秘书吧。”

秦怀鹤嘴角一敛，低声哼了哼：“她领工资，我表扬她做什么？”

秦怀鹤没做多久的迎宾先生，王北雄就来了，还带了一个五六岁模样的男孩。

“秦总，哎呀，你这是妇唱夫随啊！”

言微嘴角一僵，笑得有些不自然。

秦怀鹤面色如常，对王北雄伸出手：“我专程在这里恭候王董，这是小公子？”

王北雄拉扯男孩的手，笑道：“对，这是王锐扬，带来跟你家小公主耍耍。”

秦怀鹤说：“听闻王董大公子在读研究生，学业优秀，王董教子有方，该多生几个才是。”

言微笑着拍拍男孩的肩：“是啊，以前在凯创，很多人都说大公子是学霸，就是没有机会见过，小公子也这么帅。”她知道，王北雄之所以带着小儿子来，全都是看在秦怀鹤的面子上，九湛府现在很火，凯创还想和亨川长期合作下去。

秦怀鹤从工作人员那里抱回岁岁，让女儿和王锐扬打招呼：“叫哥哥。”

岁岁一点也不怯场，把嘴里的小猪棒棒糖拿出来，叫了一声：“哥哥！”

王锐扬看了岁岁一眼，目光往一边移：“噢。”

“去，拿点吃的给哥哥。”

岁岁小胖手往小猪挎包里掏，十分艰难地掏出一条巧克力，递过去给王锐扬：“给。”

王锐扬看着那条巧克力，淡淡地说：“我不吃，坏牙。”

王北雄弯下腰，眯着眼笑：“谢谢妹妹，他不吃糖，你吃吧。”

这一头，林棠和丁澄一起走进来。

丁澄往里走了，林棠凑到言微身后，偷偷问：“言微，你和秦总复婚了？”

言微一怔：“没有啊。”

“没有？他在网上说你是他老婆，我以为你们复婚了。秦总好会啊，立的一手忠犬人设，圈了好多粉，给亨川省了多少广告费啊！”

言微听得云里雾里：“什么时候说的？”

林棠瞪大眼睛：“你不知道吗？他新注册了一个微博，说你是他的心肝肺，还说，不是你勾搭他，是他勾搭你。”

言微胸口有什么东西在来回冲撞：“你怎么知道是他？”

“本来网友也不敢确定的，但是他配上你高中时候的照片，还有你家里那张全家福，他微信头像不是一起改了吗？肯定错不了啊。”林棠把那条微博找出来，戳到言微眼前，“看。”

言微垂睫一看，的确是秦怀鹤偷的那张照片，发布时间是昨晚睡觉之后：【吾妻言微，我的心肝肺】

下面有一条热评：

会飞的鱼：【看吧，姐妹们，勾搭真的有用！划重点，要娇滴滴！】

秦怀鹤回复会飞的鱼：【是我勾搭她。】

言微双唇紧抿，细腻的妆容下，面色迅速浮上一层薄红。

林棠拿手肘推她：“哎，到底是谁勾搭谁？”

言微嘴角轻颤：“他勾搭的我。”

林棠面上有一丝震惊：“真是难以想象秦总娇滴滴勾搭你的样子。”

言微神思开始游离。他的心肝肺是——她，刚才他说，表扬他的心肝肺……然后她说，还是表扬闫秘书吧。

牛头不对马嘴，怨不得他不高兴了。他在对她表白，一天一夜了，她一无所知，没有一点回应。

年会很顺利，到最后一个环节，要下一场粉色气球雨，气球里面装着中奖字条，踩爆气球拿到字条，就可以兑换手机、平板等奖品。

灯光对着言微，她穿着烟雾粉的羽毛礼服，像一只粉色飞鸟，步子轻盈，朝父女两个走过来。这是一家三口第一次一起在公开场合露面，尽管她掩饰得很好，秦怀鹤还是看到她眼中那一点羞涩。

灯光像迷雾一般散开，变幻着色彩，让人晕厥。

秦怀鹤凑近言微，像是与她说悄悄话："女儿很厉害，别的小孩捂耳朵，她还要踩气球。"他极少说"女儿"这个词，叫岁岁都算客气了。

言微一动不动地看着他："当时你说她来的不是时候。"

秦怀鹤定了定，慢悠悠勾动嘴角："我现在也发愁，她会不会拔我的氧气罐，会不会把我推进大海，即使知道她这么干，我也不能不要她，不是吗？"

"五，四，三，二，一！"

伴随着人们的欢呼声，粉色气球从天花板的网兜里往下飘落。

言微清凌凌的眼冒出了点点珠光，伸手轻轻推了秦怀鹤一把："真烦……"

秦怀鹤抓上她的手，在粉团里揽住她，垂首在她额角轻轻亲了一口。

人声鼎沸，气球"啪啪啪"响，嘈杂一片。

言微两手空空，低头一看，脸上瞬间失色："秦怀鹤，岁岁呢！"

秦怀鹤剥开气球，左右看了一眼，面上一僵——岁岁和王锐扬四手交缠，正扭打在一起。

汪达不知道从哪里冒出来了，一手抱着王锐扬，一手拦着两个小人，一副拆架的架势。

岁岁死死抓着她的果冻，大声尖叫："这是我的！我的！最后一个啦！"

因为汪达拦着，王锐扬没占到上风，脸上被岁岁狠狠拍了一巴掌。

言微眉心一跳，赶忙跑过去，蹲下身子把女儿抱开："岁岁，怎么可以打人！"

汪达松开王锐扬，慢吞吞站起身来，瞟了一眼秦怀鹤，再看向言微，嘴角一咧："这是……随了谁啊？"

## 第二节

岁岁和王锐扬被带到隔壁包间，王北雄的四个黑衣保镖在门外把守。

两位大佬一人一个单人沙发，孩子紧挨在一旁，像是两国会晤。

王锐扬被岁岁拍了一巴掌，滴了两滴泪水，腮帮子鼓鼓的。

王北雄端着开明老父亲的架势，慢条斯理地问："王锐扬，你为什么要抢妹妹的果冻？"

王锐扬看了一眼那个才两岁多的哪吒头："我没有抢她的，果冻是地上捡的。"

岁岁贴着秦怀鹤的大腿，仰着小脑袋，奶声奶气地说："爸爸，是岁岁掉的果冻。"

秦怀鹤撇嘴点头："我认识这个果冻，爸爸给你买的，但是哥哥不认识啊。"

王北雄板着脸："听见没有，是岁岁的果冻，你捡起来还给她不就行了？爸爸平时怎么教你的，尊老爱幼，她那么小，你怎么不爱护她，还抢她的东西呢？"

王锐扬不服气："她还打我，果冻上面又没有她的名字。"

"你的东西全都写你名字了？爸爸回家也把没有你名字的东西丢掉，行吗？"

岁岁小声说："爸爸，哥哥先推我的。"

王北雄语气严厉："王锐扬，给妹妹道个歉。"

秦怀鹤揽上女儿，歪着脑袋和她商量："这样吧，你们都有错，你跟哥哥道歉，哥哥也跟你道歉，大家还是好朋友，行吗？"

岁岁睁着圆溜溜的眼点头。

秦怀鹤小声提醒："说，哥哥对不起，我不应该打你。"

岁岁看着王锐扬："哥哥，对不起，我不应该，打你。"

王锐扬仍不服气，把脸扭到另一边。

岁岁抱着爸爸的臂膀，嘴巴一噘："爸爸，哥哥不说。"

秦怀鹤指节压压鼻端："王锐扬，你不是说吃糖坏牙吗，怎么还要吃果冻？"

王锐扬嘟哝："果冻又不是糖。"

岁岁瞪圆了眼睛："你是笨蛋吗？果冻就是糖呀！"

秦怀鹤假意呵斥："不能这么说，哥哥吃糖少，他不懂。"

"爸爸，果冻就是糖。"

果然是他秦怀鹤的女儿，这口条，这气势，稳了，秦言墨至少能压倒了一大半的小孩。

王北雄端出老子的架子，冷下脸：“王锐扬，给妹妹道歉。”

王锐扬这才不情不愿地说：“对不起。”

王北雄父子提前离席，言微特意送了一个精致礼盒给王锐扬：“这个是纯果肉的，不坏牙，还能促消化，下次还来找岁岁玩，好吗？”

王锐扬并不领情：“不用了，谢谢阿姨。”

“没关系，拿着吧。”

岁岁说：“你拿着呀，不坏牙！”

众人都被这人小鬼大的话给逗笑了，王北雄竖起大拇指：“别说两岁，十岁都没有岁岁这情商。”

岁岁知道大人们在笑她，但是为什么笑，她懵懵懂懂的，也搞不清楚，有些害臊地把脸藏到爸爸手臂后面。

王氏父子在黑衣保镖护送离开。

宾客送完，剩下的都是自己人，言微和汪达、林棠往回走。

汪达拿着手机，吧唧嘴：“这是什么刺客角度，延嘉卧虎藏龙啊，王北雄带那么一群保镖，这回让小少爷丢丑，回去该被开除了。”

林棠拿过他的手机，绷不住哈哈大笑：“我们岁岁太威猛了，这叫有乃父风范。”

有人发布了今晚延嘉年会的短视频，起初是慢镜头，浪漫的粉色气球雨下，秦怀鹤搂着身穿粉色羽毛礼服的言微，在她额角亲了一口，堪称年度唯美经典之最。镜头一拉，画面突变，两个小孩在抢着什么，男孩双膝跪地，小女孩咬紧牙关，都死死抓着不放手，汪达一手逮着男孩，似乎在给哪吒头小女孩放水。

博主：【延嘉年会，秦怀鹤给前妻站台，在气球雨下拥吻！要命的是，他家大小姐和凯创小公子打架了！凯创小公子被大小姐挠了一下，痛得小公子脸都变形了！本来以为是青梅竹马，门当户对的娃娃亲，最后发现我们想太多了，哈哈！】

小气的淘气包：【秦总用实际行动告诉你，什么叫娇滴滴，什么叫勾搭。】

无力生长：【然后呢？然后呢？】

博主：【然后，两位大佬带着保镖，把大小姐和小公子带走了，目测，大小姐更胜一筹。】

我是一棵海草：【告诉我，拆架的是达达本人吗？】

林棠说：“言微，你看，这调的什么滤镜，岁岁这威猛小脸蛋，奶凶奶凶的。我这辈子不结婚，就想要个像岁岁那样的女儿。”

言微看了一眼微博评论，便没往下再看了，为了能活得久一点，她打算穿着皇帝新衣过下去：“走吧，岁岁该睡觉了。”这个时候，岁岁已经趴在爸爸肩上睡着了。

林棠看着趴在秦怀鹤肩头的岁岁，浓黑眼睫覆盖在细嫩如白豆腐的皮肤，像个小天使，忍不住赞叹：“看我们岁岁多漂亮。”

林棠问：“秦总，岁岁这个小名是怎么来的？”

秦怀鹤垂睫看言微：“她妈妈起的。”

言微轻轻拉着女儿的小手，看着她恬静的睡颜，说：“就是盼望她岁岁平安。”

汪达哼了一声：“她这么威猛，你应该盼着别人岁岁平安才是。”

言微淡瞥他一眼：“你没怀过孩子，你不会懂的。”

“你这意思，我还得变性了，怀一个才能理解你?

走出大门，空气冰凉，一呼一吸间，冻得鼻腔有些酸麻。

快过年了，露天停车场的几排树都挂上了彩球灯，镂空砖残留着积雪，几双脚踩上去，脚步声“滋滋滋”响。

安静了一会儿，言微轻声说：“生孩子没有你们想象的那么容易，当时我出很多血，医生让我先不要建档，说可能保不住。”

秦怀鹤脚下一顿，抬起眼皮，在红蓝橙绿黄的彩灯下静静看她。

汪达不以为意，散漫地挑起嘴角：“带你岁岁回去骂死那个医生。”

言微的目光漫过喧嚣的城市，望向天际被迷雾半掩的冷月：“我求菩萨保佑，只要她健康，我愿意减寿到五十岁。”

到了此刻，她并没有想要他们感同身受，有些场景她也记不真切了，但是那医生和她说了这个话以后，从医院到家那一路的惶恐不安，心慌气短，仍留存在记忆深处。

汪达顿了片刻：“你这，菩萨说不准也为难，可能本来就没有五十呢。”

林棠忍不住喷他：“我看你四十都没有！”

言微早就习惯他的阴阳怪调，垂下眼笑：“上有老下有小，没有五十我怎么敢死？”

身侧的男人突然出声：“你怎么没让菩萨减我的寿？”

言微在寒凉月色中与秦怀鹤对视，他一双眸子幽而沉，如夜里深潭。她轻轻咬了咬唇里的软肉，说：“哪有求菩萨减别人的寿?这是诅咒，菩萨也不会答应。”

风一吹，岁岁哪吒头上绑的红丝带在秦怀鹤鬓角眼尾扫荡，带着一丝诡异。

秦怀鹤挪开眼，转瞬又回到她脸上，下颌绷得紧紧的：“我是她爸爸，这也算别人？”

言微呼吸有一丝窘促：“那也不行，当时我们还没有结婚。”

秦怀鹤目光沉沉锁定了言微：“那结吧，明天就结婚，你再去求一次，你照旧活你的，让你老公减寿到五十。”

空气在这一刻仿佛冻住了一般。

丁澄往兜里掏出车钥匙，悄无声息地去开那辆迈巴赫，一个男人脚下无声跟只猫似的。

没人救场，林棠只好弱弱地劝了一句：“秦总，太冷了，先上车再说吧。”她又拉了一把言微，“岁岁都睡着了，先回家行吗？”

丁澄回来了，手里拿着一个小方块盒子，一本正经地双手奉上：“秦总，这个给您。”

秦怀鹤耷拉下眼皮，眼尾的光扫了那小盒子一眼，又看向丁澄。

林棠一头雾水，她脑子拐十八个弯也料想不到丁澄的“神来之笔”。

丁澄伸出双臂：“我来抱岁岁吧。”

秦怀鹤稍稍侧身，也斜着看他：“用不着，我还没给老婆孩子‘续命’呢，能抱得了多久。”

汪达没绷住，“扑哧”一声。看热闹的形象总有些太过碍人眼，他假意抖抖脚，掩饰过去。

秦怀鹤拿过那个小盒子，把女儿的羽绒服帽子往她头上戴，手臂顺着油滑冰凉的布料往下，轻轻掂了掂。

言微心脏在胸口胡乱鼓动，她也不看他，视线散着，彩灯在她眼前幻化成斑斓霓虹。

男人在斑斓里矮了下去，单膝跪在残雪上，泥水渗透他的墨色西裤，染出了一个小圈。

被白色珠光羽绒服包裹严实的岁岁睡得安神，两条腿屈着，粉色小靴子擦着秦怀鹤的裤子。

他喉结一滚，话却哽在嗓子眼里：“言微……”

言微眼角沁出一点潮湿。

这个她曾经尽力追逐，又曾经绝望厌弃的男人，丢掉了他的高傲矜贵，抱着女儿跪在雪地里向她求婚。

林棠掩嘴往后退，待她清醒过来，拿出手机开始录像的时候，秦怀鹤已经打开了戒指盒。

“言微，我不想谢菩萨，我只想谢谢你，谢谢你勇敢地朝我走来，谢谢你温柔体贴照顾我，谢谢你，生下我们的女儿……”他喉头哽咽，眼底泛起一层薄红，“谢谢你让岁岁平安。我不够好，我很自私，我不只是想要岁岁平安，还想要年年岁岁都有你，不是因为你是岁岁的妈妈，我是岁岁爸爸，跟这些都没有关系，只因为，我一直爱着你，一天比一天深。”

言微眼里蓄满泪水，看不清他。

“本来想过两天，叫上你爸你姑一起的，刚才没忍住。以后你活多久我就陪你多久，你活八十，我给你办八十大寿，活一百，我护你百岁无忧。”

言微泪水决堤，滑落脸颊，落到冰凉镂空砖里。

秦怀鹤抓上她的手，把戒指往她无名指上套：“言微，嫁给我吧。”

言微右手摸上那颗钻戒，伸手拉他：“你起来，裤子都湿了。”

秦怀鹤说：“你得先点头，我才能起来。”

言微点了一下头：“我答应了。”

林棠泪流满面，抽泣声比谁都大。

丁澄率先拍掌：“秦总，明天登记，我去接你们，这一次一定要做第一个。”

汪达贴过来，问：“上一回也是丁总接的？”

丁澄一顿，这是嫌他不吉利的意思？

“要不这一次，我来接？”汪达又问。

秦怀鹤给言微擦拭眼泪，眼尾一扫：“不用，我们自己去。”

时隔两年多，言微再一次跟随秦怀鹤走进渐青湖，一草一木一桌一椅皆是久违。

秦怀鹤回来这里的时间越来越少，即便每周都有人来打理，房子没有人气，还是空寥寥的。

把岁岁放下，言微走进那个宽大的衣帽间，最里面那个格子里，当初秦怀鹤给她买的首饰包包还安然无恙摆放在原处，只是多了一个灰色挂帘，似乎是刻意尘封这些东西。

言微把两个盒子拿下来，指头划过纸盒，翻过来一看，手上一层浅灰。

秦怀鹤踱步而来，在她身后站定。

言微往后看他：“你裤子不是湿了，快去洗澡吧。”

秦怀鹤蹲下身子：“怎么突然把这些拿出来了？”

言微打开纸盒："这两年这个品牌的一些包包升值了，我看看这几个升值了没有。"

他耷拉着眼皮瞧她："升值了呢，你要拿去卖掉？"

言微一滞，嘴角颤了下："几百万的东西，哪有那么容易卖。"

他贴近了些："要是容易卖呢？"

言微轻手打开纸盒："都是有价无市。"

秦怀鹤一个长吁："这东西我动都没动过，你现在也不缺钱，为什么一回来就惦记着卖掉我送你的东西？"

"我没有说要卖，只是看看升值了多少。"

"不变现的升值有什么意义？"

言微抿了抿唇："有意义，看着高兴。"

秦怀鹤无声哑笑："你看看我，我每天都在升值。"

言微心尖软了下来，转身对上他："那倒是，现在连饭都会做了，年后你去 M 国，连中国厨师都不用请了。"

秦怀鹤默默看她，突然伸手掐上她的腰窝，下了力道："你给我安排好了，我自己去 M 国，你在国内赚钱，读你的研究生？"秦怀鹤视线没有离开过她半寸，眸色深沉，似乎要把言微吸进去，"言微，我不想再一个人去 M 国了。"

言微眸光一敛。

"第几次了，我在 M 国等了你几次，从来没有等到，等来的是……"酸楚漫上喉咙，秦怀鹤忽而涌上来一股悲戚，压制喉间胀痛，"我在 M 国过得真绝望，你不爱我了，你不爱我，不是吓唬我，是真的不爱我。"秦怀鹤拿手在眼头轻轻一抹，苦笑，"你放弃了我。"

他眼圈泛红，点点水光像覆了一层冰，兜头把言微给浇哑了。言微心脏一缩，汹涌潮水从胸口往上冲，瞬间冒出眼眶，鼻翼跟着抖动。

她抱紧他，指头往黑硬的头发里插："秦怀鹤，以后不会了。

"我确定，以后不会了。"

## 第三节

冬日的暖阳，穿透清晨的薄雾，园子里，半休眠状态的绣球花浸染着霜露，冒出丁点大的芽。

生物钟使然，言微在早上七点便醒过来了，她微微张个眼缝。

岁岁斜着身子睡在床头一角，身上的被子盖得好好的。

昨晚上先被秦怀鹤折腾，后被岁岁折腾，她脑子实在有些困倦，眼皮子顺从心意，悠悠阖上。

身后有了动静，搭在她身上的臂膀慢慢收紧，男人的气息无限放大，紧紧笼住了她。秦怀鹤用鼻尖下巴在她后颈蹭，而后，轻轻把她转过身来。

靠得太近，他的鼻息在毫厘之间，微微扫荡她的眼睫和额发。

也不知道过了多久，他发出一个清晰的气声，在她脸蛋同一个地方啄了两口。

言微好似被看穿，眼睫轻颤，脸上的绒毛仿佛在一点点苏醒，装睡实在不是她的强项。她睁开眼，正撞上秦怀鹤那双深眸，她眼睫像蝴蝶翅膀，悠然往下一收："我还困呢，被你弄醒了。"

秦怀鹤扬起嘴角："那你睡吧，我先起来。"

"等岁岁醒了，我们就去复婚。"

他下楼去院子大门外拿菜。

言微躺在床上，脑子困倦未消，岁岁均匀的呼吸声就在耳畔。

透过白色薄纱，冬日薄阳穿透玻璃门，洒了薄薄的一层银光在木地板上，近处是碧湖，远处是正处湾道的江水。

从她第一次跟随秦怀鹤回这里，已经过了四年，在同一个地方，看同一片风景，当下的心境已经和那日完全不一样。

饭后，言微回家拿了证件，言成明不在家，煮饭阿姨说他可能去逛公园了。

秦怀鹤一路找过去，在马路边找着了言成明。

言成明望着秦怀鹤："这么急匆匆的找我做什么？"

秦怀鹤推着他，说："我想和言微复婚了，还有两天过年，趁着放假前去把证领了，想先问您的意思。"

言成明面色一敛，嘴角动了两下才说："你们都这么大了，想好就成。"

秦怀鹤压了压嘴角："那您跟我们去。"他推着轮椅往前走，"去吧，闲着也是闲着，别的我也没有，就给您送一栋新房，想过两天带您过去看。"

言成明说："我不要你的房子，住不过来。"

秦怀鹤笑了："你要不要我都得给，这是聘礼，湾城都是这个习俗，我不能坏了规矩。"

言成明不再多说什么。

言微看着秦怀鹤把她爸抱进车里，又收拾轮椅，她头皮有些发紧。

复婚实在称不上什么好事，这么拖家带口去复婚的，在民政局也不多见吧？

岁岁探着脑袋问：“爸爸，你带我们去哪里呀？”

秦怀鹤从后视镜里看她的小脸：“爸爸妈妈结婚，带你去看看。”

岁岁眼珠子定了片刻，转头看言微：“妈妈，你要和爸爸结婚吗？”

言微面上微赧，点了一下头：“对。”

岁岁不干了：“你说了你不和爸爸结婚的，你为什么要和爸爸结婚？”

当着言成明的面，言微有些无力：“我和爸爸结婚，就可以陪你去看太爷爷了。”

秦怀鹤眼尾一提：“秦言墨，我告诉你为什么，因为爸爸很爱妈妈，爱她就想要跟她结婚，明白了？”

言微脸上登时烧起火来，瞥了驾驶室一眼，耷拉下眼皮子。

岁岁身子从安全座椅里离开，伸着脖子叫嚷：“我也爱妈妈，我也要和妈妈结婚！”

驾驶室的男人耸耸肩：“你晚了一步，我先说了。”

领了证，秦怀鹤把岁岁和言成明送回家，言微赶回公司。

林棠给她来了电话，听她说和秦怀鹤去复婚，免不得感慨一番，夸秦怀鹤雷厉风行，又说她和秦怀鹤是绝配。

说到一半，林棠便拐着弯说：“就是丁澄跟秦怀鹤肚子里蛔虫似的，他怎么知道秦总会临时求婚？还那么巧合拿出戒指来。”

言微笑了，她猜出林棠的心思：“林棠，你是不是喜欢丁澄？”

林棠一个抽气：“我喜欢这么个万金油？”

“我觉得你挺关注他的。”

“不是，我爸妈总是说我，快二十七了，还总是挑剔，但是我真不想招那些人结婚，我就想生个小孩。”

言微劝导道：“你不要有这种想法，好好谈恋爱，合适再说。丁澄也挺好的，只是他正好和你相反，你不婚，他丁克，我不敢撮合你们两个。”

林棠说：“怎么说到这份上了，那个朱经理离职了，我耳根子才清静一点，就是我爸妈催我相亲，挺烦的。你还记得你和那个医生相亲吗，我讨厌那种方式，目的性明确，感觉是在挑条件。”

言微默了片刻：“记得，我也不喜欢。”

那一次相亲，还被秦怀鹤看见了，现在往回想，按着自己心意去追逐喜欢的人，偷偷甜蜜，又患得患失的心境，并不算很坏。

大年三十晚上，一家子回到秦老爷子家。

秦中延在国外没回来，吴曼云倒是过来了。

吴曼云和老爷子秦信林都准备了红包，让两人一板一眼按家里规矩，跪下斟茶。

秦老爷子认真地说："不是爷爷老封建，就这一天，按老祖宗的规矩，叫爷爷，叫妈，以后两个人互相照顾，不要再闹脾气了。"

言微嗓子眼胀痛发酸，颤着嘴角，就是叫不出口。

秦老爷子连忙说："没事儿，先起来再说。"

言微霎时滚下泪来。

秦老爷子见状，问："都说你这孩子挺坚强的，怎么又哭了？"

秦怀鹤拿过红包，喉结上下滚动，嗓音微涩："她拿了两次红包，可不得哭两回？"

言微泪流满面，双目朦胧看着秦老爷子："爷爷，我不坚强，我爸妈出事的时候，您八十大寿，给我们家捐了八十万，我才……才熬过来。"

秦信林和吴曼云惊愕相对，吴曼云惊住了："你怎么现在才说？"

秦怀鹤低嗓："有什么好说，她是来做您儿媳妇，又不是来报恩。"

吴曼云拧眉："谁说她来报恩了？就你说，离婚也是你自己闹出来的，现在岁岁都大了，你们收收心过日子，我不管你们。"

秦怀鹤把言微扶起来："知道，我收着心了。"

大年初一，言微掀被，双脚前后踩地，走进卫生间洗漱。这一天得早起，有个好兆头。

秦怀鹤走进来了，贴在言微肩侧，从镜子里看她，贴过去，说："言微，该给我刮胡子了。"

言微没有擦拭脸上的水珠，而是打开浴室柜，拿出他的剃须刀，轻手给他剃胡子。

她的手确实生了，有些角度刮不利索，她只能重复来两次。

秦怀鹤垂眼看她白瓷般晶莹剔透的脸颊，眼皮下那颗泪痣犹如从皮肤下印出来，被打湿的野生眉下，眼含秋水，如泛着日光的清波，干净而灵动。

"我的手凉吗？"

"不凉。"

她突然顿住手：“丁澄在哪里过年？”

“他在湾城，怎么了？

“没什么，林棠她们有聚餐，他要是没事儿，让他一起过去吧，都是单身，说不准可以内部消化。”

秦怀鹤闻言，低笑一声：“林棠消化丁澄？”

言微笑了：“林棠今年就二十七了，家里开始逼她相亲，你觉得她和丁澄合适吗？”

“丁澄啊，他搭谁都行，只要他不说晕，一说晕，我说话也不好使。”

言微抿了抿唇：“我觉得，他不晕林棠。”

剃好胡子，秦怀鹤打开水龙头冲洗。言微给他挤上牙膏，开始动手收拾昨晚上给岁岁洗澡时丢在卫生间的衣物。

她才要走出卫生间，便被一双有力臂膀给捞了回去。秦怀鹤手臂徐徐往下，箍住她的腰身，掌心的水浸透单薄的睡衣，凉到她的皮肤里。言微像是被绑在他腰上，只剩轻轻提气的份儿。

他放下牙刷，俯首冲着水龙头抹了两把嘴唇和下巴，伸手在她漂亮的唇珠上抹过，喉头滑动：“还困吗？”

这个动作意味气息浓烈，言微嘴角翘了翘：“是有一点，大年初一，不能睡太晚。”

“没事儿，起来了再睡，大年初一都这样。”

秦怀鹤眸光深幽，扯过那条墨色浴袍，往宽大的洗手台上任性一甩。

迷迷糊糊间，她被男人揽进怀里，耳朵边隐约听见他在说话：“猪八戒现在还小，以后你想让我这么服侍你，还得偷偷摸摸……”

**第四节**

丁澄如约到酒吧，在包厢里看到打扮清凉的林棠，和同样清凉的一帮姐妹。

他一进场，一个个虎视眈眈。

丁澄一如既往绅士礼貌，把女孩们照顾得很好。

玩大冒险的时候，林棠运气不好，抽中了一个问题，让她打电话给她妈妈，说晚上不回家了，要住男朋友家里。林棠喝了不少酒，已经有些上头，拿出上山打虎的劲头，给她妈妈打去电话。

“妈，我今晚不回家了，我跟我男朋友回家，你锁好门，不要等我。”她摇晃脑袋，“新交的男朋友，你不认识。”

电话那头传来声音："叫什么？"

林棠眯着眼扫过众人，两三个男人，也就丁澄配得上做她林棠的"男朋友"："叫丁——澄。"

丁澄眉心一跳。

"丁丁丁，就是那个'一丁点'的丁，橙汁的'橙'，一丁点橙汁，就是他。"

女孩们纷纷掩嘴偷笑。

丁澄倒是不恼。

林棠挂了电话，嘴里念念叨叨："丁澄快跑，快跑，我妈要来追杀你了。"

游戏继续，林棠又玩了几轮，渐渐有些体力不支，倒在沙发角落。

没一会儿，她妈妈打来了电话，无休止轰炸她。林棠酒醒了些，赶紧接起电话，摇摇晃晃站起来，拿起羽绒服和挎包："各位，我妈来抓我了，我要回家了。"

丁澄站了起来，搀上她："我送你下去。"

到了一楼，她看往马路边那辆车，凑近丁澄："看到了吗，穿蓝色大衣那个，我妈，她姓董。"

"董小姐？"

林棠定了定神："你不能叫她董小姐，她会生气，你要叫就叫董院长。"

丁澄点头："知道了，董院长。"

林棠套上被子一样的羽绒服，把风光遮挡得严严实实，只露出一张漂亮脸蛋。

董院长沉着一张脸，问："怎么喝那么多？"

"过年难得休息，大家都高兴，就多喝了几杯。"

"你叫什么名字？"

丁澄顿了下："我叫丁澄，甲乙丙丁的丁，澄净的澄。"

董院长看着自己女儿，又看向他："你做什么工作的？"

林棠呵呵笑："妈，他是亨川总助，就是言微她老公的助理，年薪二百五那个。"

董院长脸色微变，拿手指头点点林棠的脑门："大冷天露个腿，以后给你截肢算了，反正言微的脚后跟你都跟不上。"说完她转身就上了车，一言不发把车开走了。

林棠看着车子启动，一头雾水："我妈不是来接我的吗？她怎么走了？"

丁澄看着她："要不你打个电话让她回来。"

林棠跺跺脚："我好冷啊，我要喝热可可。"

丁澄只好把她带回接待大堂，安置在沙发上，让她给她妈妈打电话，自己下单点热可可。等他拿到热可可，林棠已经缩在羽绒服里睡着了。

大年初六晚上，言微吃过晚饭，上线做了一个简短的直播。

网友纷纷祝她新年快乐，也有不少人刷屏问她是不是和秦怀鹤复婚了，是不是和秦怀鹤一起过年，汪达是不是她前男友之类的问题。

对于这些窥探隐私的问题，言微一概不回应。

无肉不欢喜：【微微，亨川和凯创之前一直是死对头，现在合作开发儿湛府，两位大佬还走得很近。你在凯创待过，也和两家公司合作过，能分析一下是什么原因吗？】

言微笑了笑："其实，王董和秦总私底下关系一直很好，并没有什么过节，只要是在这个行业，项目都会有竞争。我有幸和两位一起探讨过，两位老板都知道合作才能共赢，利他是打破合作壁垒的一个重因素。"

严欢：【说说这两个公司的优劣。】

言微沉吟片刻："劣势今天就不说了，大过年的，我也想讨个红包，凯创呢，大家都知道，湾城最具性价比的产品系列，很多都出自凯创，凯创一线营销，雷厉风行，项目周期短，交房快，而且，王董是一个有胸怀的人，他希望我们年轻一代都能有理想的居所，这是最让人钦佩的地方。"

显然，网友们并不想听王北雄，纷纷刷屏，让她也说说秦怀鹤。

言微面上有一瞬而过的羞赧，但她很快掩饰过去了。

"秦总……秦总是一个具有工匠精神的人，他对产品和服务有很高的要求，我想，这跟他从小接触的环境有关，要做就做精品。他对员工要求比较严格，产品必须精雕细琢，服务也要落到实处，但他对事不对人，亨川的离职率并不高。"

胭脂水粉不敌我：【秦总那么低调，是真的一个保镖也没有吗？】

"对，除了活动的时候必要的安保，他平时不用保镖。"

没有记忆的鱼：【不会连保姆也不用吧？】

无升级论调：【怎么可能没有保姆，那谁给他做饭洗衣服？】

言微目光有些飘忽，这些问题越问越细，再答下去估计要问是不是她给他洗的内裤了。

门就在这个时候被打开了，言微循声看了一眼，转瞬收回目光。

男人的脚步声越来越近，很快，一张端正矜贵的面庞便出现在镜头面前，他穿着家居服，衣袖卷到手肘，露出一截结实的小臂。

手机屏幕下方又开始刷屏了。

【秦总来了！】

【是秦怀鹤真人！】

【秦总是不是也在看微微的直播？】

秦怀鹤从言微肩侧探个脑袋，对着屏幕微微勾动嘴角：“这是你的粉丝还是我的粉丝，这么热情呼唤我。”

言微浑身僵硬，呆呆地从屏幕里看他。

“对，我在看她的直播，”秦怀鹤转眸对上她，“她这个人，我实在看不下去了。”

两人挨得很近，言微抿唇，低声问道：“我怎么了？”

秦怀鹤板直身子，大掌在她发顶压了一下：“大年初一，大家伙给你捧场，来看你直播，你眼神不好吗，怎么总是跳过网友的问题？”

言微轻轻提肩。

“我们在哪儿？在湾城，对，家里。

“没有保镖，我们亨川安保做得很好，用不着。

“只有一个，我女儿的专职保姆，回家过年去了，平时用钟点工，做饭……工作日集团会有专人负责伙食，过年这段时间我都自己做。”

无事不坑：【秦总自己做饭！】

甜甜圈：【秦总竟然用自己的金手颠勺吗？】

SKY：【王北雄：你颠勺是想逼死我！】

秦怀鹤被逗乐了：“据我所知，王董很会养花，家里院子的花比花卉公园里的还好看，就是不知道他经常飞来飞去的，是不是让几个保镖轮流浇水，听说他的保镖还会吟诗作画。

言微眉宇微皱，轻声嗔道：“别胡说。”

SKY：【秦总快别这么说，王北雄头发都白了，哈哈哈！】

死咸鱼：【请正面回应一下，你和微微是什么关系？】

秦怀鹤眸光微转，对上言微：“回应一下，我和微微是什么关系？”

言微抿唇：“就是一起过年的关系。”

秦怀鹤眯起眼来：“你知道什么是正面回应吗？别拐着弯，一起过年的是阿猫还是阿狗。”

四目相对，言微忍不住弯了嘴角：“秦怀鹤是我老公啊。”

秦怀鹤顿了两秒："腾点地儿给你老公坐坐。"

言微坐的是单人沙发，根本腾不出一点地方缝隙给他，索性站了起来："你坐吧。"

秦怀鹤一点都不客气，沉进沙发，伸个手在小沙发旁的空气里捞了一把，然后拍拍自己的大腿，一本正经地说："给你搬凳子了，坐这儿来。"

言微握拳抵在唇边，绷着笑，镜头虽看不见"凳子"，他也太把网友当傻子了。

"快点儿。"

她乖乖坐了上去，一只手摸过来，揽在她腰侧，这个角度有些怪异，有些网友看出来了，质疑"凳子"的高度。

秦怀鹤安之若素，把镜头往上掰，赖到言微身上："这是高脚凳，微微个子矮，只能坐这凳子。"

网友不信，都说见过微微本人，她根本不矮。

秦怀鹤说："她上半身短。"

言微点头："是的，我腿比较长。"

无风：【秦总，什么都可以问吗？】

"今天问什么我都可以回答，知无不言，言无不尽。"

无风：【可以说说你们是谁追的谁吗？真的很想知道。】

秦怀鹤压了压唇，回道："我追的她。"

小羊倌：【你们真的离过婚吗？】

秦怀鹤没有回避："离过，我惹她不高兴了，是我的错。"

柚子：【怎么惹的？】

秦怀鹤眉宇微皱，凝神思索，最后还是把问题抛给了言微："你说说，我那时候怎么惹你了，你非得跟我离婚。"

言微对上他，那双深眸里分明藏着她："你不记得了吗，你说不让我点一颗痣，我用遮瑕膏遮住了，那天你很生气，说我言微人轻，事实上，根本就没有言微人轻这个说法。"

秦怀鹤定定看她："你也没吃亏，你说我没有接受过九年义务教育。"

网友们爹了：【就这？鸡毛蒜皮的小事？】

最后网友总结了下：【九年义务教育很重要！】

秦怀鹤被网友的发言逗笑："当然重要，我就是吃了没有接受九年义务教育的亏，所以喜欢聪明又会读书的人，小朋友要好好读书。"

言微下手拧他的腿，刚才和她爸吃饭，一点黄汤下肚，还没醉呢就胡说八道。

岁岁“噔噔噔”跑上楼，踮起脚尖抓上门把：“妈妈！妈妈开门！”

秦怀鹤在言微腰上掐了一下：“去给八戒开门。”

言微耷拉下眼皮，从他腿上起来。

岁岁小短腿跑得极快，叫嚷着让爸爸带她下去放烟花。

网友们被奶声奶气的童音吸引，都说要看看大小姐。

秦怀鹤把岁岁抱到腿上，对着镜头撇嘴：“不要叫她大小姐，她小名叫岁岁，属猪，不嫌弃你们可以叫她二师兄。”

岁岁被镜头吸引了，像照镜子一般，摇晃脑袋，说：“爸爸，这是岁岁！”

“嗯，手机里面的大师兄问你，谁给你绑的头发？”

岁岁对着镜头抓自己的哪吒头：“妈妈绑的呀！”

“噢，妈妈绑得真好。”

“对呀，我爱妈妈。”

秦怀鹤稍稍挑眉：“爱爸爸吗？”

岁岁小胖手揉揉眼睛，秦怀鹤追问：“你爱爸爸吗？”

岁岁“噌”地从他腿上下来：“爸爸，我们，我们去放烟花。”

手机屏幕被网友们的“哈哈哈”给刷屏了。

VS 大 V：【二师兄这顾左右而言他的功力，本人自愧不如。】

一朵小娇花：【大小姐：都这么明显了，你还非得问！】

秦怀鹤有些没面子，拧眉吸气：“秦言墨，你别东扯西扯，你到底爱不爱我？”

岁岁从他腿上下来，拉着他的手开始耍赖：“走呀！走呀爸爸！”

言微忍俊不禁：“谁让你乱给她取花名的，她都记着呢。”

秦怀鹤无可奈何：“她这点就是随了你，你是选择性眼瞎，我的问题你都看不见，她是选择性耳聋，我的问题她听不见，一个样。”

言微推他一把：“赶紧去吧，放完了回来洗澡睡觉。”

无声胜有声：【姐妹们，快来看秦怀鹤的家庭地位，哈哈哈。】

这一场直播本来预订的一个小时，最后播了两个小时。

网友看到了真实的秦怀鹤，他从一个小心行得万年船的优秀典范变成了一个会笑会闹，会和老婆孩子扯嘴皮子，还会落下风的普通男人。

初八上班，延嘉迎来了乔迁之喜。

岁岁被送去上早教课，言微又开始了忙碌的生活。

林棠突然给言微打电话，哭诉她犯下了大错，把丁澄给睡了。

言微无语凝噎：“我都不知道说什么好了，你妈妈的想法呢？”

林棠在那头捶胸顿足：“我妈，她可满意了，我都不敢跟她说丁澄不是我男朋友。这几天我请假在家，都没脸去公司。”

“丁澄没找你？”

“我把他微信拉黑了，电话也没敢接。”

“你真行，他和秦怀鹤出差了，今天才回来，我帮你问问他的意思。”

林棠沉默一会儿：“你跟他说，我林棠从不强人所难。”

“那你拉黑他做什么，这样很像个渣女。”

“我就是觉得……丢死人。”

秦怀鹤出差回来，前脚才进办公室，言微后脚就来了。他还没来得及高兴，言微张口就问：“丁澄呢？”

秦怀鹤微滞，把腕表解下，往桌上一扔：“你找他做什么？”

“有事儿想跟他聊聊。”

“什么事儿？”

“是林棠的事儿，你非得问那么清楚吗？”

秦怀鹤云淡风轻地说：“当然，我们是夫妻，她敢告诉你，自然就做好你告诉我的准备。”

言微不想和秦怀鹤多扯，把丁澄和林棠发生的事儿直接告诉了他。

秦怀鹤听完，低嗤了声：“这事儿不难办，你让林棠放心大胆找他负责。

“这小子精得很，他要是不想，林棠就去不了他家，他有一百个办法把她送回去。”

言微将信将疑：“也有可能是太熟了，他才把她带回去的呢？”

秦怀鹤舌尖抵在两唇之间，低着眼睫看她。

言微好几天没见着他，扛不住这个眼神，心尖一软，主动投怀送抱，在他结实的胸膛上蹭。

秦怀鹤抱着她，轻轻摇晃：“他要不愿意，林棠还能硬来不成？”

言微在他怀里笑。

“你可以实践试试。”

“怎么试？”

他胸腔起伏：“勾搭我，看我怎么意志坚定地把你推开。”

言微抬起头，紧紧抿了抿唇："我觉得你做不到。"

"试试？"

言微面上起了一层薄红，垂下眼睫："好，改天。"

秦怀鹤指腹从她酒红色的唇上重重抹过："改什么天，就现在。"

**第五节**

林棠才和言微挂了电话，下楼准备拿点东西垫肚子。

她以痛经为由，在家蹲了几天，再蹲下去，董院长就该起疑，要带她去医院看了。

她妈妈还让她带丁澄回家吃饭，这会儿亲自给她拿来手机："手机也随便乱丢，你男朋友电话。整天家里躺，我以为分手了呢。"

林棠头皮发麻，在她妈妈的眼皮底下接通电话。

丁澄的声音没有什么变化，和以前一样平静："林棠，你生病了？"

"嗯。"

"你在家里？"

林棠对着空气点头，假模假式咳了一声："是啊，我跟我妈在一起。"

"我正好在A大，过去看看你。

林棠心口一跳，她和她妈妈在一起这句话的暗示够明显了，他怎么还往枪口上撞？

"那，那我去小区大门口等你。"

"你在家等着，外面冷。"

林棠腹诽：董院长在我身后虎视眈眈，我在家等，只能等死了。

林棠焦灼了一会儿，还是把丁澄从微信黑名单里放出来，偷偷摸摸给他发了一条信息。

【你还是别来了，我妈以为你是我男朋友，这会儿说不是，她会打我，说是，她也不会对你客气的，等我明天上班再说。】

丁澄的回复和煦如春风：【不是你的错，我来跟你妈解释。】

林棠绑了个马尾，换了一件粉色连帽卫衣，想上点妆，又怕她妈妈看出来，楼上楼下转悠一圈，便听见院子里有声响，偷偷往窗口一看，她妈妈给丁澄开了门，丁澄手里提着两个礼盒。

A大大得很，也不知道丁澄是从哪个方向来的，来得这样快，她一贯不在意家长里短的人情往来，也不知道他这算是什么礼数。

丁澄笑问："阿姨，林棠好些了吗？"

董院长嫌弃地说："还是半死不活的，我也不知道好没好，让去医院看看就说好了，让上班又说没好全。"

妈妈在楼下喊林棠下楼，林棠抱着半个人大的玩偶枕头下了楼，正听见妈妈把丁澄家里的情况问了个遍。她头皮发紧，一瞥而过："丁澄。"

丁澄站了起来："你好点了吗？"

"好多了。"话是这么说，林棠缩在沙发角落，卫衣帽子盖了半张脸，看着仍是抱恙在身的样子。

董院长说："她从小就娇气，感冒十天半个月都要人抱着睡，那么大了，来个例假还得躺着让妈妈伺候她。"

丁澄坐近了些，看着林棠笑："也不只是她这样，女孩儿都娇气。"

"她读完研究生进亨川的时候，我就开始担心，一点人情世故都不懂，会不会哪一天就被开除了。"

"没事儿，阿姨，在我们亨川，做好自己的工作就行，人情世故总会慢慢懂的，懂得慢一些，就多享受一些安逸。"

林棠抬头看他。不懂人情世故，会不会过得更安逸，尚且不好说，但跟丁澄这样的人在一起，就能十分安逸。万金油无往不利，即便是在她妈妈这样的老学究面前，他也顺滑得很。

董院长问："你能吃甜的吗？我去给你做一碗醪糟鸡蛋羹，你说有应酬不在家里吃饭，吃一碗去去寒气。"

丁澄笑答："可以，我喜欢吃甜的，谢谢阿姨。"

董院长一走，空气瞬间凝滞下来。

半晌，丁澄突然发出一个感慨："大小姐果然不是一日养成的。"

林棠往厨房里看："你从哪里看出来的？她天天让我受气。"

丁澄只笑笑："以后你会明白的。"

林棠半死不活地低声嘟囔："我看你是锅里炸了三天三夜的油条吧，什么都知道。"

丁澄也不生气，一本正经地问："林棠，你喜欢吃老油条吗？"

林棠抱枕盖过脸，瘫进沙发里，从抱枕里露出一只眼："凑合吧……你要是觉得可以接受，我愿意对你负责。"

丁澄看着她笑："你先告诉我，我哪一方面让你觉得凑合？"

她想了想："我就是觉得你的性格不错。"

丁澄了然："就是适合结婚。"

她有些着急："你放心，我并不是看上你的年薪，我的工资够花，爸妈给我的钱我存了不少，我不会花你的钱。"

丁澄手伸过去，插进她手指头里，慢慢收拢：“存了多少？”

林棠脸颊起了一层浅色，眼睛里有了神采，抿着嘴伸出两个手指头。

丁澄点头赞许：“不错，要是我的不够用，能用你的吗？”

她露出心满意足的笑：“可以。”

**第六节**

秦怀鹤和言微举行了婚礼，婚礼不算很盛大，只请了两人的亲朋好友。秦怀鹤没有特意保密，有部分视频流出去了，秦大小姐——岁岁又火了一把。

婚礼现场布置得很唯美浪漫，一群白鸽在白色花束和紫色藤蔓下觅食。

小朋友们拿着吃的喂鸽子，岁岁就在其中，她拿着干果零嘴，只喂自己不喂鸽子，被一只鸽子啄了一颗蓝莓干，她反应极快，一把抓住鸽子的脑袋，愣是从鸽子嘴里抢回了蓝莓干。

至此，岁岁二师兄的称谓更是深入人心。

言微忙得不可开交，除了工作，还要准备研究生考试，照料女儿的担子落到了秦怀鹤的肩上，他只要有空，都会亲自去接女儿放学。

老师都说秦言墨有主见，有领导风范，别的小朋友离开爸妈，免不得要哭闹，岁岁很少哭，她说，爸爸妈妈去赚钱买糖果，有什么好哭的。

秦怀鹤答应过她，每天乖乖上早教班，下了课，爸爸都会奖励糖果。

这一天也没有例外，他去接岁岁回秦老爷子家吃饭，一见面，岁岁扑进他的怀里，大眼睛亮晶晶的：“爸爸，你带糖果了吗？”

秦怀鹤从兜里掏出山楂棒棒糖，还有一包胡萝卜小饼干。岁岁小爪子同时抓上爸爸掌心，抓了满满两手，喜滋滋地说：“谢谢爸爸！”

秦怀鹤凑过脸去，她敷衍亲一口，急不可耐地打开她的零嘴包装袋。

八戒好养活，她有喜欢的零嘴，有不怎么喜欢的零嘴，但这个时候给她什么，她都不会挑剔，过不了多久，就全数塞进她的小嘴。

司机小陶开着车，秦怀鹤处理公司事务，岁岁在安全座椅上，舔着山楂棒棒糖，嘴里的话不停。

“陶叔叔，你慢点儿开车。

“红灯停一停，绿灯，绿灯快出发！

“绿灯啦，陶叔叔走呀！”

小陶耳屎都快飙出来了：“我们要等前面的车先走，撞上去很危险的。”

岁岁的目光又追随着那条红陨石边牧走过马路，最后消失在她的视线范围里：“爸爸，我要狗狗。”

秦怀鹤头也不抬：“要什么狗狗？”

“白毛毛小狗，”她张开手臂，比了个大小，“这——么大的狗狗。”

秦怀鹤被这个夸张手势吸引了目光：“这么大的狗狗，比你都大，你遛得动吗？”

岁岁睁大了眼：“遛得动！”

“你遛不动，多吃饭，再过两个春节，爸爸就给你买。”

岁岁收着下巴瞪他。

秦怀鹤并不退让：“不听话就把饼干还给我。”

岁岁把饼干抱紧在怀里，委屈巴巴噘嘴：“以后，我再也不给爸爸踩背背了。”

“不踩就不踩。”

平时睡觉前，秦怀鹤都使唤岁岁踩背，他活这么多年，这是唯一一个免费劳力，可惜，这一个免费劳力脾气也不小，一个不痛快就给他甩脸子。

到了秦老爷子家，秦怀鹤把岁岁抱下车，父女俩互相不搭理，各走各的。她一进门就去找太爷爷告状：“太爷爷，岁岁想要狗狗，爸爸，他不给我买……”话到最后，已经带上了哭腔，漂亮的眼睛沁出水光。

秦老爷子年纪大了，哪里看得了曾孙女儿哭鼻子，又哄又抱：“他不买，没关系，太爷爷给你买。”

岁岁得逞，挂着泪珠瞥一眼爸爸。

秦怀鹤正色道：“我们家不养狗，我又担心她偷吃狗粮，又担心她掰狗的脑袋，您要买就养在您这里，她什么时候有空就什么时候过来看。”

秦老爷子只当是孙子孙媳妇两夫妻商量好的，他也不好干涉，只道：“她喜欢，给她养一条有什么要紧，一个月你们能来几回，我养了她也看不着。”

“那您别养，您这身子骨也遛不动。”

老爷子偏要与他作对："我就养了，给岁岁养一条。"

秦怀鹤没再和老头理论："您乐意，随您。"

开饭时间到了，见言微还没过来，吴曼云有些不满："她怎么这么忙啊，连孩子都顾不上了，每一回都是你去接。"

秦怀鹤维护自己老婆："能不忙吗，接那么多项目，还要考研究生。"

吴曼云动了心思："读研究生也好，趁着这两年，你们把老二给生了。"

秦怀鹤滞了滞，嘴角一颤："生什么老二？没有这个打算。"

秦怀鹤看看自己爷爷，再看自己没到两岁半的女儿："过几年再说吧。"

岁岁咬着肉骨头，问道："爸爸，老二是谁呀？"

秦怀鹤说："老二啊，就是你沙师弟。"

岁岁瞪圆了眼："岁岁喜欢沙师弟，他很乖的。"

吴曼云不管这么多，整个吃饭时间都在说些撺掇夫妻两人生二胎的话。

秦怀鹤看着吃得满嘴油光的岁岁，笑了笑："生这个她都跟我离一次了，再生一个她又要离，我折腾不起。"

吴曼云顿了下，轻嗤一声："你就当个宝贝供起来吧。"

言微很晚才到老爷子家，保姆热了饭，秦怀鹤亲自给她盛汤，陪着她在餐厅用餐。

晚上回到渐青湖的家，岁岁已经把爸爸不给买狗狗的仇给忘了，秦怀鹤洗了澡，依旧躺在床上，享受她的踩背按摩。

言微从卫生间出来，披散一头乌发坐在床边。

岁岁扶着床栏，胖脚丫在爸爸的背上蹦，兴致勃勃地跟妈妈汇报："妈妈，太爷爷要给我买狗狗。"

"你要谢谢太爷爷，知道了吗？"

岁岁应下，从爸爸身上下来，张开手臂比画："妈妈，白色的大狗狗，这么大。"

秦怀鹤起身，五指插进言微肩背上的黑发，自上而下顺了顺："怎么没让我给你吹？"

言微生孩子落下腰酸的毛病，两人已经养成了习惯，言微给他刮胡子，他给她吹头发。言微是习惯成自然，他是越来越迷恋，甚至在外头应酬，也会惦记着言微今晚是不是该洗头了。

言微不甚在意："你不是在按摩嘛，我就自己吹了。"他凑近，嗅着言微头发散发出来的味道。

灯一熄，岁岁抱着她的熊，开始讲故事。

言微在黑暗里对上秦怀鹤的双眼："我听林棠说，丁澄可能要调任到产业公司做副总了？"

"嗯，他快三十了，总不能一直做我的助理，以他的能力，在产业公司做副总也只是过渡。"

"他走了，估计要两三个助理才能胜任他的工作。"

秦怀鹤低哼了声："他年薪不低，就算换两三个，加起来一样的年薪，这年头不缺人才，总有人脱颖而出。"

"话是这么说，默契总是不一样的。"

他平躺下去："默契也是经年累月培养出来的，他要是定下心来好好做，亨川不会亏了他，副总年薪千万，人力资源部为了他，专程做了级别调整。"

言微闻言，忙问："丁澄有别的想法？"

"有人想拉他自立门户。"

她顿了片刻，拉上他的手："这也难免的，有能力的人，谁没有自己创业的心思。"

岁岁突然出声："妈妈，你要生弟弟吗？"

言微莫名其妙："谁跟你说妈妈要生弟弟了？"

秦怀鹤松开言微的手，张开臂膀："胡说八道，养你一个都够呛，生什么弟弟。"

言微重新窝进他怀抱里："怎么突然让太爷爷给她买狗了？"

"她让我给她买，我不给，就去跟她太爷爷要，她太爷爷说给她买，养在他家里。"

"你为什么不给她买？"

秦怀鹤顿了片刻，一个幽叹："我小时候跟我哥养过狗，后来我哥死了，狗也死了，缓了好长一段时间才给忘了，她一说养狗，我都给想起来了。"

言微起个半身，虎口压着他耳根，指腹在他鬓角处摩挲："没关系，给她养吧，没有一个人能一直活在蜜罐里。"

秦怀鹤撇嘴，眸色深深："小女孩不活在蜜罐里活在哪里？这还是你教我的，我怠慢你了，你如何治我的？"他在她脸颊吧唧亲了一口。

岁岁听见声音，马上放下小熊，手脚并用爬过去："爸爸，你做什么呀？”

“没干什么，跟你的熊睡觉去。”

岁岁凑到他眼前：“你是不是亲妈妈了？”

秦怀鹤和言微对视，同时弯了唇：“亲了怎么了，妈妈是我老婆，是我宝贝，你能亲我也能亲。”

岁岁勉强接受这个说辞：“妈妈是爸爸的宝贝，岁岁是妈妈的宝贝。”

言微抱上她对着毛茸茸的脑门亲了一口：“当然是啊，妈妈爱你。”

岁岁搂着妈妈的脖子，也亲了一口：“妈妈也是我的宝贝。”

言微心尖一软，和岁岁脑袋对脑袋：“顶顶牛顶顶牛。”

岁岁“咯咯咯”的笑声落了满屋：“妈妈，只有爸爸不是宝贝。”

不是宝贝的秦怀鹤咬着后槽牙瞅她片刻，磨牙道：“老二还是得生。”

**第七节**

林棠和丁澄谈了四个多月的恋爱，因为同属一个公司，两人默契地没有公开。丁澄一直忙得很，再加上林棠的妈妈一直提醒她不可以未婚同居，所以，两人在一起的时间并不多。

眼看着丁澄的调任令下来，他要去南州城担任产业公司副总，这一去至少也得五六年。

三十岁做到年薪千万的副总，在哪里都称得上是金龟婿了，董院长知道以后，和女儿说，只要两人结婚，林棠妇唱夫随，爱去哪儿去哪儿。

林棠心里七上八下，丁澄若是开口，她一定会跟着他去，但他并没有多大反应。

临行在即，两人在丁澄家里吃饭，林棠带了一罐董院长酿的青梅酒，给他放茶几上：“我妈说了，你喜欢喝就带去南州城喝，她还给你酿了几罐在家里。”

丁澄说：“董小姐心灵手巧，你爸真有福气。”

林棠抬着下巴问：“你这意思，我爸比你有福气呗？”

丁澄抱着她笑：“你理解错了，我比你爸有福气，有你就算了，还有这么好的丈母娘。”

林棠啧啧啧几声：“丁总这张嘴就值不少钱。”

饭桌上，他很贴心地给她夹菜，就是没有让她与他同行的意思。

吃到一半，林棠实在憋不住，拉下脸问：“你去那边了，我们以后是不是一两个月也见不上一回？”

丁澄云淡风轻地说：“不至于，周末你有时间可以去找我。”

他这么说，林棠也没话了，吃了饭给他收拾行装，中途意外收到一条微信，是部门里那个离职的朱经理给她发的。

朱清怡：【林棠，我刚才在超市看见你了。】

林棠没有笨到看不懂的程度，她本来不想回，可又想到她是丁澄的女朋友，又不是什么见不得人的小三小四，干吗要憋屈自己？

林棠：【是吗？我怎么没看见你。】

朱清怡：【我在你身后，本来想和你打招呼的，后来想了想，就算了。】

这阴阳怪气的话，让林棠心里升腾起一股无名火，她打算堵死朱清怡：【好吧，算了就算了。】

朱清怡果然还是没“算了”，过了一会儿，又发来一条长微信：【说真的，我看到你和丁澄在一起，为你开心，又为你心疼。丁澄能力强，也很贴心，但是他总是对谁都很好，不主动不拒绝，也不公开，他交了女朋友，谁也不知道，我们一个个都以为他还单身呢。不过你不用担心，你爸爸是央企领导，妈妈又是A大院长，他就喜欢这样家庭的女孩，尽快修成正果哟。】

朱清怡就差没有把话挑明了：你要在你爸妈退休之前把丁澄搞定哟，毕竟，你啥本事也没有。

林棠头皮发紧，强作镇定地回复：【他不单单要求家世好，还得像我这么漂亮的，放心吧，会给你发喜糖的。】

行李箱被重重盖上，发出一声不大不小的闷响。

丁澄接了一个电话，从客厅回来，看见林棠面色不对劲，便问：“怎么了？”

林棠看着他，说：“我们部门有个姓朱的，一脸菜色那个，她说你是渣男。”

丁澄顿住了：“朱清怡？”

“嗯，你渣过她吗？”

他嘴角轻轻一压：“这个真没有。”

林棠气得慌，拿手捶捶脑袋：“你怎么不渣她一回？反正渣不渣她都那样说，白担个虚名。”

秦怀鹤有了女儿，越来越知道有些话不能说得太满，因为总有妥协的时候。

他给岁岁买了一条漂亮的蓝陨石边牧，没有叫“今朝”，他担心老爷子听见了会上火，也没有刻意取名儿，因为岁岁一直叫它“汪汪”，所以就这么叫开了。

不过两三天，岁岁和汪汪就混熟了，恨不能上早教班也带上它。

六月，一年一度的关爱留守儿童公益活动眼看就要来临，这一次要去西北农村，亨川赠送的物资装满了几大卡车，还有湾城的医疗团队去给小朋友们做免费体检。

秦怀鹤打算带着岁岁亲自出行，看看大西北的风光，也让女儿感受一下农村生活。

言微本来还有别的安排，耐不住秦怀鹤的软磨硬泡，还是改了行程。

他说带她和岁岁去沙漠拍全家福，她被说动了，出发之前，她郑重其事和秦怀鹤做了分工，这一次是公益之行，他只是出席活动，讲几句话走过场，岁岁交给他，她要带团队专心做公益直播。

岁岁要带上狗，秦怀鹤由着她，收拾好行装，让司机开着房车出发了。

一路颠簸，大部队到了西北的边远小村落，岁岁吃吃睡睡，一到地儿就又睡着了。

几个村庄的小学就是亨川建的，村民们很热情，宰牛宰羊接待他们。

当地人讲究大碗喝酒大口吃肉，秦怀鹤跟前摆上了一个炖熟的大羊头，龇着牙，看起来怪吓人的。

村干部派了一个能说会道的中年妇女招呼他们，这妇女身板不小，不笑是两层下巴，一笑就是三层下巴，人称胖婶。

胖婶让秦怀鹤掰开羊嘴，好下手吃肉，还问：“秦总，怎么样？”

“好吃。”

胖婶又端上来肥瘦相间的一大筐羊排、烤馕、红枣馍馍，还有剥干净的大颗蒜头：“秦总，这羊肉你得一口肉就一口蒜吃才不腻。”

秦怀鹤对着那一堆肉微微眯眼：“这一看就是好肉，大蒜就算了，吃了大蒜我怕我老婆不认我。”

胖婶笑得三下巴都在抖：“电话里闻不到，等你回去都没味儿了，你老婆肯定闻不出来！”

众人笑了：“这可不一定。”

在人群里的言微面上微热，只当作听不见，她是带着任务来的，这一次是公益项目，她没有做主播，全程做幕后，公众场合她不想因为她和秦怀鹤的关系，让别人以为是亨川总裁带着夫人来作秀，模糊了焦点。

秦怀鹤最终没吃大蒜，他不吃，没人敢多劝。

言微在另外一桌，也只是吃了几口羊肉，尝了一个不知名的油炸饼，她的口味清淡偏甜，大西北粗放的饮食她实在有些吃不消。

下午，公益会演结束，言微在胖婶的带领下进村里采访，收集留守儿童家庭现状的素材。

秦怀鹤在一群人簇拥下，带着岁岁和狗参观小学。

正好是周末，学校没有什么人，秦怀鹤和两个校领导多聊了几句。

远处突然传来岁岁的哭声，秦怀鹤的新助理林振沿跑过来，面有戚戚然："秦总，岁岁掉坑里了！"

秦怀鹤眉头一锁，淡眼看他："什么坑？"那哭号声他再熟悉不过了，响亮而有节奏感，料定她也没什么大碍。

林振沿面上有一丝慌乱："粪，粪坑。"

秦怀鹤眉心微微一跳，提腿就走。两个校领导霎时变了脸色，忙不迭跟着赶过去。

秦怀鹤面色不虞："连个小孩都看不好，怎么能掉下去？"

林振沿小心翼翼回道："厕所后头缺了一个口，她去追狗，拉狗绳的时候绊了一下，小吴没拉住，就掉下去了。"

小学校长接话："哎呀，这个厕所本来好好的，这几天总是下雨，被几个熊小子踢了一个口子了，还没来得及补上。"

秦怀鹤懒得搭理他，三步并作两步朝岁岁而去。

三四十米开外，他家一身粉的小公主已经变成了一个黑乎乎的粪小孩，粉色的公主鞋、粉色的闪钻裙子全都辨不出了。岁岁的上半身本来是干净的，大概受了不小惊吓，拿一双粪手摸脸，这会儿全身上下只剩后背一块干净地儿。那条狗也遭了殃，漂亮的毛发糊了一团粪便。

岁岁看见爸爸，号叫着奔向他："爸爸！呜呜呜，爸爸！"

浓烈的屎粪尿骚味儿扑面而来，秦怀鹤太阳穴突突直跳，连退了两步，咬牙切齿地说："不要了，不要了！"

这会儿哪里丢得下她，粪小孩扑到他腿边，紧紧抱住了他。恶臭把秦怀鹤团团包围，他活了三十多年，从未闻到过如此强烈的味道。

大夏天的，烈日炫得人眼晕。

亨川的随从们假惺惺的，不敢离得太远，又不敢靠得太近。

校长想伸手，半道又缩了回去："秦总，带孩子到家里洗洗。"

秦怀鹤冷眉冷目："有河吗？带她去冲一冲。"

校长为难："没有河，到家里冲吧。"

岁岁的爪子一直往秦怀鹤大腿上抓："爸爸抱抱，爸爸抱抱。"

秦怀鹤咬着牙，掐着岁岁的胳肢窝把她抱了起来。岁岁往他背上一靠，他鬓角到耳朵根划了一道黑。

胖婶和言微一行人正从村里出来，秦怀鹤抱着女儿已经到了百米开外。

言微问道："前头怎么回事？"

一个乡亲笑得合不拢嘴："那个老板家小孩掉学校粪坑里了，大热天的，苍蝇都跟上了。"

言微脸色霎时一变："怎么掉粪坑里了？"

"听说去追狗掉下去的，哎哟，今晚大老板有百家饭吃了。"

胖婶连忙迎上去，大嗓门叫嚷："秦总，哎呀，小宝吓坏了吧，我家离得近，快快快，上我家里洗。"

秦怀鹤闷着一张脸，视线不声不响往言微身上扫。

言微闻到一股刺鼻的味道，下意识握拳抵在唇边，悄无声息把脸扭到一旁，躲避秦怀鹤的目光。

两人错身而过。

岁岁眼睛一亮，哭声立马停了："爸爸，妈妈！"

走出好几米，秦怀鹤哼一嗓子："太臭，妈妈不要我们了。"

胖婶说："哪个妈妈会不要呢？洗干净了还要的，掉粪坑要吃百家饭，今晚我去给你们挨家挨户要大米去。"

秦怀鹤抽了口气："不用了。"

"要的要的。"

晚上，言微回到县城那家最好的酒店，房间门半掩着，父女俩已经洗干净，双双躺在床上。

岁岁掰扯自己的脚丫闻了闻："爸爸，你闻闻我的脚丫，我不臭了。"

秦怀鹤象征性闻了一下："嗯，不臭了。"

言微忍不住莞尔一笑，打开门。

岁岁又变回了漂亮小闺女，一看见她，眼睛亮了："妈妈，我不臭了！你闻闻！"

言微拉着她的脚丫子，凑近吸吸鼻子："嗯，岁岁真香。"

秦怀鹤不声不响把脚也伸了过去："闻闻，我也不臭了。"

"我不闻。"

他眯着眼，斜视着她："等着瞧，不闻你过不了今晚。"

# 第八章

## 她是个美人

我是暮中无魂树，你若晨间白玉兰
初遇是惊鸿一瞥，再见时情藏不住

### 第一节

这一晚，秦怀鹤被村干部叫出去吃夜宵，回到酒店的时候，言微和岁岁已经睡着了。

第二天，早餐是重口味的羊肉泡馍、羊杂汤，还有带着膻味儿的羊奶和各式各样的饼、馍、包子。

言微实在难以下咽，吃了两口饼就没有吃了。

岁岁小孩心性，惦记着那几大箱零食，也没吃什么东西。

医疗团队一大早就到了，给附近几个村的孩子做免费体检。

岁岁穿了一条吊带小黑裙，头上戴着一个香草绿蝴蝶结，脸蛋粉粉嫩嫩的。这一回，看护她的小吴哪儿都不敢去，守在一旁给她撑伞。

几个大孩子也围着她和她的狗，问道：“这是你的狗狗吗？”

岁岁抱着狗头：“对呀，它叫汪汪。”

“我可以摸一下吗？”

岁岁想了想，松开狗头："可以，摸一下。"

一个男孩子讥笑道："就是这个小孩，昨天掉到我们学校的粪坑里了。"

"是她？"

"就是她，我爸说臭了几个村，苍蝇跟着飞了一路，晚上还去我家里拿大米了。"

"也去我家拿大米了。"

岁岁拉着狗绳："你不要说我坏话，你要是说我坏话，打针针哭了，不能领糖果。"

"我不吃你的糖果。"

岁岁瞪他，从兜里掏出一个山楂棒棒糖："那就你哭吧，打针针很痛的。"

男孩看见棒棒糖，咽一下口水，不再嚣张了。

胖婶抱着她家的孙子，逮到一个儿科医生，问道："医生，你看看他，身上的疙瘩总是断不了，抹了多少药都没用。"

医生看了看小孩脖子和双臂的小疙瘩："你这个是过敏体质，擦药治标不治本，要隔绝过敏原才行，你们去查过过敏原吗？"

"查过了咧，不能吃的都不吃了，还是长。"

"他这多半是尘螨过敏，平时要注意卫生，穿的睡的都用纯棉面料，经常洗晒床单。"

言微正在给小朋友们发糖果，看见胖婶带着她孙子，拿了一个大礼包送过去。

胖婶推拒："不用了，哎哟，他吃不了咧！"

"吃不了拿回去送给家里别的孩子吃。"

那医生定定看言微，突然出声："言微？"

言微扭头，停滞一秒，很快在记忆里寻到了此人的信息："杨医生，好巧。"

杨建峰笑着问："你怎么也在这里？"

言微一语带过："公司的活动。"

"今晚不回去了吧？"

"嗯，明天回。"

杨建峰站起身："言微，过来一下。"

言微顿了下，还是跟过去了。

胖婶狐疑看看他，又看看言微。

到了大榕树下，杨建峰转过身："听说你离婚了？"

言微心想：医生工作很忙，信息没来得及更新，没必要苛责他，她也不打算和他解释，这人对她来说不过是相过一次亲的过客，没有什么交情。

杨建峰看着她笑："不好意思，就是听我妈说的。其实我觉得离婚没什么，我也离了，和我前妻和平分手。"

言微轻轻牵动嘴角，不想搭这个话。她根本就不喜欢这个杨医生，即便是他不嫌弃她爸瘫痪，她也没有办法跟一个自己不喜欢的人结婚。

杨建峰笑了笑："你别这么抵触我，我就是和你随便聊聊，我们重新加个微信吧。"说着，他把手机掏出来。

秦怀鹤正好从别处过来，看见言微和一个穿白大褂的男人站在大榕树下说话。言微拿出手机，男人靠近了些，指点她弄着什么。最后秦怀鹤看清了那男的长相，是和言微相亲过的男人，他在加言微的微信。

胖婶一手抱着孙子，一手提着糖果礼包，靠近秦怀鹤，压着嗓音说："秦总，你们公司这个女记者年轻又漂亮，我真看不出来她离婚了咧！"

秦怀鹤面色淡淡的："谁说她离婚了？"

"你也不知道？她离婚了，还有一个女儿，她自己说的。"胖婶吧唧嘴，"跟电视上的明星一样好看，怎么还离婚了咧？"

秦怀鹤面色一沉："上民政局离的。"

昨日才麻烦了胖婶大半天，在她家里冲掉了小一吨的水，这会儿他实在没办法对这个热心又八卦的农村妇女疾言厉色。

秦怀鹤站在原地喊不远处的岁岁："秦言墨！"

岁岁从小孩堆里抬起头，咧开嘴笑："爸爸！"她牵着狗从人堆里挤出去，"我爸爸来了，我要找爸爸。"

秦怀鹤接过狗绳，单手把她抱了起来："找妈妈去。"他抱着岁岁走到言微跟前，言微已经和杨建峰加上了微信。

言微一看见他，眼睛登时闪出透亮的光芒，向杨建峰介绍："这是我老公和我女儿。"

这突如其来的一下，杨建峰脸上显而易见一僵，反应过来后，他才机械拉扯嘴角："你好，怎么称呼？"

"秦怀鹤。"

"噢……秦总，久仰久仰！"

秦怀鹤不过略微颔首，伸手从兜里掏出两个鸡蛋，递给言微，慢悠悠地说："这边兜里还有两个。"

言微换了一个方向，手往他裤兜上拍，果然是鼓囊囊的两个鸡蛋，问道："哪儿来的？"

"拿糖跟小孩换来的，你跟岁岁一人两个。"

闻言，言微抿着嘴笑。

岁岁说："爸爸，我不吃鸡蛋。"

"不吃我把糖都没收了。"

岁岁很识时务，瞬间妥协："那我只吃蛋黄黄，你吃蛋白白。"

言微对杨建峰挥手："杨医生，我先给她喂鸡蛋了，今早没怎么吃东西。"

杨建峰面上有一丝尴尬的神色："行。"

忙活了一整天，言微才回到酒店洗漱干净，套房外传来敲门声。

言微起身去开门，来人是秦怀鹤的新助理林振沿，他手里拎着一个牛皮袋，还有一个铝饭盒。

"言总，这是胖婶挨家挨户拿的米，这边有个说法，就是……"他挠挠胳膊，略显拘谨，"小朋友掉粪坑，要吃百家饭，今天胖婶煮了一些，先给岁岁吃几口，剩下的您拿回家里吃。"

言微接过来："辛苦你了，回去休息吧。"

林振沿走后，言微把米放在套房客厅的小茶几上，拿着饭盒进了房间，饭盒里除了饭，还有蒸蛋和蔬菜饼。

岁岁吃了几口就不吃了。

言微没有强迫她，自己吃了两口："把米带回去煮吧，这里种单季早稻，大米产量本来就不高，这是老乡们的好意。"

秦怀鹤两指掐额角："这下好了，附近几个村的人都知道八戒掉粪坑里了。"

言微拧眉给他一眼，嗔道："别再说了。"

秦怀鹤兀自往下说："以后变大美女也没用，人家只要提到秦言墨，都说是从粪坑里捞出来的，用了一吨水才洗干净。"

岁岁噘嘴："不要再说了，爸爸！"

"以后你还追狗吗？"

"我不追了。"

秦怀鹤一嗤："也就爸爸能救你，换你妈妈试试，看她还能要你吗。"

言微把饭勺放下，抿嘴看他。

他起个半身，抬起眼皮似笑非笑地看着她："我也脏了，你怎么不喂我吃一点？”

言微把饭送到他嘴边：“吃吧。”

秦怀鹤不张嘴，偏头：“是不是我掉粪坑，你就不要我了？”

言微把饭勺放下，笑了笑：“要啊，只是当时真的很臭，我从来没有见你臭过，而且是那么臭，我有点被吓坏了。”言微压上他两只臂膀，眼角眉梢含着笑，“老公，没想到这一回，逃过了大蒜，没逃过大粪。”

秦怀鹤伸直了一条腿，踢踢岁岁的脚丫：“秦言墨，爸爸香吗？”

“香。”

“叫谁闻？”

岁岁蒙了两秒：“爸爸，叫妈妈闻。”

秦怀鹤把脚抬起来，言微对着他的膝盖下了力道一把推开，被他臂膀一揽，双双滚倒在床。

四目相对，秦怀鹤压了压嘴角：“逃过大蒜不是为了你？没逃过大粪不是为了她？”

言微双肩轻轻抖动：“不闻我也知道，我老公还是香的。”

“你就嘴巴说得好听，谁敢信你。”

言微在他嘴角轻啄一下：“第一次在A大颁奖礼，你扶了我一下，我记得很清楚，你那时候就是香的，一直都是香的。”

秦怀鹤很受用，阖上眼，嘴角微勾：“我那么香，你还当那么多人的面让别的男人加微信？”

“我不是说了吗，他是我姑介绍的那个医生，你不是看见我跟他相过亲嘛，我都不记得他了。”

秦怀鹤脚下有了动静，脚指头传来软绵绵的触感，他睁开眼缝，眉头一紧，嘴角出现了一丝裂痕：“你看她。”

岁岁正抓着他的脚，凑近了闻。

言微拧眉：“岁岁！”

岁岁爬过来，趴在爸爸胸口上，笃定地说：“爸爸，你香喷喷的，很香！”她两眼圆溜溜看着他，“爸爸，小猪包包脏了，你再给我买一个装糖果，好吗？”

秦怀鹤微微眯眼，对着言微笑：“听见了吗，亲我的脚是有条件的，要买包。”

言微往他胸口拍了一下：“那是亲吗？是闻。我给她买就行了，你给她定制那么贵的包，小小年纪，消费观都扭曲了。”

秦怀鹤张开臂膀一边抱一个，胸腔一上一下鼓动：“怎么扭曲了？她用得起，她说我香喷喷的，这叫商业追捧，你学着点。”

“刚才我不也说你香了吗？”

“那不算，除非你再勾搭我一回。”

言微把脸埋在被单下，又来了，也不知道这是什么瘾。

岁岁问道：“爸爸，勾搭是什么呀？”

“勾搭啊，”秦怀鹤伸手，勾上自己老婆细嫩的脖颈，“勾搭就是这样，我和你妈妈勾肩搭背。”

这天晚上，两人好不容易把岁岁给哄睡着，正准备行勾搭之事，突然响起一声轻飘飘软绵绵的“妈妈”，言微吓了一小跳。

岁岁已经坐了起来，在黑暗中瞪着黑溜溜的眼，声音带着小孩儿的困倦：“你做什么呀？”

言微扶着她的背，把她放倒在床上，手在她背上轻拍：“没做什么，爸爸妈妈也准备睡觉。”

岁岁翻滚一圈，趴在秦怀鹤肩头：“爸爸，你们在勾肩搭背吗？”

秦怀鹤抹了抹嘴：“有早教班文凭就是不一样，被你看出来了。”

## 第二节

林棠从南州城回来，意外看见爸爸林鸿远在家，询问之下，林鸿远说在休年假。

她有些惊奇，爸爸已经几年不休年假了，而且年中是他们企业最忙的时候，上个星期爷爷过寿辰，他都没有休息，何以在这个时候休年假？林鸿远只说公司的事情忙过了一个段落，这个时候正好有空闲。

“那让我妈也休吧，你俩出国度个假，二十天的年假，估计到你退休都没有这么长的假期了。”

林鸿远想了想：“也好，等你妈回来问问她，回她老家住几天。”

“老家什么时候去不成，你非得现在去？你们出国补个蜜月游多好。”

林鸿远笑了笑：“难得休息，不想折腾了。”

董院长没多考虑便答应了，临近暑假，学院的事儿也不多，只是家里还有三条狗和一只猫，她有些放心不放，想要放到宠物店给人看管着。

林棠拍着胸脯跟妈妈保证，绝对把猫猫狗狗都伺候好。

爸妈走了两三天后，林棠才从别处听到了一个消息，林鸿远涉及下属的经济案件，现在正接受调查。或许爸爸不出国不是因为不想折腾，而是被限制出镜。

接下来，林家迎来了十几年里最安静的两个月。这个异常敏感的时候，董院长下面那些教授讲师都没有了踪影，连林家近亲都极少来往了。

林棠发现，原来逗猫逗狗是很容易的事儿，但伺候猫猫狗狗并不那么容易，妈妈花费了很多精力才把事业、家庭兼顾得那么好。

原来她废是真的，妈妈并没有说错，家里出了事儿，她一点办法也没有。痛定思痛，林棠决定听妈妈的话，辞掉亨川的工作，继续读博深造，然后进入高校，走一条更适合自己的路。

她把这个决定告诉了丁澄，丁澄正在应酬，表示什么决定都支持她，三言两语，两人便挂了电话。

林棠准备出国读博的时候，董院长让她把丁澄叫到家里来一起吃一顿饭："你这个年纪出国，我和你爸还是觉得，就算不结婚，也要先订婚了再出去，等过了年再领证也行。"

林棠做了一段时间的乖宝宝，这会儿有些迟疑："才谈了半年，订婚太早了。"她知道，这不过是推托之词，丁澄事业正在上升期，她和他的感情并没有深刻到非她不可的程度，这个时候突然主动张口让他与她订婚，她有些拉不下这个脸。

董院长淡眼看她："丁澄是不是不愿意跟你结婚？"

林棠顿了下，抿了抿唇："没问过，妈，他要是不想，我马上甩了他，你看成吗？"

董院长点头："成，我们没有高攀他，也用不着高攀他。"

林棠垂下眼睫，鼻端一阵阵酸涩。丁澄说对了，妈妈见不得她受一点委屈，在这个世界上，最嫌弃她的是她的妈妈，想让她嫁掉又袒护着她的，也是她的妈妈。

林棠一瞬间就想通了——男人算个屁！

临行之前，她没有去找丁澄，只是给他打了一个电话："我妈说，让你上我家里吃饭，给你做最爱吃的东坡肉。"

丁澄在那一头笑："替我谢谢你妈，最近真抽不出时间，等我回了湾城，一定登门拜访。"

林棠哼了下："等你回来我都走了，你也不用来，我妈是看在我的面子上才对你那么好，我不在你来她可不一定搭理你。"

她一贯如此，丁澄也不跟她计较："我叫人送你，等我忙过这段时间就去看你。"

"不用再说这种话，谁那么稀罕你。"

岁岁准备上幼儿园，言微也收到研究生录取通知，在开学之前，秦怀鹤带她和岁岁开启蜜月之旅。

岁岁强烈要求带汪汪，言微不同意。这一次去欧洲，辗转好几个地方，第一站先去了北欧，去看秦怀鹤他哥小时候住的地方，探望年迈的老保姆。那边天气冷，伺候一个小人就很辛苦了，再加上一条狗，言微担心会吃不消。

奈何秦怀鹤大手一挥，准了岁岁的请求，二比一，言微反抗无效。

刚下飞机，因为狗的行李丢失，两人在机场小小吵了几句。上车的时候，言微转脸到另一边生闷气。

当地的物流并不算发达，要买狗粮，还要开车到专门的宠物超市，冰天雪地里，出行是一件难事，顾得上人就不错了，非得拉扯上一条狗。

秦怀鹤看那一张臭脸，也不搭理她。

蜜月第一站，夫妻间的氛围就跟北欧一样阴霾冰冷。

岁岁不谙世事，摸着狗头，嘴里叨叨着，下了车要和汪汪去雪地里打雪仗。

一家三口带着一条狗，拉着行李箱，踩着厚厚的积雪，走进像城堡一样大的别墅。入眼皆白，厚厚的积雪把院子和屋顶都罩上一层白，已经看不出原貌。

老保姆带着刚成年的孙子罗恩迎了出来。

言微不会当地语言，和罗恩用英语打招呼。

老保姆是华裔，早就不会说中文，和秦怀鹤拥抱过后，摸摸言微和岁岁的脸蛋。粗糙的手指磨搓在脸上，让言微在冰凉的世界里有些出神。

秦怀鹤的哥哥从小就是在这里长大的，时空何其长又何其短，人的生命何其脆弱又何其坚硬。

短暂出神之后，闷气还是要继续生的。

老保姆已经准备了一桌子菜，黑血肠、沁着红血的牛排、奇形怪状的菜卷，还有黑面包，硬硬的，带着坏掉的酸味儿。

言微实在吃不惯，只逮着半块胡萝卜蛋糕吃，酒倒是挺好喝，她和老保姆，还有罗恩碰了两杯。

秦怀鹤在一旁见岁岁和言微都吃得不多，和老保姆说了几句话，就站了起来。

岁岁仰着脑袋问："爸爸你去哪里？"

“我和太奶奶说了，你不习惯吃这个饭，爸爸去给你做点宝宝餐。”

老保姆特意煮了米饭，秦怀鹤用荷兰豆和萝卜丁做了炒饭，还煎了两个荷包蛋，然后端着两个碟子放在言微和岁岁面前：“吃吧。”

言微已经半饱，把碟子挪过去：“我吃不下了。”

秦怀鹤不过瞥她一眼，也没有动手。

岁岁振振有词：“吃不下就给爸爸吃呀，我的爸爸肚子大。”

闻言，秦怀鹤慢慢吸气。

岁岁下了餐椅，看着桌子腿边的汪汪，踢踏双脚：“汪汪，你不吃了吗？你不吃，爸爸也可以吃。”

言微握拳，抵在唇边。

秦怀鹤正和老保姆说着话，听见自己女儿让他吃狗吃剩的，眉头一紧。

言微听见他从齿缝里挤出三个字：“喂狗了。”和他在一起久了，就是一个字她也能理解得了，他在说：良心都喂狗去了。

饭后，回到房间，言微接到了林棠的电话。

丁澄已经打算从亨川出来，回到湾城成立自己的地产公司，主做文旅项目。

言微知道，丁澄之所以到南州城做了半年的副总，全是因为顾着秦怀鹤这些年的情意，天下没有不散的宴席，该走的留不住，他自己创业，说起来，和亨川并没有利益冲突。

人走茶凉，这是职场一贯的定律，慢慢地，亨川的人也会遗忘秦怀鹤身边第一红人丁总助。

但秦怀鹤本人呢，或许并不好受。丁澄跟了他快十年，他为丁澄铺好了路，但是丁澄却更愿意自己去闯荡。司机谭叔刚回来，他说他做那么多年司机，秦总是最宽厚的老板，他要一直干到退休，再离开亨川。

都说千人千面，又说人各有志。言微心里总是有些感慨，又免不得心疼秦怀鹤。

大雪纷飞，染白了异国的夜。

言微哄睡了岁岁，站在窗前看那棵被雪压弯的小树。秦怀鹤带着一身水汽出来，走过去，长臂一捞，把她箍在怀里，额发贴下去蹭她。两人闹一点别扭，他总是最先妥协，给犟犟的她伸出台阶。

言微转过身，攀上他的脖子：“明天我跟你出去买狗粮吧。”

“再说吧，这么大的雪，也不知道能不能出得去。”

“老公，还是你做的饭好吃。”

他“嗤”了一声：“你吃了吗？”

“我吃了一点，后面实在是吃不下去了，而且我担心奶奶觉得我不喜欢她做的饭。”

秦怀鹤指腹在她唇侧刮挠一下：“就你那两口，跟猫似的，她还能看不出来？”他两指一勾，黑色细肩带挂到她细嫩的手臂上，黑白色差，着实灼人眼。

他摁在她两腮，在她耳尖上浅浅啄了一下，蓦地笑了：“觉得对不住我，故意穿成这样勾搭我。”

被拆穿的言微脸上晕开了一片红，身子绷得紧紧的，胸腔开始躁动，慢慢地一点一点扩散。

探进来的酒香随着男人的气息吞入口腹，他用牙齿咬住她的软舌，用舌尖慢慢悠悠勾绕，一只手指引她徐徐往下。

绵软的手像没骨头似的，秦怀鹤陷入一团棉花里。

闷哼低吟声此起彼伏，言微在他手下一起一伏。她气息不匀，软着声将气息递到他耳根：“老公，上回爷爷跟我说，他想了一个名字，岁岁有今朝……”

秦怀鹤顿住了，转瞬失笑：“他跟你说了？”他看着沾染了莹亮的唇瓣，低叹一声，“现在就挺好，有你们两个，我已经觉得很美满。”

“嗯，他说他年纪大了，没有多少时间，估计以后看不见了。”

“啧，你不知道，他这是对你卖惨。”

言微绷不住笑：“你就说吧，还生不生，我都听你的。”

秦怀鹤默了一会儿：“算了吧，我吃你们吃剩的，还吃狗吃剩的，肚子再大也装不下了。”

## 第三节

林棠出国之前，特意叫朋友们出来给她提前过生日。

汪达在湾城，他也去参加了，到了现场一看，生日派对被她办成了庆祝单身之夜：“和丁总分手了？”

“分了。”

汪达惋惜地说：“丁总多好的金龟婿，你怎么和他分了？除了我，你上哪儿找那么好的去？”

林棠揪他衣领：“就换你了，行吗？”

汪达收着下巴，一脸惊恐：“算了吧，你不是我的菜，我嚼不动。”他又不痛不痒安慰她，“放心，你就是大小姐的命，听说你爸的事情搞定以后，又高升了。”

“本来就没有我爸什么事，他只是配合调查。”林棠这话说得云淡风轻，但是她心底知道，这三个月是家里人最难熬的三个月，妈妈为此瘦了十斤，爸爸头发也白了许多。

林棠意想不到的是，蛋糕没吃完，丁澄出现了。

汪达说：“丁总有心了，专程从南州城跑回来买单。”

丁澄笑了笑：“来晚了，怠慢了各位，我自罚三杯。”

林棠冷眼看着他喝下三杯酒，才跟着他到了走廊外头。丁澄伸手要去抱她，被她一个侧身躲过去了：“我们分手了。”

“我还没同意。”

“不需要你同意，我通知你就行。”

丁澄无奈地笑了笑：“林棠，你都二十八了，不要这么任性。”

林棠丝毫不让：“我二十八怎么了？你都快四十了，除了又老又油，你有什么资格说我？”

“我才三十，我要是四十了，我天天陪你，但是现在还不行。”

林棠觉得好笑：“丁澄，你以为四十就能成功了？要是这样，我为什么不现在直接找个已经成功的天天陪我？”

丁澄伸手拉过她：“因为你说过了，会对我负责。”

林棠一个甩手：“已经负责过了，丁澄雄才伟略，志向远大，我就一只咸鱼，睡不起。”

他沉默了下：“你读博还有一年，等你回来，我们就结婚。”

“谢谢您，不过你已经被甩了。”林棠头也不回走了，留下丁澄一个人在明暗交替里怔然。

在北欧的第三天，言微起了个大早，窗外白茫茫的一片，院子里有一排深深的脚印，昨晚上来的时候天色已晚，这会儿往外看，近处是刚清理过的马路，远处是冻湖，天地皆寂寥，跟国内相比，称得上是人迹罕至。

洗漱干净，她回到床边。岁岁不知何时趴到爸爸枕头上，两人头挨着头，睡得正酣。

言微轻手轻脚给岁岁盖被子。小丫头迷迷蒙蒙睁开眼，看清楚是妈妈之后，摸摸手边，顿时有些失落：“妈妈，我想我的熊熊了。”

“熊熊还在车里，回去就可以看见了。”

赶飞机匆忙，岁岁把小熊落在车里，那个熊她抱着睡了两年，早就养成习惯，早上睁开眼要先确认熊在床的哪个角落。平时过家家，她扮演妈妈，那只熊熊就是她的小宝，她会给熊戴尿不湿、喂奶瓶、讲故事、哄睡觉。

岁岁伸出小短手，搂住妈妈：“妈妈，你可以做我的小宝吗？”

言微笑了：“可以。”

“那你躺下来。”岁岁拍拍床，“这里。”

言微依言，躺在她指定的地方。

秦怀鹤闻声也醒了：“谁是小宝？”

岁岁眼睛一亮，露出整齐的小白牙：“爸爸，妈妈现在不是我的妈妈，妈妈是我的小宝。”

她这一串词儿绕来绕去，秦怀鹤却听得明明白白：“噢，你是妈妈的妈妈，妈妈是你的女儿。”

岁岁小胖手抹妈妈的头发，一本正经地说：“对呀！她是小孩，还不会走路。”

秦怀鹤撑着手臂，垂眼看那任人摆布的“巨婴”，嘴角压着一个坏笑：“微微会说话了吗？”

他的手已经在被子里付诸行动，言微摸不准他还憋什么坏，暂且抿着嘴当小婴儿。

岁岁回道：“她会说话。”

秦怀鹤稍稍挑眉：“那爸爸怎么听不见她说话？”

“爸爸，你要问她，她才说的。”

秦怀鹤了然，冲着言微点点下巴：“微微，叫爸爸。”

言微紧紧抿唇，给他一个没有什么杀伤力的眼刀。

秦怀鹤抹了抹嘴，看向女儿：“她不会叫爸爸，是不是你这个妈妈没教好？”

显然，岁岁并不想背这个锅，拍拍言微胸口：“微微小宝，你叫爸爸妈妈，好吗？”

这下，言微有些骑虎难下，是她答应要做岁岁的小宝，对女儿耍滑头实在不是她的作风。她只好指着自己的嘴，摇晃脑袋支支吾吾。

秦怀鹤马上领悟：“微微说她还不会说话。”

岁岁摸摸妈妈的脸蛋：“没关系，妈妈教你说话。”她煞有介事的，歪着小脑袋一字一顿教，“爸——爸，妈——妈。”

言微神色出现了一丝崩裂，始终没叫出口。秦怀鹤到底还是心疼言微，双手揽在她腿下，以一个婴儿抱的姿势，在言微的惊呼声中，稳稳把她抱了起来。

岁岁还在当妈妈的兴头上，看见妈妈被爸爸抱走了，连忙站了起来："爸爸，你把我的小宝抱去哪里？"

秦怀鹤坏心眼地笑了笑，说："微微脑子有坑，爸爸带她上医院检查检查。"

言微忍不住连拍了他两下，终于在卫生间门口挣扎着从他身上下来："胡说八道什么，你把她都教坏了。"

吃过早饭，邻居家来了两个小朋友，岁岁用她早教班学来的那几句英文和他们鸡同鸭讲，倒也能玩到一块。

言微要和秦怀鹤出门买狗粮，询问她的意思，她正在兴头上说，头也不抬就说她不去。

秦怀鹤开车带着言微到四十公里外的宠物超市买了狗粮，又到商超买了菜。半道，言微想看看雪景中的教堂，两人下了车，在教堂外走了一圈，再上车却发现不妙，因为车子太老旧，遇到天气严寒，发动机启动不了。好在当地抢险救援很便利，一个电话就能搞定。

两人下了车，阴沉的天空又开始往下飘雪，秦怀鹤给言微套上长羽绒服，搂住她包裹严实的脖子，从教堂外的雪地往回走。

"冷吗？"

"嗯，手冷。"

"放兜里就不冷了。"

"丁澄辞职手续全部办完了吗？"

"差不多。"

"林棠说，她已经和丁澄提出分手了。"

秦怀鹤面色平静："为什么分手？"

"她说也没有别的什么，就是俩人聚少离多，感情变淡，自然而然就分了。"

秦怀鹤并没有什么心思去关注别人的感情："他说要去龙牙岛做文旅项目，其实，他在南州城这段时间，团队都组建好了。"他低哼了哼，"龙牙岛有政策支持，融资相对容易，这小子野心大得很，他想剑走偏锋，在龙牙岛做好这一个项目，名利双收。"

言微笑道："他挺聪明的，不是吗？"

秦怀贺停歇了一会儿："文旅项目和地产开发是两个不一样的商业逻辑，地产本质是产品，强调营销思维和快速周转，而文旅的本质是做服务，要有长期持有和经营的思维，地产赚快钱，文旅要底蕴，要积累，要耐着性子打磨，不然很难做好。"

言微定定看他："你们都习惯了赚快钱，所以做不好文旅项目。"

秦怀鹤蓦地发笑："你怎么把自己摘那么干净？我们都是一条船上的蚂蚱。"

言微抿唇："我不是。"

"等哪一天沉下心思来，寻一块好地，给你做一个好的，等我们老了，就去那里养老，我躺在摇椅上看山水，你在边上给我扇扇子。"

"你真享福。"言微脑子里有了画面，和眼前白茫茫的一片是截然不同的景象，她和秦怀鹤在墨色山水画里颐养天年。

秦怀鹤兀自往下说："言微，给我泡茶，我要吟一首诗，留给这帮孙子们。"

"泡了，你吟吧……"

"亨川一玺初相遇，一见微微误终生。"

言微把脸埋进他臂弯里，话里带笑："我鸡皮疙瘩都起来了。"

秦怀鹤拧眉："我上过国学课的，你先别笑。"

"什么时候上的？"

"幼儿园上了两年，那老师中文都说不标准，天天就教三字经。"

言微忍不住笑："坑钱的吧？"

秦怀鹤正色："你不要笑，这是我写的第一封情书。"

她敛了神色："我不笑了。"

一黑一灰两双皮靴踩到白雪里，发出"嘎吱嘎吱"的响声。

"我是暮中无魂树，你若晨间白玉兰，初遇是惊鸿一瞥，再见是情藏不住，入目再无彩蝶飞，满眼皆是素白兰。"

言微心中微颤，轻声道："是不是有点浮夸了？"

秦怀鹤并未搭理她，垂首看着那步调一致的脚印，从白雪里走到灰色的人行道上："云卷云舒诀别时，玉兰离树断情丝，花谢花开吾未知，魂牵梦萦作新词。"

言微脚下一滑，打了个踉跄，好在秦怀鹤及时搀住她，才没有跌一跤。他弯下腰："我背你。"

她轻笑出声："不会影响你给我写情诗吧？"

他顿了下："不至于。"

言微趴在他背上，他的羽绒服面料很滑，擦在脸上，比空气还冰凉。

"含露香兰闻一春，颠鸾倒凤应有时……"

"老公，这句有点流氓了。"

"既然是情诗，怕什么流氓？"

“不是说了，要留给子孙后代的嘛。”

他默默走了几步：“那这一句，你记在心里就行，别让那帮孙子学了去。”

言微在颤抖，拿手掸掸他黑发上的雪花：“嗯，我记住了。”

“今朝若是同淋雪，此生必定共白头……

“你也给我写一封情书。”

“我写过了。”

“什么时候写了？”

“就那一句：不是为了看月亮，只是觉得此刻，我应该挨着你。”

秦怀鹤低笑：“这也算？”他哼了一声，“这一回我不想吃亏了，没有情书，就没有子孙后代——们。”

言微被那个加了重音的“们”给逗笑了。

秦怀鹤是个很强大的人吧，他比她先学会了妥协，只要是她想要的，不用求，说一声，他就会放在心里，默默成全她。

言微趴在秦怀鹤背上，心里软乎乎的，突然说：“老公，你会爱他们吗？孙悟空，沙师弟，或者白龙马？”

“我爱他们做什么，八戒一个都够我累的了。”

言微左耳朵进右耳朵出，她知道他会爱上的，她伸出双臂紧紧地搂着他的脖子。

## 第四节

言微读研究生的第一个月月末，秦怀鹤从外地回湾城，亲自带着岁岁去A大接老婆。

岁岁远远地就朝言微狂奔而去：“妈妈！”

秦怀鹤插着兜，跟在身后，到了言微跟前，一本正经地说：“言微，爸爸来接你回家吃饭了。”

言微展露笑颜：“都不提前打电话，我差点儿就去坐地铁了。”

上了车，岁岁自己坐后座的安全座椅，言微坐副驾驶。启动车子之前，秦怀鹤先凑过脸去：“言微，亲一下爸爸。”

岁岁早就习惯了爸爸妈妈的相处模式，也不会再护着妈妈不给亲，她只探个小脑袋，郑重其事提醒爸爸：“爸爸，小心妈妈的口红哟。”

言微啼笑皆非：“我都没有涂口红。”

“妈妈，你为什么不涂口红？”

“上学不用涂，妈妈工作的时候才涂。”

“那我工作了可以涂口红吗？”

“可以。”

秦怀鹤脸上出现了不耐烦的神色：“亲不亲？”

言微在他脸颊亲了一口：“老公辛苦了。”

秦怀鹤心满意足，半阖着眼：“爸爸不辛苦。”

言微说：“今晚岁岁有游泳课吧？”

秦怀鹤悠悠点头：“有，你也有。”

“我也有？”

“嗯，泳池清理好了，今晚爸爸教你。”

言微抿了抿嘴：“你才出差回来，这样会不会太辛苦了？”

秦怀鹤撇下嘴去：“你这么体恤我，晚上给我按摩就行。”

岁岁又凑热闹：“爸爸，你为什么不教我，只教妈妈呀？”

秦怀鹤和言微对视一眼，嘴角勾起一个弧度：“因为你聪明，外面的老师一教就会，妈妈是笨蛋，又怕水，外面的老师教不会，只能爸爸教。”

岁岁“咯咯咯”笑：“我不怕水，老师说我学得最快。”

吃过晚饭，送岁岁去上游泳课，言微和秦怀鹤回到亨川世纪顶层。

泳池刚换了水，清波荡漾，圆月在水池里打着褶皱，一层一层，发着幽光。

言微身上罩着白色薄浴巾，湿发滴着水，浸到浴巾棉里，两条细直长腿伸进水池，慢慢悠悠晃荡。水平面下，湾城的曼妙风光尽收眼底。

秦怀鹤踩着水而来，手里拿着两瓶果醋。

言微没有接，目光潋潋：“老公，我能喝点酒吗？”

秦怀鹤笑了下：“等会儿不去接八戒了？”

“你去，我不去了，重新回到学生时代，好久没碰酒了。”

秦怀鹤沉吟片刻：“行，给你喝。”他看着她两小杯酒下肚，眸子在月色下泛着迷蒙水光，白色浴巾围护着纤细身段，里面风光包裹严实。

他在泳池下，话里隐隐带笑，揶揄道：“做回学生了，当着我的面，还要遮遮掩掩。”

言微嗓子眼有些辣意，对着他笑：“对啊，不包好有罪恶感，总觉得对不起老师。”

秦怀鹤伸出双臂：“你下来。”

言微轻轻放下酒杯，伸展双臂，白色浴巾滑落肩头，她垂下头去，双脚踢一下水花，掩饰一些羞赧。

秦怀鹤眸色一沉。她穿了一套他没见过的黑色比基尼，蕾丝包裹着玲珑身段，系带绑在腰间，一扯就松，引人遐思。

这套比基尼对言微来说有些过于火辣了，火辣到秦怀鹤有一瞬间怀疑她用意不良。

言微已经到了他跟前，双臂轻轻搭在他肩头，比水还柔滑。

“什么时候买的这泳衣？”

她绵声细语的：“没多久，你说要回来带我游泳，我才买的。”

秦怀鹤往下一看，微微眯起眼，再看向她：“为了勾搭我？”

言微垂睫。

秦怀鹤得了便宜还要卖乖：“在学校不学好，整天就想着这些？”

言微的身子轻微抖动：“就是，为了生老二。”

秦怀鹤略微舔嘴：“噢，为了老二，你还喝酒了。”

言微抿了抿唇，不说话。湿润的唇贴上他，轻轻触碰，并没有深入，酒香在他唇齿间碾磨，绵软得让人心颤。

秦怀鹤双臂收拢，舌尖钻进她口中，肆意勾缠，酒精的甜意在口腔里弥漫开来。

水波翻滚，溢出池面拼接地砖，水底的月被打碎成点点滴滴银光，拼凑不出一个圆月。

中秋过后，天气转凉。

言微被分到研二师兄师姐的课题组，说是师兄师姐，因为都是本科毕业就考上来的，所以年纪都比她小。因为是后来者，言微又不善于主动交友，多少有些隔阂。

言微本来朋友就不多，在这个阶段更不会强求，平平淡淡交流，把课题做好就行了。

A 大校庆将至，很多大佬校友纷纷表示会回校庆祝。

A 大扩建在即，言微和秦怀鹤商量了一下，打算自己捐赠一百万。

她自认自己的事业并没有做得很大，低调一些更妥当，捐赠了一百万元，在捐赠排位中并不突出。

捐赠名单出来，言微不小心听到了师兄师姐的对话。

“她老公是秦怀鹤啊，她本科研究生都在 A 大读，一百万有点拿不出手吧。”

“一百万也不少了，是她母校，又不是秦怀鹤的母校。”

“延嘉也很赚钱的好嘛，法人是她爸，其实都是她自己赚钱。”

言微只觉得可笑，即便他们捐赠了一个亿，也没有资格道德绑架别人，更何况他们只捐个百儿八十。这些人没有出过社会，吧唧一张嘴，就嫌弃一百万太少，他们不知道，一百万不是大风刮来的，而是她一点点攒出来的。

这一天去孕检，回家路上，秦怀鹤说要给A大捐赠一栋实验楼：“我有个朋友，他和他老婆都是A大毕业的，我打算和他一起捐赠。”

言微微惊：“你又不是A大的学生，你不用捐赠啊。”

秦怀鹤笑了笑：“我不是，我老婆是，希望以后我孩子也是。以前我爷爷觉得基础教育更重要，更愿意在乡镇基础教育出力，我现在觉得，我们国家的基础教育已经做得很好，高等教育同样重要，我们需要更多像你这样的高端人才。”

言微有一些羞赧，她不认为自己是什么高端人才，但是她的确认真读书了：“你哪个朋友？”

“延玺小陆总，陆赢，我跟他在国外的时候认识，他现在就住在九湾里。”

“到时候就以你的名字命名，言微楼。”

言微滞了滞：“要不，直接叫危楼吧。”

见秦怀鹤冷眼，言微越想越觉得好笑，只怕叫言微楼，她连新校区都没脸进了：“为什么不要陆赢他老婆的名字命名？”

秦怀鹤绷着嘴默了一会儿：“他老婆也在读研究生，课题不会选，回家天天哭，都快抑郁了。”

“这么严重？”

“上回见了一次，她说毕业都够呛。”

他嘴角压着一个弧度，隐隐有些得意：“我说我老婆从来不用发愁，她还想向你讨教。”

言微轻笑：“别胡说，专业不一样，差别很大的，就算是一个导师，课题不一样，也很难帮上忙。”

鉴于上一次怀岁岁有先兆流产的经历，言微严正警告秦怀鹤，未满三个月，先不要告诉任何人。秦怀鹤虽觉得她过于紧张，但因为她怀岁岁的时候他没能在身边照料，这一次她说什么他都顺着她，贴身照料。

言微不再住校，天天由他接送。

这段时间里，汪汪还生了六只狗崽，言微本想把三只送人，岁岁哭闹着，一个都不许送，最后都留了下来，秦怀鹤特意让人在院子右侧搭建了一个大狗窝。

狗窝也没什么大用处，岁岁并不让狗住外面，都是往家里带。

渐青湖北楼住进了四个保姆和两个厨师，人加上狗，以前冷清的家变得热热闹闹。秦怀鹤非必要的应酬全都给推了，更加小心伺候，伺候了老婆，又要伺候女儿，还得抽空伺候那些狗崽子们。

他给岁岁规定，人可以上二楼，狗不行，因为妈妈身体不舒服，不能闻狗味儿。鸡飞狗跳闹了几次，猪八戒总算被驯服了些。

秦怀鹤定了一台洗头机子，隔一天给言微洗一次头。

洗了几回之后，言微不吝夸赞，说他的手法比外面的洗头小弟更让人舒服。

跟秦怀鹤在一起的日子越久，言微就越相信秦怀鹤是一个内心强大的人，他的成功并不仅仅因为优越的出身，能十年如一日拼命奋斗的人，只要他认真做一件事，都不会比别人做得差。

第二天，私人医生来给言微做检查，拍了四维，因为是相熟的医生，他随口说了一句："很帅哦。"

秦怀鹤拿到单子一看，面上现了一丝崩裂。

岁岁踮起脚尖："爸爸，给我看看，给我看看帅不帅！"

秦怀鹤蹲下身子，要笑不笑的："帅得有些抽象。"

岁岁看那糊成一团，看不清是什么东西的影像，小脸皱巴起来："爸爸，这是弟弟吗？"

秦怀鹤以一种从未有过的不确定的语气说："应该是吧。"

"咦……"岁岁嫌弃甩手，"一点都不帅，比动物园的猴子还难看！"

秦怀鹤瞟一眼言微，假意呵斥她："没拍清楚，还是比猴子好看的。"

言微深深吸气："给我看看。"这一看，她也不出声了。

以前岁岁拍的也不好看，但是至少五官是看得见的，这一个模糊没有五官就罢了，还扭扭曲曲，奇形怪状的，可不是比山上的猴子还难看。

医生安慰道："没事儿，他是侧着身子，这个角度不好拍，要么再拍一张？"

言微说："没必要，辛苦你了。"

晚上吴曼云和秦老爷子来了。

吴曼云拿出一个顶级帝王绿的翡翠珠链，说是给言微的生日礼物。

言微知道这是无价之宝，冰凉的大颗粒玉石滑过掌心，实在叫人心悸。且不说她的生日还有两个月才到，这种传家宝的物件拿出来，吴曼云的用心自不用说。

言微推拒两下，吴曼云有些不耐烦："拿着吧，不戴就留给岁岁。"

秦怀鹤安之若素："给她就她戴吧，还留给岁岁，你那么多，再多送两串怎么了？"

吴曼云一噎："你那么多钱，留着做什么，你自己不会买？"

秦怀鹤笑了笑："妈，好翡翠不好找，你要是多送几件，我就给你生孙子。"

吴曼云看看言微，又看向他："你别坑我，等我死了再生，我才不给你。"

言微垂下头，慢慢吞吞收拾起翡翠珠链。

秦怀鹤笑了笑："我不坑你，你再给言微两串，岁岁一串，你孙媳妇一串……"

吴曼云打断他："我哪有那么多串？"

"我知道你有很多。"

岁岁问："爸爸，什么是孙媳妇呀？"

"孙媳妇是你奶奶的孙子的老婆，就是你弟弟的老婆。"

岁岁煞有介事地说："可是弟弟那么丑，谁愿意做他老婆啊？"

言微看了一眼秦怀鹤，他眉宇微锁，面上的神色有些一言难尽。

吴曼云斥道："胡说八道，我们弟弟不会丑的。"

岁岁一本正经地说："奶奶，我看到了，弟弟真的很丑，他没有眼睛没有嘴巴，比动物园的猴子还难看，没有骗你，不信你问爸爸。"

秦怀鹤长长吁了一口气，终是憋出了一句话："没事儿，我们家有钱，不行，就带弟弟去整整。"

**第五节**

自打看了那一张四维照后，岁岁对丑弟弟失去了兴趣，秦怀鹤把单子藏在抽屉里，再也没有拿出来。

吴曼云却不以为然，她一直坚信，秦家后代没有丑男一说，她的孙子不可能会丑。

言微亦然。当妈的总是迷之自信，她以为，就算真丑，那也没关系，是她的儿子，生下来必定会逆袭。

这一回怀老二，言微舒心不少，吴曼云已经准备好了孩子的衣物用品，岁岁由爸爸带着，公司有专业经理人管理，她只需要操心自己的学业，每周坚持两次视频更新和一次直播就可以了。

忙忙碌碌的日子总是过得很快，一眨眼就快到预产期了。

正好临近暑假，研究生课题忙碌。只有一个月的暑假，言微情况特殊，导师应允提前给她放假，还给足她两个月的假期。

因为胎位不正，老二生得不怎么顺利，好不容易生出来，医生把新生儿凑到言微跟前，让她确认一下："恭喜，是个儿子。"

言微和呱呱号哭的老二打了个照面，还未看清，老二就被医生带走了。

因为产程过长，老二需要放到新生儿科观察。

回到产房，言微一直惦记着儿子。护士回复她，孩子很健康，不用担心，再观察半天，就可以回到妈妈身边了。

言微又想着看看儿子长什么样。

秦怀鹤看儿子回来，只伺候她，关于儿子只字未提。

言微到底忍不住了，开口问孩子到底长什么样。秦怀鹤安抚她："刚生下来能看出来什么？"

她拉住他的手："真的很丑吗？"

秦怀鹤笑了："说什么话，母不嫌子丑，再丑也是咱俩的孩子。"

言微躺在床上，沉默了下，对着天花板看了一会儿，突然扭头："老公，你去录个视频回来给我看看吧。"

秦怀鹤无可奈何，只好去了一趟新生儿科，视频录回来了，言微默默看了一遍，又看一遍。

老二皱巴脸，大脑门，头顶上光溜溜的，稀疏头发长在脑袋两侧，就跟地中海老头似的。录视频的时候他正好睁开了一道眼缝，双目里带点青黄，黑色眼仁慢慢吞吞一转，像是对爸爸妈妈翻了一个白眼儿。

这个样子，无论如何都没有办法让人昧着良心说好看。

秦怀鹤说："这白眼儿贼兮兮的，都可以申请专利了。"

言微瞟他一眼，把手机放下了，贼兮兮的，这个形容太到位了。

她有些无力："小孩儿刚生下来，眼睛看不见东西，他是没有意识的。"

待老二从新生儿科出来，帽子把地中海一盖，勉强还能看。吴曼云和言绵过来探望，也夸不下口，只能说长得还可以。

倒是岁岁，看到弟弟有鼻子有眼睛，接受度高了许多，把着小床，一口一个弟弟叫着。

言微在月子中心度过了一个暑假，从月子中心出来，到了课题收尾阶段，除了做好导师交代的工作，答辩时间将至，她还要准备毕业论文，每天要忙到很晚。

因为不想让儿子跟着月嫂睡一张床，秦怀鹤在大床边放了小床，两口子带着两个孩子睡。

老二喝饱了奶，如果还没睡觉，秦怀鹤便会接过去哄。

老二两个多月了，头发也长了出来，脸蛋变得细腻饱满，胳膊腿儿和姐姐小时候一样，肉乎乎的。这小子嗓门大，哭起来“呱呱呱”，在绵长又短促的夜里，叫人脑仁胀痛。哭累了，他会中场休息，睁着眼睛看这看那。

岁岁跪在床上，吐槽弟弟：“爸爸，他是赖哭猫吗，怎么老是哭哭哭呀！”

秦怀鹤看着精神抖擞的儿子：“是啊，男子汉还这么爱哭。”

“我小时候都不这样。”

“你比他乖。”

言微迷迷糊糊开个眼缝，看了他们一眼，想替老二申冤，又实在费劲，有这工夫，还不如多睡一会儿觉。并不是弟弟一个人这样，岁岁这么小的时候也是哭闹不休，只是秦怀鹤不知道罢了。

岁岁给爸爸出主意：“爸爸，把弟弟眼睛盖起来，他以为是天黑，就睡着了。”

“怎么盖？”

她的小手压上去，两个指头摁着老二的两边眼皮。

秦怀鹤眉心微跳：“不能这么压，弟弟会痛。”

“没关系，我轻轻的。”

老二安安静静的，倒也没有哭闹。过了一会儿，岁岁轻轻把手拿开，老二安然闭着眼睛。

“爸爸，他睡着了！”

秦怀鹤也觉得神奇，从老二屁股下给她竖起大拇指：“八戒就是厉害，还会强制关机。”

话音才落，老二睁开了眼。秦怀鹤满脸无奈：“看，关机失败，他又重启了。”

岁岁叉着腰威胁：“弟弟，你再不睡，我打你屁股咯！”

没过几天，岁岁习惯了，无论弟弟怎么哭，她都照旧呼呼大睡，只剩秦怀鹤一个人在深夜里和老二比拼体力。

言微心疼他，便让月嫂哄着睡，睡着了再送过来，就这么熬到她研究生毕业。

老二半岁了，如妈妈所愿，他逆袭成了一枚小帅哥，眉宇间带着妈妈的印记。

养小孩的累远超过了秦怀鹤的预期，就因为如此，他更珍惜亲自带儿子的每一天。言微当年独自带大岁岁，还要出去工作，其中的艰辛更难以想象。

只要有空，他都会回家给儿子洗澡。

老二洗澡有个毛病，哪儿都可以碰，就是脖子不能碰，一碰就各种扭，还拿手掐爸爸。

岁岁蹲在一旁给爸爸帮忙："爸爸，弟弟又藏脖子了！"

秦怀鹤歇了一口气："你看看，他脖子是不是藏了金项链？"

岁岁掰着老二的脖子肉："没有金项链呀。"

老二挣扎着，两条腿使劲蹬。岁岁一边和老二较劲儿，一边认真地和他讲道理："弟弟，你脖子有泥，不是金项链哟。"

言微正好路过洗手间，看见儿子被折腾，心口一跳，连忙呵斥道："岁岁，不要这样对弟弟，他还小呢！"

岁岁停下手："妈妈，是弟弟不听话，不给我们洗脖子。"

言微挽起袖子："你们让开，我来洗，以后让谭阿姨洗就行了，天气凉了，你们还老是折腾他。"

岁岁很是委屈："不洗就不洗，以后弟弟变臭了，我们也不管他！

"爸爸走，我们去吃冰激凌，不给妈妈和弟弟吃。"

言微对秦怀鹤拧眉："你不要给她吃。"

秦怀鹤夹在母女中间，只能给个折中的方案："今年最后一根冰激凌，这一根吃完就没有了，明年夏天再吃，行吗？"

岁岁点头："好的，爸爸。"

"以后不要跟妈妈大喊大叫。"

"那妈妈也不能大喊大叫。"

秦怀鹤对言微挑了一下眉："听见了吗，嫌你了。"

言微没说话，给儿子洗起澡来。

岁岁拿着冰激凌上楼，对着弟弟舔起来："我不给你们吃。"

言微知道她胜负欲很强，这个时候，也懒得搭理她。

老二刚穿好衣服，眼睁睁看着姐姐吧唧嘴吃冰激凌。

吴曼云经常说，弟弟比姐姐稳重。小孩稳重，换个词儿就是憨，没有那么精明，岁岁半岁的时候，早就过去抢吃的了。

秦怀鹤走过来，看见儿子一脸的可怜相，实在于心不忍，想着尽快把岁岁手上的冰激凌给消灭掉："八戒，给爸爸咬一口。"

岁岁很爽快就举起冰激凌："爸爸，我给你吃。"

秦怀鹤咬了一大口，在嘴里含了一会儿，咽下去了："给妈妈也吃一点儿。"

岁岁噘嘴："爸爸，我没有错，妈妈就批评我，她都没有跟我道歉，我可以给你吃，不能给她吃。"

言微看她一眼，带着老二的浴巾转身就走："我不吃你的冰激凌，一口也不吃。"

秦怀鹤又蹲下身子，说："妈妈不吃，爸爸再咬一口。"

岁岁把冰激凌送到他嘴边："吃吧，爸爸。"

言微才拉开阳台玻璃门，就被一双有力臂膀箍住了腰。她才抬头，一个阴影压下来，唇间一凉，心尖跟着微颤，冰冻香甜的东西在她口腔滑动，舌头到嗓子眼都凉了。

秦怀鹤压着笑："言微，不要老是跟小孩儿吵架。"

言微咽下那一口冰激凌，啼笑皆非："我没有跟她吵架，你有没有常识，我喂奶呢，能吃冰激凌吗？"

秦怀鹤不甚在意，从她手里拿过浴巾，晾晒起来："就一口，有什么要紧？不吃就饿着他。"的确不要紧，老二养得没有那么精细，言微转头就把这一口冰激凌给忘了。

日子总是这么吵吵闹闹，免不了有让人发狂的时候，也免不了有让人妥协的时候。

到了周末，哄睡下孩子，言微按时打开直播和大家互动。

有些刷屏要看老二的，言微都当作没看见一样，如常地和大家互动聊天。

秦怀鹤来的时候，言微正下播，没撞上网友刷屏看老二的言论，要不然他又是一顿臭嘚瑟。

言微靠在他胸口，问道："那么晚了，谁给你打的电话？"

"陈姨，爷爷胸闷，倒在院子里，幸亏她发现得早，医生去家里看了，还是老毛病。"

她默了片刻："今年过年我们不在湾城过了，带爷爷，你妈和我爸一起出去旅游吧。"

秦怀鹤轻叹："行，他也没有多少年了。"过了一会儿，他又说，

“过两天，你跟我去一趟龙牙岛，丁澄说酒店和游乐园同时开业，让我去凑个热闹。”

言微微愣：“你答应了？”

他去龙牙岛，绝不是凑个热闹那么简单。

由于种种原因，龙牙岛二期开发滞后，周转率提不上来，开发商资金压力很大，丁澄邀请他去，多半是想从他这里拿到一些投资。

“没有直接答应，我刚才想了想，还是去一趟吧，就当带你去散散心。上回海滩私会没成，我总是惦记着，你得成全我。”

言微笑了：“行，我陪你去，我去，儿子就得跟着去。”

以秦怀鹤和丁澄十年的情义，是该去一趟。

秦怀鹤抹了抹下巴：“儿子去，八戒也得去。”

她搂上他的脖子：“以前是一个碍着你，现在是两个，能成吗？”

秦怀鹤略微勾起嘴角：“五年的爸不是白当的，这回能成。”

## 第六节

林棠博士毕业，经过社会摔打，这个时候的她对于忤逆父母出去寻求自我成就已经没有想法，去了某大学面试，春节之后便可以正式入职。

正好董院长也放了寒假，母女俩大眼瞪小眼几天后，董院长说要和三两个朋友同事一起出去旅游，问她要不要跟着去。

林棠想都没想就拒绝了，她奔三了，董院长和林鸿远基本是放弃的状态，不再催她相亲，也不再强求她结婚生子。

一个大龄女青年跟几个中年妇女一起去旅游，她不要命了吗？她随口问道：“你们上哪儿去啊？”

董院长说：“龙牙岛，新开了一个璞悦酒店，邀请我们免费试住。”

林棠愣怔住了，闷声问：“妈，是谁邀请你们去的？”

“酒店给我们学院发的邀请，说我们是第一批邀约上岛体验的优质客户，还有第二批，我先带几个人去看看。”

林棠忍了忍，实在忍不住：“妈，你跟李阿姨她们去玩玩就行了，可别让你们学院的老师教授们也去，你不知道吗，人家让你去体验，真以为是酒店试住？那是开发商推销房子，去了就给你们洗脑，最终目的就是让你们买房子。”

董院长平静道：“我知道，又不是强买强卖，开发商没有那么小格局，再说，如果合适，也不是不可以买，留着退休了去住也挺好。”

林棠倚着门框：“龙牙岛那么热，带几条裙子就好了，干吗拿那么大行李箱？”

董院长避重就轻：“哪里热，龙牙岛冬暖夏凉。”

林棠歪个脑袋看了一会儿，终是忍不住开口:“妈，丁澄在龙牙岛，你不知道吗？”

董院长平静无波:“我知道，我定一些点心，可惜飞机上不能带酒，要不然可以顺便给他送点青梅酒，他说他喜欢喝。”

林棠呵呵冷笑：“他就一个万金油，比泥鳅还滑头，专哄得你们俩开心。”

“万金油怎么看上你这么一个榆木脑壳，整天没心没肺，除了在家里跟狗吵架，就是出去喝酒，你还会什么？”

“妈，我博士毕业，我大学老师……”

“我博士后，我 A 大外语学院院长。”董院长一脸嫌弃，“一代不如一代。你说他是泥鳅，我看你是茅坑里的石头，又臭又硬。”董院长不搭理她，收拾好行李，又和姐妹打了个电话。

晚些时候，林棠下楼来，跑到厨房找到妈妈：“妈，言微和她老公也去龙牙岛，她让我跟着去玩玩。”

董院长不动声色：“你去做什么，你这种没什么意志力的，万一被洗脑了呢？”

林棠嗤笑一声：“我先给他们洗脑。”

“你去了，谁喂狗？”

“我送到言微家里，反正她家也有七条狗。”

因为言微拖家带口，林棠实在张不了口让她捎上自己，只能硬着头皮买了和董院长同一趟的飞机票。

她里头穿了一件纯黑吊带连衣裙，搭配一条黑色裤袜、一件开衫，外头罩了一件被子一般的大羽绒服。一路忍着三个中年妇女的聒噪，才一落地，林棠上卫生间，去掉开衫，脱掉裤袜，只剩一件黑色法式吊带裙，她把黑色墨镜往头上一戴，涂上大红色口红，抬着下巴出了卫生间。

中年妇女们也卸了一身冬服，花红柳绿起来。一看见林棠这清凉美艳装扮，忍不住打趣她：“棠棠，这么穿不冷？”

林棠睁眼说瞎话：“李阿姨，怎么会冷？这是热带地区。”

中年妇女们喜欢把下一代当小孩，这一下，林棠成了教育对象。幸而她妈妈给她留了面子，没有跟阿姨们说开发商股东是她前男友。

有专车到机场接她们，车子开上了干净宽敞的大马路，隔着车窗，近处是绿树椰林，远处是碧水蓝天。

从冬日跨越到了夏日，中年妇女们叽叽喳喳。

一到酒店外头，碧水蓝天就在眼前，中年妇女们按捺不住，头碰头，肩并肩，让林棠给她们拍照。

没多久，董院长招呼姐妹们："来了。"

林棠闻言，把头上的墨镜放下，遮住一双漂亮的杏眼。

酒店自动门打开了，一个白衬衣黑西裤的男人信步走了出来，后头跟了一男一女。

林棠稍稍侧身，双目在墨镜后微微眯起。万金油就是万金油，瞧瞧那脸上的笑，恰到好处，一分不多一分不少，和煦如这岛上的风。

丁澄的目光落在林棠脸上，很快就移开了，从董院长手上接过行李箱："阿姨，路上辛苦了，不好意思，我迟到了。"

董院长笑着说："不关你的事，我们看见这里风景好看，想拍两张照片再进去。"

身后的工作人员接过行李箱，一行人边走边说话，董院长给丁澄介绍另外两个人。

中年妇女们兴致盎然，从龙牙岛的规划问到丁澄的籍贯，入住办理好时，话题已经翻转到丁澄的个人情况："没结婚啊，那有没有女朋友？"

丁澄回道："有女朋友。"

林棠指节压着鼻端，把墨镜往上抬了抬，发出一个低不可闻的嗤声。

李阿姨眉头一拧，很可惜地说："那可惜了，这么优秀，我还想说我们这还有一个囡囡，要介绍给你呢。"

丁澄不动声色："阿姨，比我优秀的还有，您尽管介绍过来。"

李阿姨往后，逮着林棠，拉着她胳膊就往前扯："这是董院长千金，博士刚毕业，在C大当老师，人又乖又听话。"

林棠挣掉她，面色不虞："李阿姨，您不用操心，我认识他。"

李阿姨只当林棠不愿意相亲，笑道："我不操心，你妈妈操心。"

丁澄看着林棠，一派淡然："林棠啊，我也挺操心她。"

林棠从墨镜里刮他一眼："不劳丁总操心，你还是先操心自己吧，龙牙岛那么大，也不知道要洗脑多少个人才能收回本钱。"

丁澄笑了笑："又戳我痛处。"

李阿姨有些惊讶："哎哟，我看你们很熟嘛。"

丁澄点头："我们以前在同一家公司。"

林棠不顾董院长的眼神，抬着下巴，神之藐视："连我妈妈都要洗脑，我看快凉凉了吧。”

“还能再挣扎一段时间。”

“怪不得还要让秦总过来，原来还想挣扎一段时间。”

丁澄四两拨千斤：“本来是挣扎一段时间，这一回，董院长和秦总都来了，龙牙岛自然凉不了。”

林棠双手抱臂，别过脸，低喃了什么，别人听不清楚，丁澄却听清楚了，她说：“老油条。”

丁澄嘴边压着一个细微的弧度：“过段时间，我也去C大旁听林老师的课，应该很有趣。”

她不再搭理他。

丁澄给她们开了四间大床房，安排了下午的行程，还贴心给她们定好晚餐。

七星级酒店的标准不低，风景更是无敌，躺在床上，可以看到落地窗外纯净清透的大海。

没一会儿，董院长就更新了朋友圈。

【海景很美，海浪声很治愈，人生很长，我们都要学会放慢脚步。】

林棠看见了，是她熟悉的中年妇女鸡汤风。于她而言，风景很美，海浪声却一点儿也不治愈。

万金油先她一步找到女朋友，挺叫人不痛快的。

他有大志，放弃千万年薪来这个小岛开荒，不能陪她，却有空陪别的女人？转念一想，或许是那女人愿意奔赴他，来这个亚热带和热带交界的小岛，给他洗衣做饭。毕竟，朱清怡那样的女人也不少。

林棠给妈妈点了赞，还留了评论：【放慢脚步就不会老了。】

董院长回了她认识的所有人的评论，就是不回她的。

又惹妈生气了，下午的行程，她在董院长面前一直老老实实夹着尾巴。

晚些时候，林棠接到了言微的电话，让她晚上过去一起吃饭。

林棠不傻，秦怀鹤过来了，丁澄自然要全程陪护，哪里还顾得上她和她妈妈那帮中年妇女。

犹豫片刻，她还是答应了言微。

刚才那一个回合，她自觉没输，但也没赢，她得打起精神来，扳回一局。

林棠和她妈妈说提前回酒店，要跟言微去吃饭，不陪她们了。

董院长冷冷一句：“用不着跟我说。”

林棠顾不上领会妈妈的冷言冷语，回去换了一字领白色礼服裙，胸前一个月牙吊坠，精致淑雅。

一到餐厅，她就后悔了。

言微两口子带着一双儿女，言微穿着白衫黑裤，舒适简约，这一对比，就显得她一身的刻意，好像为了吃这一顿饭隆重打扮了一番。

到底还是输了。很快，林棠把懊恼抛诸脑后，这样的错误，在她的人生里并不鲜见，也没能阻碍她好好活下去。没心没肺，长命百岁。

好在言微贴心，不声不响给林棠调高了温度。

秦怀鹤和言微都知道她和丁澄的关系，她也没有很尴尬，秦家一双儿女很可爱，她只顾逗两个幼崽，和言微说说话。

“公司做足风险预估，但进度和我们的预期还是有不小偏差……”

秦怀鹤说：“那就是还没做足，文旅项目做得好的寥寥无几，要做好，还要脱颖而出，不是一年半载的事儿。”

丁澄笑了：“您说得对，龙牙岛因为地域环境和政策支持，起点比其他项目要高一些，但文旅项目现在的风评普遍不好，人们固有印象，总觉得文旅项目销售就是坑人。”

秦怀鹤一点儿也没客气：“客户不是傻子，上一回当就能把这个项目说臭，你们不是拉过老年旅游团，忽悠人买这里的房子养老？”

丁澄给他续上酒：“秦总，这个营销模式我们的确选错了，怪我，没跟您学到位，也没把好关，我们的房子一部分是卖给有消费力的享受型客群，一部分是卖给老家不宜居的新市民，老年退休人群并不是我们的目标客群。”

“既然定位高端客群，走低端营销，只会拉低项目的客评，按照这个思路调整项目配套，重新出营销方案。”

酒过三巡，丁澄也没遮掩，把项目资金短缺，寻求投资的话儿都说了，合作模式挺新颖，听起来对亨川有百利无一害。

林棠瞟丁澄一眼，心想，来了来了，他终于要给自己跟了十年的老板洗脑，为了从人家兜里掏钱，那话儿说得一套一套的。他放弃亨川的副总，来这小岛自立门户，身家都给搭进去了，现在看来，也并非一无是处，至少，他给人洗脑的功夫见长。

秦怀鹤目光落在自己老婆身上，又移到一双儿女身上，到底松了口：“你这个项目没有八年做不下来，你要想顺利周转，得想几个短平快的项目，让资金流活起来，你回去想几个出来，我看看再说。”

丁澄端起酒杯：“谢谢秦总。”

秦怀鹤和他碰了一下，眸光一转：“大家一起，言微，给岁岁倒上橙汁。”

言微依言，给岁岁倒上果汁。

秦怀鹤又看向林棠：“林棠呢，怎么不说话也不喝酒？”

林棠端着酒杯站了起来：“秦总，我敬您一杯，不是我不喝，主要是我妈在酒店等我，我一喝多，她就生气。”

秦怀鹤看了丁澄一眼：“丁澄在这里呢，她生什么气？”

林棠嘴角颤动：“他在也没用，我妈本来让我在家喂狗的，她担心我被洗脑，被人忽悠买房。”

丁澄垂首，略微勾一下嘴。

秦怀鹤一家子住顶层套房，丁澄想亲自把人送到房间门口，被言微拦住了，她说林棠一个人，他该送林棠才是。

林棠却不领情：“不用了，不方便。”她弯下腰，捏捏岁岁的脸蛋，“岁岁，你要跟我睡吗？我给你讲大鲨鱼肚子破掉的故事。”

岁岁跟林棠混了一个晚上，有些舍不得，但也不愿意离开爸爸妈妈：“你可以去我家睡觉啊，我们住的房子很大，还有别的床。”

“我去了你跟我一张床吗？我害怕一个人睡觉。”

岁岁迟疑了下：“不行，我只能跟爸爸妈妈睡，但是我可以先听你讲故事，再回去和爸爸妈妈睡。”

林棠忍不住乐：“你想得可真美，我可以让你回去，但是要借你的弟弟跟我睡，行吗？”

岁岁一脸认真：“棠棠阿姨，你要想好咯，我弟弟会尿床，他的尿很臭的。”

林棠皱眉：“他不是穿尿不湿吗？”

“他会自己解开，因为暖气太热了，他想让小鸡鸡露出来透气……”

她越说越离谱，言微连忙出声打断她：“和叔叔阿姨拜拜了！”

岁岁吐槽弟弟的话没说完，就被爸爸兜着脑袋，推进电梯里：“以后在外面不要说弟弟坏话。”

她仰着脑袋：“我没有说他坏话，弟弟就是这样尿床的，因为尿不湿太热了，他解不开，就把……”

言微忍不住轻拍一下她的脑袋：“你小时候也尿，你不记得了吗？”

岁岁选择性失忆：“妈妈，我不记得啊。”

这一头，一对男女一前一后走出电梯，踩着绵软的地毯往里走。

林棠闷不吭声，走到房间门口，攥着房卡转过身："辛苦了，丁总。"

丁澄双目隐隐带着疲意："林棠，恭喜你。"

林棠也不知道他具体是恭喜那一项，只照单全收："谢谢。"她锁上门，还动静很大地上了反扣。

没一会儿，有人敲门。

林棠开了门，面无表情对着丁澄。

他垂首笑了笑："你妈让你把她的充电器还给她，她手机没电了。"

林棠腹诽：妈妈更年期更了几年，还没结束，为个臭男人跟她置气，拿个充电器还要叫他来拿。

丁澄把充电器拿走，没一会儿又回来了，提着一个袋子："你妈妈让我把你的衣服拿过来给你。"

林棠咬着牙拿过袋子："谢谢，你要是还过去，麻烦问她一声，是不是最后一趟，我都要洗澡睡觉了。"

他抿了抿嘴："不客气，我也谢谢你，丢下狗来找我……"

林棠混沌的脑袋清醒了些，眼刀刮他一下："你能不能不要自作多情？我不是来找你，我是担心我妈被你洗脑，担心我妈的朋友被你们忽悠，到时候丢的是我妈的脸。"

丁澄略微舔嘴："我怎么可能丢你妈的脸。"丁澄顿了下，意识到说错话了，"我说的是，丢你妈妈的脸。"

林棠不领情："你别狡辩，我都听见了，你说的是丢你妈的脸。"

正好有酒店工作人员经过，和丁澄打了个招呼，狐疑看了林棠一眼。

丁澄往里走了两步，倚着墙："别跟我吵架，你妈来你妈去的，不好听。"

林棠朝天花板呵一口气，冷笑道："怕丢脸就堂堂正正做人，赶紧走，不要再去烦我妈。"

丁澄反手关上门，一步一步贴近了，压着嗓音说："林棠，我跟你说几句话就走。"

林棠咬着牙，劈头就给了他一下。

丁澄挠挠额角，无声哑笑："林棠，懂不懂规矩，两国交战，不斩来使，我得让董院长知道你打我。"

## 第七节

一室静谧，只隐约听闻海浪的翻滚声。

林棠鼻翼在微微颤动："丁澄，做人能不能真诚一点儿，不要把你的聪明才智用在坑蒙拐骗上。"

丁澄略微舔嘴："我坑蒙拐骗谁了？"

"你不是专骗退休老人吗？等我妈退休了，有钱有闲，就是你的目标人群，现在已经被你忽悠，还要背青梅酒过来给你，秦总都说了，你这种人会遗臭万年的。"

丁澄捏捏鼻尖："你这是在关心我？"

林棠停滞一下："我是关心我自己，免得别人说我前男友是从垃圾堆捡来的。快点儿走，你可是有女朋友的人，别赖在这里。"

丁澄无声看着林棠，林棠有些扛不住，避开他的视线。

他往后退了一步，捏捏腕骨："龙牙岛早晚还有些凉，以后出门不要穿这么少，又不是什么重要的场合，感冒了得不偿失。"

她讷讷道："我一直都这么穿，倒垃圾遛狗都是。"

丁澄低笑了声，话里有些宠溺："还是那么调皮，你妈妈说得对，大冷天的就喜欢露个腿出门，总有一天会截肢。"

林棠别开脸："不用你管。"她破罐子破摔一样的口吻，"我本来以为你今晚要带女朋友参加才穿成这样，谁还没有一点胜负心。"

丁澄点头："看出来了，以后在学校里，不用对谁都那么实诚。"

林棠瞪他一眼："我又不是你，万金油，我装不来。"

他顿了片刻："这是人情世故，懂一点点，没必要精通，你也能过得好。"

短暂的沉默。

"林棠，公司现在的状况很不好，只差一步就全盘皆输，到时候我要上失信名单了，除了我爸妈，我唯一怕的，就是让董院长失望。"

林棠怔然看着他，半晌才低声道："早就叫你不要做，你非要做，现在知道后悔了？"

丁澄耸耸肩，吁了一口气："我不后悔，如果能重来一次，我还是选择出来创业，但是我会把路走稳一些，不至于落到现在的境地。"

她动了恻隐之心，话也软了："秦总不是答应帮你了吗？"

"秦总的钱也不是大风刮来的，他能来已经很不错了。"

"言微说，你当初教他追回言微，才有他家的宝贝，就为这，他也要来。"她又刮他一眼，加重了语气，"反正你看着办吧，这一回秦总要是帮你，你得起死回生给他看看。”

丁澄默默点头。

“你走吧，我还得哄我妈。”

“嗯，多说两句好话。”

他就那么走了，林棠胸口又升腾起一股气，到底那“女朋友”是真是假，这万金油也没个准话，光想到这她就能气个半死。

她把丁澄的朋友圈从年头到年尾又翻了一遍，没有一丝蛛丝马迹。他这么忙，公司都快倒闭了，还有闲情去追女人?

洗完澡，林棠敲响隔壁房间，董院长给她开了门，一声不吭地回到床上，戴着老花镜看手机。

“妈，明天我们去看房子吧。”林棠拉着窗帘看大海，抒发胸臆，“这个海景真的好漂亮啊，那些海景房是不是也和酒店一样，有这么漂亮的海景。”

董院长说：“明天游乐园开业，行程已经安排好了。”

林棠微微噘嘴：“游乐园都是那些刺激项目，你们敢玩？”

“有什么不敢？”

“那后天的行程是不是该看房了？”

董院长斜看着她：“你要买房？”

林棠拉扯窗帘，掩饰自己：“没有，李阿姨不是说想看嘛。”

“你是不是被丁澄洗脑了？”董院长嫌弃，“我就知道，你那脑子，用不着一天，就得被洗干净。”

林棠为自己的脑子小小申冤一下：“没有洗，今晚吃饭的时候，他们说的都是项目存在的问题，我怎么可能会被洗脑? 只是觉得这里是真的不错，以后你跟我爸退休了，冬天来住两三个月也挺好的。”

“你给我们买？”

林棠脸上一僵：“你又不是不知道，我就那点钱，你不是叫我留着做嫁妆吗？”

董院长一针见血：“你又不嫁人。”

“那……万一呢，万一哪一天我被洗脑了呢，还是先留着吧。”

第二天，游乐园开园仪式正在进行时，丁澄一身正装，站在台上精神抖擞地细说龙牙岛的规划、项目的产品和相关配套，以及展望未来。

林棠挨着妈妈坐在台下，她穿了一身轻便的白T恤灰裤子，外头罩了一件灰色防晒衣，跟个女大学生似的。她突然叹气：“天底下的漂亮话都被他说完了。”

董院长斜了一道眼光过去：这是他的本事，你能说几句？”

林棠忍不住哼一嗓子：“妈，丁澄都快成你亲儿子了。”

“我没有那个福气。”

林棠一噎：“我不是你的福气吗？”

董院长没搭理她。

林棠不再出声，闷着一张脸坐了一会儿，起身往儿童乐园走。

言微说今天要带岁岁去儿童乐园玩，她宁可跟着岁岁，也不愿意给中年妇女们拍照了。

儿童乐园有室内和室外两个区域，开园仪式结束之后，才会对外开放。

丁澄给的通用卡能刷开游乐园的闸门，林棠坐在干干净净的水池边玩手机，脚边是长滑梯，一直延伸到很高的地方。

不知道过了多久，她听见喇叭里响起了欢快的音乐，抬头一看，另一边的成人游乐园上空飘起了无数个彩色气球。

开园仪式终于结束了。

林棠给言微发了一条语音：“言微，我在水漫乐园这里等你，不过这里都没有水……”

突然，耳边传来轰响，好像是机器启动的声音。

她一个转眸，两个大圆球正以迅猛之势从长滑梯上滚落，一个眨眼，就已经到眼前。

林棠还没来得及惊呼，大圆球先后在她眼前爆开，强大的水流冲击而来，往她胸口撞，水浪翻滚，一部分冲进她的鼻腔，呛得鼻子酸痛。

水池四面八方漫出了水，林棠淋湿个透，手机也不知道丢在哪里去了，上头的泡泡机源源不断发射泡沫，她根本就没有办法找手机。

她会游泳，儿童水上乐园也不至于淹了她，但是受了大惊吓，又觉得实在丢人现眼，一时之间，她胸口弥漫着满满的悲愤，游乐园欢快的音乐尤其刺耳，她恨不得拔了音响的电源。

这一头，舞台大屏幕上翻转着园区的各个影像镜头。

“儿童水上乐园是不是有个人？”

董院长本来没注意看，李阿姨手肘撞撞她：“那个怎么那么像棠棠，她上哪儿去了？”

镜头很快就过去了，董院长她眯着眼睛等了一会儿，才看清楚。

“是她吗？”董院长站了起来，“不是她。”

“不是吗？我怎么看着像是她呢。”

小朋友们从四面八方拥过来，往水池里跳，打水枪、玩泡泡，叽叽喳喳，喧闹如菜市场。

林棠有些绝望，逮着两个大男孩，问：“小朋友，我的手机掉了，你们能帮我找一下吗？”

两个大男孩在水池下来回摸了下，没有一点收获，到底玩心大，转身就跑了。林棠坐在水池里，对着一群不受控的小孩发愣。

脑袋突然一沉，她抬起头，男人的掌心正摁压在她湿透的发顶上。

林棠胸口的悲愤化作汹涌的潮水，奔涌而上，一瞬间就溢出了眼眶。

丁澄压了压嘴角的笑：“哭什么，谁让你跑这里来了？”

林棠嘴角颤抖个不停，上气不接下气：“我来等，来等岁岁……你们这什么，什么破烂，破烂玩意儿！”

丁澄掐着她胳肢窝，想要把她拉起来，她却故意往下使力，又一屁股坐了回去。他有些无奈：“我不是说了，开园之前不要刷卡进来吗？”

林棠气得理直气壮：“你又没有说儿童乐园也不能进！”她很硬气，“我手机还泡在里面！”

丁澄停滞片刻，脱掉鞋袜，进了泳池。

这个当口，言微带着岁岁进来了，看见林棠一脸的狼狈相，有些无语：“真是永远十八岁，到八十你也是这样。岁岁，进去给棠棠阿姨找手机。”

于是，两个大人和一个小孩儿在奋力找手机，只有林棠泡在水里，木着一张脸发愣。

最后还是丁澄找到了，他试图开机无果，便先送到林棠手里。

林棠怔怔看他，眼圈又红了。

丁澄轻叹一声：“没事儿，坏了我赔一个给你。”

林棠吸吸鼻子：“丁澄，你当初对我是真心的吗？”

他顿了下：“当然真心。”

她咬牙切齿地说：“渣——男。”

言微插话：“林棠，你先起来。”

林棠拿手指着丁澄：“言微，他就是个渣男，当初分开的时候，他说等我回国，等我结婚，然后不声不响找了个女朋友，还骗……骗我妈，把他当亲儿子！”

言微看一眼丁澄：“那你也得先起来，为了渣男不值得。”

“我要骂他个痛快再说！”

林棠抹了一把眼泪鼻涕，话里带着浓重鼻音：“他让我对他负责，还说如果他的钱不够用，能不能用我的，我说可以，我存着钱……我给他存着钱，我都不舍得用……

“他去南州城，又来这种鸟不拉屎的岛，从来没想过对我也负责一次！”

大人小孩们纷纷朝她看过来。

丁澄垂睫，坐在水池边上，默默听林棠指控。

“我出国的时候，他还信誓旦旦说等我回国……”她的眼泪又冒出来了，溢满了眼眶，“他找了别的女人，还有脸来撩我，他就是个渣男，我一辈子都不会原谅他！”

岁岁看见林棠哭，撇着嘴，眨巴大眼睛，点点水光被挤出来，湿了她的眼睫毛。她主动去抱林棠：“你不要哭啦……”

丁澄俯下身子，好声好气和林棠解释：“我没有找别人，你走的时候我就说了，我不同意分手，我一直当你还是我女朋友，我会等你回来。”

林棠泪眼蒙眬的：“你别说了，我妈都见过那个女人了。”

“她在什么地方见过？”

“你现在已经上了我的黑名单，信用度为零，说什么都没有用。”

丁澄无声扯唇：“林棠，用用脑子，我要是有女朋友，你妈妈还能对我这么好？你以为我真能做她亲儿子？”

林棠一个眼刀过去：“当然能，你多厉害啊！”

言微才要拉林棠，董院长不知道何时出现了，她黑着脸对林棠说：“你给我起来。”

林棠天不怕地不怕，就是怕妈妈，董院长一发话，她慢吞吞从水池里站了起来，别过脸：“妈，你跟他对质吧，到底是谁在说谎。”

董院长拉不下脸，只道：“丢人现眼，他今天忙得很，对什么质，你明天马上给我回家去！”

林棠已经明白了几分，这会儿也觉得有些丢脸，只好跟着妈妈走了。

丁澄把她们送出游乐园，三人各怀心事，在园区大门口分别。

和丁澄告别之后，董院长才教训起林棠：“我看你大学也不用进了，大学生都比你沉稳。”

“妈，你也退休吧，大学生比你诚实，我劝你换个儿子，丁澄已经败光钱了。”

董院长气得慌，在外头又顾忌着脸面：“你去找幼儿园上班，我看见你就心烦，男儿志在四方，就算他败光了钱，也比你强。”

林棠回到酒店冲洗，换上了一身干净衣服，开始收拾行装。就算丁澄没有找别的女人，他也没有给她一个未来，这是事实，是他们所有问题的关键所在，跟别人没有关系。

丁澄忙完，回到酒店，已经是人去房空。

林棠一个人窝在家里生闷气，连狗都没有去领回家。

就在刚才，亨川以前相熟的同事给她打电话，问她是不是被丁澄给骗财骗色了。果然好事不出门，坏事传千里，才一天而已，就已经传成这样了。她不气别人，就气她自己，那些话都是她自己说的，怨不得别人。

才吃完晚饭，门铃响了。

林棠半晌才开了门，也不跟丁澄说话，转身就往家走。

丁澄进了她家客厅，往餐厅看了一眼：“林棠，还有吃的吗？我还没吃晚饭。”

林棠闷声说：“没有，冰箱有菜，你要吃自己做。”

丁澄咧嘴笑：“我晕油烟，你又不是不知道。”

她横了他一眼：“那你自己做醪糟鸡蛋羹，放锅里一滚就行了，你妈特意给你留的。”

丁澄笑了笑：“我妈就是好。”

林棠嗤了声，转身就往楼上走。

丁澄跟随着她：“狗还没有领回来，你跟我回去吧，家里没人，我担心你会害怕。”

林棠顿下步子，深深吸气，克制胸口的起伏，转身，一双杏眸子对上他：“不要再跟我说这些话，你妈要认你做儿子，我不认你做哥哥，我爸也不会认。”

丁澄伸出双臂，把林棠揽进怀抱里，喉结上下滚动：“对不起，都是我的错。”

林棠咬紧牙关，浑身却止不住抖动。

“是我说话不算数，现在我什么都不能给你，你要是和我结婚，或许一两年后，要跟着我背一身的债。”

林棠泪珠滚落脸颊：“我知道了，我不会再等你，祝你东山再起吧。”

丁澄红了眼圈，抬手给她擦拭眼泪：“我一定会的。”

林棠推开他的手，被他反握在掌心，十指紧扣，他垂首去亲她：“你还有钱吗？”

林棠咬了咬牙：“有也不给你，我留着做嫁妆，然后找个好男人嫁了。”

丁澄亲吻她的嘴角、脸蛋：“除了我，哪里还有好男人？”

她眼睫微颤：“走开！”

他不走，反而推着她往她的房间走：“林棠，我们结婚吧，用你的钱养我。”

“我不跟你结婚，你个软饭男。”

“你说过了，要对我负责。”

林棠火了：“我都想明白了，我去你家的时候，是你勾引我，根本不是我勾引你，你就是心机男，万金油！”

丁澄低声笑：“那我对你负责。”

打打闹闹一场，林棠气消了，两人腻腻歪歪，去言微家接狗去了。

言微带岁岁玩了一整天，回到酒店冲洗干净。

秦怀鹤正在书房里开视频会议，岁岁打开书房的门，一路小跑过去：“爸爸，吃饭啦！”

秦怀鹤摸摸她的小辫子：“好，你跟妈妈先吃，爸爸还有工作。”

岁岁拉着他的手摇晃，就是不松开：“我想跟爸爸一起吃。”

“那你等爸爸，一会儿就好了。”

“好的，爸爸。”

视频里，众人皆一脸肃穆，等着大老板发话，听见大小姐的声音，面上都轻松了一些。大小姐一出声，秦总心情就好，秦总心情好，他们就能好过。

岁岁靠着桌子跟秦怀鹤告状：“爸爸，丁澄叔叔是大坏蛋，他今天在泳池把棠棠阿姨气哭了，爸爸，你也不要给钱给丁澄叔叔了，我以后也不要他的大红包。”

秦怀鹤眉心微拧，鼠标点上静音，紧接着说：“今天提前散会吧。”岁岁一张小嘴还在“叭叭”不停地说丁澄多坏，林棠今天多伤心。

亨川高层们听了丁澄的八卦，又提前散会，各怀心事，相熟的甚至互相挤眉，给对方一个意味深长的眼神。

岁岁玩了一天，又跟秦怀鹤“叭叭”一顿，早就累了，一边吃饭一边打起瞌睡。

言微把她送回房间，安顿好，出来和秦怀鹤一边吃饭，一边把今天的经过一五一十说给他听。

“丁澄都三十二了，也不容易，只要不亏本，能帮就帮一点吧。”

秦怀鹤定定看她一会儿，低笑了声，给她夹了一口菜：“你就是心太软。”

言微比初见的时候还柔软，除了偶尔和岁岁生气，极少跟人发火，每天给他挤牙膏刮胡子，无论多忙，他只要出差，她总是给他把行李收拾得妥妥帖帖。

“老婆，今晚带你去海里游泳。”

言微紧紧抿唇，他的意思再明显不过了，她如何不懂。

“这里人多，我带你坐游艇出海，到另一座小岛。”

言微嘴角翘起：“先吃饭吧。”

秦怀鹤知道，言微一定会答应他，早就安排好了游艇。

游艇开得快，小岛离得也不远，很快，秦怀鹤拉着言微的手，从游艇走下无人沙滩。

夜晚的海风微凉，言微比基尼外只罩了一条白色浴巾，风一吹，身上翻涌起一层鸡皮疙瘩。

她把披风拿开，用手机照了照：“老公，你看看，我都冷了。”

秦怀鹤上下摩挲她的手臂：“我给你暖暖。”

她眉头微拧，有些不情不愿：“太黑了，我们还是回去吧。”

秦怀鹤点头：“行，你亲一下我。”

言微没多想，踮起脚尖，碰了一下他的唇。才要离开，他已经贴过来，舌尖抵进口里，一阵肆虐。

浴巾滑落，言微禁不住往后退了两步，双脚前后踩进水里。秦怀鹤扶着她的后腰，加深这个吻。

风一吹，细带子缠进他指缝间。

秦怀鹤轻轻一拉，便感觉她身子一僵，而后，含羞带臊轻轻推了他一把。

秦怀鹤离开稍许，唇舌在她而后慢慢磨搓打圈。

“爱我吗，言微？”

“爱啊。”

“情书写了吗？”

言微气息不匀，唇齿间溢出一声低吟。

秦怀鹤在她软耳轻咬一口：“又装听不见。”

我是暮中无魂树，你若晨间白玉兰。

初遇是惊鸿一瞥，再见是情藏不住。

# 番外
## 人间有味是清欢

爱我吗，言微？

湾城国际到达出口，上头的航线转换屏显示着当地时间：2040年8月16日。

一个身段纤细的年轻女孩拉着行李箱从人群中穿梭而过，最终在私家车等待区站定了脚。

她白T恤搭配黑裤，发顶上盘了一个随意的丸子头，粉黛未施，但个儿高，肤色白净，一双眼睛黑亮发光，在人群里颇为出众。

“股价跌停了，现在什么说法都有，他们公司内部传出来的消息，秦怀鹤确实重病在身，已经一个多月没现身了。”

女孩微微敛眸，略微转过头，瞥了那两个通勤装扮的女人一眼。

另一个女人接腔道：“不是说他死了吗？我们颜总说的，只是现在还没有放出消息而已。”

女孩垂首，从包里掏出茶色墨镜戴上，朝那两个女人走过去：“阿姨，你们是哪个公司的？”

两个女人皆一愣，看到女孩青春洋溢的面庞，脸色都不怎么好看。

“你有事吗？”

她们不过三十出头的年纪，被一个女孩叫成阿姨，自然不能舒坦。

女孩轻轻扯唇，乌黑的眼仁在墨镜里提溜一下：“没什么事儿，就想告诉你一声，阿姨，以后在外头说话小心些，秦怀鹤好得很，他还能活五十年，有大把时间去告你们。”

两个女人面面相觑。

一辆黑色车停在路边，车窗降了下来，一个中年男人唤了一声：“岁岁，上车！”

秦言墨上了车，把墨镜一摘：“老谭，我爸爸在哪儿呢？”

开车的是谭叔的儿子，年轻的时候给亨川集团高层开车，谭叔退休后，他子承父业，到秦家接送秦怀鹤的一双儿女。

秦言墨叫他爸“谭爷爷”，叫他“老谭”。

老谭说：“在家里呢，本来应该在医院观察几天的，他不愿意待在医院，就回家修养了。”

秦言墨深吸一口气，屏着呼吸：“你不要骗我，他没什么大事吧？”

老谭笑了声：“有啥大事，就是一个微创手术，颅内动脉瘤，有些人不动刀也能自愈。只是你爸爸工作强度大，有破裂的可能，你妈妈不放心，和专家讨论了几回，还是决定动手术。”

秦言墨这才放下心来，果然谣传猛于虎，刚才有一瞬间，她心里起疑，爸爸是不是真的出事了。

正值盛夏，院里草木葱茏，生机勃发，近处是碧湖，远处是正处湾道的江水，在艳阳下闪着细碎银光。

秦言墨放下行李箱，和家里的阿姨打了一声招呼，便往二楼而去，推开黑桃木双开门，熟门熟路往父母的房间走。

卧室里没人，她在隔间的书房看到了自己的爸爸。

他穿着墨色家居服，站在书柜前，手里拿着一本《资治通鉴》，眯着眼翻了几页。

“爸爸！”

秦怀鹤合上书，嘴角勾起了一个弧度：“不是说要待到开学，怎么那么快就回来了？”

秦言墨才考上A大，便出国去找弟弟和爷爷玩，说好了等开了学再回湾城。

秦言墨围着秦怀鹤转了一圈，细细瞧他的脑袋：“不是说颅内手术吗？我还以为你剃光头了，才专程跑回来看一眼。”

秦怀鹤笑了：“现在哪里还用剃光头，十分钟不到就搞定了。”

她微微噘嘴：“真是的，害得我白白担心了几天，又不敢和爷爷说，又不敢打电话问妈妈。”

“那是谁跟你说的？”

“王锐扬跟我说的，说外头都在传你身子不好，那些乱七八糟的，听得我都快气死了！”

秦怀鹤撇嘴：“是不是说我死了？”

秦言墨搂上爸爸的胳膊：“爸爸，咱告他们去！”

秦怀鹤胸腔起伏两下：“爸爸忙得很，没工夫去告他们。”

不知道是年纪大了，还是和言微生活久了，他也“圆润”了许多，不说告那些人，连一份澄清声明都懒得发。

秦言墨从他手里拿过那本《资治通鉴》，揶揄道：“怎么还看上这本书了？我不在家，妈妈也不在家，你一个没有接受过九年义务教育的人，能看得懂吗？”

“看得懂，就是眼睛容易累，看太久了不舒服。”

秦言墨不怀好意地笑：“爸爸，你是不是老花了，要不我给你买老花镜回来试试？”

秦怀鹤撵她：“去，走远一些，你爸爸正当年，戴什么老花镜。”

“我妈上哪儿去了？”

“参加峰会去了，你回来也没有告诉她一声？”

“没有，我就想给你们一个惊喜。”秦言墨拽着秦怀鹤的胳膊，“走，我给你买了一套潜水服，趁着我开学之前，我们去海边玩一趟。”

秦怀鹤哼了一声：“我还想着跟你妈妈两个人去，让耳朵清静清静，你非要回来烦我们。”

“就烦你们。”

父女俩下到一楼，才打开那套潜水服，言微回来了。

她看见女儿从天而降，心里虽惊喜，还是嗔怪了几句，又问：“弟弟怎么样了？”

“挺好的呀，就是爷爷又换了一个新奶奶，他还在适应阶段。”

言微看向秦怀鹤，皱眉：“又换了一个？”

秦怀鹤耸耸肩：“你别问我，我上哪儿知道。”

秦言墨不以为然：“原先那个都已经好几年了，按照我爷爷的性格，也该换了。”

秦怀鹤抹了一把脸：“碍不着咱们，咱不管他。”

言微有些发愁："我不管他，可我不能不管秦言逸，他一个人在外头，总是不叫人放心。"

儿子打小就聪颖过人，提前两年完成初中学业。秦怀鹤说男儿志在四方，想把他送到国外，跟着爷爷一起生活。

秦言逸答应了，爷爷打小就疼爱他，他愿意去陪着爷爷。

言微虽然舍不得，但也没有强烈反对，她知道秦怀鹤的意思，他不想让儿子太过夺目，秦言逸的基础教育已经打得很牢固，可以出去接受不一样的教育环境，再则，他爸爸常年在外，让孙儿陪伴几年也是好的。

秦言墨搂着妈妈摇晃："有什么好担心的，秦言逸那么老成，还具有钢铁般的意志，我想从他兜里拿点钱都难，哪有别人给他洗脑的份儿？"

言微忍俊不禁："别这么说你弟弟。"

秦怀鹤略微撇嘴："这你就跟他差得远了，他随妈妈，不像你这么咋咋呼呼。"

秦言墨不服："爸爸，你的意思是我比不上你老婆呗？"

"是比不上。"

她嘴巴往上一噘，把沙发上的那套潜水服胡乱卷成一团："我不送给你了，我拿去送给别人！"

秦怀鹤有些哭笑不得："你看看，就是这么急性子，咱们是一家人，爸爸还要跟你说客套话不成？"

言微轻拍他一下，偷偷使了个眼色，转移话题："岁岁，你跟谁去买的这潜水服，这个牌子不是要有潜水证才能买到吗？"

秦言墨嘴角瞬间一敛："还能有谁，就，王锐扬啊。"

言微笑着说："我怎么听说王锐扬这段时间在国内呢。"

秦言墨眼神有些躲闪："他回国之前我们就去买了。"

秦怀鹤不动声色盯着秦言墨看。

她把潜水服塞进行李箱里，拉起行李箱往家里的小电梯而去。

秦怀鹤清一下嗓子："岁岁，王锐扬那帮人知不知道你掉过粪坑？"

秦言墨霎时顿住脚，一个扭头，眼刀扫射到自己老爹脸上。

"你答应过我，二十岁之前不谈恋爱，你要谈恋爱，我可要跟那个人说你掉过粪坑，爸爸用了一吨水才把你洗干净。"

言微轻轻扯一下秦怀鹤的衣尾。

见秦言墨咬牙瞪着他，他说："你别瞪，谁叫你说话不算数。"

秦言墨放下行李箱，抬着下巴说：“我掉过粪坑，你还被我妈妈甩过了呢，要不是你死皮赖脸的，我妈那么年轻漂亮，湾城第一美人，她还能跟你吗？”

言微拧起眉来：“岁岁！”

秦怀鹤咬着后槽牙，腮帮子动了下：“我被你妈甩过，谁不知道？”

“我掉过粪坑，谁不知道！”

言微站了起来，肃声道：“岁岁，怎么跟你爸爸说话的，他才动过手术你不知道？”

秦言墨熄了火，话里还带着委屈：“妈妈你看他，老是拿掉粪坑那事儿威胁我。”

“爸爸是为了你好。”

秦言墨拉着行李箱，走到楼梯下，猛戳电梯上行键。

电梯门合上后，秦怀鹤两指捏捏太阳穴，无可奈何摇头。

言微拉下他的手，眉目间有些忧虑：“怎么了，是不是头疼？”

秦怀鹤笑了下：“头疼也是为了她，惯坏了，看以后谁受得住。”

“有什么好头疼，她都十八岁了，你要管到什么时候？”

秦怀鹤转眸看着她：“你十八岁的时候不是在好好读书吗？”

言微嘴边含着笑：“是在读书，我妈管得很严。”

“那你怎么不管她？”

“不管，让她自己去经历，过个十年，可不就打磨好了。”

“你没有打磨也知道选一个最好的下手，她要是有你精明就好了。”

言微抬手抚上秦怀鹤的鬓角，黑色发根里依稀泛着白，这些年，他一直拼命工作，没有停下脚步好好休息，如果不是动这个手术，这会儿他哪有闲情在家待着。

“发什么愁，瞧瞧你，五十都没到，白头发都出来了。”

秦怀鹤抓住她的手握在掌中揉捏，问道：“明天是A大校友会？”

“嗯，趁着你休息，跟我一起去吧，就当作散散心。”

“你把岁岁叫上，让她看看当初你对我一见钟情的地方，免得她老是说我赖着你不放。”

言微绷着笑：“你觉得她会信吗？”

“怎么不信？她不信，那也是事实，你不能因为我老了就不认账。”秦怀鹤拿手点自己脑袋，“我的动脉瘤，都是被你们给气出来的。”

言微颇有些无奈：“我认账，是我死皮赖脸追的你，行了吗？”

第二天，一家三口参加了A大的校友会，秦怀鹤坚持要带母女两个去当初那个礼堂转一圈。

A大比起二十年前已经有了不小变化，当初那个礼堂还存在，只是闲置了，大门锁得死死的，只能从窗户里窥探一眼。

“当初我是颁奖嘉宾，你妈妈是学生会征用的礼仪小姐，高跟鞋都不会穿，下台的时候被地毯拌了，我出手扶了她一下，她就是这么对我一见钟情的。”

岁岁眯着眼往里看：“爸爸，你是不是记错了，这是仓库啊。”

“二十多年了，变仓库有什么出奇。”

“你是不是看我妈妈长得漂亮，才趁机占她便宜呀？”

秦怀鹤耷拉下嘴角：“这一回我和你妈妈去度假，不打算带你了。”

秦言墨愣了下，眸光一闪，带着点点委屈：“妈妈，我怀疑爸爸还想要一个弟弟，你要带上我！”

言微白了她一眼：“要什么弟弟，被你气得还不够，他嫌活得太长了？”

秦怀鹤搂上言微就走：“不管她，咱就要个弟弟，弟弟好养。”

他往后瞟一眼，见岁岁鼓着腮帮子，两眼幽怨看着他，说：“啧啧，看她那样儿，现在就想把我推进大海了。”

言微轻轻推他一把：“你再惹她，我也拦不住。”她掏出手机看了一眼，“林棠回娘家了，要过来看我们。”

秦怀鹤站定：“别叫她来，她来我还得病一场。”

言微一愣：“怎么了？”

“上回在医院，我听见她说你跟二十年前一个样，生生把老公熬成了爹，这种话避开我说就算了，非得叫我听见。”

言微忍不住笑：“就是随口说的玩笑话，谁能二十年不变？”

秦怀鹤细细瞧言微，她和二十年前相比，只有笑起来的时候眼角多了一根细细的纹路，但是面部更加柔和，眼神更加温润。

“言微，以后也给我抹抹脸，那烧脸的家伙也给我滚一圈。”

“哪有烧脸的家伙？再说，你现在才保养也来不及了，何必折腾自己。”

秦怀鹤幽幽一叹：“就算来不及，至少也保持爹的状态，别把我熬成爷爷，以后跟你出门接孙子，老师叫你姐姐，叫我爷爷，我不愿意听到这样的话。”

言微搀上他胳膊：“又胡说八道了，回去早睡早起，比什么保养都好。”

秦怀鹤不乐意了：“你别这么搀我，我没残废，也不是你爹。”

“你是我爷爷。”

（全文完）